CHARLOTTE MUTSAERS

KERSEBLOED
EN
PAARDEJAM

CHARLOTTE MUTSAERS

KERSEBLOED

Eerste druk 1990, derde druk 2000

Een groot deel van deze stukken verscheen eerder in een andere vorm in
Hollands Maandblad, *NRC Handelsblad*, *Raster* en *Tirade*.

Ontwerp titelpagina Charlotte Mutsaers
Vormgeving binnenwerk CARTA / Lian Oosterhoff

Inhoud

Ter gedachtenis van
Dar

— In een boek kan men niet ieder woord tussen haakjes zetten, zoals men niet elke schoorsteen van een huis dichtmetselen kan voor de huilende wind.

Maar een bouwsel, dat van buiten het uitzicht van een huis vertoont, en van binnen één gemetseld blok vormt, zou wel een aardige grap kunnen zijn. En dan bijvoorbeeld op zon- en feestdagen een vlag aan de gevel!

Smart en gal, –

> *en dan een beetje*
> *dichterlijke vrijheid*
> *om te doen geloven dat*
> *de kleine vogelbek*
> *druipt van kersebloed.*

Maurice Gilliams ('Otofoon')

— Toen we over een kaal stuk gesteente liepen, bleef ze staan en wees met de punt van haar schoen.

Kersepitten in de vogelstront! Ze lachte. Ze vliegen er helemaal hier mee naar toe.

John Berger ('Het varken aarde')

Niet de ziel, wel haar spiegels

Als je
werkelijk mooi
wilt zijn
moet je
een neushoofd hebben.

Een neushoofd
dat is genoeg

Je hoeft
zelfs geen neus
te hebben

Wanneer je
maar
een neushoofd hebt
een neushoofd
met wat snot eraan
dan is
het goed

Jan Arends

Snotneus, wat een merkwaardig pars pro toto voor een kind! Zo werd ik niet graag genoemd.

In de tijd dat ik nog een snotneus was, bezat ik een plaatje van een meisje waarvan de neuspartij vervangen was door een klein kettinkje. Door het plaatje zachtjes te bewegen nam dat kettinkje steeds een andere vorm aan en de gevolgen die dat had voor haar gezicht waren opzienbarend. Het was namelijk niet alleen de neus die je onder je handen zag veranderen maar ook het hart. De vervorming maakte het hart zichtbaar, bracht het naar buiten, reikte het aan. Tenminste, zo leek het.

Tot mijn grote vreugde wist ik onlangs een replica van dit plaatje te bemachtigen. En opnieuw was ik er uren zoet mee. Wie was zij en welke snotneus was ik? Hoe was het mogelijk dat met één kleine handgreep haar hele wezen omklapte? Waar zit 's mensens binnenkant dan toch en waar zijn buitenkant, door welke kaders worden zij bepaald? Gezichtsverlies, wat is dat?

Bij alles, 't zij mens, dier of ding, kun je je afvragen hoeveel stukken je ervanaf kunt halen, wil iets nog zichzelf blijven. Hoe hoog kan een vrouw haar rok inkorten zonder voor schut te lopen in louter zoom?

9

Is een ui met één rok aan nog wel een ui? Wanneer wordt een boom een plank en een koe een haas? Waarom houwen zoveel beeldhouwers liever een torso dan de hele mens? Zou Kuifje zonder haar nog wel Kuifje zijn en Donselaer zonder brauwen nog wel Donselaer? Dit soort vragen zijn minder eenvoudig dan ze op het eerste gezicht lijken, omdat ze ons rechtstreeks confronteren met het tweekoppig wonder inhoud-vorm.

Laat ik met de dingen beginnen. Als je een theekopje aan diggelen gooit, zal niemand het in zijn hoofd halen om elke afzonderlijke scherf weer terug te zetten op de theetafel. Maar als je slechts een heel klein hapje neemt uit de porseleinen rand blijft het een kopje. Een kopje blijft een kopje zolang je er thee in kunt doen, zolang het zijn passende inhoud kan bevatten. Maar de dingen worden er niet jonger op. Ze slijten, ze worden aangetast, ze gaan kapot. Soms blijven ze toch nog in leven maar dan vallen ze ten prooi aan een inhoudsverschuiving. Van een antiek bord bijvoorbeeld, waar geen hond nog pap uit durft te eten, kun je al veel grotere stukken afreken. Zeil het bij ruzie gerust de kamer door: het geeft niks als er nooit meer aardappelen, vlees of groenten op plaats kunnen nemen, het is geen drama als de soep er van alle kanten afstroomt. Het is immers al eeuwen geen bord meer maar een onvervalst stuk antiek. Berg het als waardepapier in een la. Hoe kapotter hoe rotter, voor antiquiteiten geldt het niet meer.

Op wat voor absurditeiten dat soms uitdraait, tonen de rijen vitrines in om het even welk oudheidkundig museum. Het is ontroerend om te zien hoe scherven die voor de Ouden al eeuwen geleden hadden afgedaan (behalve dan ten tijde van het ostracisme toen ze als stevige kladblaadjes werden gebruikt) nu als diamanten op een lap fluweel liggen uitgespreid. Hoe moet dit overkomen op de filatelist voor wie een postzegel al ophoudt te bestaan als er slechts een half tandje aan mankeert? Of op de tandarts die niet weet hoe gauw hij een brug moet slaan als hij een mond ziet met een open plek erin?

Laten we ons verheugen in voorwerpen die niet stuk te krijgen zijn. Koester de spons en de zeep. Het kleinste sponsdeeltje kan nog altijd schuim fabriceren. Een stukje van een zeep behoudt te allen tijde de waarde van een stuk zeep, want met een schilfer kun je je handen al schoon wassen. Of zoals Francis Ponge het zegt in het fenomenale poëtische proza van *Le savon*, waarin hij de zeep vergelijkt met een wonderbaarlijke steen, die ons steeds weer als een vis ontglipt: 'De zeep heeft een boel te zeggen. Laat hij het zeggen met radheid van tong en enthousiasme. Als hij niets meer zegt, bestaat hij niet meer.'

Dieren hebben niet minder te zeggen dan een stuk zeep, maar helaas voorkomt dit niet dat ze veelvuldig in nietszeggende stukken worden gehakt en opgegeten. De meeste mensen hebben vaker een stuk dier in de mond gehad dan een heel dier op schoot. Toch vindt niemand het over het algemeen prettig als het hele dier nog doorschemert in zijn delen. Er hoeft maar een stukje hoef per ongeluk nog aan de osso buco vast te zitten of de ferventste carnivoor zal feestelijk bedanken. Hetzelfde met een bosje varkenshaar op een hamzwoerd, terwijl net zo'n bosje haar op een tandenborstel zonder bezwaar tussen de kiezen wordt gestoken (sterker, mijn vader heeft me altijd voorgehouden dat er maar één waarachtige manier is om iemand te zeggen dat je van hem/haar houdt: 'Mag ik jouw tandenborstel even lenen?'). De almacht van de context.

Tegen losse botjes, beentjes en ingewanden (kortom: de inhoud van de binnenkant) is de gemiddelde mens nog wel opgewassen, omdat die nooit zelfstandig in de wei rondlopen en eerder deel lijken uit te maken van de slagerswereld dan van het beest waarvan ze afkomstig zijn. Maar het geringste stuk vacht, hoorn, hoef, snor of herkenbaar lichaamsdeel tovert ons in een mum het hele lichaam voor ogen en daarmee onze eigen slachtbaarheid. Het oorspronkelijke dier moet derhalve zo onzichtbaar mogelijk worden gemaakt. Daarom serveert men dieren liefst in kleine vierkantjes, rechthoeken of andere mathematische figuren, daarom verbergt men ze onder een dikke laag saus of een Picasso-garnituur. En daarom worden bullepezen (vroeger dacht ik dat die van plastic waren) altijd keurig gelakt of geverfd aan de politie afgeleverd: zodat de agent vergeet dat hij mensen afrost met een apparaat dat ooit kalfjes voortbracht. En daarom zie je nog nauwelijks doorgezaagde varkens of koeien in de etalage hangen. En daarom bedient men zich bij de slager van zo'n heel ander vocabulaire dan in de wei: *ham,*

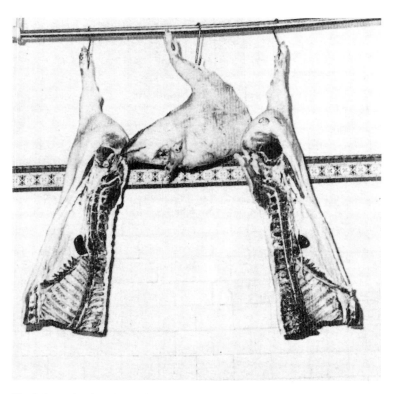

Slachtbare dierbaarheid (foto: W. Vermaase)

bout en *biefstuk* in plaats van bil, *os* in plaats van koe of stier (osse-
worst, ossetong, osselappen, ossestaart), *schenkel* in plaats van poot-
schijf, *lamszadel* in plaats van lamsrug, en verder behalve een hele
batterij Franse termen vreemd genoeg enkele namen die aan andere dieren zijn ontleend zoals *blinde vink, haas, muis* en *ezeltje*. En
wat te denken van sukade-lappen?

Maar ik heb het nu over Nederland, want lang niet in alle landen
gaat het er zo hypocriet aan toe. In België en Frankrijk bijvoorbeeld
moffelen ze de vorm veel minder weg. Vaak doen ze daar juist hun
best om het op te dienen vlees nog iets mee te geven van de oorspronkelijke staat. Zo wordt daar een eendepastei soms gemodel-
leerd naar de eend en dan ook nog voorzien van de authentieke
groene eendekop die speciaal werd bewaard. Zij denken dat de
smaak mede door de vorm wordt bepaald. Dat is ook zo, maar ze

hebben een andere smaak. *Kippebout* heet in België *kippebil* (altijd weer een vreemde sensatie als ik dat woord uit mijn eigen mond hoor komen) en kalfskop wordt daar zelfs in zijn geheel opgediend. Een keer ben ik erop getrakteerd door mijn Belgische opa: het vreselijkste gerecht dat ik mijn hele leven kreeg voorgeschoteld. Die spookachtige spierwitte kop die maar stond te zwijgen op zijn zilveren kraag. De baby-achtige uitdrukking die op raadselachtige wijze noch door de slachtpartij noch door het koken was aangetast. De haarloze maar toch zachte oren. De grijze lippen die werden gestut door een gele citroen. De veel te grote tanden die al op de schaal kletterden als het mes er alleen maar naar wees. Genoeg hierover, ik kom nu terug waar ik wezen wil: de mens.

Vaak hoor je vrouwen van wie de chirurg een borst heeft afgesneden, beweren dat ze zich van het ene op het andere moment geen *vrouw* meer voelden. Je zou denken dat je na zo'n helse operatie wel wat anders aan je kop had, maar nee hoor: 'Ik voel me geen vrouw meer.' Dit vind ik moeilijk navoelbaar. Ik weet al niet hoe het voelt als je je vrouw voelt (dat moet de ander maar voelen) maar hoe het voelt om je, nadat er een stukje van je is afgehaald, géén vrouw meer te voelen kan ik me nog slechter voorstellen.

De mens is niet zijn borst of een stukje van zijn borst, de mens is zijn hoofd (de onthoofde mens is geen mens). Het hoofd is te verdelen in achterhoofd en gezicht. En het gezicht is weer te verdelen in voorhoofd, dat op onverklaarbare gronden nogal eens *nobel* wordt genoemd, en rest.

Das Gesicht

Das Gesicht ist manchesmal rund
und länglich. –
Die Augen als die Treue gilt.
die Nase in der Mitte ist.
der Mund. Das Gesicht.
die Menschen und Jeder hat ein Gesicht.
Das Gesicht ist der erste Blickfänger der Menschen.

Dit gedicht van Alexander (een Duitse dichter die al meer dan twintig jaar in het gekkenhuis zit opgesloten en daar de prachtigste verzen fabriceert, als hem tenminste van te voren het onderwerp wordt opgegeven) drukt precies de stand van zaken uit: het gezicht is de eerste blikvanger, zowel actief als passief. Iedereen heeft een gezicht. Mensen hebben een gezicht. Dieren hebben een gezicht. En zelfs enkele voorwerpen hebben een gezicht (stopcontact, knoop, wekker). Alleen planten moeten het zonder doen. Daarom zal er van een plantaardig bewind nooit sprake zijn.

De mens is dus zijn hoofd. Psycholoog, emotie-deskundige, fysionomist en professor N. Frijda denkt hier heel anders over. Bij hem staat de romp nummer een. In zijn merkwaardige proefschrift *De betekenis van de gelaatsexpressie* (het woord *gelaat* duidt onveranderlijk op een verheven mensbeeld) staat te lezen: 'Voor het eigen beleven zowel als bij het waarnemen van de ander is de romp de eigenlijke kern van de persoon, – het is die persoon zelf.'

Om deze visie kracht bij te zetten beroept hij zich vervolgens niet alleen op de Oude Grieken die het Ik in het middenrif, de frènè, (overigens maar een klein onderdeel van de hele romp) lokaliseerden, maar ook op het seksuele contact. Volgens hem blijft aanraking met welk der ledematen ook, altijd een beetje *perifeer*, terwijl romp-rompcontact afstandloos zou zijn 'in psychische zowel als ruimtelijke zin'! Deze transcendente opvatting van seks kom je wel vaker tegen en die zal ik hem niet nadragen (hoewel ik het er volstrekt niet mee eens ben, omdat ik seks met de handen bijvoorbeeld helemaal niet perifeer vind en het altijd heb betreurd dat er niet met de ogen geneukt kan worden of op grote afstand van elkaar), maar dat de romp de eigenlijke kern van de persoon zou zijn lijkt me kletskoek. Vruchten, potloden en eieren hebben een kern, maar mensen niet, zeker geen 'eigenlijke'. Mensen dragen hun kersepit gewoon bovenop. Als er weer eens een stuk van een beroemdheid op een sokkel moet worden gezet, dan kiest men toch altijd het hoofd (eventueel met aanhangende schouderpartij zoals bij Multatuli) en nimmer de losse romp? En zag iemand ooit een postzegel met het middenrif van een gekroond hoofd erop? Men hoeft zich maar te verdiepen in het adembenemende boek *Forensische pathologie* van dr. J. Zeldenrust om erachter te komen hoe krankzinnig moeilijk de identificatie is van een romp zonder hoofd. Zelfs ouders of echtgenoten vinden het uiterst moeilijk om het vertrouwde en geliefde lichaam te herkennen, terwijl ze met het losse hoofd nooit moeite hebben, tenzij het te erg beschadigd is. Test het maar. Laat in het geheim foto's maken van uw middenrif en toon ze aan degeen die u liefheeft. Krijgt u te horen: 'Wat sta jij er goed op.'? Nee natuurlijk niet. Men wordt niet eens herkend: men is het niet. Waarom zijn veel mensen zo bang voor de tandarts? Omdat hij te *dichtbij* komt, omdat hij via ons hoofd onze binnenkant bedreigt. Hij boort meer aan dan een enkele tand of kies!

Ik heb het uitgesteld en uitgesteld, maar nu wil ik er toch eindelijk mee voor de dag komen: de foto.

Ik geef het openlijk toe: de op bladzijde 17 afgebeelde foto fascineert mij al jaren en dit hele stuk is eraan opgehangen. Hij komt uit het viertalige Berlijnse tijdschrift *Krieg dem Kriege!* (*Guerre à la Guerre! War against War! Oorlog aan den oorlog!*) dat na de Eerste Wereldoorlog werd uitgegeven met de ijdele verwachting dat de aanblik van zoveel gruwelen de mens wel wat pacifistischer zou maken. Het gruwen als les. We zien hier een hoofd na een zogeheten staalbad. Het lugubere onderschrift *De kuur der proleten!* haakt in op een uitspraak van Hindenburg die zo deksels veel plezier in oorlogvoeren had dat hij zich eens liet ontvallen: 'Der Krieg bekommt mir wie eine Badekur.'

Tot nu toe heb ik mijn fascinatie voor deze foto met niemand kunnen delen. Daarom heb ik hem eerst in een behoorlijk kader gezet alvorens hem te tonen. Bekras of verscheur hem niet onmiddellijk maar bekijk hem aandachtig. Het geheim van deze foto schuilt namelijk in het volgende contrast: de ontzetting die hij teweegbrengt en de geweldige aantrekkingskracht die hij desondanks uitoefent. Voor deze tweespalt in de beleving hebben de mensen de term *sensatie* bedacht. Dat zou geen kwaad kunnen als dat begrip niet in zo'n bedenkelijk daglicht was komen te staan, want nu zou je je haast gaan schamen voor je eigen oprechte fascinatie.

Wat in hemelsnaam heeft de doorsnee-intellectueel toch tegen sensatie? Waarom *hoort het niet* die interesse voor allerlei rampen, gruwelijkheden of ongelukken? Wat bezielt de beschaafde mens toch om uitgerekend alle zaken waarvoor iedereen van kindsbeen af een intense en natuurlijke belangstelling aan de dag legt en die de basis vormen van alle kunst en literatuur, in hun ruwe, ongestileerde staat zo rigide af te wijzen? Georges Bataille zegt in zijn *Les larmes d'Eros* over de Sade dat hij zijn leven alleen maar kon verdragen door zich het onverdraaglijke voor te stellen. Het gruwen als troost. Denk daar eens aan als u aanvechtingen krijgt te meesmuilen over andermans ongezonde belangstelling. Daar komt bij dat zich onder al het rauwe materiaal dat voor platte sensatie doorgaat soms ook onbedoelde kunst bevindt. Ik heb nu geen gewone ready-mades op het oog, maar dingen die zonder dat er een kunstenaarshand aan te pas kwam, door het toeval of door pure schurkachtigheid zó gemutileerd zijn dat ze je in hun geschonden staat minstens zoveel beroeren als een bedoeld kunstwerk. Zelfs de Venus van Milo zou ik hiertoe willen rekenen, omdat het in weerwil van haar sneeuwwitte hoofd en romp juist de afgebroken armen zijn waarop je een kus zou willen drukken. (Afwezige vorm, aanwezige inhoud!)

Goede kunst haalt niet alleen ons hart en onze hersens overhoop, maar roept ook rissen vragen op en als allereerste vraag: wie ben ik? Toen ik deze foto voor het eerst zag bracht ik meteen mijn hand naar mijn neus. Pas toen viel me op dat het weggeschoten stuk gezicht de vorm heeft van een neus. Ik duizelde. Het ongelooflijke fenomeen dat iets dat er niet is een vorm heeft en dat de leegte van die vorm dan ook nog omgekeerd en uitvergroot datgene oproept waarvan hij de plaats had ingenomen!

Vervolgens kwamen de vragen op:
– Waarom is de aanblik van een geschonden kop zo oneindig veel slechter te verdragen dan een invalide zonder armen en benen?
– Hoeveel stukken kun je van een hoofd afhalen voordat er sprake is van persoonsverlies?
– Welke kracht heeft de 'opgelapte' man ertoe bewogen om toch weer zijn koperen knopen op te poetsen en in zijn militaire jas te poseren? Is zijn soldateninborst dan niet aangeschoten?
– Wat is het belangrijkste deel van het gezicht?
– Kunnen ogen met zo weinig context nog wel iets uitdrukken, met andere woorden: 'werken' ogen nog wel zonder neus?

Om de laatste twee vragen op te lossen heb ik een tiental neuzen inclusief het snotgootje getekend en uitgeknipt. En welke neus ik ook aan dit armzalige profiel vastplakte, groot, klein, dik, dun,

De kuur der proleten! Bijna het heele gezicht weggeschoten.

The „health resort" of the proletarian. Almost the whole face blown away.

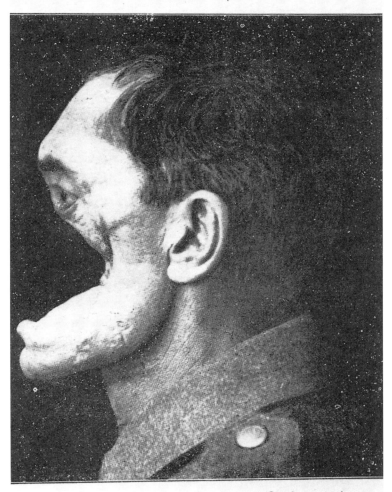

Die Badekur der Proleten: Fast das ganze Gesicht weggeschossen.

Le 'traitement d'eaux minérales' des prolétaires: presque la figure entière arrachée.

krom, gekruld, scherp, stomp, wip of recht, het oog keek onveranderlijk droef en drukte steeds opnieuw de ontzetting uit die in het hoofd omging: ik kan niet meer praten, ik kan niet meer kussen, ik kan niet meer eten, ik kan niet meer lachen, ik kan niet meer gapen, ik kan niet meer ruiken, nooit zal iemand nog zeggen: Ich liebe dich (Je t'aime, I love you, Ik houd van je) en nooit zal ik zelf nog zeggen: Ich liebe dich (Je t'aime, I love you, Ik houd van je). To be *and* not to be, dát is de kwestie!

De mens is zijn hoofd en ook al draagt geen mens een kern van binnen of een ziel, de spiegels der ziel bestaan wel degelijk. Dat bewijst deze foto.

Deel en geheel

*Twee mogelijkheden: zichzelf oneindig klein
maken of het zijn. Het tweede is volmaaktheid
ofwel ledigheid, het eerste begrip ofwel daad.*

Franz Kafka

Max en Moritz beëindigen hun plaagzuchtige carrière als pepernoot of liever gezegd als een verzameling pepernoten. Zij worden door een meedogenloze mulder fijn gemalen samen met het graan waarin zij zich verborgen hadden. Er vloeit geen druppel bloed:

Rikkelrak! Rikkelrak!
Maalt de molen met gekrak.

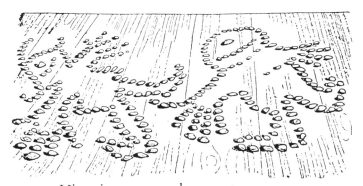

Hier ziet men nog hun contour
Fijngemalen op de vloer.

En kijk daar liggen de twee al in stukjes uitgespreid op de houten vloer: hapklare brokjes voor de eenden. Hun geestesvader Wilhelm Busch heeft dit vormgegeven met een nauwelijks verholen Boontje komt om zijn loontje-mentaliteit. Zo komen plaaggeesten te pas lijkt hij te willen zeggen. Maar dat berust natuurlijk op een misverstand, want dit lot is op geen stukken na zo onbenijdenswaardig als hier wordt voorgesteld. Wie vroegtijdig flink door de molen wordt gehaald en tot op het bot wordt fijngemalen, kan het later tenminste nooit meer overkomen. De verbrokkelde heeft alles voor op de hele mens. Hij hoeft zich zelfs niet meer te verstoppen. En denk eens aan het gewicht dat hij niet hoeft mee te slepen, de jaloezie die hij niet opwekt, het gezicht dat hij niet hoeft te trekken, de weg van alle vlees die hij niet hoeft te gaan... Maar kruimel, dat word je niet gratis. Stukje voor stukje misschien. En met een schaar of een zaag in de hand. En vooral met aandacht voor alles wat zich gebroken overeind moet zien te houden in een verknipte wereld.

In de jaren vijftig of begin zestig is het Eurovisie-Songfestival een keer gewonnen door een Nederlandse mevrouw. Ze heette Corrie Brokken of Teddy Scholten of iets in die geest, maar wat doet het ertoe, het gaat niet om die vrouw. Om het liedje gaat het overigens ook niet, want het was geen leuk liedje. Waar het me om te doen is, zijn de twee volgende stukjes uit de tekst, die me op de onmogelijkste momenten zo sterk te binnen kunnen schieten dat ik moet uitkijken dat ik ze niet luidkeels begin te zingen:

> Een beetje
> verliefd is iedereen
> weleens dat
> weet je

en:
> Ik ben zo blij
> dat ik een stukje
> van de wereld ben.

Een geheugen kan niet de hele wereld bevatten. Daarom is het onuitstaanbaar als het dingen in zich opslaat die de moeite van het onthouden niet waard zijn. Een vreselijke krachtverspilling. Maar ís het dat wel? Gaat het niet om het waarom van de keuze in plaats van om de anekdotiek van wat onthouden werd? *Waarom* en *hoe** iets bepaalds onthouden werd, dat is pas interessant. Dat voert je terug naar wie je was en toont je wie je bent. Dat legt verbindingen bloot. Maar welke?

Juist in de tijd dat dit liedje dagelijks door de radio klonk, ging ik gebukt (een cynische term die de bedwelmende betovering geweld

---

* Mijn broer wees me erop dat ik hier twee liedjes finaal door elkaar heb gehaald. Speak memory!

aandoet) onder een verliefdheid waaraan ik een volledige dagtaak had: zijn naam moest op alle muren en glazen worden geschreven, het aantal letters van zijn naam moest voortdurend met allerlei cijfers worden vermenigvuldigd en dan door drie gedeeld, zijn autonummer, telefoonnummer en adres moesten met een zakmes in de splinterende treden van de zoldertrap worden gekerfd, alle titels van de *Livres de poche* moesten geregistreerd omdat ik zo'n boekje uit zijn zak had zien steken etcetera. De ernst van de hele onderneming groeide me boven het hoofd. Ik sliep niet meer, ik liet mijn eten staan, ik legde tientallen kilometers af in de hoop hem tegen het lijf te lopen, ik gaf al mijn opgespaarde zakgeld uit aan de mooiste rock and roll-kousen. Werkelijk, ik zette alles op alles om mijn doel te bereiken, maar tot een versmelting kwam het nooit. En omdat het niet de enige keer is dat het zo ging, vraag ik me op deze plaats tevens af wat eigenlijk de zin is van allerlei sekscursussen. Niet hoe je het doet, maar hoe je het zover krijgt, dat is het probleem. Moeten voor één klein gebaar van tederheid soms al geen onneembare hindernissen van verlegenheid worden genomen? Daar hoor je niemand over.

Om wijzer te worden zat ik bijna dagelijks in de grote Van Dale te snorren en als je ziet wat daar bijvoorbeeld in staat bij het woord *minnaar*, moet je tot de conclusie komen dat het niet mijnheer maar mevrouw Van Dale is die op antwoord zit te wachten: *minnaar*, hij die een vrouw liefheeft en dit laat blijken.

(Zo weet ik er nog een paar: *jager*, hij die een haas liefheeft en dit laat blijken; *dief*, hij die gouden horloges liefheeft en dit laat blijken.)

Hier kom je geen stap verder mee omdat nergens verteld wordt hóe hij het dan laat blijken. Is een bosje bloemen al genoeg of moet hij minstens zeggen: I love you. En hoe weet je of hij niet liegt? En wat mag de minnares laten blijken?

Bij *minnares* geeft Van Dale:
1 geliefde
2 vrouw met wie een man gemeenschap heeft buiten het huwelijk.

Er staat niet: vrouw die met een man gemeenschap heeft buiten het huwelijk (overigens kan men hieruit opmaken dat *minnen* beschouwd wordt als een buiten-huwelijkse aangelegenheid). Nee, een geliefde is duidelijk niet hetzelfde als een verliefde. Een verliefde die geen geliefde wordt blijft verliefd en misschien is dat maar het beste ook, want versmelting leidt vroeg of laat tot opheffing van zowel jezelf als de ander, wat de betovering verbreekt en de volmaakte kleinheid uitsluit. Maar het onstuimige verlangen, hoe krijgt men dat klein?

Om nu op het liedje terug te komen: dit was voor mij muziek uit een andere wereld. Een *beetje* verliefd, ik kon dat niet anders zien dan een zuivere contradictio in terminis. Helemaal verliefd of helemaal niet (zoals je ook altijd helemaal doodgaat en nooit een beetje, verkleinende termen als *doodjesgaantjes* ten spijt) tot in al je plooien, al je cellen, al je porieën! En hoe zat het met dat *iedereen?* Was de hele wereld dan één dansfeest en flirtpartij op mij na? Dan was ik blij dat ik geen stukje van die wereld was. Maar van welke wereld was ik dan wel een stukje? Hier kwam nog bij dat mijn eigen moeder me bijna dagelijks voor stuk verdriet uitmaakte. Zoiets doet niet prettig aan en vooral het woord *stuk* vond ik in dit verband onheilspellend. Net of ik deel uitmaakte van een soort Totaal-verdriet van mijn moeder waar ik geen weet van had, een of andere wanstaltige zwarte kluit. En waarom moest ze het zo nodig steeds onder woorden brengen als ik het niet helpen kon? Wat werd daarmee beoogd? Nog vreemder dan mijn moeder en minstens zo gevaarlijk zat mijn leraar wiskunde in elkaar. Van hem mocht ik *stuk* niet gebruiken als adjectief, dus in de zin van *kapot.*

'Want,' zei hij, 'stuk betekent altijd een deel van het geheel en daarvan is bij deze jas geen sprake.'

'Maar,' zei ik, 'wat ik dan niet begrijp, is dat het tegenovergestelde van *stuk heel* is. Een jas die niet stuk is, noemen we immers heel?'

'Als je zo ingewikkeld doorgaat,' zei hij, 'verziek je niet alleen mijn les, maar zal je ook nog meemaken dat je op een gegeven moment zelf niet meer heel bent. Daar draait zulk geredeneer meestal op uit. Ineens val je domweg uit elkaar in duizend stukjes en ik zal het niet zijn die je opraapt of weer aan elkaar legt, want een mens is geen legpuzzel.'

Misschien begint het nu langzamerhand duidelijk te worden waarom ik me op het ziekelijke af voor de stukjes en beetjes ben gaan interesseren. Waarom zien de mensen zo dolgraag alles groot en breed, terwijl het gaat om de details? Niets kan ik meer in handen krijgen of ik denk onmiddellijk: waar is het een stuk van. Iemand zegt: 'Pak aan, een reep chocolade,' en meteen vraag ik me af waarom het ding *reep* heet. Waar mag die wel van afgesneden zijn? Ligt de moederreep misschien op haar gemak in Parijs te pronken onder een glazen stolp? Heeft niet alles en iedereen een moeder? En is dat geen drama?

Voor de stukjes en de beetjes komt haast niemand op en toch valt het geheel meestal in het niet bij de delen. Weg met het grote gebaar! Ik zal opkomen voor de stukjes, de beetjes, de splinters, de likjes, de partjes, de fracties, de tikkeltjes, de scherven, de snuifjes, de snippers, de lutteltjes, de brokken, de schilfers, de vlokjes, de segmenten, de speldeknopjes, de sneetjes, de flietertjes, de toefjes, de plukjes, de ziertjes, de repen, de fragmenten, de schijfjes, de plakken, de moten, de woorden, de letters! Een mussebekje vol doet voor New York niet onder.

– Een vis bestaat uit twee stukken: kop en staart. De kracht van de vis is dat je nooit weet waar zijn staart begint en zijn kop eindigt (menige roman zou daar een voorbeeld aan kunnen nemen). Is er dan helemaal geen sprake van een lichaam? Nee, en dit betekent uitkijken bij de visboer, want wie een staartmoot bestelt, zit voor hij het weet opgescheept met de hele vis minus de kop, terwijl iemand die een staartstuk bestelt bij de slager nooit bang behoeft te zijn dat hij thuiskomt met een onthoofde koe.

Dit brengt ons op het thema *decollatie* of *onthalzing*. Hierbij is het nooit duidelijk of nu het hoofd wordt onthalsd of de hele mens, met andere woorden of het grootste stuk hals straks zal zitten aan de afgeslagen kop of aan het levenloze lichaam. Weten we daar een antwoord op, dan weten we ook wat *gedecolleteerd* betekent en of het de vrouw is die gedecolleteerd is of haar japon.

Gehoord: 'De gastvrouw droeg een beelschoon decolleté tot aan haar navel.' Deze vrouw draagt dus iets wat er niet is. (Dit lijkt een beetje op het oeroude verhaal van de man die opdracht kreeg een groot gat te graven, het op zijn vrachtauto te laden en het naar elders te transporteren. Van deze man heeft niemand ooit meer iets vernomen, want hij is met auto en al in het gat verdwenen.) Het voordeel van een boek is dat het niet onthalsd kan worden. Ze proberen het wel maar ze moeten afzien. Met al die hoofdstukken is er geen beginnen aan. Gelukkig.

– Terug naar de moot. Wat de vis met de mens gemeen heeft, is dit: alleen vissen en mensen worden in mootjes gehakt. Het was dan ook logisch geweest dat Jezus, wiens diepste wens het was om als vis én als mens door het leven te gaan, niet voor de kruisdood gekozen had, maar voor de bijl. Dat had bovendien heel wat bossen gespaard, want nu worden jaarlijks miljoenen bomen versplinterd om elke Heilig-Land-toerist te kunnen voorzien van een schilfertje kruishout. Diezelfde bomen kunnen nooit meer voor boeken dienen of doodkisten.

Bij vlees van zoogdieren spreken we nooit van moot. Alleen al de gedachte aan een moot rundvlees maakt ons vanwege de door elkaar lopende smaakassociaties spuugmisselijk (iets dergelijks doet zich mutatis mutandis voor bij de pepermuntjes van het merk Fisherman's Friend): de kracht van het woord.

Wanneer je een vis, bijvoorbeeld een zalm of een heilbot, niet kops snijdt maar in de lengte, is er geen sprake van moten maar van plakken. Van de wortel, de worst en de komkommer daarentegen snijd je de plakjes juist wel overdwars.

Moten en plakjes worden gesneden met een mes, behalve plakjes ei en plakjes kaas. Een ei wordt in plakjes gesneden met een harp en voor de kaas is zelfs een heel apart instrument ontworpen: de kaasschaaf (een vreemd instrument dat in verband met de gemiddelde afmetingen van de Hollandse kaas langer en breder zou moeten zijn dan het doorgaans is). En de werkelijkheid, hoe versnijdt men die het best? Zinsneden!

– Van de kaasschaaf is het een kleine stap naar de vork. De vork bestaat net als de vis uit twee stukken: de vork en de steel. Het eigenaardige is niet alleen dat het hele ding zelf al *vork* heet, maar ook dat veel vorken en stelen zo naadloos aaneen zijn gesmeed dat niemand eigenlijk kan beweren dat hij nu wel echt weet hoe de vork in de steel zit. Zoals je ook nooit kunt begrijpen hoe een inhoud precies in een vorm steekt.

– Wat bij ons sleutelbeenderen zijn, heet bij de vogel het vorkbeentje. Vissen hebben helemaal geen botten of beentjes en dus ook geen vorkbeentje, wat jammer is, omdat het zo'n sierlijk dingetje is. Vanwege de verwarring die zou ontstaan bij *de botten van de bot*, noemen we vissebotten *graten*. De mens bezit geen graten, behalve de ruggegraat en meestal die niet eens. Niettemin wordt een heel dun mens wel *gratenpakhuis* genoemd. Dit komt niet doordat hele dunne mensen op vissen lijken, maar doordat men zich verbeeldt dat bij iemand van wie het vlees zo zichtbaar geslonken is ook wel al het gebeente binnenin tot nul zal zijn gereduceerd. De buitenkant die de binnenkant parten speelt. Zoals uit de geringe omvang van een boek soms zonder meer de conclusie wordt getrokken dat ook de inhoud wel mager zal zijn.

– Een gratenpakhuis in een decolleté rekent men niet tot de stukken (uitgezonderd een enkele Twiggy die met haar fijne takjes een andere definitie geeft van sex appeal). Wie een vrouw *stuk* noemt, heeft altijd de vlezige stukken van haar lichaam op het oog. *Stuk* voor vrouw heeft dan ook niets te maken met de rib van Adam, maar is een soort pars pro toto, zij het een veel abstracter dan bijvoorbeeld *gleuf* (merk op dat in het woord *stuk* de woorden *kus* en *kut* zitten opgesloten). Staat er echter een lelijk hoofd boven op die stukken, dan vormen zij samen ineens geen stuk meer!

Ga bij aankomst in een wereldstad nu eens niet direct op de musea af of naar het theater, maar koers linea recta naar de nachtclubs. Bekijk daar aandachtig de lokkende foto's in de vitrines, vooral bij de goedkopere gelegenheden. Bestaat er iets aandoenlijkers dan vrouwen die in geen enkel opzicht tot de stukken kunnen worden gerekend, maar die door een wrede gril van het leven toch in de wereld van de glamour zijn gemanoeuvreerd? Kijk hoe de onbalans tussen de wulps bedoelde pose en hun onaantrekkelijkheid, op alle onderdelen van hun gezicht tot de wenkbrauwen toe, een uitdrukking tovert die nog het best kan worden omschreven als *verontschuldigende onschuld*. Hoe moet dat voelen om de incorporatie te zijn van je eigen tegenstelling! In hun argeloosheid lijken ze volstrekt niet door te hebben dat het droeve levensbesef dat in hun ogen staat te lezen hen onweerstaanbaar maakt. En onverwoestbaar!

Maar als alles een stukje is van iets anders, dan kan het niet anders, vermits alles pas zichtbaar wordt in zijn tegendeel dat terzelfder tijd niets van de zichtbare wereld deel uitmaakt van een geheel. Beter kan ik niet omschrijven waar volgens mij de orde van de chaos op neer komt. Vandaar het verlangen zichzelf voortdurend af te splitsen tot een onwaarneembare kruimel die met geen mogelijkheid meer stuk te krijgen is. Maar hoe valt dat te rijmen met de bloedige aandrang bomkraters te slaan in de rok waaronder men vandaan gekropen kwam? En hoe met het verlangen door een grote vogel te worden opgepikt?

To the lighthouse, maar zwaar bepakt

*Je krijgt het gevoel dat er net om de
hoek voortdurend iets lachwekkends
en tegelijkertijd astraals op de loer
ligt – en op zo'n moment is het leuk om
te bedenken dat het verschil tussen de
komische en de kosmische kant van de
dingen afhangt van een sisklank.*

Nabokov

Als kind heb ik lange tijd een hekel gehad aan Bachs *Mattheuspassion*. Jaarlijks bedolf die muziek onze hele huiskamer, die toch al niet erg licht gestoffeerd en gemeubileerd was, onder zo'n drukkende zwaarte dat je er bijkans van stikte. Alles, de eiken kast, de ijzeren haard, de staartklok, de schilderijen, de fluwelen gordijnen, de theetafel met alles erop en eraan, de kroonluchter, ja zelfs de kat, begon op afzichtelijke en angstaanjagende wijze in gewicht toe te nemen zodra de eerste passieklanken uit de radio golfden. Om zelf niet in een zwaargewicht te veranderen, vluchtte ik op Palmpasen steevast naar mijn zolderkamer (zoals ik later op menige Oudejaarsavond de benen zou nemen voor Wim Kan) en sloot me daar voor uren op.

Maar op mijn twaalfde – dat tijdstip herinner ik me nog zo goed omdat ik in dat jaar voor het eerst Latijn kreeg – gebeurde er iets wonderlijks. Door één enkele letter zag ik het licht en draaide om als een blad aan de boom. Van toen af kon de *Mattheuspassion* bij mij geen kwaad meer. Wat was er gebeurd? Had ik me dan eindelijk tot de lijdende mensheid bekeerd? Integendeel, ik had in mijn eentje de zwaartekracht overwonnen.

Het is Palmzondag 1955. De lijdensweek moet worden ingeluid en gewoontegetrouw gaat de radio aan. Hilversum schakelt al gauw over naar het Concertgebouw, waar geknepen kuchjes en lachjes laten weten dat heel gecoiffeerd Nederland eendrachtig bijeen is. Ik wacht het koor niet af en storm de kamer uit. In het topje van het huis plof ik neer tussen mijn eigen rotanmeubeltjes. Ik neem het zakradiootje op schoot en stem zonder aarzeling af op Luxemburg. En terwijl de muziek door mijn buik davert, dein ik mee en wacht af. Maar de tijd vertikt het om te verstrijken en de gewenste gemoedstoestand, laten we zeggen: geluk, blijft uit. Ten slotte begint het constante gebonk vreselijk op mijn zenuwen te werken, veel erger dan tien hoofden vol bloed en wonden bij elkaar. Ik spring op en gooi het radiootje in een hoek. Het helpt niet. Is het niet íngemeen dat ik hier zit te lijden en dat zij beneden met koffie en taart van de muziek zitten te genieten? Dan steekt een vileine twijfel zijn kop op: de twijfel van de beginnende gymnasiast. Een uilskuiken ben ik, een echte barbaar. Ik ben weer veel te luchtig omgesprongen met ons oude cultuurgoed. Misschien is de *Mattheuspassion* best te harden als ik hem op eigen houtje beluister in deze zonnige kamer. Opnieuw neem ik het radiootje op schoot. En ja!

In het Concertgebouw zijn ze ondertussen aangeland bij een van de hoogtepunten: Pontius Pilatus is op zijn balkon verschenen met Jezus en Barabbas aan zijn zijden. Hij moet zijn handen nog wassen. Met zijn ene vuile hand wijst hij op Barabbas en met zijn andere op Jezus. 'Wie wilt gij,' schreeuwt hij tegen het massaal toegestroomde volk, 'dat ik u zal loslaten?' (wat een elegante en huichelachtige vorm is van: 'Wie wilt gij dat ik u zal opspijkeren?'). Even is het adembenemend stil, nog geen kuchje is te horen. Dan brult het gretige koor uit alle macht: 'Barabbam!'

Dit heeft met lijden niets meer uit te staan, dit is je reinste klokkengebeier! Ik word zo licht als een veertje, stijg op en zweef mijn kamer door. 'Barabbam!' jubel ik, 'Barabbam!' Eén nietig lettertje, de *m*, had met zijn drie pootjes weten te bewerkstelligen dat de zwaarte van de passieonderneming het veld moest ruimen voor de lichtheid van de taal. Hoe zat dat?

Jan Hanlo heeft eens gezegd: 'De vorm is de buitenkant van de inhoud.' Een rake en beeldende opmerking die niet alleen de vorm stevig op de vent of de vrouw vast metselt, maar bijvoorbeeld ook de veronderstelling wettigt dat zelfs één lettertje al een lading dekken kan.

Wat deed nu die *m* in Barabbam? Was dat niet de *m* van de Latijnse accusatief? Vanwaar dan ineens zo'n Latijnse uitgang? Om aan te geven dat het volk louter en alleen uit Romeinen bestond? Maar als dat al zo was waarom werd er voor de rest dan gewoon Duits gesproken? Ik kwam er niet direct uit, maar wat gaf het: de uitwerking, dáár ging het om. Of het nu zo bedoeld was of niet, voor míj bestempelde die *m* Barabbas zichtbaar tot lijdend voorwerp en dat was tragikomisch omdat iedereen natuurlijk deksels goed wist dat het wérkelijke lijdend voorwerp Jezus was. Dit werkelijke lijdend voorwerp werd nu door dat zogenaamde taalkundige lijdend voorwerp in een bespottelijk daglicht gezet. 'Vooruit, pak aan!' leek het vrolijke klokgebeier tot Jezus te willen zeggen, 'als jij zo dolgraag lijden wilt, wel dan kun je het krijgen. Barabbam!' Sindsdien behoort de *Mattheuspassion* tot mijn lievelingsmuziek.

Voor zover ik me herinneren kan, was dit mijn eerste bewuste ervaring van lichtheid, en de gigantische invloed die daarvan op mijn hele verdere leven uitging, laat zich het beste omschrijven als het tegendeel van *A farewell to arms*. Taal werd mijn grote liefde en taal zou mij wapens verschaffen. Die ene letter die me in één klap de betoverende kracht van de taal had bijgebracht, die mij zowel had weten te bevrijden van de zwaarte van het lijdensverhaal als van de dodelijke saaiheid van die middag, die me ook nog troostte met de plezierige wetenschap dat heus niet alle mensen partij kiezen voor de vlees geworden goedheid en dat sommige nog altijd liever een schurk in leven laten dan een Zebedeus, en die me bovendien glashelder had aangetoond dat lichtheid zwaarte niet alleen zichtbaar maar ook genietbaar maakt, veranderde mijn hele consumptiepatroon. Bekers met bittere chocolade liet ik voortaan aan me voorbij gaan. Ik consumeerde nog slechts: cognac, citroen, chartreus, coca cola, calvados, campari, crème de cacao en champagne!

Omdat ook mijn meest recente ervaring van lichtheid op niet meer dan een paar letters berust, wil ik die nu eerst vermelden. In een grauwe, sombere straat werd ik onlangs verrast door een vrolijke muurschildering van minstens twee bij drie meter. Kennelijk had iemand hier een ultieme daad willen stellen tegenover het raam van zijn geliefde die hij op geen enkele andere manier bereiken kon. Een fors kader in alle kleuren van de regenboog omvatte een helder wit vlak. En op dat vlak stond de letter voor letter zorgvuldig en sierlijk geschilderde tekst:

HOE MET JOU DE LIEFDE TE BEDRIJVEN
LUOTER DAN DOOR TE SCHRIJVEN?

Je leest het, je lacht even en je denkt: dit is geen ijzersterke poëzie. Maar dan valt je oog op de schrijffout en door die fout denk je ineens aan de maker: al die moeite en dat helemaal voor niets! Je lacht niet meer, je houdt je adem in. De simpele omzetting van twee letters opent je ogen voor de ernst van de boodschap. Je wou dat je zelf de verre geliefde was, je zou geen moment aarzelen en onmiddellijk de liefde bedrijven louter vanwege dat *luoter*.

Met genoemde twee voorbeelden heb ik de eigenaardige paradox willen illustreren dat taal (soms zelfs buiten de bedoeling van de maker om) in zijn eentje in staat is om zwaarte op een lichte en heldere wijze zichtbaar te maken. En alle goede schrijvers: Kafka, Céline, Cortázar, Krol, Michaux, Renard, Charms, Armando, Hanlo, Stevie Smith en Ponge, om maar enkele van mijn meest geliefde auteurs te noemen, weten dat.

Kafka gaat door voor een zwaar schrijver, maar dat is een vergissing. Hij bezit het vermogen om je met twee wandelstokken al volledig van de grond te tillen. In een van zijn fragmenten trof ik bijvoorbeeld de volgende passage aan:

Op het handvat van Balzacs wandelstok: Ik breek alle beletselen.

Op de mijne: Mij breken alle beletselen. Gemeenschappelijk is het 'alle'.

Niet alleen de keuze van zoiets sierlijks als een wandelstok en het absurde gegeven dat wandelstokken voorzien zouden zijn van plaatjes met dergelijke spreuken, verschaffen de lezer een buitengewoon gevoel van lichtheid en genot, maar vooral de manier waarop de zwaarte van de mededeling wordt afgeleid naar een taalkundige observatie: 'Gemeenschappelijk is het "alle".' Pas als dat tot je doordringt, besef je ten volle hoe de man geleden moet hebben onder de afschuwelijke beletselen van het leven en begrijp je dat hij tot zijn dood heeft getracht om die beletselen met taal en humor te lijf te gaan. Waarachtige lichtheid is altijd heldhaftig.

Een ander voorbeeld. Een van de *Natuurlijke Historietjes* van Jules Renard heet *In de tuin*. Hij beschrijft daarin een kleine machtsstrijd tussen enkele tuinbewoners:

De framboos: 'Waarom hebben rozen toch dorens? Er is toch niemand die rozen eet?'
De karper in de vijver: 'Goed gezegd! Omdat ze mij wel opeten steek ik met mijn graten.'
De distel: 'Ja, maar te laat!'

Framboos, karper en distel kunnen alle drie prikken als de beste. Nemen ze daar genoegen mee? Nee! De een is jaloers op de ander en dus proberen ze elkaar met hun wapens de loef af te steken. De valse distel, die het mijns inziens niet uit kan staan dat slechts ezels hem lusten, en dat elke distelvink de draak met hem steekt, lijkt het laatste woord te hebben, maar dat is slechts schijn. Degeen die werkelijk het laatste woord heeft is immers de dood en die wordt nu juist niet genoemd, met als gevolg dat hij pijnlijk aanwezig is als lachende vierde. Alweer een loodzware problematiek in een vederlicht jasje die elk geschermutsel al bij voorbaat in een ridicuul daglicht zet.

Hoe blijft men het best op de been in dit verknipte leven? Door zich een doornenkroon te laten aanmeten of door af en toe eens in lachen uit te barsten? Ik denk door het laatste, maar de prijs die men ervoor betalen moet is vrij hoog. Doornenkronen krijgen oneindig veel meer sympathie toegedragen dan lachende monden. Boven mijn bed hangt een vers van Kurt Schwitters, een mond die lacht tegen een wereld vol venijn:

Als iemand tegen mij zei

Als iemand tegen mij zei,
Een vriend zou hebben gezegd,
Dat een andere vriend gezegd zou hebben,
Ik zou tegen een derde vriend hebben gezegd,
Dat een vierde vriend gezegd zou hebben,
Een vijfde vriend zou hebben gezegd,
Dat een zesde vriend gezegd zou hebben,
Ik zou gezegd moeten hebben,
Wat ik niet gezegd heb,
Dan zegt hij maar rustig tegen alle vrienden,
Ik zou hebben gezegd,
Ik zou niets hebben gezegd.

Kunst is troost wordt dikwijls gezegd en daar kan ik inkomen. De vraag is alleen: wat voor troost. Wie van Kopf bis Fusz op lijden is ingesteld en het leven slechts ervaart als flauwe afschaduwing van een voorgoed verloren paradijs, zal voor heel andere kunst warmlopen dan degeen die tegen beter weten in het paradijs op aarde zoekt. Dát is de grote wig die zowel alle kunstconsumenten als kunstproducenten in twee vijandige kampen verdeelt. En zij zullen elkaar nooit begrijpen. Daarom komt het schrijven van literatuur of men het nu wil of niet, altijd tevens neer op *partij kiezen* en soms leidt dat tot oorlog, vooral tussen de Lichten en de Zwaren. Elke keer dat de Lichte iets zwaars op lichte wijze verwoordt, voelt de Zware die vanwege zijn gebrek aan taalgevoel en levenswijsheid niet anders kan dan zware zaken loodzwaar vormgeven, zich tot in al zijn vezels bespot. Dus gaat hij tegensputteren. Hij zegt tegen de Lichte: 'Ik ben ernstig, diepzinnig, gevoelig en goed, en jij bent flauw, oppervlakkig, kil en fout. Ik weet tenminste wat lijden is en jij hebt daar nog nooit van gehoord.' Hij begrijpt niet dat de Lichte een taalprobleem van zijn lijden heeft gemaakt. En het grote publiek geeft hem gelijk, want hoe larmoyanter een boek, hoe harder vliegt het de winkel uit. Maar de Lichte versaagt nooit. Van kindaf was hij al kop van Jut. Dáárom werd hij ten slotte zo licht, dat is zijn bescherming. Hij weet dat zijn publiek nooit groot zal zijn, maar hij weet ook dat hij altijd zal kunnen rekenen op zijn trouwe bondgenoten: de taal en alle minnaars van de taal. Zij zullen hem begrijpen met een half woord.

'Understatement,' schrijft Jan Hanlo in *Moelmer*, is het halve woord uitspreken terwijl men toch wel degelijk het hele woord bedoelt, het hele woord dat tragisch is.'

Tsvetajeva drukt het in haar *Brief aan de amazone* nog absoluter uit: 'Alles willen zeggen en geen mond open doen.'

En Primo Levi zegt in zijn opstel *Over duister schrijven*: 'Dierlijk gejank kunnen we accepteren van dieren, van stervenden, van gekken en van mensen die ten einde raad zijn, maar een normaal en gezond persoon die dierlijk gejank laat horen is een hypocriet of een domoor die zichzelf ertoe veroordeelt ongelezen te blijven.'

Laat ik eindigen met een voorbeeld uit mijn eigen werk. In mijn boek *De markiezin* worden de ouders van het meisje steevast aangeduid met 'Pappa' en '*de* moeder'. *Pappa* klinkt lief en *de moeder* klinkt koel en zo is het ook bedoeld. Het simpele lidwoord *de* toont precies de stand van zaken: het gaat hier om een zogezegd *motherless child*. Het effect is te vergelijken met de blik die de vader in Pasolini's film *Edipo re* (*Oedipus rex*) in de wieg van zijn zoontje werpt. Baby en vader kijken elkaar slechts luttele seconden aan en dan weet je al hoe laat het is. Je ziet in een oogopslag: dit komt nooit meer goed. Ook hier wordt getoond in plaats van verklaard. Elke verklaring zou er een te veel zijn, omdat het noodlottige en duistere aspect (*duister* vanwege het onbegrijpelijke dat een ouder zijn kind van meet af aan haat) van het gegeven ermee zou worden weggenomen.

In het lidwoord *de* gaat het kernprobleem van *De markiezin* schuil. Het gapende gemis uit de jeugd dat tot een redeloze behoefte aan versmelting leidt. Twee markiezinnen op een kussen, daar slaapt de duivel al tussen, maar als elk van beiden ook nog in de ander een vader wil zien (niet voor niets zegt de markiezin tegen de markiezin dat het net is 'of Pappa weer leeft'), dan slaapt de dood ertussen. Wie samenvalt heft zichzelf op en wordt onzichtbaar. Dát is wat gebeurt. Het boek eindigt dan ook met de dood. Of heb ik dat zo licht vormgegeven dat iedereen Thanatos voor Eros heeft aangezien en de Grote dood verward heeft met de Kleine?

Als dat waar is, doe ik nu het licht uit.

33

Vis-à-vis

Bobeobi sangen die Lippen
Weëomi sangen die Blicke
Piëëo sangen die Brauen
Liëëëj sang das Gesicht.
Gsigsigseo sang die Kette,
so lebte auf der Leinwand irgendwelcher Entsprechungen
ausserhalb der Umrisse - das Gesicht.*
Velimir Chlebnikov

Een gezicht is een orkest of beter: een zangkoortje, en een gezicht
kan zich pas loszingen van de contour waarin het gevangen zit, als
alle onderdelen hun partij zuiver en kleurrijk vertolken. De rol van
de wenkbrauw is daarbij van doorslaggevend belang. En wat ik nu
zo vreemd vind is het volgende. Ooit heb ik een beeldverhaal gemaakt over een man met vier wenkbrauwen (*Mijnheer Donselaer
zoekt een vrouw*, 1986) en hoewel niet alleen Lombroso, maar ook
elke rechtgeaarde grimeur je kan vertellen dat het de wenkbrauwen
zijn die de man maken en dat elk type bij wijze van spreken al staat
met de vorm, dikte en kleur van deze ogesnorretjes, hoor ik soms
recht in mijn gezicht zeggen: 'Het is een schat, die mijnheer Donselaer van jou, maar waarom moest je hem zo nodig van vier wenkbrauwen voorzien. Is dat geen redundantie?' (figuur 1).

Vragen staat vrij, maar vraag nooit waarom de weg zich ineens in
vieren splitst, vraag waarom hij rechtdoor loopt.

Piëëo, Piëëo, Piëëo, Piëëo zingen de wenkbrauwen van mijnheer
Donselaer en dat kunnen ze alleen met zijn vieren doen, omdat ze
nu eenmaal een kwartet vormen. Als dat redundantie is, dan

---

* In zijn notitieboekje verklaarde Chlebnikov: 'Mallarmé en Baudelaire hadden het
reeds over klankbetrekkingen van woorden en over met ogen hoorbare gezichten
en klanken waarin een heel woordenboek schuilt. In mijn opstel *Meester en leerling*
heb ook ik zeven jaar geleden enigszins een voorstelling van die betrekkingen
gegeven. B is een helrode kleur en daarom zijn de gu*b*y (lippen) *B*obejobi; *V*eèomi
is blauw en daarom zijn de *v*zory (blikken) blauw; pièèèj is zwart.'
Uit: *Velimir Clebnikov, Zaoem*; samengesteld door Jan H. Mysjkin

Figuur 1. Redundantie?

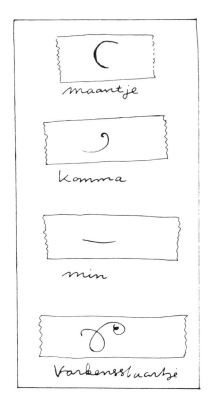

Figuur 2. Minimale minnaars

zijn de flaporen van Kafka, de erwt van de prinses op de erwt, de pijp van Maigret en de pijp van Magritte ook redundantie. Ik-in-mijn-tijd zou er bijvoorbeeld echt niet over gepiekerd hebben om professor Reichling ter verantwoording te roepen vanwege de pikzwarte rupsen boven zijn ogen. Kregen zijn taalkundige opvattingen juist daardoor geen body, klank, kleur en zelfs geloofwaardigheid?

Een mijnheer is een meneer en een meneer moet een gezicht hebben en omdat een gezicht valt of staat met de wenkbrauwen, kunnen deze nooit tot het vreugdeloze gebied der redundantie behoren.

En hoe zit het dan met de mevrouwen? Waarom epileren zoveel vrouwen hun brauwen, als ze ze tenminste niet helemaal afscheren?

35

Dat komt doordat de meeste vrouwen geen meneren zijn. Elke vrouw die een beetje meneer is, zet haar brauwen juist lekker dik aan. Voor de vorm.

In *De koele minnaar* van Hugo Claus wordt als liefdespand een schaamhaar onder het hoofdkussen van de geliefde achtergelaten. Ooit vond ik dit heel spannend, maar dat was in de tijd dat ikzelf nog niet één schaamhaar bezat. Want wat is er ten slotte spannend aan een schaamhaar in het bed van een volwassene? Het is zoiets gewoons dat je nooit zeker kunt weten of die ene nu echt expres en helemaal alleen voor jou werd neergelegd. Wie zich door middel van een schaamhaar in iemands nabijheid wil brengen, kan dat dus beter per post doen. Maar oneindig veel frisser en persoonlijker vind ik een wenkbrauwhaar. Tot dusver hebben mij in mijn leven vier heren geheel ongevraagd en los van elkaar een wenkbrauwhaar als liefdesgroet opgestuurd. Kennelijk dachten ze dat dat minieme onderdeeltje hun voldoende representeerde. En terecht, ik hoef mijn dossier d'amour maar op te slaan of ze staan om zo te zeggen in hun volle glorie voor me: mijn aanbiddelijke Maantje, Komma, Min en Varkensstaartje...(figuur 2)

Dingen hebben geen ogen en geen wenkbrauwen. De tragiek van de levenloze wereld is dan ook haar ogenschijnlijke gezichtloosheid. Dat maakt liefdevolle participatie aan de dingen soms zo moeilijk. Toch heeft ook elk ding zijn eigen *smoelwerkje*, zoals J.C. van Schagen het eens zo aardig heeft uitgedrukt, en het hoort tot de taak van de kunstenaar om dat zichtbaar te maken. Niet door er maar lukraak een stel ogen op te plakken, maar door op de een of andere manier een vis-à-vis-contact tot stand te brengen met de beschouwer.

In het kader van vlees en hormonen zag ik op de tv hoe een witgejaste laborante met een glimmend pincet een roze blokje kalfsvlees in een klein soort centrifuge stopte. In het Vlaams heet een centrifuge *droogzwierder*, wat een veel raker woord is, maar in dit geval kon je beter spreken van *natzwierder*, want na het zwieren was het stukje vlees restloos veranderd in een bodempje heldere vloeistof vol hormonen. Het meest shocking van deze sinistere voorstel-

ling was evenwel niet het snel opkomende besef van eigen vloei-
baarheid, maar de aanblik van het stukje vlees vóór de bewerking.
Te midden van al die opgepoetste instrumenten, steriele apparaten, gefronste gezichten en hagelwitte jassen werd dit kleine blokje
ineens zo'n levend en eenzaam voorwerpje dat het onmiddellijk het
kalf opriep waaruit het gesneden was. Gewoon bij de slager of in je
eigen keuken krijg je een dergelijke sensatie zelden. Om kunst ging
het hier natuurlijk niet, al was het onbeoogde effect wel precies
hetzelfde: het stukje vlees kreeg een gezicht en bracht me van mijn
stuk.

Aan Jan Hanlo komt de eer toe dat hij een kiezelsteen zijn gezicht
heeft gegeven. In *Moelmer* schrijft hij:

> Waarom is een steen eigenlijk een zelfstandig iets? Een kiezelsteen
> of een stuk steenslag is vroeger toch maar een toevallig stuk rots
> geweest. Ja, vroeger! Maar sinds hij van de rest van die rots is gese-
> pareerd is hij een eenheid geworden. Een steen is een meneer ge-
> worden. Of was dat brokje steen in die rots vroeger al een eenheid?
> Ten slotte is het psychisch of mechanisch niet toevallig dat net dat
> steentje zijn moleculen bij elkaar hield. Dat brokje was net iets
> harder dan de omgeving; of de splijtvlakken volgens welke het los-
> gekomen is, waren in aanleg al in de rots aanwezig.

Met uitgerekend deze kiezelsteen van Jan Hanlo in mijn kop begaf
ik me in een auto naar Oostende. Wie in een auto Oostende nadert,
krijgt vlak voor hij de stad binnenkomt de wonderlijke sensatie dat
hij in een aquarium rondrijdt. Links en rechts flitsen je allerlei
vrolijke bestelwagentjes voorbij met grote gekleurde vissen op de
flanken: Ostend fishcompany, Vis Ostendia, De Visfoor, Het Vis-
boerke enzovoort. Het gevolg hiervan is dat je een geweldige trek
krijgt en algauw dacht ik dan ook aan een kraakverse kabeljauw-
moot meunière. Maar toen begon die kiezelsteen door mijn hoofd
te spoken, waardoor ik ineens voor me zag hoe diezelfde moot nu
nog rustig in zee zwom tussen kop en staart. En ik dacht eraan dat
die kop en die staart zomaar op zouden houden te bestaan als die
moot ertussenuit werd gehaald. En dat het eigenlijk triest is als een
meneer wordt opgebakken in de boter. Weg trek.
Wie zo'n steen in zijn hoofd draagt kan zich beter laten opereren,

want te veel medelijden maakt het leven onleefbaar. Soms lig ik 's nachts in bed en dan passeren al mijn oude truien de revue. Jaren geleden liepen ze nog blatend op de Schotse hoogvlakten te grazen en nu zijn ze haast allemaal verdwenen in de piepkleine maagjes van mottegebroed. Of mijn eigen kist komt me voor ogen en wat nog erger is: de eik waaruit hij gehakt gaat worden. Nietsvermoedend richt die zijn blaadjes naar de zon, terwijl hij even onverhoeds zal worden overvallen als ikzelf. Dramatische metamorfoses. Maar ook: mannetjesmakerij van de gevaarlijkste soort. Nog even en heel de wereld wemelt van de verwijtende blikken. Als immers zoveel dingen meneren zijn en dientengevolge een gezicht hebben, dan betekent dat niet alleen dat wij hen zien maar zij ook ons! Hoe een dergelijke gedachtengang kan uitgroeien tot een vermoeiende obsessie leert ons de tante van Maurice Gilliams. In een van zijn korte prozastukjes uit 1939 schrijft hij:

Ik had een oude tante, die geen vreemden in haar kamer toeliet, geenszins omdat men de kleine kostbare voorwerpen zou aanraken, beschadigen of zelfs maar bezien, die zij in een lang leven verzameld had, doch opdat die voorwerpen zelf in geen geval een vreemde bezoeker zouden te zien krijgen. Moesten er werklieden komen of de schoonmaakster, dan legde ze eerst hagelblank gewassen doeken over de dingen die ze niet in de kasten kon wegsluiten.

Hoe meer meneren, hoe meer verantwoordelijkheden. Zo legt men zichzelf aan de ketting – Gsigsigseo, zingt die ketting – wat een zwaar lot is voor een kruimel op de rok van het universum. En ondertussen piekert men zich suf waarom dat universum nu uitgerekend géén meneer is maar een mevrouw. Of zou die rok een tikje redundant zijn?

The whole tree or not a cherry on it

Als je
eindelijk kunt zien
hoe de boom
vertakt
dan is het winter

Jan Arends

Dit is zo'n knap gedicht omdat het op een kale maar toch dubbelzinnige manier de vermeende wijsheid van de oude dag relativeert (figuur 1). De een denkt dat de bomen hem verhinderen het bos te zien, hakt de bomen om en ziet geen bos. De ander denkt dat de blaadjes hem verhinderen de boom te zien, vlast op de winter en vriest dood. Deze mensen dragen hart en hersenen niet helemaal op de juiste plaats. De premisse dat alles iets anders verhult (en dus: onthult!) dan zichzelf wortelt in een religieuze manier van denken die het sap en het bloed uit de dingen haalt. Wie onder elk blad, elke vacht, elke jurk, elke broek, elke huid, elk gezicht, een essentie zoekt, houdt niet van dat blad, die vacht, die jurk, die broek, die huid, dat gezicht. Wie meent dat de aanschouwelijkste delen ons stuk voor stuk het zicht benemen op de Weg, de Waarheid en het Leven, ziet ten onrechte voor vals aan wat echt is. De poedel is

Figuur 1. Hoe de boom vertakt

geen gekruld omhulsel van des poedels kern, de boom is geen franje van het bos, het blad is geen versiersel aan de boom (bovendien, wat is er toch tegen versiersels?). Arme bomen, arme blaadjes. Bestaat er dan niemand die zich bezorgd in zijn bed ligt af te vragen of hij door het bos de bomen nog wel ziet? Toch maken de bomen het bos en niet andersom, sterker: zij zíjn het bos. En zoals de wenkbrauwen de man maken en de fijne haartjes de wenkbrauw, zo maken de blaadjes de boom. Zij behoren tot wat de Engelsen aanduiden met *the treeness of a tree*, daar doet de tijdelijke onttakeling in de winter niets aan af. Eén blad volstaat al om de hele boom op te roepen, want in het klein bevat elk blad net zo'n stammetje en net zulke takjes als de boom waarvan hij stamt (figuur 2).

Figuur 2. Bladboom
(detail van Magritte)

Een boom is een bos van blaadjes. De blaadjes kleuren de boom groen. Wie *boom* zegt, zegt *groen*. Groen is geruststellend – daarom gaan chirurg, krokodil en Duitse politie er ook in gekleed – omdat het ons beschermt tegen wind, licht en alles wat van boven komt.

Niet voor niets heet de dienst die de belangen der bomen behartigt Gemeentelijke Groenvoorziening, zomer en winter.

Bomen ritselen, ruisen, schitteren, fluisteren, rillen, trillen, beven, zuchten, huiveren en wuiven ons gracieus goeiedag. Een boom is dan ook geen meneer maar een mevrouw. Dat wil zeggen tot de herfst. Daarna volgt de ontgroening en vervolgens zet de grote bladerval in. Weg sappig lover, weg frisse lucht. Deze dwarrelende uitkleedpartij gaat gepaard met een verbijsterende metamorfose: precies zoals Tiresias, maar dan omgekeerd, verandert elke boom ineens van vrouw in man. En dat is nog niet alles. Het allerleukste van de wisseling der seizoenen is misschien wel de radicale klankverandering van het hele bos. Al die groene, ruisende dames maken in de winter ineens plaats voor een leger stramme naakte heren, die de hele dag niks anders doen dan steunen, piepen en kraken. Het bos als klaagmuur, dat is de winter. Maar betekent dat, dat pas de winter ons de boom toont in zijn ware gedaante? Is de winterboom ECHT vanwege zijn kale naaktheid en de zomerboom een beetje VALS vanwege zijn uitbundige sappigheid? Omdat wij allemaal gewone stervelingen zijn, deugt deze vraagstelling natuurlijk niet. Het enige dat je je redelijkerwijs zou kunnen afvragen is naar welk type boom je voorkeur uitgaat. Degeen die de vrouw voornamelijk ziet als versierde rib van Adam en als regelrechte aanfluiting van het abstracte bestel, zal waarschijnlijk meer naar de winterboom trekken. Degeen die de man ziet als rechttoe-rechtaan schoorsteenpijp van beton, zal meer van de zomerboom houden. De verstandige omarmt figuur 3 en de milde omarmt A.L. Boom…

Figuur 3. Dan man,
dan vrouw (houtsnede
S. Covarrubias, 1610)

In zijn even prachtige als om tegenspraak vragende stuk 'De gelukkige ontbering' (*De Tijd*, 30-9-1988) schreef A.L. Boom: '[...] herfst en winter brengen je terug tot je essentie zoals ze dat ook met de bomen doen'.

Een boom die zijn eigen blaadjes ontkent! Dit zijn zulke treurige woorden dat het voor de lezer niet aangenaam is om zomaar in deze generalisatie betrokken te worden. Ik heb dan ook het vermoeden dat de letters A.L. staan voor Arbor Lacrimosa. Dat verklaart veel, maar het verklaart niet alles. Hoe ik me in het algemeen tot essenties verhoud, heb ik al duidelijk gemaakt – essenties bevinden zich slechts in onze hersenen – maar nu sta ik weer voor een ander raadsel: hoe kunnen in godsnaam zowel boom als mens tot hun essentie worden teruggebracht als de een zich in de winter volledig uitkleedt, terwijl de ander zich juist zo dik mogelijk inpakt?

Het is zomer. Ik ben teruggebracht tot mijn essentie. Met een ruwe tekenplank op mijn blote knieën zit ik in de tuin van de kunstacademie. Wij zijn met zijn tienen om een oude eik neergezet en gaan vanmiddag eens leren hoe je een boom tekent (terwijl ieder van ons dat al vanaf zijn jeugd dacht te kunnen). Het woord *Mondriaan* zal daarbij herhaaldelijk vallen.

'De blaadjes,' zegt onze leraar met zijn zuinigste gezicht, 'kun je rustig vergeten, want,' zegt hij, 'hoe kunnen tierelantijnen nou ooit tot de

Figuur 4. Een boom in vier stappen (uit: *Dat kan ik ook tekenen*)

essentie behoren? Het leven is geen kermistent, het leven is structuur en de kunstenaar moet die structuur pakken. Behandel de blaadjes als massa, meer niet.'

Gehoorzaam tekent de hele klas eerst de stam, dan het takkengeraamte en vervolgens een wolkachtige vorm die de vreemde kap-

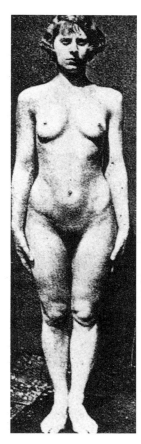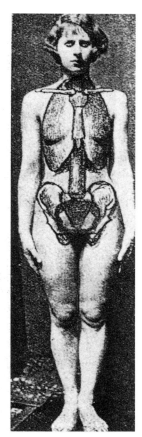

Figuur 5. De
vrouw en haar
essentie?

stok omspant (figuur 4). Op één leerling na. Blaadje voor blaadje
krijgt zijn boom gestalte. Dit wordt nu eens geen wolk op een stokje, maar een gedetailleerde bladerkroon met een steel onderaan,
een koningin.

'Denk je,' vraagt de leraar, 'dat jij nu echt kunst met een grote K zit
te breien?'
    'Ja,' zegt de leerling, 'en ik zal u nog eens wat heel anders ver-
tellen. Mijn moeder, die nu dood is, was van onder tot boven behangen met juwelen. Diamanten als eieren zo groot om haar hals,
oorhangers tot op de grond, armbanden van rinkelende dukaten
om haar rechterpols en een platina horloge om haar linker. Haar

43

trouwring woog een ons en haar andere ring bevatte een levensgrote marquise. Op haar hoedje dat ze binnen en buiten droeg, stond altijd een bosje gekleurde veren. Al haar bustehouders waren rijkelijk met kant afgezet en haar onderbroeken ook. Ze droeg strikken op haar afgetrapte schoenen en parelmoer op al haar nagels, zelfs die van haar tenen. Haar wenkbrauwen konden niet zwarter en haar mond niet rooier. Zó was mijn moeder en zó werd ze door mijn vader aanbeden en wáág het niet te zeggen met je dulle artiestenkop dat deze vrouw wezenlijker was in haar blote cinema of als skelet!' (figuur 5).

De leraar verschiet van kleur en voorzover hij nog niet verdord was, verdort hij ter plaatse. Ook teruggebracht tot zijn essentie. Nooit zal het woord Mondriaan nog over zijn kleurloze lippen komen.

Volheid, tooi, bloei, bontheid en sappigheid zijn niet minder echt of wezenlijk dan schraalheid, kaalheid, dorheid, kleurloosheid en bloedeloosheid, niet in de natuur en niet in de kunst. De paling verhoudt zich tot het feestelijk bebladerde zeedraakje als Mondriaan tot Miró, maar dat maakt die paling nog niet superieur. Hooguit smaakt hij lekkerder. Het is vals om ernst en diepzinnigheid zonder meer te koppelen aan karigheid en deemoed en er niet in te geloven bij uitbundigheid en sier. De ene keer zal het de kale neet zijn die de wereld op zijn kop zet en de andere keer de rijk behangen kerstboom. En soms hóeft de wereld niet eens op zijn kop. Dan neemt men gewoon plaats onder het ruisende lover van zijn eigen boom om een liedje van Georges Brassens te zingen:

Auprès de mon arbre,
Je vivais heureux
J'aurais jamais dû m'éloigner d'mon arbre
Auprès de mon arbre,
Je vivais heureux
J'aurais jamais dû le quitter des yeux.

A.L. Boom, zingt u mee?

44

Typoëten en theepoëten

Hamer in het midden
van de bodem.
Letter die
het huis nadert
vergezeld van
puntjes.
Hoed.
Initialen Y en J
(vergezeld van een kruisje)

Dit vind ik heel mooie poëzie. De klauwhamer die zo rustig op de bodem ligt. De vriendelijke letter die op het huis komt afgestevend met al die puntjes in zijn kielzog... En dan de buitengewone verrassing dat die aandoenlijke puntjes van dichtbij ineens goudstukken blijken te zijn. Chapeau! Soms ziet de toekomst er rooskleuriger uit dan je denkt. Als Y en J dat akelige kruisje nu maar buiten de deur houden, hoeven we voorlopig niets te vrezen.

Meer van zulke raadselachtige poëtische teksten zijn te vinden in het piepkleine Engelse boekje *The Art of Fortune-telling by Tea-leaves* (anoniem, George Routledge & Sons Ltd.).

Tot de oneindige tweedeling waarin de hele schepping is opgesplitst behoren ook twee categorieën die ik hier voor het gemak zou willen aanduiden met Typoëten en Theepoëten. Terwijl de eerste soort voornamelijk taal en beeld door elkaar husselt, doet de laatste zijn best om ons onder het genot van een kop thee wat inzicht te verschaffen in de toekomst. Kies daarom voor de Theepoëten, ook wat betreft de liefde. Dichtte Auden niet:

There's love the whole world over
wherever you may be;
Some lose their rest for gay Mae West,
But you're my cup of tea.

Al jaren wist ik dat er bezoek te verwachten valt als de theeblaadjes het vertikken om naar de bodem van je kopje te zinken – reden waarom het af en toe verstandig is geen theelepeltje te gebruiken – maar dat diezelfde onooglijke blaadjes ook nog je hele toekomst met zich meedragen wist ik niet. Niemand zou nog theezakjes moeten kopen vol onbestemd gruis. Het is geld in het water en losse thee smaakt nog beter ook.

Omdat Engelsen veel meer thee drinken dan wij en vanwege hun splendid isolation een beetje onzekerder in het leven staan, is het geen wonder dat *The Art of Fortune-telling by Tea-leaves* juist in Engeland verscheen. Het werkje dateert uit de oorlog en is gedrukt op beroerd papier, maar de inhoud compenseert dit ruimschoots. In de inleiding wordt monter uiteengezet waarom er juist 'in deze barre tijden' zo'n gigantische behoefte bestaat aan kennis van 'what a day may bring forth'. Duizenden jongens en mannen zijn van huis. Wij hier zitten maar te wachten naast de theepot. Nieuws van over de zee dringt nauwelijks door en wat de toekomst voor ons in petto heeft wordt met de dag onzekerder. Logisch dat de vraag naar Fortune-tellers langzamerhand niet meer bij te houden valt. Maar hoe kom je aan een eerlijke vent, vermits het een eeuwenoud axioma is (bijna zo solide als van Euclides zelf) dat een toekomstvoorspeller nu eenmaal onmiddellijk zijn integriteit en daarmee zijn geloofwaardigheid verliest zodra er geld in het geding is? Niemand heeft iets aan voorspellingen die aangepast zijn aan de hoogte van het honorarium. Er zit dus niets anders op dan zelf maar de voorspeller te worden van je eigen lot. Zelf ben je glad betrouwbaar, omdat je moeilijk jezelf kan gaan betalen voor je eigen verrichtingen. Laten we een voorbeeld nemen aan het volstrekt bonafide 'spae-wife' dat al eeuwenlang haar eigen toekomst voorspelt.

Daar zit ze in haar bescheiden cottage. Wat doet ze daar? Ze kamt niet haar haar, maar zit ingespannen een theekopje te lezen. Uit de minuscule figuurtjes die door de achtergebleven theeblaadjes worden gevormd kan ze precies opmaken wat de naaste toekomst gaat brengen: of ze eindelijk een brief zal ontvangen, hoeveel eieren de kip straks legt, of de schoorsteen niet van het huis waait en of ze een goede prijs zal ontvangen voor de broek die ze gebreid heeft. Hier kunnen we nu echt iets van leren en het lezen van theekopjes kost helemaal niets! Het enige wat je nodig hebt is goede thee, een theepot en een kopje. Het kopje moet wit zijn – de blad-zijden van een boek zijn ook niet voor niets wit – en breed, wat betekent: een wijde opening en een grote bodem. De beste soort thee voor tea-cup reading is China tea. Indische thee of goedkope melanges bevatten veel te veel stof voor het distilleren van de toe-komst.

Het ritueel is doodeenvoudig. Eerst drink je je kopje zover leeg dat de overgebleven blaadjes nog maar net in een half theelepeltje vocht ronddrijven. Dan neem je het kopje in je linkerhand en draait het drie keer rond, met de klok mee (factor Tijd!). Vervolgens keer je het heel voorzichtig en langzaam om op een schoteltje, zodat het laatste restje thee eruit loopt. Nu kan het echte lezen beginnen. Je zet het kopje voor je neer met het oor naar je toe en probeert te ontcijferen wat de theeblaadjes te zeggen hebben. Lees niet alleen wát er staat maar ook wáár het staat:

de bodem: de iets verdere toekomst

de zijkanten: tamelijk dichtbij

het randje van de bodem: vlakbij.

De inleiding eindigt met een wijze raad: 'There is nothing to beat one of the plain old-fashioned earthenware teapots, whether for the purpose of preparing a palatable beverage or for that of providing the means of telling a fortune.'

Na een lange lijst van veel voorkomende symbolen (*kameel*: last die gedragen moet worden, *hamer*: triomf etcetera) volgen dan ten slotte de prachtige specimina waarvan er op de volgende bladzijde twee verkleind zijn afgebeeld (figuur 1 en figuur 2).

Wie van zijn eerste verbazing bekomen is en goed kijkt, zal op-merken dat de dingen nu eindelijk op hun plaats vallen. Het hele gezelschap waarmee we aan het begin van dit stuk hadden kennis-gemaakt, blijkt in het eerste kopje te wonen!

Het tweede kopje is voornamelijk afgebeeld vanwege de haas die met zijn oortjes recht omhoog een huwelijk komt aankondigen en vanwege de charmante juffrouw met het klimopblad. Iedereen kan zo met eigen ogen zien wat voor wonderlijke taferelen worden op-geroepen door heel nietige dingetjes die meestal over het hoofd worden gezien. Dat danken we aan de Theepoëten.

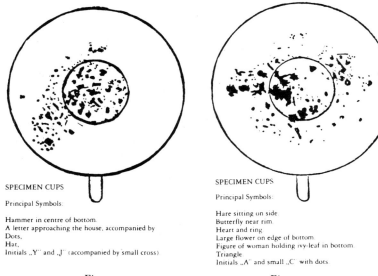

SPECIMEN CUPS

Principal Symbols:

Hammer in centre of bottom
A letter approaching the house, accompanied by
Dots,
Hat,
Initials „Y" and „J" (accompanied by small cross)

SPECIMEN CUPS

Principal Symbols:

Hare sitting on side
Butterfly near rim
Heart and ring
Large flower on edge of bottom
Figure of woman holding ivy-leaf in bottom
Triangle
Initials „A" and small „C" with dots

Figuur 1   *Figuur 2*

Maar nu de Typoëten. Dit is een heel ander slag. Typoëten zeggen:
'Waarom al die flauwe kul met theeblaadjes? Theeblaadjes zijn om
thee mee te zetten en wie wil lezen, moet zich maar van letters
bedienen.' Daar zit iets in, maar waarom verkleinen en vervormen
ze hun letters dan net zo lang tot ze niet meer te lezen zijn en
precies op theeblaadjes lijken?
Een van de bekendste Typoëten is de Duitser Hansjörg Mayer.
Een werkstuk van zijn hand staat op bladzijde 49 (figuur 3).
Zelf zegt hij hierover (typografie van hem):

"in diesen *typoaktionen* sind die elemente aus dem alphabeth von
1963 [een alfabet dat hij zelf heeft samengesteld, Ch.M.] als ba-
siselement *so* stark verkleinert gebraucht dass sie bereits als sol-
ches ihre erkennbarkeit verloren haben und zu schwarzen inten-
sitäten reduziert sind
hierdurch ist in diesen strukturen keine sichtbare beziehung
mehr zwischen sprachen und bild vorhanden
eine typographische handlung hat direkt zu einem rein visuellen
ergebnis geführt auch hier ist dieses ergebnis die folge eines kon-
struktionsprinzips in dem sowohl regel als auch zufall bestim-
mend sind

Figuur 3. Hansjörg Mayer, typoaktionen 2

De conclusie die men uit dit ongeïnterpungeerde stuk proza kan trekken is deze: zelfs bij nonsens is nog sprake van hoog en laag. Zelfs tussen de kleinste zwarte figuurtjes bestaan nog allerlei standsverschillen. Vanwege de opgeklopte uitleg eromheen worden Mayers 'zwarte intensiteiten' tot de kunst gerekend, terwijl er gegniffeld wordt om alles wat uit de tuit komt van een oude theepot. Toch doet de levendige theekopjesgrafiek qua inhoud en vorm in geen enkel opzicht onder voor Mayers structuren. De werelden die ermee worden opgeroepen zijn misschien nog wel interessanter en hebben ongetwijfeld meer uitwerking op je gevoel. Met weemoed denk ik terug aan de letter met de puntjes. Gelukkig heeft die de zichtbare betrekking tussen taal en beeld niet opgeheven. Wees blij als zo eentje je huis nadert!

En dan nu het laatste kopje (figuur 4). Hierin zal iedereen ogenblikkelijk de hand van Mondriaan herkennen. Moeilijker lijkt het me om vast te stellen of Mondriaans geestesgesteldheid nu theepoëtisch genoemd moet worden of typoëtisch. Dit is een hachelijke

49

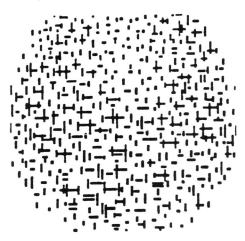

Figuur 4.
Mondriaan, Tableau, 1917

materie vanwege de tijdgeest, dus dat moet de lezer zelf maar uitmaken. Een ding is zeker: Mondriaan hield absoluut niet van de grilligheid van wat dan ook. Van vogelgezang kreeg hij al oorpijn, terwijl hij daarentegen dol was op de regelmatige en monotone dreun van machines. Het zal dan ook niemand verwonderen dat hij een hekel had aan theeblaadjes die met hun onverwachte en natuurlijke vormen niet pasten binnen het rigide recht op en neer-systeem van horizontaal en verticaal waarin hij de hele schepping wou onderbrengen. Daarom gebruikte hij voor tea-cup grafiek chocoladehagelslag in plaats van thee. Hier had hij in de eerste plaats zichzelf mee. Niet alleen moest hij vanwege de smeltbaarheid van chocolade altijd koude thee drinken, waardoor de mensen bij hem wegbleven, maar ook werd hij door die hagelslag natuurlijk voortdurend vergast op sombere toekomstbeelden vol vliegmachines en kruisjes. Vooral die kruisjes moeten voor een calvinist niet prettig zijn geweest.

Levenslang heeft hij ernaar gestreefd om zijn beeldingsmiddelen in overeenstemming te brengen met hetgeen zij te beelden hadden. Daarin is hij hier ongetwijfeld goed geslaagd: de hagel beeldt zichtbaar de Eerste Wereldoorlog uit (de compositie stamt uit 1917). Thee met zwarte puntjes. Poëtisch.

Jij met je knusheid en de kou van de buitenlucht

Thought is superior to dress and circumstance.
It is thought pure thought that sets the world in a dance.
And what is the greatest thought since the world begun?
Galileo's discovery that the earth goes around the sun.

Stevie Smith

Wat is de tegenstelling van aarde? Zon. Wat is de tegenstelling van kip? Haan. En van lach? Traan. Daarom klinkt een koor van schreiende hanen en lachende kippen zo mooi. Dit heeft te maken met *les extrèmes se touchent*. De kip draait om de haan zoals de aarde om de zon. Zelfs hanegeschrei zet de wereld in een dans. Om vast te stellen dat 's werelds goed eb en vloed is, hoeft men evenwel niet onmiddellijk af te reizen naar De Haan aan zee. Al in *Genesis* staat beschreven hoe de hele wereld van meet af aan werd ingericht als arena om contrasten (licht/donker, goed/kwaad, water/vuur, mens/dier) in te laten knokken. Moedwillig werd hiermee de oorlog in huis gehaald, maar natuurlijk ook het geluk, want stel dat het eens anders was. Zonder contradans zouden we omkomen van de eentonigheid en bovendien nog nauwelijks iets kunnen waarnemen of voelen. De grootste reus wordt immers pas werkelijk zichtbaar naast de kleinste duim, de lelijkste opdonder naast de mooiste filmster, de snelste haas naast de schuifelendste schildpad, de dikste wenkbrauw naast de dunste komma, de liefste vriend naast de ellendigste vriendin etcetera. Alleen, er zijn zo oneindig veel medailles en zo oneindig veel keerzijdes dat het soms wel eens moeilijk valt uit te maken welke keerzijde nu hoort bij welke medaille. Daar komt bij dat wat iemand als contrast ervaart niet alleen van de schepping afhangt maar minstens zoveel van zijn eigen verbeeldingskracht en voorstellingsvermogen. De een bespeurt ten slotte onraad waar de ander zich lijkt te wentelen in pais en vree. In het gunstigste geval levert dat kunst op, in het ongunstigste krankzinnigheid. Regelrechte onzin levert het op als iemand evidente tegenstellingen wel degelijk ziet, maar domweg weigert ze te erkennen omdat ze niet goed van pas komen. Om pap glad te krijgen, zegt zo iemand, hoef je niet per se met de lepel in de pot te roeren. Je kunt toch even goed die lepel stil houden en de pot daaronder in de rondte draaien? Ja, dat kan, maar voert het niet een beetje ver om te stellen dat daarmee het hele verschil tussen pot en lepel uit de wereld is geholpen? Liefdeloos is dat en vooral kunstvijandig.

Wie wat meer vat wil krijgen op het grote splijtzwam-mechanisme en wat minder houvast in het leven zou zichzelf eens de *Dictionary of contrasting pairs* (London, 1988) van Adrian Room cadeau moeten doen. Gekker woordenboek kreeg ik zelden in handen. Zo sadistisch zijn hierin allerlei woorden gekoppeld aan hun veronderstelde tegendeel dat het een wonder mag heten dat dit boek niet allang van de ruzies uit elkaar is geknald. Achter elk contrasterend woordenpaar vermeldt Room steeds uitvoerig waarin de partners met elkaar verschillen en daarbij wandelt hij flink naast de lexicale paden, wat, door de ernst waarmee dat gebeurt, veel vermakelijks oplevert zoals bij het paar *you/me*: 'The contrast is constant and implicit: "you" are "you" and I am "me" and (grammatically at any rate), "you" are the second person, while I am the first. Some linguistics have noticed a curious fact, which may not be simple a coincidence. In saying the word "you", our lips move outward the person we are speaking to, but in saying "me" the lips are drawn into the speaker [...]' (probeer het voor de spiegel, het klopt).

Omdat er maar een fractie van alle woordenboekwoorden in werd opgenomen en omdat de criteria voor opname lang niet altijd duidelijk zijn, kun je moeilijk zeggen dat dit een woordenboek is met een nuttige opzoekfunctie. Daarentegen bevat het onbedoeld zoveel levensvisies en bijzondere informatie dat het zich heel aangenaam van A tot Z laat uitlezen. Alvorens daar echter mee te beginnen is het leuk om zichzelf en zijn tegenstander eens op de proef te stellen door woordparen te bedenken waarvan men vermoedt dat ze erin voorkomen. Een vrij moeilijk maar leerzaam gezelschapsspel. Ik koos als eerste paar *lam/wolf*. Dat staat er niet in. Mijn tegenstander koos *bad/douche*. Alweer mis. *Slot/sleutel* dan. Komt er ook niet in voor. Zo gingen wij door tot diep in de nacht en vingen voornamelijk bot. Des te onthutsender was het dan ook om nabladerend in het boek ineens wel op een zonderling duo als *dry iron/steam iron* te stuiten. Geen mens die dat uit zichzelf had kunnen bedenken, wat dit woordenboek er als woordenboek niet direct beter op maakt maar wel grappiger, vooral als men ziet dat Room zich bij deze keuze kennelijk niet heeft laten leiden door het wat gezochte contrast tussen de twee strijkbouten, maar door het simpele feit dat hij een Pietje Precies is op zijn overhemden. Zijn voorkeur gaat uit naar het stoomstrijkijzer, vooral, zegt hij, omdat dat de zoompjes zo netjes strijkt!

Meen nu vooral niet dat dit woordenboek een soort verkapte versie is van de *WP voor de Vrouw*. De twee strijkijzers bevinden zich namelijk geenszins in een gezelschap van oude vertrouwde huishoudelijke apparaten, maar in een bonte stoet van de meest uiteenlopende paren, zodat niemand, tenzij hij het niet kan verstouwen voor de zoveelste maal bevestigd te zien dat alle ingrediënten van de wereld met elkaar overhoop liggen, bang hoeft te zijn met trivialiteiten te worden opgescheept (overigens, wat is er zo triviaal aan de dingen die ons omringen?): *hello/goodbye, cock/hen,* BC/AD, *patrician/plebs, rabbit/hare, win/lose, urinate/defecate, love/hate, tea/coffee, reader/writer, bee/wasp, blonde/brunette, table/chair, finger/toe, tu/ vous, salt/pepper, hurray/boo, catarrhine/platyrrhine*(!) etcetera.

Uit al deze voorbeelden en met name uit zulke onverwachte combinaties als vinger/teen, konijn/haas, boter/margarine en bij/ wesp wordt duidelijk dat heel wat tegenstellingen in feite berusten op overeenkomst. Wat lijkt nu meer op boter dan uitgerekend margarine, welk dier heeft meer weg van een konijn dan juist de haas? Waar contrasten zichtbaar worden, is blijkbaar van verwantschap sprake (een troostrijke paradox die zelfs de ergste vijand nog een sprankje vertrouwdheid verleent). Zou dit niet het geval zijn dan had Room voor een schier onmogelijke taak gestaan. Dan had hij *konijn* net zo goed kunnen koppelen aan *broodrooster, vlo* of *hark*, woorden die er stuk voor stuk meer mee contrasteren dan haas. En dan zaten wij behalve met een ontilbaar woordenboek met een zinloos allegaartje op schoot.

Alleen via een kunstwerk kan iemand duidelijk maken waarom en waardoor hij het idee heeft dat er om hem heen een dichotomische wereld is opgetrokken van de eigenaardigste contrasten waar niemand oog voor lijkt te hebben omdat haast iedereen zich blind staart op een standaard-chaos. Misschien had Room beter kunstenaar kunnen worden (in die richting wijst bijvoorbeeld zijn geestige beschrijving van *thunder/lightning*: Nature's own 'son et lumière') dan woordenboekmaker. Nu is hij eigenlijk geen van beiden. Dat neemt niet weg dat zijn boek tot denken aanzet. Het is spannend en interessant om na te gaan hoe hij tot diverse koppelingen is gekomen en vooral hoe hij steeds heeft weten te bepalen welk van een tweetal woorden het hoofdwoord moest zijn. Waarom, om maar iets te noemen, is het *cowboys/Indians* en niet *Indians/cowboys*? Of *rabbit/hare* en niet *hare/rabbit*? Hoe weet hij dat zo precies?

Het zal niemand verbazen dat naast het leven/dood-beginsel (*beginning/end, young/old, animate/inanimate*) de man/vrouw-kloof een van zijn leidinggevende principes is. De man is nummer een, dus de man gaat voorop. Dat is in het leven zo en waarom zou dat in een woordenboek anders zijn. Vandaar: *man/woman* (*man* see *woman*), *Adam/Eve* (*Eve* see *Adam*), *he/she* (*she* see *he*), *cock/hen* (*hen* see *cock*), *brother/sister* (*sister* see *brother*), *tsar/tsarina* (*tsarina* see *tsar*), *Mars/Venus* (*Venus* see *Mars*!). *Misogyny/misandry* lijkt op het eerste gezicht van de heersende orde af te wijken, maar dat is schijn. Wie even doordenkt zal er onmiddellijk achterkomen dat ook hier de bestaande hiërarchie voorbeeldig werd gevolgd. Hoe vrolijk steken daartussen koe en weduwe hun sympathieke koppen op: *cow/bull, widow/widower*. Hoe zit dat, zijn stier en weduwnaar soms mannen van het tweede garnituur? De plaats van de koe is nog wel begrijpelijk. Ten eerste grazen er oneindig veel meer koeien dan stieren in de wei rond, ten tweede is de functie van de stier vergeleken bij die van de koe slechts zijdelings. Maar op welke gronden werd de weduwnaar naar achteren geschoven? Omdat, zo legt Room uit, *widow* een veel ouder woord is dan *widower*. Aanvankelijk bestond er zelfs niet eens een apart woord voor *weduwnaar*. Waarop men zich dadelijk afvraagt hoe dát dan komt. Daar geeft Room geen antwoord op. Wel vermeldt hij dat het volgens de feministen komt doordat het voor de vrouw een stuk erger was om de financiële steun van haar man te moeten missen dan voor de man om verstoken te zijn van het gezelschap van zijn vrouw. Een gezochte verklaring die zowel de liefde van de man als de kosten van een huishoudster schromelijk onderschat. Zou het niet gewoon kunnen dat er vroeger nauwelijks

weduwnaars waren? Ook nu zie je op de honderd weduwen ongeveer één weduwnaar. Vluchtige blikken in reisbussen of bejaar-
dentehuizen leren dat de ware koploopster de vrouw is.

Contrasting pair of Discordia Concors? (Uit: Bunny Yeager's ABC)

'Jij bent ook altijd in de contramine.' Van kindaf heb ik dit oordeel
al zo vaak naar mijn hoofd gekregen dat er wel iets van waar zal zijn.
Maar wát is er eigenlijk van waar en vooral: wat is erop tegen? Zou
er ooit van contramine sprake zijn als de ander niet voortdurend
bezig was om je tegen zich in het harnas te jagen? De contramineur
demonstreert geen baldadige overmoed, hij eist alleen het recht op

om de dingen ondersteboven en binnenstebuiten te keren en zijn eigen gang te gaan.

De eerste keer ging zo:

Ik was acht jaar en op bezoek in een huis waar ik zo regelmatig kwam dat ik de moeder met 'tante' en de vader met 'oom' moest aanspreken zonder dat zij familie van mij waren. Ook moest ik accepteren dat zij mij Lottie noemden. Wij zitten aan tafel. 'Tante' brengt een schaal binnen met schijfjes tomaat erop. Niet alleen zijn die met suiker bestrooid maar ook worden we geacht ons brood ermee te beleggen. Volgens mijn eigen opvoeding wordt tomaat niet tot de zoetigheid gerekend en evenmin tot het broodbeleg. Geen probleem, ik neem wat losse schijfjes op mijn bord zonder brood, schraap er met een mes zorgvuldig de suikerkorrels af, strooi er wat zout en peper op en steek ze stuk voor stuk in mijn mond.

Of er soms wat aan mankeert vraagt 'tante'.

'Hoezo?'

'Nou, je kunt tomaat toch wel gewoon eten zoals het hoort?'

'Ja maar, bij ons thuis is tomaat iets hartigs.'

'Daar klopt echt niets van, zo heeft de natuur het niet bedoeld.'

'Bij ons thuis wel, bij ons is tomaat een hartig ding. Onze tomatensoep smaakt ook altijd zout. Bel anders maar op.'

'Is het nu echt nodig om hier aan tafel, als we gezellig samen bij elkaar zitten, op zo'n manier in de contramine te gaan? Op die manier hoef jij hier echt niet meer langs te komen, Lottie.'

Dit gesprek is het eerste geweest van een reeks dwaze woordenwisselingen die allemaal op hetzelfde verwijt uitdraaiden. Het aantal mensen dat meent dat de waarheid bestaat is te groot. Misschien verdiep ik me daarom zo graag in zo'n boek als van Room. Room zet nu eens niet *zoet* en *zout* tegenover elkaar, maar vormde het stel *salt/pepper* (ikzelf zou eerder zeggen *pepper/salt*), waarvan zout volgens hem de smaak aan iets geeft en peper de 'pep'. Of hij zich nu etymologisch heeft laten meeslepen weet ik niet, maar ik dacht altijd dat zout de pep gaf en peper de smaak, zodat ik opnieuw moet proeven, waarbij sergeant Pepper zich aandient in mijn hoofd.

Ondertussen zit ik in mijn kamer met Room. Ik zit op mijn stoel aan tafel (*'tables* are for things, *chairs* for people,' aldus Room) en kijk naar mijn peper-en-zout-stel. Het zout zit in het vaatje met meer gaatjes en de peper in het vaatje met één gaatje (net andersom als bij Room). Zij knokken niet, zij wachten. Tot ik met het mes kom en de tomaat. Ze popelen om hem op te peppen en smaak te geven. O, als Eros en Thanatos ook eens zo broederlijk naast elkaar zouden staan in een zilveren houdertje. En dat je dan af en toe een snuifje van dit kon nemen en af en toe een snuifje van dat. Zonder eraan te bezwijken en zonder dat iemand je komt uitleggen dat het in wezen zoetigheid is wat je zoekt.

Maar dan komt godzijdank de zwarte nacht. Ik trek mijn witte nachtpon aan. Wij doen de kachel uit en zetten de ramen wijd open om zoveel mogelijk kou uit de ijzige wereld naar binnen te laten. Diep kruipen we weg onder de dikke dekens:

We voelden ons heel fijn en knus, temeer omdat het buiten zo guur was; trouwens boven het dek ook, aangezien er geen kachel in de kamer brandde. Temeer zeg ik, omdat er om echt van lichamelijke warmte te genieten een klein stukje van je koud moet zijn, want er is geen enkele hoedanigheid op deze wereld die niet enkel en alleen is wat hij is door tegenstelling. […] Om die reden zou een slaapvertrek nooit voorzien moeten zijn van een kachel, wat een der weelderigste ongemakken der rijken is. Want het toppunt van dit soort verrukking is niets dan de deken te hebben tussen jou met je knusheid en de kou van buitenlucht. Pas dan lig je daar als het enige warme vonkje midden in een ijskristal.*

Ja, twee contrasterende vonkjes in een ijskristal, jij en ik. Laat nu de wereld maar draaien.

* Herman Melville, *Moby Dick*

Desintegratie

Een vers geopend lichaam leert
hoeveel meer goed is dan verkeerd.
Organen glanzen als in lust
en leven door elkaar gekust.
Daar vindt wie kijkt in wie verteert
een onrustbarende rust.

Leo Vroman

Scène 1

In 1954 stortte het KLM-vliegtuig de *Bontekoe* met zijn hele hebben en houwen in de golven bij Wijk aan Zee. Uitgerekend in onze zomervakantie. Wij zaten die middag vanwege de kletterende regen spelletjes te doen in de serre van hotel Paasduin en hoorden het rampzalige nieuws neerdalen uit de houten radio die naast een hertekop aan de muur hing. Meteen daarop vloog al een eskader helikopters over de duinen. Het effect op de badgasten was enorm. Mensen die elkaar tot dusver slechts minzaam hadden toegeknikt bij de maaltijden schoven nu ineens verheugd hun tafeltjes tegen elkaar en bestelden een gezamenlijke pot thee. Er werd zoveel besteld dat de ober het nauwelijks bij kon benen. Na vijf minuten was er geen plak cake meer in het hele hotel te vinden, maar het enthousiasme werd er niet minder om. En wat toevallig: iedereen bleek in zijn jeugd *De scheepsjongens van Bontekoe* te hebben gelezen en iedereen was het er roerend over eens dat je nimmer een vliegtuig van een naam mocht voorzien die zozeer beladen was met rampspoed en water. Op die manier riep je het over je af. Dit ontging me, want hoewel zelf in mijn jeugd, had ik dat boek nu juist nooit gelezen. Bij de naam *Bontekoe* was me iets heel anders voor de geest gekomen: een vliegtuig met een vacht erop.

's Nachts nam deze drijfnatte koeievacht zulke tastbare proporties aan dat ik niet slapen kon en dacht dat ik in mijn bed had gepist. Dat kletsnatte vliegtuig. Helemaal doordrenkt. Al die mensen met hun mond vol water. En wie weet waren er nog dieren bij ook .

58

De volgende morgen scheen de zon alweer. In de ontbijtzaal was van de grote verbroedering niets meer te bespeuren. Integendeel, de gêne droop van de gezichten af en veranderde zelfs in ontstemming toen wij links en rechts rondknikten met onschuwe blik. Maar wat kon ons dat schelen. Even opgewekt als altijd pakten we de grote tas in en slenterden naar het strand.

Mijn ouders zitten in hun rieten badstoel. Ikzelf graaf voorzichtig met mijn schepje in het rond als de dood een zandvlo te raken of een zeepier. Daar komt de stoelenman onze richting op voor zijn dagelijkse kwartjes. Energieker en krachtiger dan ooit. Of wij al wisten, schreeuwt hij ons van een afstand tussen zijn handen toe, wat er vannacht was aangespoeld. Geen idee? Nou dan zouden we nog opkijken. Op een holletje komt hij eraan. Vlak voor de badstoelen blijft hij staan en fluistert ademloos: 'Billen en darmen! Billen en darmen zover het oog reiken kon. Wat nu? Wij hier kunnen toch moeilijk de Noord-Zuidhollandse Reddingsbrigade gaan smeken of ze alsjeblieft de hele zee even voor ons af willen schuimen op menselijke delen. Er valt toch niks meer te redden. Maar wie gaat het dan opruimen? Let op, straks is ons hele seizoen finaal naar de knoppen, straks durven zelfs de ezeltjes niet meer langs de vloedlijn te lopen.'

'Kalm aan, Schelvis,' zegt mijn vader, 'heb een beetje geduld. Jij weet toch ook wel dat de zee elke dag opruiming houdt? De ene dag geeft hij kwallen en hout, de volgende dag schelpen en radiolampjes en daarna is het dan plotseling weer niks als wier. Je kunt er geen pijl op trekken. Wie weet struikel je morgen over de hoofden en de voeten, maar dat is van later zorg.'

Op dit moment maakt zich een man los uit een groepje omstanders. Twee vuisten drukt hij gebald tegen zijn gebreide badbroek. 'Zoals hier gesproken wordt,' zegt hij, 'over de mens en zijn toebehoren en dat met een kind erbij, dat is puur schennis!'

Scène 2
Mijn moeder had een aanzienlijke haat tegen me ontwikkeld. Steeds als ik iets verkeerds deed zei ze: 'Nu komt je ware Zelf naar buiten.' Als ik iets liefs of iets grappigs deed, zei ze dat nooit, zodat mijn inhoud voornamelijk uit smeerboel leek te bestaan. Gedreven

door de wet der compensatie hield ik meer dan de gemiddelde ander van mijn vader en om mijn moeder te pesten deden wij samen rok-en-rol. Vaatje smeet mij door de lucht als een zak zout en liet me juichend op de grond kieperen. Hij trok mijn armen uit de kom en prees me als ze vanzelf weer terugschoten. Hij slingerde me om zijn nek en zei: 'Wat staat die das mij leuk.' Tijden van gomelastiek! En dat is nog niet eens alles, want het hoogtepunt komt nog. Als wij eindelijk waren uitgedanst en hijgend neerploften op de canapé, begon hij mij vermanend aan te kijken en hortend en stotend te zingen:

> Je moet niet zoveel dansen,
> want dat is niet gezond.
> Je darmen en je niertjes
> vliegen zomaar in het rond.

Ik smolt. Dat er iemand bestond die zóveel van me hield dat hij aan mijn darmen dacht en aan mijn niertjes... Dat hij erover sprak alsof het trouwe makkers waren. Roerloos bleef ik zitten. Zo konden al mijn organen eens goed uitrusten, dat hadden ze verdiend. Ik voelde ze gloeien in mijn buik. Ze maakten muziek. Hoorden zij ook niet een beetje tot mijn verfoeide Zelf?

Scène 3

Dag in dag uit lopen wij met plastic tassen naar het bos om paddestoelen te zoeken. Vlak naast de entree van dit bos ligt een boerderij op een lap grond ter grootte van een vaatdoek. Drie geiten spelen daar voor tuinman, zodat alles er altijd even geknipt en geschoren bijligt. Zodra zij ons in de gaten krijgen, komen ze mekkerend aangesprongen en steken hartelijk hun horentjes door het gaas bij wijze van hand. Als wij na uren doodop terugkeren met volle zakken, komen ze ons feliciteren met ernstige en begrijpende gezichten. Dan lopen wij weer dubbel veerkrachtig naar huis.

Maar op een dag is alles voorbij. Er komt niets meer aangesprongen, er wordt niet meer gemekkerd. Pikzwart staat het bos te zwijgen, de stilte is om te snijden. Aan de waslijn van de boerin hangen drie geitehuiden te drogen. Ze gaan zachtjes op en neer. Voor het huis zit de boer op zijn bank. Naast hem liggen vijf horentjes. In het zesde kerft hij aandachtig een voorstelling met een mesje: een geiteweitje.

Scène 4

Op een brancard met wieltjes lig ik in het voorgeborchte van de operatiezaal. Van top tot teen in het wit gestoken moet ik wachten tot ze me naar binnen rijden om de galblaas uit mijn buik te snijden. Groene chirurgen lopen lachend af en aan door de klapdeuren met een sigaret in hun hand. Boven op mijn borst ligt de brief met mijn status. Twee assistenten werpen er een korte blik op en lopen mopperend weg. Hardop zegt de een tegen de ander: 'Ik kan geen galblaas meer zien.'

Scène 5

Ik las bij Georges Bataille hoe hij een juweel van een drol bakte. Die smeerde hij op een broodje en dat offreerde hij aan zijn vriendin.

'Jasses,' zei mijn beste vriendin toen ik haar (mutatis mutandis) hetzelfde aanbood, 'noem je dát een persoonlijk cadeau? Denk je nu werkelijk dat er ook maar iets van jezelf zou zijn terug te vinden in je uitwerpselen? Schiet op!'

Mijn beste vriendin niet meer.

Scène 6

Om op een indirecte manier de afgezaagdheid aan te tonen waarmee doorgaans het menselijk lichaam wordt benaderd in onze vaderlandse literatuur (Leo Vroman, Herman Gorter en Piet Grijs uitgezonderd), las ik ten overstaan van een literair genootschap een stukje voor uit 't *Manneke uit de mane* van 1987. In deze Vlaamse volksalmanak stond een bizonder beeldende bijdrage over onze pancreas of alvleesklier, *De pankerjas*: [...] Diepe weggestoken in den bovenbuik, entwaar halverwege tussen de navel en het borstbeen, zit, achter de maag, die fameuze pancreas. Hij weegt omtrent 70 gram, is een 15 cm lang en wordt qua vorm en bekeken van voren soms vergeleken met een kleine hamer met de steert plat naar links en de rechtstaande klopper rechts. In wezen trekt hij nog meer op een rare 'karote' met een dikke kop rechts, die bovendien nog nen 'wrong' naar onder toe derbij medegekregen heeft. Als boer of tuinder zoudt ge met zulk groensel niet naar de veiling moeten gaan, ge zoudt uw 'marchandise' were mee naar huis mogen nemen. Maar ja, w'en hebben onszelf niet geschapen, 't ware zonder twijfel nog vele lelijker uitgevallen. Dus geen schoon model en niet straf koopziende, maar ge kunt in alle geval niet zeggen dat het entwat is zonder kop en staart, want het heeft ze alletwee. En tussen kop en tussen staart zit niet het paard, wel het korpus of lichaam van de pancreas […].

'Maar mevrouw Muistaart,' interrumpeerde een vrouw in een herenpak, die zich al de hele avond beklaagd had over het feit dat ze ten onrechte zat opgesloten in een vrouwelijk lichaam, 'hoe kunt u dát nu interessant vinden, zoiets enkelvoudigs? Daar kan ik niks mee.'
'Enkelvoudig?' zei ik. 'Had u vóór vanavond soms enig benul van uw eigen pancreas? Wist u bij benadering hoe hij eruitzag? Heeft u zich daar ooit, al is het maar een enkel keertje, in verdiept?'
'Ja maar, ja maar,' zei de mevrouw, 'wacht even, zo makkelijk ligt het niet. Het gaat hierom. Wij zijn natuurlijk niet op aarde om ons lichaam voor de grap binnenstebuiten te keren. We moeten toch een klein beetje over de grenzen van geboorte en dood heen kijken. Hoe kunnen we ons anders ooit uiteenzetten met de beperktheid van ons bewustzijn, onze sterfelijkheid en de enorme ellende die we elkaar aandoen in dit leven? Ik heb er moeite mee dat u daar zomaar over heen walst.'

De bezigheden van de schrijver zijn wonderlijk en paradoxaal. Als je begint, wil je vat krijgen op de chaos. Als je eenmaal bezig bent, blijkt het althans in je eigen hoofd met die chaos nogal mee te vallen. Alles ligt netjes geordend te borrelen in een goed doorbloede en kloppende hersenpan en wel volgens zulk een compleet persoonlijk maar volstrekt logisch systeem dat men schrijvenderwijs van de ene verbazing in de andere valt en zijn eigen leven ervaart als een geweldig cumulatief register waarvan men maar een ding hoopt: het in godsnaam helemaal te kunnen doornemen zonder voortijdig door de een of andere slordige ramp uit het leven te worden geslingerd. Zelfs alles wat zogenaamd ontspruit aan de fantasie blijkt in werkelijkheid ook al klaar te liggen om gewekt en uitgepakt te worden, zo ongeveer als Lazarus, wat een begrip als fictie nog niet op losse schroeven zet, maar ons wel duidelijk maakt dat herinnering en fantasie niet principieel van elkaar te onderscheiden zijn. De taak van de schrijver wordt er ondertussen niet lichter op. Hij moet verbindingen zien te leggen tussen de twee gebieden en in de wijze waarop hij die verbindingen legt en dooreenvlecht, zal zich al of niet zijn meesterschap openbaren en al of niet zijn onsterfelijkheid. Maar zelfs deze onsterfelijkheid houdt de dood niet weg.

Om te achterhalen waardoor ik soms als bij toverslag word overvallen door buien van een beklemmend soort hypochondrie, die me het gevoel geeft in allerlei stukken uiteen te vallen, ben ik mijn hoofd gaan raadplegen op voorvallen waarin het lichaam op de een of andere manier een veelbetekenende rol heeft gespeeld. Nog had ik mijn pen niet opgenomen of niet tientallen maar duizenden scènes buitelden over elkaar heen en betwistten elkaar de eerste plaats. Er was geen houden meer aan. En voor de zoveelste keer vroeg ik me af: waarom interesseert de mens zich in het algemeen zo weinig voor de wonderbaarlijke machinerie van zijn eigen lichaam met alles erop en eraan? Veel vrouwen bijvoorbeeld weten pas dat hun baarmoeder een halsje heeft en een mond als de dokter klaarstaat met zijn curette-lepels. En ook in de literatuur speelt het lichaam op de geijkte liefdesonderdelen na nauwelijks een rol. Heeft een schrijver het over zijn *binnenkant*, dan doelt hij onveranderlijk op iets geestelijks en met de huidige Spirituele Opdrang is dat er alleen maar erger op geworden. Toch bestaat er voor mijzelf niets idioters, niets adembenemenders, niets amusanters, niets onthutsenders, niets dat dichterbij is, niets dat verderaf is dan het eigen lichaam. Net ben je ervan overtuigd dat je in je eigen hoofd woont of Hopla! daar verspreidt zich je hele zelf over je tien tenen. Net ben je gewend aan die tenen of Vort! ze sturen je door naar je hart. Het is om gek van te worden. Daarom kan ik dokter Zeldenrust ook zo goed begrijpen. Zijn werk is niet griezelig of pervers. Hij was slechts op zoek naar de onrustbarende rust en die vind je slechts in de ander.

Tot slot wil ik nog even terugkomen op de *Bontekoe*. Toen ik dit stuk afhad, kwam er een sterke behoefte in me op om nu eens precies te weten hoe alles destijds in zijn werk was gegaan. Ik belde de redactie op van de KLM-krant *Wolkenridder*. Een allervriendelijkste jongeman stond me te woord met zo'n overrompelende dosis opwinding dat het warempel wel leek of het ongeluk nog maar een uur geleden was gebeurd.

Om te beginnen heette het vliegtuig niet *Bontekoe* maar *Willem Bontekoe*, wat het behalve dierlijk nu ook nog menselijk maakte. Het was een toestel van het type DC-6 en de onfortuinlijke gezagvoerder heette C.C. Hartman, ook dat nog.

'Kan het misschien zijn,' vroeg ik met van emotie overslaande stem, 'dat er destijds per ongeluk wat menselijke delen op het strand zijn aangespoeld?'

'Ja, dat is volkomen juist. Kijk, u moet het zo zien. Het betreft hier een van de allerraadselachtigste vliegrampen uit de hele geschiedenis. Zwarte dozen had je toen nog niet, maar ook al hadden ze wel bestaan, dan nog zou er niets mee zijn opgelost. Vlak voor de ramp had de piloot nog normaal radiocontact met ons (sic) gehad. Alles was O.K. om te landen. Toen deed het vliegtuig ineens iets heel vreemds. In plaats van door te vliegen naar Schiphol beschreef het een buitengewoon rare bocht, waarop het weer omkeerde en linea recta terugvloog naar zee. Dat was het laatste wat we zagen. Daarna was het vliegtuig voor eeuwig spoorloos verdwenen. Nooit meer iets gevonden, zelfs geen brokstukken. We denken dat het door de geweldige klap op het water in miljoenen stukjes is gesprongen. Wij noemen dat hier *gedesintegreerd*. Dus ik hoef u niet te vertellen hoe het gesteld was met de passagiers. Ook gedesintegreerd. Zodoende.'

'Heel hartelijk bedankt voor de informatie.'

'Graag gedaan!'

Frontaal

Met een globe, lief en groot,
zit ik bijzonder graag op schoot,
en streel de zoete welving waar
bij de mens het geurig haar
een warm voorhoofd ontbloot.

Leo Vroman

Waarom mocht ik vroeger nooit pony dragen? Waarom is de C de lekkerste chocoladeletter? Waarom zien wij de maan graag door de bomen schijnen? Waarom is de wijsvinger nog aantrekkelijker dan de penis? Waarom heeft niemand de Neandertaler lief? Waarom is het Edammerkaasje zo populair? Waarom is de leeuw koning der dieren en waarom heet hij Nobel? Allemaal vanwege het VOORHOOFD. Wat is dat toch met die voorhoofden?

Bij een andere gelegenheid sprak ik er mijn verbazing over uit dat voorhoofden zo vaak *nobel* worden genoemd. Het betrof hier slechts een zijdelingse opmerking, maar toch. Nog geen week later schreef Kees Fens in *de Volkskrant* (14-10-'88) naar aanleiding van een passage in een Shakespearesonnet: '[...] het voorhoofd, misschien wel het mooiste, in elk geval het meest gevoelens en karakter tonende deel van het gezicht.' Nonsens, dacht ik, wat gechargeerd. Niet dat het voorhoofd ook bij mij niet hoog in aanzien staat, al was het maar als drager van de twee wenkbrauwen, maar om nu net te doen of het hele hart erover ligt uitgespreid, dat is te veel van het goede.

Ik had weer eens te vlug geoordeeld. Nog geen week later viel er een envelop bij me in de bus met een brief en twee bijgesloten foto's. Die brief kon haast niet korter. Er stond:

Look at us, Char. M's!
D.C.

En achter dat D.C. stond tussen haakjes nog een naam voluit gekrabbeld. Dit was kennelijk een man van weinig woorden en waarom had hij mijn naam zo eigenaardig afgekort en waarom moest hij zo nodig in de pluralis majestatis (of was het modestiae?) spreken? Vragen die stuk voor stuk even vlug verdwenen als ze waren opgekomen, toen ik eenmaal de foto's zag, want wat een voorhoofd! Dit sloeg in als een spijker in kersebomehout. Onmiddellijk de Nobelprijs voor dit voorhoofd! Fens had toch gelijk: het mooiste deel van het gezicht. Mooier kan niet. En je kunt het zomaar bekijken in de ontblote staat, altijd, zonder dat het iets kost en zonder de aan- en uitkleedrompslomp van de reguliere erotiek.

D.C., frontaal   D.C., driekwart frontaal

Optisch bedrog

Maar nu het rampzalige, want wat gebeurde er? Juist stond ik met mijn brief en een bord rijstebrij op mijn balkon of daar ging de telefoon. Om de brief niet te laten wegwaaien plakte ik hem stevig vast in de brij en snelde naar beneden. Ik wou het kort maken, maar aan de andere kant van de lijn wisten ze van geen ophouden. En toen ik iets losliet over een coup de foudre wilden ze me helemaal niet meer laten gaan. Alles bij elkaar duurde dit een uur. Toen ik op mijn balkon terugkwam, was het al donker en de brief had in de tussentijd alle rijstebrij opgezogen, zodat er niets anders op zat dan hem maar in mijn mond te steken en op te eten, want waarom zou ik honger moeten lijden vanwege een telefoontje dat door de schuld van iemand anders veel te lang was uitgevallen?

Gelukkig heb ik de twee foto's nog, dus dat is niet wat me dwarszit. Wat me dwarszit, is dat ik de naam van de schrijver kwijt ben. Ik weet niet meer exact hoe hij heet en ik wou hem nog wel zo graag bedanken. Was het nu Dolf Charms of Daniil Cohen of iets dat daarop leek? Maar wat doet het er ook toe. Vanwege de logica van het alfabet behoort D.C. tot de C-familie. De C: van voren gepantserd, van achteren open. Het ene C-vormige voorhoofd gaat altijd over in het andere C-vormige voorhoofd dat op zijn beurt weer deel uitmaakt van het enorme C-vormige brein (crâne!) waarin alle kronkels liggen opgeslagen van de capricieuze C-familie waartoe bijvoorbeeld ook Lewis Carroll behoort en Cortázar en Dora Carrington en Bianca Castafiore en Chlebnikov en Benjamin Constant en Carduelis, en Abbé C. en Cerisier en Blanche de Craeyencour en Céline en Chapkis, maar Carmiggelt helemaal niet, omdat die in weerwel van zijn naam de factor-C voor geen cent bezat.

Bloed kruipt waar het niet gaan kan. Hoe het kwam weet ik niet, maar deze foto's toverden ineens vanuit een grijs verleden een ander voorhoofd te voorschijn waaraan ik in geen jaren meer had gedacht, terwijl ik er destijds bijna voor op mijn knieën lag. Bij de aanblik van dit voorhoofd schoten helemaal alle woorden te kort, behalve misschien *nobel* en *sereen*, als die woorden niet zulke zalvende connotaties hadden. Ja, dit was werkelijk een schoolvoorbeeld van wat de Ouden een *animae ianua* noemen of een *templum pudoris*: het voorhoofd van mijn vroegere leraar Nederlands J.C. Brandt Corstius.

Voordat ik aan het eind van de jaren vijftig op het Utrechts Stedelijk Gymnasium belandde, was ik allang van de faam van dit voorhoofd doordrongen, want een leraar aan het gymnasium stond toen oneindig veel hoger in aanzien dan een professor nu, wat met zich meebracht dat het hele gymnasiale lerarencorps in bepaalde Utrechtse huiskamers even vaak over de tong ging als Juliana, Bernhard en de vier prinsesjes, maar dat nam niet weg dat ik perplex stond toen ik het voor het eerst in het echt zag. Max Picard schrijft in zijn boek *Het menselijk gelaat* (een absurd maar lezenswaardig boek vanwege de oprechte ernst en grote inventiviteit waarmee de krankzinnigste opvattingen worden geventileerd):

> Het voorhoofdsvlak is licht, oprijzend; als een vaandel, als een proclamatie staat het daar op zichzelf – als moest worden getoond, dat de mens tot de hoogte van dit lichtende teken uit de klompen der aarde omhoog was geheven.

Precies, 'uit de klompen der aarde omhoog geheven', zó zagen wij het voorhoofd van J.C. Brandt Corstius, die door iedereen, zelfs de rector, kortweg Brandt-C werd genoemd. Ondanks dit voorhoofd en ondanks zijn voorletters J.C. hing Brandt-C echter in geen enkel opzicht de gezalfde uit en dat maakte hem pas werkelijk nobel. Hij was een goede leraar en bezat een volstrekt natuurlijke vriendelijkheid. Ik herinner me een voordrachtsles. Voor de klas moest ik uit mijn hoofd een gedicht van Clara Eggink opzeggen, een schaatsgedicht. Het begon met de regel: 'Glad en wijd ligt het ijs.' Meteen na deze zes woorden wist ik niets meer uit te brengen, omdat 'glad en wijd' me natuurlijk direct aan zijn voorhoofd deden denken. 'Geeft niet,' zei Brandt-C, 'denk maar even rustig na, dan schiet het je wel weer te binnen. En als het je niet te binnen schiet, wel ook dan draait de wereldbol gewoon door.' De wereldbol...

Het enige dat ik hem kwalijk nam, was dat hij als humanist niet aan Kerstmis deed. Het gerucht ging dat zelfs een eerlijke kerstboom bij hem de deur niet in kwam. Deden ze bij hem thuis dan helemaal niets aan 25 december? Toch wel: zij lazen elkaar Goede Verhalen voor. Dit wierp een grote smet op mijn eigen kerstvreugde. Daar zaten wij dan aan onze antieke tafel boordevol haas en bourgogne, de kaarsjes in de kerstboom aan (een emmer water daaronder), een verguld engeltje aan de lamp, kerstklokken van papier aan elk uitstekend punt, hulsttakken achter de schilderijen, een plaat met *Stille nacht, heilige nacht* op de pick-up en een stalletje op het buffet. En waarover spraken wij? Over de tafelversiering, over de teleurstelling van alweer geen witte Kerstmis, over de hazebout die niet gaar genoeg was en over de leraren van het gymnasium. Was dat dan niet gezellig? Ja natuurlijk was het gezellig! Maar bij Brandt-C thuis werden op hetzelfde moment de schitterendste verhalen voorgelezen aan een moderne tafel, want zij waren modern, zonder vlees, want zij waren vegetarisch. En als zij geen goede verhalen voorlazen dan voerden ze ijzersterke kerstconversaties zoals: 'Hebt u voor de kerstboomster kers van sterkers?' 'Sterkerssterkers, sterker spul bestaat niet.' Dit kon ik alleen maar goedmaken door de hele kerstnacht door te brengen met Kafka, die volgens Brandt-C goede verhalen schreef. En zo dank ik mijn fanatieke liefde voor Kafka aan mijn fanatieke liefde voor een voorhoofd. Want wat schreef Kafka? Hij schreef: 'Ik ben gewoon in alles mijn koetsier te vertrouwen. Toen wij aan een hoge witte zich langzaam zijwaarts en omhoog welvende muur kwamen, de tocht onderbraken en langs de muur rijdend deze betastten, zei de koetsier ten slotte: "Het is een voorhoofd." '

Zúlke schrijvers, zúlke koetsieren, zulke voorhoofden!

Maar ik dwaal af. Terug naar de C-factor.

C = Charlotte die drinkt chocolaad. Dat weet een kind, dat is niets bizonders. Maar C is veel meer:

C = Caput
C = 100
C = Cerebraal

Boeken met echte C-titels zijn dan ook:

– Ik sta op mijn hoofd
– ...honderd. Ik kom!*
– Denk na

Het gros van de mensen zag liever een boek met de titel *Voel mee*, want tot vervelens toe kun je horen dat schrijvers van het C-type ons hun gevoelens onthouden waar wij recht op hebben of sterker: dat zij met hun soort hersens niet eens weten wat gevoelens zijn. Je hoeft de twee foto's maar te bekijken om beter te weten, maar voor wie dat niet in een oogopslag duidelijk is, wou ik graag eens korte metten maken met dit absurde odium en wel aan de hand van een brief die Daniil Charms schreef aan zijn geliefde Claudia Poegatsjova.

Ook van Charms moeten veel mensen niets hebben. Hoe vaak heb ik niet horen zeggen: 'Wat hebben we aan die flauwe en wrede verhaaltjes? De koppen vliegen maar door de lucht alsof het niks is. De ledematen ook. Hij denkt zeker dat hij leuk is, maar inhoud, diepgang heeft het allemaal niet. Het is te gemakkelijk. En waar zit trouwens zijn gevoel?'

---

* Op p. 27 van ... *honderd. Ik kom!* staat behalve een mooie jeugdfoto van de auteur (je herkent hem direct aan zijn wenkbrauwen en het voorhoofd in aanbouw) het memorabele feit vermeld dat hij ooit nog eens kersen heeft gegeten met de dochter van prins Bernhard. Nóóit meer zal ik vrouwen uitlachen die jaloers zijn op de koningin.

Misschien wordt dat nu duidelijk.

Onderstaande brief van Charms verscheen in 1988 in het tijdschrift *Novyj mir*. Peter Urban, die ook veel van Chlebnikov heeft vertaald, heeft hem in het Duits overgezet en ik heb hem zo goed en zo kwaad als het kon weer in het Nederlands vertaald* in de overtuiging dat de kracht en de schoonheid (en het gevoel!) van deze driedelige brief zo groot zijn dat ze ondanks de bewerkingen wel overeind blijven.

Woensdag,
20 september 1933, Petersburg

Deel I (teder)

Liefste Klavdija Vasiljevna, dit deel van de brief moet teder worden. Dat krijg ik wel voor elkaar, want mijn verhouding tot u heeft om de waarheid te zeggen een welhaast verbazingwekkende tederheid bereikt. Het volstaat, alles op te schrijven wat me door het hoofd speelt, maar daar ik slechts aan u denk (en ook dat vergt geen enkele inspanning, want ik denk de hele tijd aan u), wordt deze brief vanzelf teder. Ik weet zelf niet hoe het kwam, op een mooie dag was het plotseling zo, dat u – en eigenlijk niet meer u, maar niet dat u een deel van mij geworden was of ik een deel van u, of wij beiden een deel van wat vroeger een deel van mijzelf was, als ik niet zelf tot dat deeltje behoord had dat op zijn beurt weer deel uitmaakte van... Vergeving, een nogal gecompliceerde gedachte, en zoals blijkt heb ik me daarin verstrikt.

In ieder geval, Klavdija Vasiljevna, neemt u slechts dit ene van mij aan, dat ik nooit een vriend gehad heb en er ook nooit aan heb gedacht, omdat ik van mening was dat dat deel (alweer dat deel!) van mijzelf dat zich een vriend zoekt, het andere deel als een wezen kon beschouwen dat in staat is om op zijn allermooist het idee van vriendschap en de openheid ervan, de eerlijkheid, de zelfopoffering, dat wil zeggen opoffering te belichamen (ik merk dat ik weer veel te veel overhoop heb gehaald en het risico loop me te verstrikken), en die ontroerende uitwisseling van de geheimste gedachten en gevoelens, die iemand tot tranen toe beroeren kan...

---

* Inmiddels zijn Charms' brieven aan Klavdija door Yolanda Bloemen uit het Russisch vertaald onder de titel *Brieven aan Claudia* (uitgeverij De Lantaarn).

Nee, ik heb me weer verstrikt. Ik zeg u liever alles in twee woorden: ik voel oneindig teder voor u, Klavdija Vasiljevna!

Laten we nu overgaan tot het tweede deel.

Deel II (speels)
Hoe eenvoudig is het om na het 'tedere deel', dat alle subtiliteiten van de gemoedsbewegingen vereist, het 'speelse' deel te schrijven, dat niet zozeer de fijnheid der ziel vereist alswel het wakkere scherpe verstand en het soepele denken. Ik zie af van mooie regels met lange volzinnen, op grond van mijn onzalig gestamel, ik richt mijn aandacht rechtstreeks op u en roep: 'O, wat bent u mooi, Klavdija Vasiljevna!'
God sta me bij dat ik de volgende zin tot een goed einde breng en er niet middenin blijf steken. Ik sla dus een kruis en begin: 'Lieve Klavdija Vasiljevna, ik ben blij, dat u naar Moskou bent gegaan, want als u hier zou zijn gebleven (korter!), dan zou ik binnen de kortste keren (nog korter!) vergeten dat ik verliefd op u geworden was en alles om me heen vergeten (gelukt!).
Om er ten volle van te genieten dat het gelukt is en de indruk die het tweede deel gemaakt heeft niet te bederven, ga ik nu snel over tot het derde deel.

Deel III (zoals het eigenlijk worden moest – zakelijk)
Lieve Klavdija Vasiljevna, schrijft u me zo vlug mogelijk hoe u zich in Moskou hebt ingericht. Ik smacht naar u. Vreselijk, de gedachte dat de mens geleidelijk aan alles went of, juister, vergeet waarnaar hij ooit gehunkerd heeft. Maar een tweede keer is een kleine aanleiding meestal al genoeg of alle verlangens vlammen weer op, als ze vroeger tenminste, al was het maar een ogenblik, echt zijn geweest. Ik geloof niet aan een briefwisseling tussen mensen die elkaar kennen, eerder en beter kunnen mensen brieven uitwisselen, die elkaar helemaal niet kennen, en daarom vraag ik u niet om brieven 'volgens de regels der kunst'. Maar als u mij van tijd tot tijd een stukje papier met uw naam zou willen sturen, zou ik u erg dankbaar zijn. Natuurlijk zou ik, als u mij een brief stuurde, ook tot het uiterste getroffen zijn.
Bij de Litenyj-Schwarzens ben ik nog niet geweest; maar als ik naar ze toe ga, zal ik alles overbrengen waarom u me hebt gevraagd.

Het leven! Het leven is nog duurder geworden! De prei op de markt kost niet meer 30, maar 35 of zelfs 40 hele kopeken!

Daniil Charms

'Het leven is nog duurder geworden.' Dit is Daniil Charms ten voeten uit: hoe hij het verdriet over de wreedheid van zijn eigen lot transponeert naar verontwaardiging over de prijs van de prei. Dat is een sublieme stilering van het gevoel, die oneindig veel meer oproept dan menig stuk bloed-, zweet- en tranenproza.

Peter Urban vertelt hoe hij in 1972 een bezoek bracht aan Nikolaj Ivanovič Chardžiev. Deze Chardžiev, een van de grootste kenners van Russische kunst en literatuur uit de jaren twintig, had Charms persoonlijk gekend. Urban vroeg hem hoe Charms had geleefd en hoe hij het verdragen had dat hij geen letter meer mocht publiceren. Urban:

Nikolaj Ivanovič stand mit dem Rücken zu mir, er schwieg.
Und erst da merkte ich: der alte Mann weinte.
'Charms,' sagte er endlich, 'war nicht für diese Welt geschaffen.
Er war zu zerbrechlich, zu zart.'
Mehr war von ihm über Daniil Charms nicht zu erfahren.

Meer hoeven we ook niet te vernemen.
En daarom zeg ik met een lettertje verschil: AD FRONTES.

Naschrift
Vladimir Glotser, een Russische schrijver die al dertig jaar lang bezig is met het verzamelen van herinneringen van mensen die Charms hebben gekend ('ik ben verliefd op hem'), vertelde in een gesprek met Martin Schouten voor *de Volkskrant* hoe het is afgelopen met Klavdija:

Ik heb haar gevonden! Ze leeft nog. Een heel klein iemand, heel sympathiek, boven de tachtig. Onze eerste ontmoeting ging zo. Ik belde aan, een klein grijs vrouwtje deed open en ik vroeg dus naar Claudia Vasiljevna. Ze zei: nou ze slaapt, maar ze slaapt al twee uur, ik ga haar wakker maken. Ze ging het huis in en kwam terug: nu is ze wakker! Dat was dus een geschenk voor mij. Ik was natuurlijk ook benieuwd naar hoe het zat tussen haar en Charms, maar voor ik een vraag had gesteld zei ze al: er was niks tussen ons!

Tot stikkens toe

Zwart zien betekent niet hetzelfde
als niets zien. Wie geen ogen heeft
ziet niet alles om zich heen zwart,
maar ziet helemaal niet. Met onze
oren zien wij de dingen niet zwart
maar helemaal niet. Zwart wordt dus
in zekere zin gezien of ervaren, is
het gevoel van stilte voor een zintuig
dat door het licht wordt geactiveerd.

Georg Christoph Lichtenberg

Een varkentje, A.L. Sötemann, Edvard Munch, de potvis van Koksijde, Nipper (het hondje van *His Master's Voice*) en Armando, zij hebben stuk voor stuk mijn ogen laten tuiten. Daarom vind ik het zo vreemd dat de synesthesie meestal wordt afgedaan als stijlfiguur. Zou het niet kunnen dat die zogenaamde taalopsmuk de essentie van onze waarneming en lyrische vervoering tot uitdrukking brengt?

Een foto van een familietafereeltje: Jozef en Maria in de stal. Maar die stal is even steriel als een ziekenhuis. En wat zij vasthouden is niet het kindeken (wás het Hem maar, want Hem doet een beetje meer of minder lijden toch geen pijn), maar een pasgeboren varkentje. Wat spoken die twee daar met het varkentje uit? Zij helpen de evolutie een handje. Voor de bio-industrie gaat de evolutie veel en veel te langzaam. Nog steeds worden de varkens geboren met een krulstaart en hoektanden. Omdat het leven in zo'n brandschone stal niet te harden is, bijten ze elkaar weleens met die hoektanden of sabbelen ze aan elkaars staarten. Daar heeft de bio-boer een hekel aan, dus dat moet er allemaal af. Zo wordt de grappige krulstaart tot een stompje afgeknipt. Zonder verdoving. Dan gaan de hoektanden eraan. Ook zonder verdoving. En op deze foto ziet men dan hoe bij de mannetjes ook nog de ballen worden afgeknepen zonder verdoving. De boer zegt: waarom zouden we verdoven, als het tóch geen pijn doet? Hij bedoelt: waarom zouden we

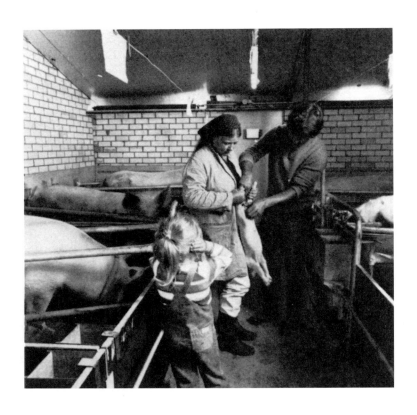

(foto ministerie van landbouw; met dank aan *Lekker dier*)

verdoven als dat pijn doet in de portemonnee? De man hanteert de kastreertang (op een eerlijke hooi- of mestvork kijkt hij neer, maar met instrumenten is hij dolgraag in de weer). Allebei hebben ze de kalme en onbewogen blik van de beul en naar zal blijken een stel dove ogen en oren. Hoe het varkentje kijkt kan niemand zien. Een rustige foto. Eigenlijk niets dramatisch aan deze foto. Niet iets om je nou vreselijk druk over te maken. Nee, tótdat je ineens – Ai! – de schreeuw ziet en snerpend wordt getroffen in het oog. Want waarom houdt dat kleine meisje op de voorgrond haar handen voor haar oren? Een zoekplaatje voor volwassenen. Leg het voor aan al uw vrienden karbonaden- of coteletteneters. Zeg: Zoek de schreeuw. Misschien dat het dan eindelijk tot ze doordringt dat zelfs het kleinste bio-kluifje deze schreeuw in zich draagt.

Van het gemartelde varkentje naar de gemartelde Munch is slechts een stap of beter gezegd twee, want Sötemann zit ertussen. Over mijn eerste leraar Nederlands – ooit het allermooiste voorhoofd van heel Utrecht – heb ik het al gehad. Over mijn diep beminde tweede durf ik het nog niet te hebben. A.L. Sötemann was mijn derde leraar Nederlands. En het mag dan vreemd klinken, maar ook van hem onthield ik in de eerste plaats het voorhoofd. Dit voorhoofd was weer om een heel andere reden indrukwekkend: het stond permanent gefronst. Alsof de drager ervan in voortdurende staat van verontwaardiging verkeerde (wat niet het geval was). Hoe krijgt iemand het voor elkaar om zijn voorhoofd het aanschijn te geven van veredeld golfkarton? Door onophoudelijk de wenkbrauwen op te trekken. Dan volgen de rimpels vanzelf. Zoiets als de maan die de golven omhoogtrekt uit de zeespiegel, maar dan omgekeerd. Of zijn het de rimpels die de wenkbrauwen optrekken? Hoe dan ook, Sötemanns wenkbrauwen stonden minstens drie centimeter hoger boven de ogen dan bij de ongefronste mens. Niemand van ons snapte hoe hij dat de hele dag, en mogelijk ook de hele nacht, volhield (probeer het niet, want voor je het weet wordt het een dwanghandeling). Een en ander werd nog geaccentueerd doordat hij zijn haar achterover gekamd droeg, een welkome primeur op een school waar het gros van het lerarencorps gekapt ging als prins Bernhard.

Toen wij na ongeveer een maand geleidelijk begonnen door te krijgen dat hij ons ondanks zijn fronsen echt niets kwalijk nam, sloeg ons aanvankelijke schuldbesef onmiddellijk om in gretig medelijden. Immers, als het geen verontwaardiging was die aan deze rimpels ten grondslag lag, wát was het dan wel! De jongens stonden hier met hun gladde voorhoofdjes volledig buiten, maar alle ingénues uit de klas – waren wij tenslotte niet op een leeftijd dat seksuele gevoelens tot uitdrukking komen in de redeloze behoefte om oudere mannen te troosten? – staken de koppen bij elkaar om bewijzen te vinden voor zijn leed. Waarom sprak hij altijd zo bewogen over Multatuli? Precies! Waarom droeg hij geen trouwring? Allicht. Waarom keek hij typisch bij de naam van Clara Eggink? Geschoten! Waarom had hij de pest aan zwarte nylons? Zonneklaar! Wat trok hem zo aan in de dichter Leopold? Het spiegelgladde voorhoofd! Wat trok hem zo aan in Ierland? De regenluchten!

75

Terwijl het hele vrouwelijke deel van de klas zich opgewonden met dit soort vragen bezighield, stak Sötemann argeloos en onverontwaardigd de ene formidabele les na de andere af. Over Multatuli. Over Leopold. Over Bloem. Over Yeats. En omdat hij ons de hechte samenhang tussen vorm en inhoud aan den lijve wou doen ervaren, ook over Munch. Hij hield *De schreeuw* omhoog. Er voer een

Munch, *De schreeuw*, 1895

koude rilling door de banken. 'Zien jullie het goed,' zei hij, 'de vrouw schreeuwt en het hele landschap fronst mee.' Dat zei hij en dadelijk gingen twintig paar wenkbrauwen vanzelf de lucht in. Maar hij hernam zich: 'Ik bedoel, de geluidsgolven van haar schreeuw zetten zich voort in het landschap. Dát is de zin van al die lijntjes. Die staan er niet zomaar, die geven de echo van de schreeuw vorm.' Ik tuurde naar het plaatje en inderdaad, je hoorde de lucht en het landschap fronsen. Maar ik zag nog meer: het gezicht van die schreeuwende vrouw leek sprekend op het mijne! En wat ongevoelig van die twee zwarte figuren op de achtergrond om gewoon door te lopen. Waarom bleven ze zo Siberisch onder mijn geschreeuw? Hoe kon dat nou? Misschien had Sötemann ook daar een oplossing voor. Ik stak meteen mijn vinger op. Door het vuur van zijn betoog had hij dat echter niet in de gaten. Dan maar niet, want een vinger die langer dan een halve minuut in de lucht zweeft, zit aan de hand van een uitslover. Zo bleef het jarenlang een raadsel voor me hoe dat zat. Tot ik onlangs de foto van het varkentje in handen kreeg en mij in een oogwenk alles duidelijk werd.

Wie houdt er nu zijn handen voor zijn oren als hij zélf de schreeuw slaakt, dan kun je toch beter je mond dichtdoen? Dat wij ons jaren geleden die vraag niet hebben gesteld! Natuurlijk is het niet de vrouw die schreeuwt, het is haar omgeving. De 'schreeuw' van het landschap wordt weerspiegeld in de vrouw en niet omgekeerd. Net als het kleine meisje op de foto houdt zij haar handen voor haar oren om het overweldigende geluid buiten de deur te houden. Maar dat lukt haar niet, omdat het al via haar ogen naar binnen is gedrongen. Daardoor krijgt ze het idee dat de hele natuur haar op de hielen zit en daarom vlucht ze. Met haar mond wijd open van schrik en ontzetting. Het doet me denken aan wat Nabokov over Gogol schreef: 'een krankzinnige die voortdurend het gevoel had dat alle onderdelen van het landschap en alle bewegingen van levenloze voorwerpen een complexe verwijzingscode naar hemzelf vormden.' Allicht dat die twee figuren op de achtergrond niets horen: innerlijke geluiden zijn geen uiterlijke geluiden.

In deze interpretatie word ik gesteund door Munch zelf, die op een van zijn tekeningen een notitie heeft gemaakt waaruit blijkt dat hij ooit een dergelijke ervaring heeft gehad toen hij bij zonsondergang in de natuur wandelde: 'Meine Freunde gingen weiter, und ich stand allein, bebend von Angst. Mir war als ging ein mächtiges Geschrei durch die Natur.' (Werner Timm, *Edvard Munch, Graphik*) Ik vind *De schreeuw* nu nog interessanter, omdat de titel niet meer voortspruit uit de wijd open mond. Ook een zoekplaatje.

Vorige winter (12 februari 1989) spoelde in het Belgische Koksijde een potvis op het strand aan. Wij zijn erbij geweest. Hij was nog niet dood, maar ook niet meer te redden: olie in de ademhalingsorganen. Het publiek stroomde toe, want er is geen enkele dierentuin op aarde waar je Moby Dick in het echt kan zien. Om hem rustig te laten sterven hadden ze dranghekken neergezet. Ingekaderde en tentoongestelde eenzaamheid.

(foto *Het visserijblad*, Oostende)

Het verbijsterendst was de geweldige asymmetrische kop waar het leven maar niet uit wou. Het ellenlange voorhoofd zat onder de inktvissporen, wat wijst op de vreselijkste gevechten. Die had hij blijkbaar allemaal met succes doorstaan (en dan komt er ineens een hufter die geen inkt maar olie op zee loost en dan telt al je dapperheid niet meer). Wij keken recht in de muil met de vergeefse hagelwitte tanden.

'Zó'n grote bek,' kefte een omstander, 'en dan komt er niet eens geluid uit!'

'Pas op,' zei een ander, 'ik heb op Groenland gevaren met het harpoenkanon. Als díe hunder laatste adem uitblazen, dat is zo'n verschrikkelijke schreeuw, dan kookt subiet de ganse zee.' Meteen gingen wij er laf vandoor. Hoe kwam het dat we die intens treurige aanblik nog net hadden kunnen verdragen, terwijl de bijbehorende schreeuw absoluut onverdraaglijk zou zijn geweest? (Snijden de heren vivisectoren daarom soms zo meedogenloos de stembanden door van de honden die ze gaan martelen?) Voorzie ook deze foto van de titel *De schreeuw* en bekeek hem opnieuw.

De sterkste sensaties krijgen wij blijkbaar via het geluid en derhalve ook de sterkste lyrische sensaties. Vandaar dat de muziek onveranderlijk als hoogste kunstvorm wordt aangekruist (het woord 'hoog' is alleen minder gelukkig gekozen, omdat de aangebrachte hiërarchie niet met diepzinnige, esthetische of morele voortreffelijkheid te maken heeft, maar met de intensiteit van de gewaarwording). Van de 'zwijgende' kunsten bezorgt dan ook die kunst ons de meeste huiveringen die langs indirecte weg een impuls weet door te geven aan het innerlijk oor. Van Gogh is altijd buitengewoon getroffen geweest door *Het Angelus* van Millet. Hijzelf dacht dat dat kwam door de oprechte piëteit van de twee knielende boerenmensen op het land. Maar ik vermoed dat hij zich heeft laten betoveren door het zilveren geluidje van het angelusgeklepper dat opgevangen werd door zijn innerlijk oor. (Mogelijk was hij zo krankzinnig geluidsgevoelig dat hij dáárom een oor heeft afgesneden.) Zo weet ik ook zeker dat de wereldwijde attractie van het plaatje van *His Master's Voice* wordt veroorzaakt doordat het hondje door de stand en de uitdrukking van zijn kop de stem van zijn baas zichtbaar maakt.

Kortom, niet voor niets verzonnen Munch, Millet, Francis Barraud (de schilder van Nipper, het His Master's Voice-hondje) en vele andere kunstenaars zulke ooropeners van titels voor hun kunstwerken.

Bekijk tot slot bijgaande foto (met dank aan Anton Korteweg) en probeer het onderschrift nog even niet te lezen. Wat ziet u? Twee keurige heren. De linker is de dichter-kunsthistoricus-museum-directeur F. Schmidt Degener (1881-1941) en de rechter is Alfred Heineken. Zij zitten samen te zwijgen achter hun snorren, zij het dat de een vriendelijk zwijgt en de ander sceptisch. De foto werd genomen in 1940. Wisten we in welke maand, dan zouden we als achtergrondmuziek misschien vliegtuiggebrom, bommengedaver of sirenengeloei horen opklinken. Helaas, we weten het niet, dus de foto blijft stil, al horen we heel in de verte zachtjes de doodsklok luiden, want Schmidt Degener zal in het volgende jaar overlijden.

30. OP BEZOEK BIJ ALFRED HEINEKEN
luisterend naar Ray Ventura's parodie: „Madame la Marquise visitant tous les pays du monde", 1940,   foto Alfr. Heineken, New York

Maar lees nu het onderschrift. Pas nu gaat de gehoorzenuw echt open en daarmee het hart. Dat komt door de markiezin. Is dat geen wonder?

Ook de beste literatuur, ik zou haast zeggen de 'hoogste' geeft haar geheim slechts prijs aan de lezer die beschikt over een psychische otofoon. Tsvetajeva schrijft in haar *Brief aan de amazone*: 'Kent U dat kinderspel nog waarin alle eer ging naar degene die het langst in een kist bleef *tot stikkens toe*?' Diezelfde eer zou schrijvers te beurt moeten vallen die hun schreeuw tot stikkens toe inhouden.

Ik denk nu aan Armando. Elke letter uit *De straat en het struik-gewas* houdt een schreeuw verborgen, de letter zit er als een ijzeren harnasje omheen. Bladzij na bladzij zetten die schreeuwen zich voort. Tot stikkens toe. Het is niet stil, het lijkt stil. Daardoor heeft de slotregel het effect van een zwarte mokerslag die blijft nadreunen:

'Het wachten is op de blindheid van de stilte.'

Le plaisir aristocratique de déplaire

Een herhaald drukken en bewegen
verinnigt en verdiept de wereld.
Maar dat niet alleen:
het slijpt en hardt haar ook.
Het staalt de wereld!

Men kan zeggen, dat wanneer iets hard is
daar kennelijk veel 'diepte' in is geïnvesteerd.
Daar heeft een intens en innig herhaald bewegen
aan ten grondslag gelegen.
Het harde objekt weerspiegelt in zijn gestaald voorkomen
de accumulatie van al de drukken die op hem zijn uitgeoefend.

Dick Raaijmakers

Ik ben dol op schildpadsoep (real turtle), maar eten zal ik hem nooit, want nog veel meer houd ik van de schildpad. De hals van de schildpad lijkt precies op die van oude dames (soms ook wel van hele oude heren), maar als hij zijn nek niet al te ver uitsteekt, wat een bekoorlijk beest is het dan, dat keiharde voorhoofd op pootjes! En wat is hij aaibaar, geen haar minder dan de eerste de beste huiskat.

De dakloze schildpad bestaat ook en omdat hij de letter *d* mist heet hij *schilpad*. Hier geen stevig schild maar slechts een kwetsbare schil, dus al het gevoel ligt er duimdik bovenop. Van wie houden de meeste mensen nu het meest, van de schildpad of van de schilpad? Helaas moet het antwoord zijn: van de schilpad. Heel verwonderlijk is dat niet wanneer men bedenkt dat ook de zogenaamde gevoelsmens meestal een stuk liever wordt gevonden dan de verstandsmens. Maar wil dat zeggen dat de schildpadden daarom maar tot soep moeten worden gekookt, zodat ze eindelijk hun geheim prijsgeven en nooit meer hard uit de hoek komen? Een ingewikkelde kwestie die mij al jaren bezighoudt en die ik hier graag eens op tafel zou willen leggen.

Net als winstbejag of muzikaliteit of linkshandigheid komen zowel alle gedachten als alle gevoelens voort uit hetzelfde vaatje hersenboter. Er zijn ook gevoelige gedachten en verstandige gevoelens. Heel duidelijk laten de twee begrippen zich dan ook niet van elkaar onderscheiden, laat staan definiëren. Ik heb het hele boek *De emoties* van professor Nico H. Frijda doorgeploegd (563 pagina's) en het lukt me nog niet. Voor het gemak ga ik er nu maar even van uit dat iedereen het verschil tussen gedachten en gevoelens weet, kent of voelt. Het zijn tenslotte woorden die bijna dagelijks in de mond worden genomen. Maar wat is nu het eigenaardige: terwijl je je gevoelens niet schijnt te kunnen helpen en je gedachten wel (is dat overigens wel zo? Kunnen gedachten je niet evenzeer 'overkomen' als gevoelens?) wordt gevoeligheid over het algemeen gewaardeerd als een soort VERDIENSTE en denkkracht als een GAVE. Dit hangt samen met de machtsbeleving. Scherpzinnigheid maakt je machtig en de ander zwak, gevoeligheid maakt je zwak en de ander machtig. Daarom wordt *gevoelig* zo vaak verward met *lief*, en *cerebraal* met *koud* of *hard*. Veel vrouwen maken van deze wetenschap dankbaar gebruik.

Maar kijk uit: je dient wel blijk te geven van de juiste gevoelens. Wie met sinistere of hovaardige gevoelens voor de dag komt, loopt grote kans om voor ongevoelig te worden versleten. Dit laat zich goed illustreren aan het simpele voorbeeldzinnetje *Hij heeft gevoel*. Is dit een truïsme? Op het eerste gezicht wel, elk levend wezen heeft immers gevoel. Maar zo is het niet bedoeld. Zoals de zin *Hij heeft een gebit* altijd betekent *Hij heeft een VALS gebit*, zo betekent de zin *Hij heeft gevoel* altijd *hij heeft een GOED gevoel* (= het soort gevoel dat de spreker graag ziet en komt dus dicht in de buurt bij de stralende witheid van het kunstgebit). Er is geen enkele reden om aan te nemen dat bijvoorbeeld een lustmoordenaar niet zou barsten van het gevoel, toch zal niemand het in zijn hoofd halen de lustmoordenaar tot de gevoelsmensen te rekenen. Zelfs de jurisprudentie weet met verkeerde gevoelens geen raad. Hoe dikwijls hoor je niet tot iemands verdediging aanvoeren dat zijn gevoel hem *tijdelijk* (altijd precies op het moment van de misdaad) in de steek liet?

Met het begrip 'gevoelige kop' ligt het ongeveer hetzelfde. De ware gevoelige kop dient een mengsel te zijn van mildheid, bescheidenheid en zacht verdriet. Geen wonder dat de kop van Carmiggelt met algemene stemmen bij de gevoelskoppen wordt ingedeeld en de kop van Hermans nooit. Tellen argwaan, haat, wantrouwen en achterdocht als gevoelens soms niet mee?

Direct hiermee samen hangt het paradoxale verschijnsel dat men, hoewel iedereen het erover eens is dat geen mens schuld heeft aan zijn gevoelens, wel degelijk ter verantwoording wordt geroepen als men een keer lucht geeft aan gevoelens die niet deugen (afkeer van mannen met een kinderwagen, geilheid op lijken, plezier in de watersnood). Nu is het misschien niet leuk en zeker niet nuttig om laag te staan op de grote sympathieladder, maar zeker een kunstenaar dient dit soort overwegingen aan zijn laars te lappen.

Daarom heb ik me verbaasd over een opmerking van Karel van het Reve die zelf gelukkig ook geen engel is. In een bespreking van de recente vertaling van Nabokovs *Laughter in the dark* (*NRC Handelsblad*, 27-1-1989) schreef hij: 'De aristocratische bekaktheid van Nabokov lijkt soms "burgerlijke" gevoelens als vriendelijkheid, genegenheid, medelijden, verdraagzaamheid, bescheidenheid naar de achtergrond te dringen.'

Dit lijkt me een staaltje van proletarische bekaktheid, maar dat geeft niet, want wat een genot is het om eindelijk weer eens iemand openlijk te zien doen wat een ander slechts in het geniep durft: het leggen van een direct verband tussen milieu en karakter. Wel vraag ik me af of hij even monter een volksschrijver op zijn plaats zou hebben gezet, maar dit terzijde.

Uit genoemde aristocratische bekaktheid laat zich volgens Van het Reve dan verklaren dat Nabokov een hekel schijnt te hebben aan literatuur met een *brave* intrige en *brave* morele waarden. Alex Rex, de gemene kunstenaar uit *Laughter in the dark* kan bijvoorbeeld rustig allerlei schurkenstreken uithalen zonder dat Nabokov zich daar op de een of andere manier van distantieert. Sterker, niet alleen wekt hij de indruk dat Rex' streken geweldig komisch en subtiel zijn, maar zelfs dat ze een bijdrage leveren aan de grandeur van diens kunstenaarschap. Fout, meent Van het Reve. Het is een vergissing te denken dat kunst niets met goed en kwaad te maken zou hebben. Kunst bespeelt 'de snaren van de menselijke ziel' en daaronder bevinden zich nu eenmaal ook morele snaren. 'Je kunt niet schrijven,' zegt hij, 'en net doen of die snaren niet meedoen.'

Nu is mijn vraag: wáárom zou dat in godsnaam niet kunnen? Van het Reve bedoelt hier kennelijk niet in artistiek opzicht en ik moet toegeven dat zijn morele bevindingen hem geen parten spelen bij zijn oordeel over het boek. Hij vindt het boek goed. Blijft de vraag: waarom zou een schrijver in zijn boeken de gangbare moraal niet kunnen overtreden of negeren? Waarschijnlijk, denk ik, omdat hij dan de sympathie van zijn publiek verspeelt. En daar geeft Van het Reve ook enkele voorbeelden van. De een ergert zich aan Nabokovs wreedheid, de ander verwijt hem weer gebrek aan moreel oordeel. Maar, zoals gezegd, dient een behoorlijk kunstenaar dit soort dingen (en zijn publiek) niet altijd aan zijn laars te lappen? Is niet een van de verrukkingen der literatuur dat daarbinnen de wetten van het gewone leven niet gelden? Een goede schrijver schrijft meestal niet omdat hij het zo geweldig met de wereld eens is, ik kan er tenminste geen noemen. Moet hij dan toch maar weer de deuntjes van alle mensen tokkelen, terwijl de hele wereld aan elkaar hangt van berekening en onzin? Hij kijkt wel uit. En omdat Van het Reve Nabokov wel degelijk een goede schrijver vindt, denk ik dat hij zich een tikkeltje heeft laten meeslepen door een ingebakken afkeer van aristocratie. Daar wees ook de term 'aristocratische bekaktheid' al op. Van het Reve waardeert Nabokov als schrijver, hij kan alleen zijn afkomst niet zetten en ook de morele instelling niet die daar mede uit voortspruit. Uiteraard is dit zijn goed recht en bovendien kan hij het niet helpen, maar Nabokov kan het toch zéker niet helpen!

Ik heb iemand over een bepaalde foto van Nabokov eens horen zeggen: 'Zelfs in zo'n idiote jas met capuchon straalt de aristocratie nog van hem af.' Ook over de Wit-Russische taxichauffeurs die je vroeger in Parijs had heb ik dikwijls dit soort praatjes gehoord: 'Ondanks hun armoedige plunje niet stuk te krijgen qua noblesse! Je hoefde maar bij ze in de auto te kruipen of je wist al dat er een Mijnheer aan het stuur zat! Ze gaven je het vorstelijke gevoel dat je rondreed in de Gouden Koets!'
Of er mogelijk een grond van waarheid in dit soort opmerkingen schuilt, daar ga ik hier niet op in. In ieder geval is het ontzag voor de 'betere' standen dat eruit spreekt misplaatst. Dat zou nog niet hinderen als niet juist dit ontzag zo vaak verkeerde in het even misplaatste tegendeel.

85

Maar laten we nu eerst eens kijken naar de voorbeelden die Van het Reve gaf van de door Nabokov veronachtzaamde 'burgerlijke' gevoelens. Dat zouden dan zijn: vriendelijkheid, genegenheid, medelijden, verdraagzaamheid en bescheidenheid. Nu kun je genegenheid en medelijden wel tot de gevoelens rekenen, maar vriendelijkheid, verdraagzaamheid en bescheidenheid nauwelijks. Vriendelijkheid, verdraagzaamheid en bescheidenheid zijn namelijk *deugden* en bij uitstek deugden die (helaas!) nogal eens samenhangen met de omgangsvormen van mensen die afhankelijk zijn van anderen. En omdat de aristocratie van oudsher geld heeft gehad, kent zij de noodzaak niet van het flikflooien (reden waarom bijvoorbeeld Musil rijkdom een *eigenschap,* noemt). Daarom bedient zij zich zo zelden van genoemde omgangsvormen. Daar zit behalve iets benijdenswaardigs ook iets onuitstaanbaars in, in zoverre heeft Van het Reve groot gelijk. Dat wil ondertussen niet zeggen dat er geen reuze vriendelijke types onder de aristocraten rondlopen – denk slechts aan markies de Camembert –, maar naar bescheiden en verdraagzame figuren zal men inderdaad met een lampje moeten zoeken. Geen nood, de arrogante aristocratie bezit niet het alleenrecht op onafhankelijkheid. Zwerfkeien, schurken, misantropen, getikten en kunstenaars zijn minstens zo afkerig van wat je niet de slavenmoraal mag noemen. Dat maakt ze tot zo'n innemend stelletje. En hiermee wordt Nabokovs instelling wellicht ook wat begrijpelijker: door aard, afkomst en soort van hersenen had hij een onafhankelijkheidsdrang in de derde macht en dat sluit braafheid uit. Dat is geen verdienste of gave, het is doodgewoon een gegeven. Wel een gegeven dat absoluut heeft bijgedragen tot de kracht van zijn kunstenaarschap. Wie om die reden niet van hem houdt en meent dat kwetsbaarheid die niet getoond wordt ook niet bestaat, gaat zijn gang maar. Alleen zou ik weleens willen weten waarom haast niemand zich hardop afvraagt of je eigenlijk wel literatuur kunt maken zonder de 'aristocratische' snaren van fierheid, haat, argwaan en spotlust te bespelen. Dat zou ons misschien eindelijk verlossen van al die sympathieke schrijvers die zich bemind willen maken door zichzelf in interviews en dergelijke voortdurend te etaleren als psychisch of lichamelijk wrak, armoelijer of vernederde en vertrapte, als ik het als kakmadam zo zeggen mag.

Het achterste van de tong en het onderste van de nek behoren niet tot de edele delen. In fictie mogen zij uiteraard hun geheime rol spelen, maar voor de rest: voorzichtig ermee, want EGILBO ESSELBON (omgekeerd geldt het wel).

Visschandaal

*Nu is de eerste en belangrijkste opdracht die God de leden van de rege-
ring geeft dat zij hun beschermende taak op geen enkel terrein zo goed
moeten vervullen en nergens zo scherp op moeten letten als op de kinderen, welk soort metaal die in hun psyche hebben meegekregen. Als hun
eigen kinderen alleen maar verguld zijn en onder dat verguldsel van
brons of van ijzer, moeten ze die zonder enig medelijden de maatschappelijke status toewijzen die bij hun aanleg past en degraderen naar de
lage beroepen. Als aan de andere kant in die lagere standen een kind
wordt geboren met goud of zilver in zijn aanleg, dan moet de regering
dat kind een hogere status geven en promoveren, hetzij naar de regeren-
de groep, hetzij naar de militie, omdat geprofeteerd is dat de maatschappij ineen zal storten wanneer de leiding in handen komt van ijzer
of brons.*

Plato

Aan de kop van de Afsluitdijk, door Groningers en Friezen de
staart genoemd, staat stevig ingeduffeld op zijn hoge sokkel een
man uit te kijken over het getemde water. Snor en baardje ten spijt
lijkt hij even weinig op Neptunus als het IJselmeer op de Zuiderzee
of iemand moet zijn aktentas voor een vork aanzien. Onder zijn
bronzen jas, die in verhouding tot de stevige beaufort ter plaatse
veel te weinig opwaait, bevindt zich een bronzen broek. Onder deze
bronzen broek zit weer een bronzen onderbroek. En onder die onderbroek hangt een bronsgroen klokkenspel dat ons naar aard en
omvang niet direct aan een lelie doet denken. Uit de klepel van dit
klokkenspel – het is haast niet te geloven – kom ook ik een beetje
voort, want de kleindochter van dit standbeeld is mijn moeder.
    Lang voordat Lely op deze manier vereeuwigd werd, in een tijd
dus dat men nog gewoon van afkomst sprak in plaats van roots,
besefte ik nog niet dat hij tot de categorie der Goede Nederlanders
werd gerekend (een minstens zo merkwaardige klasse als die der
Foute Nederlanders) en dacht ik dat mijn moeder voornamelijk
over hem zat op te scheppen. Daar komt nog bij dat bijvoorbeeld
een leeuwentemmer wel tot de verbeelding van een klein kind

HOGEPRIESTERES

n zeebedwinger nauwelijks, omdat kinderen
dol zijn op de zee en niet snappen waarom ie-
willen pompen. Daar zag ik dus geen grootheid
g dat mijn moeder dagelijks hoopte dat de geest
opstaan. Haalde ik toevallig eens een hoog cijfer
klonk het: 'Zie je wel!' Formuleerde ik exact, dan
et niet gezegd!' Maar zij kreeg haar zin niet. De
himmer over mij vaardig geworden en ik zal op
en waarom ik dat niet betreur.

jaar na Lely's geboorte, kleide de beeldhouwer
zijn beeltenis. Hierdoor werd Lely ineens een
an de Dokwerker, wat hem vanwege allerlei so-
taties nog populairder maakte dan hij al was.
was, werd het in brons gegoten en op een vrachtwagen naar de Afsluitdijk gereden om opgericht te worden. Toen
het was opgericht, moest het natuurlijk nog onthuld worden. En dat
zou de koningin op zich nemen. Op 23 september vond de onthulling plaats.

Die dag racete ons hele gezin per taxi van Utrecht naar Den
Oever. Het dak van de auto boog bijna door onder de reusachtige
vracht hengels bovenop, want de chauffeur zou in afwachting van
onze terugtocht de tijd gaan doden met vissen. Wij werden afgezet
bij een groot weiland met dranghekken eromheen. Alle koeien waren weggehaald en het grasveld leek wel gezogen. Behalve de in
doeken gewikkelde Lely zagen we drie legertenten staan. Twee
ordebewakers die ondanks de stralende zon met enorme gele zuidwesters waren getooid, vroegen of we familie in de eerste graad
waren of in de tweede graad. 'In de eerste graad,' juichte mijn moeder. Toen namen zij ons tussen zich in en begeleidden ons naar de
voorste tent. Daar ging ik, gevangen in de wijde schaduw van hun
hoofddeksels. Nog jaren later kwamen mij in slapeloze nachten
steeds weer die twee gele zuidwesters voor de geest. De bespotte-
lijkheid ervan, de volstrekte vergeefsheid van de vooruitziende blik.
Net zoiets als de Afsluitdijk zelf. Ja, dat de grote storm ooit weleens
zal komen, dat weet iedereen, maar moet men daar nu werkelijk ad
absurdum zijn hele leven op inrichten, zolang de zon nog schijnt?
De tent waar we binnen werden gebracht, was behalve aan fami-

lie in de eerste graad voorbehouden aan ministers en allerlei hoogwaardigheidsbekleders. Zeer tegen de zin van mijn vader werden we hierdoor in een vreemdsoortig familiair verband geplaatst met figuren als Drees, baron De Vos van Steenwijk en jonkheer Loudon, met wie wij koffie moesten drinken uit kartonnen bekertjes. In de tweede tent werd familie van de tweede graad ondergebracht, samen met wat burgemeesters van grote plaatsen en enkele commissarissen. Ook zij kregen koffie in kartonnen bekertjes. En in de derde tent bevonden zich behalve enige burgemeesters van provincieplaatsen, de mannen van de M.U.S. en wat grondwerkers met hun vrouwen, die stukken mooier waren aangekleed dan de vrouwen uit de andere tenten. Zij zaten op een droogje. De vissers of beter gezegd de ex-vissers hadden niet eens een uitnodiging ontvangen en de beeldhouwer Mari Andriessen evenmin. Midden op het weiland speelde het fanfarekorps van de Staatsmijnen Wilhelmina, die door Lely waren opgericht. Precies twee uur te laat – het publiek achter de hekken was niet meer te houden – daalde met oorverdovend lawaai de koninklijke helikopter uit de lucht. Juliana stapte uit met een zware vos om haar nek en kreeg onmiddellijk een bos bloemen aangereikt door mijn neefje, dat zich tot op de dag van vandaag afvraagt of zijn huidige positie in de maatschappij eigenlijk wel in overeenstemming is met de eclatante start die hij toen maakte. In verhouding tot het lange wachten stelde de werkelijke onthulling teleur. Na twaalf toespraken trok de koningin met een simpele ruk de doeken naar beneden. Maar die doeken onthulden geen naakt.

Lely stond voor ons in een dikke winterjas. Niettemin stegen er zoveel oooh's en aaah's op dat het leek of we met z'n allen vuurwerk bewonderden op klaarlichte dag. Even later verhief de helikopter zich alweer en toen was alles voorbij. De gele zuidwesters brachten ons door een haag van mensen naar onze taxi die zolang had moeten wachten dat de chauffeur stond te mopperen dat alle vis die hij gevangen had misschien al aan het bederven was. En of het nu door de visgeur in de auto kwam of door de troosteloosheid van deze hele onderneming, ineens kwam de klemmende vraag in me op: wat heeft Lely in hemelsnaam met de vissen gedaan? Dus zei ik hardop tegen de keurige rug van de chauffeur: 'Lely is een moordenaar.'

De chauffeur gaf geen krimp en iedereen zweeg. Opnieuw zei ik: 'Lely is een moordenaar, want,' zei ik, 'wat heeft hij eigenlijk met de vissen gedaan?' 'Vanavond,' zei mijn vader, 'vanavond schat, als je in je nest ligt, leg ik het allemaal uit. Van A tot Z. Maar alsjeblieft, hou nu even je mond. Anders kan de chauffeur zijn aandacht niet meer bij de weg houden.'

Ik lig in bed. Op het kleine lampje na is alles donker. Ik lig zo ver mogelijk naar de muur geschoven zodat er veel plaats over is. De deur gaat op een kier en Pappa sluipt naar binnen. In kleermakerszit neemt hij plaats boven op mijn édredon en zonder aarzeling steekt hij van wal: 'Stel,' zegt hij, 'dat er nú, op dit moment, terwijl wij juist zo gezellig bij elkaar zijn, een gigantische golf door het open slaapkamerraam kwam aangerold, die jou en mij en het bed en alle dingen eromheen helemaal zou overstromen. Het gebeurt niet, maar stél dat het gebeurt, zou jij dat dan erg vinden?' Ik knik van ja. 'Dan heb je ongelijk,' zegt hij, 'want verdrinking is de allerzachtste dood en als je bedenkt dat we toch ergens aan doodgaan, dan vraag ik jou: waarom zou je bang zijn voor zo'n golf?

Watersnood is een van de fascinerendste rampen die een land kan overkomen. Het begint altijd met de maan. Als de maan maar eventjes te fel schijnt, en hoe dat komt weet geen mens, dan wordt het water snood en begint de zee ineens te springen als een gek. Dat noemen we springvloed en het is een schitterend gezicht. Maar er zit een nadeel aan: de vissen worden er ziedend van. Als jij van minuut tot minuut omver zou worden gebeukt en door elkaar geschud, dan zou je dat toch ook niet op je laten zitten? Geen wonder dat de vissen wraak nemen. Zodra het ze te veel wordt geven ze een speciaal signaal aan elkaar door en meteen daarop tillen ze dan met vereende krachten de boosaardige golf omhoog. Die golf nemen ze op hun rug en hopla! gaat het: richting kust. Vlak voor de kust smijten ze de golf aan land. Ziezo, daar zijn ze voorlopig vanaf. Dat dit land hierdoor overstroomt met alle mensen en dieren erin, kun je ze moeilijk kwalijk nemen, want zelf kennen ze tenslotte geen andere dan de overstroomde staat, zodat men niet kan verwachten dat ze die meelijwekkend vinden voor iemand anders. Maar nu grootvader Lely. Als Goede Nederlander had hij een volstrekt misplaatste voorkeur voor mensen in het algemeen en Nederlanders in het bizonder. Verdronken mensen waren hem dan ook een doorn in het oog. Daarom bedacht hij zijn fatale tweeledige plan. Ten eerste: een dijk opwerpen tegen de vloedgolven. Ten tweede: een stuk zee droogleggen onder het motto: de vissen eruit en de mensen erin. Dit was niet alleen de doodklap voor de Zuiderzee, maar ook voor miljoenen en miljoenen vissen. Je moet niet denken dat de voerman meteen maar zijn paardjes op de bodem van de Zuiderzee kon laten ronddraven. Toen al het water net was weggepompt, zag het er allemaal heel wat minder lieflijk uit dan nu: één onafzienbare zilverachtige vlakte die krioelde van de vis tot de horizon toe. En dan spreek ik nog niet eens van de garnalen, de kreeften, de kwallen, de krabben en noem maar op. Dit was een groot schandaal en niemand werd erbij gelaten, zodat het nooit in de krant is gekomen, maar ik heb het uit de eerste hand vernomen. Omdat de laag vis op sommige plaatsen meer dan vijftien meter dik was kon men het opruimen wel vergeten. Daar kon geen enkele bulldozer tegenop, ook al niet vanwege het ontzettende geglibber. En toen heeft Lely, opaatjelief, op een nacht de boel maar laten volstorten met aarde uit vliegtuigen, terwijl de meeste vissen nog niet eens dood waren. De akkers die je nu ziet, bedekken een massakerkhof en het koren dat erop groeit, levert meel met een bijsmaak. Laten we hopen dat wij er althans nooit brood van hoeven te eten. Een ding is grappig: Lely's voornaam is Cor. Verder hield hij niet van kunst, niet van lekker eten en niet van literatuur. Moet ik je nog meer vertellen? Op zijn grafzerk staat gebeiteld: "Indien het mogelijk is, zoveel in u is, houdt vréde met alle mensen."

Lely als vredesengel, jaja, daar kunnen de vissen van meepraten. Maar nu moet ik echt opstaan, want allebei mijn benen slapen. Welterusten schat, slaap lekker!'

Ongeveer een jaar later maakte ik met mijn moeder een reisje naar Lelystad in wording. We baggerden wat tussen de huizen in aanbouw door en de stank was niet te harden. 'Nu stelt het nog niet veel voor, maar,' zei mijn moeder, 'straks zul je eens wat zien. Dan krijg je hier een soort tweede New York (daarbij maakte ze het brede armgebaar van de markies van Carabas) en dan kun jij tegen iedereen zeggen: Deze stad hier is vernoemd naar míjn overgrootvader.'

Ik kon geen woord uitbrengen. Onder elke stap die ik zette veerde en deinde de grond mee.

Wat is de vorm van Lely? Een holte van brons. En zijn inhoud? De gedempte Zuiderzee.

Op 23 September 1954 wordt het monument voor Dr. Ir. Lely onthuld

J. ZURCHER

CORNELIS LELY

Mens ... staatsman ... bouwer

> „Waarlijk, ons leven is te kort om wanneer wij iets tot stand willen brengen, het volmaakte te bereiken en geen fouten te begaan. Veel beter is het daarom van tijd tot tijd maar eens door te tasten of door te hakken op gevaar af, nu en dan eens een fout te begaan."
>
> (Uit een brief van Lely aan zijn zoon Jan op 29 Mei 1904.)

Als we het lijstje van monumenten in ons land nagaan, komen wij tot de overtuiging, dat er blijkbaar maar weinig Nederlanders van zulk een groot formaat waren, dat zij een standbeeld hebben verdiend. Doch we weten wel beter!

Het schijnt, dat hier onze nationale afkeer voor persoonsverheerlijking ons parten speelt.

Zo was het ook met de waardering voor Ir. Cornelis Lely gesteld. Slechts in de gevel van zijn geboortehuis op de Leidsegracht te Amsterdam was tot dusver een (ietwat armzalige) gevelsteen gemetseld om aan te geven dat daar een onzer grootste mannen werd geboren.

De gevelsteen in het geboortehuis op de Leidsegracht te Amsterdam. Links de voorstelling van de Zuiderzee met vissen, rechts het IJsselmeer met veeteelt en landbouw

526 - 1

Uit AO-boekje

93

Copyright werkelijkheid

Er lijkt, mensen, momenteel wel een dievenplaag gaande. Ze jatten om je heen in het wilde weg. Er is gewoonweg geen mens meer te vinden bij wie nog niks is gepikt.

Michail Zosjtsjenko

Het Madurodam van de werkelijkheid bestaat beslist niet alleen uit kleine gebouwtjes, molentjes, perkjes, vijvertjes, mensjes, diertjes, standbeeldjes, kerkhofjes en een minuscuul koningshuisje. Geen enkel ding, je kunt het zo gek niet bedenken, of het komt ook in het klein voor. Zelfs de watersnood. Zelfs de waterbeheersing.

foto Theo Baart, Nagele N.O.P.

Er was eens een boer die zich door het leven trachtte te slaan op natte voeten. Elke keer als deze boer, laten we hem boer C noemen (met de *c* van Copyright) zijn zompige akkers betrad, liepen zijn schoenen vol water. Het plensde nogal veel in zijn streek, zodat men zich kan voorstellen hoe het boer C langzamerhand een beetje begon op te breken om voortdurend zeg maar als een moerasplant

94

met zijn voeten in de nattigheid te staan. Hij werd het moe, zat, beu. Dus wat deed hij. Hij greep zijn bijl van de kapstok: er moest een boom aan geloven. Nu zeggen de heersende opvattingen dat je nooit je eigen leed mag lenigen met het leed van anderen. Toch zit er soms echt niets anders op, ik bedoel, wacht even met brandmerken. Natuurlijk speet het boer C oprecht van die boom. Zonde vond hij het en jammer. Maar worden er voor onze pumps en molières niet dagelijks koeien en kalveren afgeslacht zonder dat daar ooit één woord van spijt of tederheid aan te pas komt? Uit de stam van de eenmaal gevelde boom sneed hij zich twee knoestige houten pantoffels: zo en niet anders werd het eerste paar klompen geboren. Een geweldig idee. Voortaan voor boer C geen natte voeten meer, maar een zonnig humeur. Zingend sprong hij rond op zijn modderlandje. Zingend keerde hij na gedane arbeid huiswaarts. Zingend viel hij in slaap en zingend stond hij weer op. En dit niet wijl men om het bestaan niet wenen moet (want als er één ding beweenbaar is dan toch wel in de eerste plaats het bestaan), maar omdat hij dat bestaan eigenhandig een triomfje had weten af te troggelen. Wie nu denkt dat boer C in de kersverse binnenkant van zijn klompen onmiddellijk het woord *copyright* kerfde, vergist zich. Waarom deed hij dat niet? Omdat hij het woord niet kende? Nee, het kwam eenvoudig niet in zijn hoofd op.

De gevolgen laten zich raden. Binnen de kortste keren ging elke boer die over een greintje praktische zin en mimetisch talent beschikte ook in het hout geschoeid. Vervolgens zag de industrie een gat in de markt en zo veranderde ons hele landje gaandeweg in een drassige dansvloer voor de klompendans. Maar terwijl de klompenindustrie direct octrooi had aangevraagd en gekregen, ontving boer C geen cent. Boer C had trouwens allang weer wat anders bedacht: de bloempotklomp. Vul een oude klomp met aarde en doe er een plant in. Een ware opfrisser voor het interieur. Ook nu was de industrie er dan ook weer als de kippen bij. En vermits stenen bloempotten after all net iets beter houden dan houten, werd de industriële klomp in rode baksteen gebakken. Opnieuw een vet octrooi voor de fabrikant en opnieuw geen cent, laat staan roem voor boer C.

Om een lang verhaal kort te maken, ik heb niets tegen klompen, ook niets tegen de klompendans en evenmin iets tegen de bloempotklomp of klompbloempot, ik gun iedereen zijn pleziertjes, het gaat me alleen hierom: van wie is eigenlijk de werkelijkheid? Waarom neemt men op het stuk van ontlening doorgaans een veel eerbiediger houding aan tegenover de eerste de beste industrieel, kunstenaar of fotograaf dan tegenover bijvoorbeeld de natuur of wat men voor het gemak maar beschouwt als een verlengstuk van die natuur: de boer en de doodgewone mens?

Voor mij op tafel (mijn tafel die zo zorgvuldig door een timmerman ontworpen werd en nochtans geen enkel copyright op een van zijn vier poten draagt) ligt een foto. Een foto van een interieur. Het poseert dit interieur, maar dat wil bepaald niet zeggen dat het je toelacht. Alles lijkt tot en met gezogen en opgepoetst zonder dat er een glimlachje afkan. Een bankstel. De dopogige, verschrikte blik van de rugkussens is nauwelijks te harden. Op de zitplaatsen maken geborduurde kussens de dienst uit. Waarachtig, in sommige mestvaalten kun je je nog genoeglijker nestelen. Het lijkt wel of alle pret en warmte van de wereld uitgerekend aan deze ene kamer voorbij moest gaan. Zit hier dan nooit eens iemand een lekker stuk taart te verorberen of neuriënd zijn nagels bij te vijlen? Geen peukje, geen koffiekop, geen krakeling, geen krant, geen zakdoek, geen drankfles, geen breiwerk, nog geen kruimel die je even aan een vonk menselijke aanwezigheid herinnert. Een toonkamer, zij het een armelijke, waarin je alleen maar plaats zou durven nemen op het uiterste puntje van een stoel en met je jas aan. Maar geef vooral niet de kamer de schuld, want die kan het niet helpen. Iemand moet hem speciaal voor deze foto onder narcose hebben gebracht. Een meedogenloze geest. Het licht komt niet uit de twee schemerlampen of van de kaarsen maar uit een keiharde stralenbundel die gericht wordt door de onzichtbare handen van de fotograaf. Híj is het die al het leven er zoveel mogelijk heeft uitgehaald om er zijn eigen messcherpe visie voor in de plaats te stellen. Dat had hij niet moeten doen, want nu word je tegen je wil geforceerd tot een metastandpunt dat je verhindert je te verplaatsen in de eigenaar van deze kamer. De eigenaar van deze kamer is namelijk niet de fotograaf maar boer C, wiens portret opzettelijk scheef werd gehangen (of opzettelijk niet recht werd gehangen, wat hetzelfde is) en wiens opgehangen bloempotklompje met sliertplant voor mij het absolute dieptepunt van de foto uitmaakt: een treurige terechtstelling in een dode kamer. Hoe ik dat zo precies weet? Door de foto om te draaien. Boer C, dat weet ik zeker, zou nooit COPYRIGHT IKZELF in koeieletters achter op zijn eigen kiekjes hebben gezet. Begrijpt men langzamerhand waar ik naar toe wil? Stel dat de klassejustitie nu eens een tikkeltje minder op haar beloop zou worden gelaten. Stel dat er eindelijk wat meer rekening zou worden gehouden met de belangen der onbetere standen. Dan zouden we nog eens wat anders beleven! En terecht. Niet alleen zouden alle boeken minstens tien keer zo dik en zo duur worden doordat hun voorwerk zou uitpuilen van bedankjes, bronvermeldingen en copyrights (waarmee een eind zou komen aan het onbillijke feit dat je de gewone mens vrijelijk in je boeken mag laten opdraven of citeren – zie Carmiggelt – terwijl de hele goegemeente moord en brand schreeuwt als iemand het waagt één zin gratis op te tekenen uit de mond van de bizondere mens), maar ook zou elk peper-en-zoutstel, elke bloempot, broodtrommel, vleesplank, kapstok, tafel, lampekap, theemuts, vaas, kussen, haarborstel, schoenlepel, kortom elk voorwerp dat voor een groot deel de sfeer van je leven bepaalt en in de regel stukken moeilijker te maken is dan, om maar iets te noemen, de gemiddelde foto, evenveel recht krijgen op een handtekening, een copyright of een interessante rugtekst in de trant van *all rights reserved, no publication without credits*, Nagele N.O.P.(?).

En de foto? De foto zou qua copyrights de kroon spannen. Geen enkel mensenmaaksel dat zó'n schat aan rechten op zijn rug zou dragen. En de warwinkel van werelden die zich daaruit zou laten aflezen zou zoveel interessanter zijn dan het beeld zelf dat geen mens nog ooit een foto aan de voorkant zou bekijken. Hoe meer copyrights achterop, hoe gelaagder en geslaagder de foto. Dat zou de nieuwe norm worden. De achterkant.

Maar laat ik wat concreter zijn. In *Pilote de guerre (Oorlogsvlieger*, in het Nederlands vertaald door A.Viruly) beschrijft Saint-Exupéry op buitengewoon aangrijpende wijze hoe een heel dorp in elkaar stort als de bewoners hals over kop voor de vijand op de vlucht slaan en in paniek al hun huisraad op boerenkarren smijten:

Aan de huizen werden hun schatten ontnomen. Men droeg ze in overal uitpuilende en scheurende lakens naar de voertuigen en gooide ze er door elkaar op. Meteen hadden ze hun waarde al verloren. Ze hadden het gezicht van het huis gevormd. Ze waren de heilige voorwerpen van een eigen eredienst geweest, – elk voor zich op een vaste plaats, onmisbaar geworden door gewoonten, vermooid door herinneringen, verhoogd in waarde door het kleine vaderland, dat ze hielpen vormen. Maar men heeft gedacht, dat ze op zichzelf kostbaar waren, men heeft ze aan hun schoorsteen of hun tafel of hun muur ontrukt, men heeft ze op een hoop gegooid en het is plotseling alleen nog maar goedkope, duidelijk versleten rommel geweest. Het maakt wee om het hart, vrome relikwieën op een hoop gesmeten te zien.

Maakt het niet net zo wee om het hart de vrome relikwieën van boer C ingekaderd en onder een valse belichting te moeten zien? Is het niet zíjn heiligdom dat hier te kijk wordt gezet? Werden niet al deze spulletjes stuk voor stuk door hém uit de werkelijkheid gelicht en gerangschikt volgens zijn logica? Zijn al die bruiden soms niet door hém verwekt? Heeft híj het niet bedacht om die trouwfoto's trapsgewijs op te hangen? Copyright boer C. Ik tel vier planten in de kamer. Copyright natuur. Ik tel vijf kussens met bloemmotieven. Eveneens copyright natuur. Wie heeft die kussens geborduurd? Copyright boerin C. Van wie is de borduurwol afkomstig? Copyright schapen. Wie heeft de borduurpatronen uitgedacht? Copyright ontwerpster. Wie maakte het portret van boer C? Copyright kunstschilder. Wie heeft er voor het portret geposeerd? Copyright boer C. Draaf ik door? Welnee, ik heb pas een fractie van alle verschuldigde copyrights opgesomd. Werelden gaan open. Ik begin steeds meer van deze kamer te houden. Alleen boer C had hem zelf moeten fotograferen. Dan zou ik nooit op het sinistere idee zijn gekomen dat hier de dood rondwaarde, dat er een klompje terecht werd gesteld. In de geest neem ik plaats tussen de zachte warme kussens. Ik heb de kaarsen aangestoken en de asbakken gevuld. Ik steek de stekkers van de schemerlampen in het stopcontact dat me zo vragend aanstaart. Ik trek mijn klompen uit, leg mijn voeten op tafel en steek een pijpje op. Het is hier goed toeven. Gezelle schiet me te binnen: boer Naas, die maar een boer en was, maar toch en was niet dwaas.

Naschrift

Nog geen week nadat ik dit stuk had opgestuurd aan de redactie van *Raster* liep ik door de Haarlemmerstraat in Amsterdam. Daar zag ik in de etalage van een antiquariaat een boek liggen met een kaft zo blauw als ooit de Zuiderzee. Er stond op: *50 Jaar actief achter de Afsluitdijk* (een bundel voornamelijk professorale artikelen over de ontwikkeling der IJsselmeerpolders). Als achterkleindochter van Cornelis Lely altijd nieuwsgierig naar de gevolgen van zijn waterbouwkundige dwaalwegen liet ik het terstond uit de etalage halen. Ik sla het open en, of men het gelooft of niet, het eerste wat ik lees is deze hoofdstuktitel in dikke kapitalen:

EEN BIJZONDER DORP, DAT IS HET EN DAT BLIJFT HET.
DE GLAMOUR VAN NAGELE (NOP) OPNIEUW BESCHOUWD.

Mijn hart begon te hameren. Nagele (Nop) een dorp? En dan ook nog met glamour? Ik bedacht me geen seconde en kocht het boek.

Nagele blijkt een van de prestigieuste architectonische ondernemingen van de hele Noordoostpolder (N.O.P.!) te zijn geweest. Een proeftuin voor moderne architecten die werkten volgens de principes van het Nieuwe Bouwen: geen baksteen en hout, maar veel glas en staal, systeembouw, strokenbouw, afgebakende wooneenheden enzovoort. Een plattegrondje en een luchtfoto leren dat het hier gaat om een kant en klaar ontworpen rechttoe rechtaan dorp zonder rondingen en zonder kern. Het baadt natuurlijk in licht, lucht en ruimte, maar de keurige haakse woonhoven (tegenwoordig heet dat woonerven) doen je snakken naar de toevallige rommelige gezelligheid van een echt boerenerf. Het is hier niet de plaats om uitvoeriger op een en ander in te gaan, maar één ding wil ik niet onvermeld laten, omdat het zo opmerkelijk aansluit bij de hele teneur van dit stuk . Het heeft weer te maken met de arrogante houding van de bizondere versus de gewone mens of zo men wil: van de kunstenaar tegenover de boer. Veel architecten lijden aan de rare hebbelijkheid dat ze denken dat ze behalve verstand van bouwen ook nog verstand hebben van leven.

In zijn proefschrift *Het dorp in de IJsselmeerpolders* zegt Anton Constandse:

Vooralsnog kunnen wij echter geen andere gevolgtrekkingen maken, dan dat de bevolking niet in staat is om zodanige oordelen over de stedebouwkundige vormgeving van de Noordoostpolder te geven, dat de ontwerper van een nieuwe polder daarvan voordeel zou kunnen hebben. (...) Men dient vertrouwen te hebben in de visie van de kunstenaar.

Vertrouwen in de visie van de kunstenaar, dat heeft Nagele geweten! Drieënzestig procent van de toekomstige inwoners van Nagele bestond uit boeren die afkomstig waren uit oude plattelandsdorpen. Over hun in jaren opgebouwde leefgewoontes werd harteloos heen gewalst. In naam van de kunst. Want wat deden deze architecten bijvoorbeeld? Ze hielden niet van de boerse gewoonte om in de woonkeuken te zitten en ze vonden het onzin dat de woonkamer hoofdzakelijk dienst deed als 'mooie' kamer voor zon- en feestdagen. Boeren moesten nu eindelijk maar eens het stedelijk cultuurpatroon van een woonkamer met zit- en eethoek leren accepteren. Dus weg met de grote keuken en weg met het grote fornuis. Een piepklein keukentje met centrale verwarming kwam ervoor in de plaats. En het is navrant om te lezen hoe heel wat van die boeren toch nog een eettafel met stoelen in hun keukentje wisten te proppen, zodat ze met veel pijn en moeite tenminste nog iets van de oude gezelligheid konden behouden.

Ach boer C, dat het lot jou nu net in Nagele moest plaatsen. Trek je klompen aan en prik die dijk door. Nop!

Haken en kruisen

Die altijd wordt gejaagd
zou die verlegen zijn?

— beeld van de ziel
die haken slaat
waar anderen kruisen.

O, haas te worden —

ironie
van zielsverhuizing

Marko Fondse

Vijftien jaar geleden maakte ik een tekening getiteld *Haas op zijn koord* en ik wist niet waarom. Vijftien jaar later wist ik heel goed waarom, maar toen wou mijn hand ineens niet meer tekenen. Daarom schreef ik een boek: *Ik in deze arm.* Wat zag die haas in het koord? Precies hetzelfde als ik in die arm: glinsterende wurgkracht. Mijn inhoud is kennelijk weinig veranderd. Haas: koord = ik: arm.

Maar laten we nu eerst eens een kijkje nemen in het circus. Een balanceur (of is het een balanceuse?) in een hazepak trotseert het scherp van de snede. Goedgemutst en vastberaden zet hij zijn passen in het ongewisse waarbij hij, in tegenstelling tot wat men misschien zou denken, niet tegelijkertijd bezig is om het pro en contra van zijn handelingen af te wegen. Voorzichtigheid kent hij niet. Hij heeft alles te verliezen en toch is hij niet bang. Integendeel, de rol van wandelend Memento Mori is hem op het vege lijf geschreven. Hoe dat komt? Vraag het de sekte van Jachtlust.
  Daar gaat hij dan. Stapje voor stapje. Elk stapje steekt de draak met prognoses, profylaxes en levensverzekeringen en elk stapje drukt de argeloze toeschouwer even met zijn neus op gene zijde, want vanzelfsprekend is er nergens zoiets verachtelijks als een vangnet opgehangen, ook niet buiten het kader van het papier (een

Haas op zijn koord (Charlotte Mutsaers)

leeuwentemmer trekt immers ook geen harnas aan vooraleer hij de kooi betreedt?).

Stel dat zich nu ineens een rellerige bemoeial uit het hooggeëerd publiek losmaakt, zo'n schreeuwlelijk die in de verste verten niet door heeft dat het klinkklare kunst is wat hier geboden wordt, zo eentje die de wereld alleen maar bekijkt onder het aspect van goed of fout en bijgevolg geen enkel oog heeft voor mooi en lelijk. 'Ik klaag aan! J'accuse! Protest!' piept hij met zijn kopstem tegen de baas van het spul (voor wie dit een oud liedje is). 'Wij vragen er niet om dat ons de stuipen op het lijf worden gejaagd en zeker niet in zo'n raar pak. Als er niet onmiddellijk een opvangnet komt, dan staat er morgen een stuk in de krant van jewelste, want zoals hier wordt omgesprongen met de gevoelens en het geestelijk goed van mensen, dat is je reinste fascisme!' Stel dat zoiets gebeuren zou, wat dan? Helemaal niets. Hier is geen kruid tegen gewassen. Het gebeurt immers dagelijks? De balanceur, die als de dood is voor dit soort waakzame mensenvrienden, kan er maar een ding tegenover zetten: rustig voortgaan op de ingeslagen weg, niet naar beneden kijken, niet achterom kijken, niet uit zijn evenwicht raken, want immers niet alle honden betekenen der hazen dood.

Ooit brak ik een lans voor Napoleon, met name voor de vent zijn vorm (zie *Zeehapper*, p. 36-52). Meteen daarop werden de eerste kleingeestige vlagen van een naderend onweer al voelbaar. Toch had ik nooit beweerd dat deze zwarte kaasstolp een zegen voor de mensheid was. Maar kan ík er iets aan doen dat hij oneindig veel meer tot mijn verbeelding spreekt dan de vriendelijke witte baard van de eerste de beste kerstman? Waarom voer ik hem hier opnieuw op? Omdat ik wederom een formidabel punt in zijn voordeel heb ontdekt: hij was stapelgek op koorddanseressen. Dat wijst er volgens mij op dat hij haarfijn moet hebben aangevoeld welk idee zij belichaamden. Hij moet hun blik op oneindig juist hebben getaxeerd. Hij moet hun angstvallige brutaliteit hebben doorzien. En hij moet hun verachting voor het vangnet hebben toegejuicht. Kortom, hun levensgevaarlijke act zal hem een lieftallige schok der herkenning hebben bezorgd. Hij heeft zich dan ook enorm uitgesloofd om dag en nacht van hun gezelschap verzekerd te zijn. En hij heeft madame R. Saqui, een van de eerste echte glamoursterren op dit gebied (zie: *Braaf! Bravo! Bravour! Het circus door de eeuwen heen*, p. 91), zelfs zo ver weten te krijgen dat ze meereisde met de bivakken van de keizerlijke garde. Foerage voor het soldatenhart! Balancerend in haar jurkje van gouden lovertjes en struisveren daagde zij avond aan avond de zwaartekracht uit voor een stel kerels die de dag daarop misschien arm, been of erger zouden moeten achterlaten op het slachtveld. Wat maakt het ook uit, moeten zij bij haar stralende aanblik gedacht hebben: zíj in haar lovertjes, wíj in onze wapenrusting, zíj op haar koord, wíj op het slagveld. Het maakt allemaal geen donder uit, want eraan ga je toch, in welke vorm dan ook.

Leven is anticiperen. Waarom zit men al met een stuk wc-papier in zijn handen voor er nog van een boodschap sprake is? Of waarom spoedt men zich al gepakt en gezakt naar de uitgang van een trein als het eindstation nog lang niet in zicht is? Of waarom plooit men zijn servet al op zijn schoot als de ober nog niet eens aanstalten heeft gemaakt om de spijskaart uit te reiken? Of waarom staat men in zijn blootje kou te lijden naast een bad dat nog voor geen kwart is vol gelopen? Of waarom past men in de zomer een winterjas? Alleen om zichzelf nog enigszins het idee te verschaffen dat de boel beheersbaar is en dat, wie weet, het allerzwaarste op die manier buiten de deur kan worden gehouden. En daar is niets op tegen zolang deze drift tenminste niet ontaardt in allerlei enge dwangneuroses (ik heb bijvoorbeeld een keer gelezen dat een brandschone man uit pure smetangst zo lang onder de douche stond dat ten langen leste zijn hele huid eraf spoelde, zodat al zijn aderen levensgevaarlijk bloot kwamen te liggen. Dan kun je nog beter vuil en stinkend door het leven gaan) en zolang de buiken der verzekeringsagenten maar niet worden gespekt. Diep in mijn hart heb ik zelfs altijd een voorkeur gehad voor de mier en niet voor de krekel. Op het eerste gezicht heeft de krekel wel meer charme, maar omdat zij losbollige excentriciteit met kunst verwart ('het leven als kunstwerk'!) gaat ze oersnel vervelen. De mier heeft misschien tegen dat ze zich veel te veel laat regeren door de vooruitziende blik, maar pas op, áls zij eenmaal tot zingen komt, hoe snijdend klinkt dan haar lied. Want wie zal zich ten slotte overtuigender in de kunst werpen dan juist degeen die tot de bittere conclusie heeft moeten komen dat liefde voor de moeder van de porseleinkast nergens toe leidt, omdat men helaas toch nooit vat krijgt op de enige twee zaken die er werkelijk toe doen: liefde en dood en al hun schijngestalten. Wie zal rabiater alle vangnetten doorknippen en geen kik geven als hij in duizend stukken valt? L'homme morcelé.

Voordat het Vreeburg (Vredenburg) in Utrecht grotendeels verdween onder de steenkolos van het huidige muziekcentrum, kwam daar elk jaar een circus zijn luchtige tenten opslaan. Toen ik er voor de eerste keer door mijn vader mee naar toe werd getroond (houden vaders meer van circussen dan moeders? Op de tien vaders zag ik meestal één moeder), was ik acht jaar. Wij zaten in de loge. Mijn vader had een rieten mand bij zich. Daarin zaten tien flesjes bier en een pul. Die pul zette hij op de rand van de piste en bij elk nieuw nummer schonk hij zichzelf in. Soms kreeg ik ook een slok. Wij hadden echt plezier voor tien en bestierven het van de lach. Alles ging goed totdat de Tovenaar van het strakke koord werd aangekondigd. De vrolijke fanfaremuziek veranderde in sinister geroffel. Mijn vader schonk zijn pul vol en keek verheugd omhoog. Ik keek ook omhoog maar begreep zijn verheugenis niet, want alles wat ik zag was een strak gespannen koord. Toen gingen ineens alle lichten uit op een spot na. En in het felle licht van die spot verscheen de tovenaar. Maar in plaats van normaal te toveren zette hij zomaar een stap op het koord. Zonder vangnet! Vliegensvlug sloeg ik de handen voor mijn gezicht. Pats!, daar had ik een draai om mijn oren te pakken. Ik dacht dat de tovenaar dat deed, maar het was mijn eigen vader. 'Wat een kleuter ben jij,' siste hij. 'Snap je dan niet dat dit gewoon zijn manier van leven is? Kom, neem een slok en stel je niet aan.' Ik nam een slok en richtte mijn blik weer omhoog. De tovenaar stond midden op het koord een ei te bakken alsof er niets aan de hand was. Hij at het ei op. Vervolgens speelde hij een riedeltje op een viool. Hij gooide de viool naar beneden. Hij deed een kip op een stok na en legde een ei. Dat ei viel ook naar beneden. 'O, wat jammer is dat nou,' riep hij uit, 'nu kan ik het niet meer bakken,' en verdween daarop in de duisternis. Ik was sprakeloos. Van toen af wist ik wat ik later worden zou.

Toen ik dit voorval jaren later aan anderen vertelde, was de eerste reactie: 'Wat ben jij keihard opgevoed.' 'Dat kan kloppen,' zei ik, 'maar daardoor kan ik het ook stellen zonder vangnet.' Jalóers, jalóers dat ze toen waren!

Het is ook nooit goed. Als je je kwetsbaar opstelt niet en als je je onkwetsbaar opstelt nog veel minder (en dan te bedenken dat er van zoiets als *opstellen* natuurlijk geen sprake is, omdat men niet anders kan).

Soms krijg ik wel eens tabak van het circus.

'Nog even en ik doe het zonder circus, voor mij alleen – in het licht van de maan, hoog in de lucht tussen de vleermuizen, een schaduw tegen de hemel, zonder ooit nog op te houden,' aldus de woorden van een salto mortale-beoefenaar in het intrigerende verhaal *De hoogte* van J.F. Vogelaar (*Verdwijningen*, p. 73). Zou dat de oplossing zijn? Maar hoe leuk is het om spiegeleieren te bakken als niemand ze opeet?

Plaatstaal, bloed en de logica van het gevoel

Vaak bevangt ons het verlangen onze
natuurlijke familie te ruilen voor
een literaire familie van eigen keus
teneinde tegen de schrijver van een
ontroerende bladwijze te kunnen
zeggen: 'Broeder.'

Jules Renard

Toen ik nog lesgaf op de kunstacademie heb ik een keer een gezelschapsspel bedacht dat het midden houdt tussen *Mens erger je niet*
en *Memento*. Kennen jullie allemaal het Paleis op de Dam, vroeg ik
aan mijn klas. Ze kenden het allemaal. Doet het gebouw jullie wat?
Ja, het liet niemand onverschillig. En als ik jullie honderd foto's van
gebouwen zou voorleggen, waarvan er één het Paleis op de Dam
voorstelt, zouden jullie die er dan zo uitpikken? Vast en zeker, geen
een die eraan twijfelde. Met zo'n duidelijk idee in je hoofd, zei ik,
moet het mogelijk zijn er uit je hoofd een tekening van te maken,
doe dat. Protest: zij kwamen hier om opgeleid te worden voor kunstenaar en dan moest ik niet met zoiets komen aanzetten. Ja maar,
zei ik, het is een experiment, je moet het experimenteel zien. Dat
woord deed wonderen dank zij nog steeds de Vijftigers, en na een
klein uur hingen vijfentwintig getekende paleizen aan de muur. Ter
vergelijking zette ik er een grote foto van het echte paleis onder.
Onmiddellijk waren de ach en wee's niet van de lucht. Waarom?
Omdat, zo zei een meisje, zij altijd had gehoord dat kunstenaars zo
goed konden kijken. Gezien het resultaat kon zijzelf dan maar beter
opkrassen. Daar had ze groot gelijk in: ze keek te goed.
  In een gemiddelde academieklas van vijfentwintig leerlingen zitten meestal niet meer dan drie kunstenaars. Dat bleek ook nu het
geval. Terwijl het grootste·deel van de tekeningen namelijk op een
benauwende, brave en vooral saaie manier 'de werkelijkheid' probeerde te benaderen, sprongen een paar tekeningen direct in het
oog. Ten eerste door de onbevangen ernst en de overtuiging waarmee ze gemaakt waren, wat je alleen al aan het handschrift kon zien.
Ten tweede door het opmerkelijke tegenstrijdige feit dat ze het

paleis stukken beter hadden weten te treffen, terwijl ze er op allerlei essentiële punten juist veel meer van afweken, met andere woorden: het was de vertekening die de inhoud vorm gaf (q.e.d.). Bij navraag bleek dat de vertekeningen, deels bewust deels onbewust, waren voortgesproten uit de gevoelens waarmee de herinneringen van de makers gepaard gingen. Een jongen bracht dat heel duidelijk onder woorden. Hij was de enige die niet de voorkant maar de achterkant van het paleis had getekend. Daarbij had hij de afmetingen van de Atlas die boven op het achterdak staat, zo buitensporig vergroot dat de wereldbol die hij torste haast even groot was als het gebouw zelf. Onder het tekenen had hij zich daar nauwelijks rekenschap van gegeven, maar nu hij van een afstand de geweldige disproporties zag, kwam er ineens een herinnering in zijn hoofd op die tot dusver gesluimerd had. Zijn vader had vroeger een Atlasbeeldje op zijn bureau staan. Als jongetje was hij daar altijd bizonder door gefascineerd geweest, vol ontzag voor de bronzen spiermassa van het naakte lichaam en vol medelijden voor de schouders die bijna doorbogen onder de loden last van de wereld. Daarom had hij hem af en toe stiekem op zijn zij gelegd zodat hij een beetje kon uitrusten. Toen hij voor het eerst in Amsterdam kwam en het Paleis op de Dam zag, was hem dan ook meteen de Atlas op het achterdak opgevallen. Ook deze Atlas ging zichtbaar onder zijn last gebukt en ook voor hem vatte hij derhalve dadelijk een vlammend medelijden op. Wat zou het fijn zijn, dacht hij, als niet die Atlas maar het hele koninklijke paleis op een dag in elkaar zou duvelen onder het gewicht van de wereldbol. En dan liefst met de koningin en alle dikke prinsessen erin en dan graag onder de thee. Zodat zij eens aan den lijve ondervinden wat het verschil is tussen een wereld op je nek en een gouden theekopje op schoot. Daarom, zei de jongen, moest ik de wereldbol wel zo groot tekenen, ik kon niet anders. Stomme terrorist, zei iemand met een jaloers en vijandig gezicht, vanwege die ene stomme fixatie van je heb je blijkbaar nooit belangstelling op kunnen brengen voor de architectonische schoonheid van dit gebouw, want moet je kijken hoe grauw en eentonig het erbij staat, net een bunker. Wat zou dat nou, zei de jongen, díe schoonheid wordt wel bezongen door mensen zonder fixaties.

Het artistieke zelfvertrouwen van de Atlasjongen was terecht. Een kunstenaar is immers in de eerste plaats een theezeefje, een wan, een vergiet of een koffiefilter. Er zijn een paar dingen waar hij nooit van zijn leven buiten kan: een uitzonderlijk, voor mijn part getikt, schift- en ziftvermogen én zowel de drang als het talent als de durf om wat via de volstrekt persoonlijke logica van zijn eigen gevoel geschift in zijn brein is beland, zo adequaat (= doordacht) vorm te geven dat hij daarmee enkele andere breinen weet binnen te sijpelen. De vorm moet het afwezige lichaam vervangen. Lukt het een schrijver bijvoorbeeld om met zijn boek een ander brein op zich verliefd te maken, dan is dat de stralendste kroon op zijn werk. Lukt het hem om een menigte tegen zich in het harnas te jagen dan is dat overigens ook een kroon, misschien geen stralende maar toch nog altijd een kroon. En als hij weet te ontroeren? Dan valt die kroon nog te bezien (goudgehalte, puntigheid, waterdichtheid enzovoort).

Literatuur uit de ijskast heeft kraak noch smaak, dat zal iedereen met me eens zijn. En hoe meer sterren er op die ijskast staan hoe beroerder de smaak. Daarom hoor je wel: literatuur moet warm zijn, moet ontroeren. Ik begrijp wat daarmee bedoeld wordt, maar is het juist? Literatuur moet natuurlijk helemaal niets. Bovendien heeft het woord *ontroeren* zo'n eenzijdige betekenis gekregen. Het wijst te veel in een richting. Als iemand beweert dat een boek ontroerend is, bedoelt hij doorgaans dat hij door een niet nader te definiëren, positief, tikje verdrietig, intens, innig, 'menselijk' gevoel (heeft iemand wel eens een ontroerd dier gezien?) bevangen werd toen hij het las. Hij bedoelt zelden dat hij zich na lezing moordlustig voelde of bloedgeil of diep-depressief of hypernerveus of filosofisch geprikkeld of taalkundig uitgedaagd, terwijl deze gevoelens net zo goed door literatuur worden opgewekt en evenzeer het vermogen hebben om je hele hart overhoop te halen. Dat heb ik ertegen. Het woord *ontroerend* heeft een te beperkte impact en doet de literatuur tekort. We zullen dus of het woord moeten herwaarderen, wat inhoudt dat niet steeds de boeken van Biesheuvel of Carmiggelt maar bijvoorbeeld ook eens de boeken van Krol, Armando of Battus ontroerend worden genoemd, óf een andere term moeten invoeren.

Wat een crimineel boek heb jij geschreven, zei iemand me toen hij *De markiezin* gelezen had. *Crimineel*, een moorddadige term.

Een schrijver heeft grofweg de keuze tussen fictie en non-fictie. Wie voor fictie kiest, zal stapje voor stapje de logica van zijn gevoel dienen op te sporen, want wat is fictie anders dan een soort auto-biografie van dat gevoel. Zonder behoefte aan zelfkennis heeft het geen zin om fictie te schrijven. Zonder behoefte aan reactie uit de buitenwereld trouwens evenmin, want die bepaalt voor een groot deel de drijfkracht. Ik denk dat diep in het achterhoofd van menig schrijver een vonk hoop leeft met de potentie van een vulkaan, dat hij zich al schrijvende een nieuwe familie zal verwerven. Een kleine familie waarmee hij misschien enkele gevoelens zal delen die hij in het gewone leven niet kan of niet wenst te tonen. Geheime gevoe-lens. Waarover hij niet spreken kan, juist dáárover wil hij schrijven. Maar omdat dat een uiterst riskante onderneming is, zal de ver-standige schrijver zijn bedoelingen verpakken in plaatstaal. Niet alle mensen houden van plaatstaal. Dat geeft niet, deze schrijver houdt immers niet van alle mensen. Hij mikt slechts op de brand-kastkrakers, want als híj zijn uiterste best doet om zijn woorden zorgvuldig in te blikken, mag hij aan de lezer toch ook wel enige eisen stellen.

Waaraan je kunt denken onder het schrijven:

Op een avond wordt er gebeld. De allergrootste brandkastkraker van de hele wereld dient zich aan en komt je mededelen dat hij je *begrijpt*. Hij legt je op je zij, zodat je even uit kunt rusten. Je krijgt geen stom woord over je lippen, maar hij vindt je volstrekt niet hermetisch, hoe komen ze erbij. Hij zegt: Soms schrijft u ONT-ROEREND. Kapot ben je ervan. Theorie opgegeten door de praktijk.

L'appétit vient en mangeant, dat is waar, ik heb het al dikwijls erva-ren. Voor de schrijver geldt iets soortgelijks dat ik ook al dikwijls heb ervaren: de schrijflust neemt al schrijvende toe. Je zet je aan tafel met een bepaald idee in je hoofd. Je denkt dat dat idee een lichaam heeft. Dat wil je vangen. Maar net als je het bijna te pakken hebt, glipt het uit je handen en moet je toezien hoe zich onder je eigen ogen een metamorfose voltrekt. Niet alleen verandert het idee van vorm, het verandert ook van inhoud. Dat hebben de gevoelens gedaan en laat nu net de allerirrationeelste gevoelens het sterkste zijn! Er ontstaat een ware worsteling. Uren, dagen, maanden, jaren kan die worsteling duren. Hoe je het doorstaan hebt kun je niet navertellen, maar op een gegeven moment ligt er een boek. Hopelijk kan het boek het navertellen. Hopelijk hebben de tranen die het opwekt 'abstracte' waarde, zodat althans geen enkele toegewijde lezer zal denken: wat heb ik eigenlijk met u van doen.

Hoe komt iemand achter de logica van zijn eigen gevoel? Net zo moeizaam als achter welke waarheid dan ook. Dag en nacht moet hij zijn geheugen en zijn reactievermogen in de peiling houden om te kijken of ze misschien een hint geven. Dat gebeurt altijd op onvoorziene momenten. Daarom verkeren sommige schrijvers in een constante vorm van paraatheid. Als een gebeurtenis plotseling trekken krijgt van een symptoom, dan weet je zeker: dit is een hint. *Wees paraat*, voor de schrijver is dat geen gekke leus.

Toen ik nog bij mijn ouders thuis woonde at ik elke Kerstmis haas. Bij de haas aten we tamme kastanjes. Haas eet ik nu al jaren niet meer, maar onlangs at ik sinds jaren weer eens tamme kastanjes. Hemel, wat een wildsmaak zat er aan die tamme kastanjes, het leek wel haas! Het verleden dat mijn smaakpapillen vervormd had. Een hint.

Nog een hint. Ik word opgebeld terwijl ik net een broodje sta te eten. Het stuk dat ik in mijn mond heb, slik ik vlug door. Het kleine stukje dat nog over is, leg ik zolang op de piano. Dan neem ik de telefoon op. Het gesprek duurt een kwartier. Als ik de hoorn weer op de haak leg, word ik direct overvallen door een groot gevoel van gemis. Honger kun je het absoluut niet noemen en toch knaagt mijn maag. O ja, het stukje brood! Maar waar ik ook zoek, ik vind het niet meer. Dat je vergeten bent waar je het hebt neergelegd maar dat je feilloos weet wat je nog te goed had. Het piepkleine vragende plekje in je maag en de overtuiging dat een nieuwe boterham hier niets vermag. (Hetzelfde troosteloze gevoel wanneer een ober ongemerkt je glas wegneemt waar nog een bodempje in stond.) Die leegte.

Genoemd gevoel zal naar ik aanneem niemands woede, ergernis of verontwaardiging wekken. Er bestaan ook gevoelens die dat wel doen. De slechte gevoelens, ook wel lelijke gevoelens genaamd. Een kind weet al dat je daarmee geen kusjes verwerft. Zodra de buitenwereld een lelijk gevoel te pakken krijgt, wordt het op de ethische weegschaal gelegd. Dat is ongerijmd, alsof jij het helpen kan, maar toch gebeurt het. Wie niet buitengesloten wil worden, houdt deze gevoelens dan ook liever veilig binnen in zijn hoofd, wat de omgang nogal hypocriet en eentonig maakt en de werkelijkheid onbetrouwbaar en onwerkelijk. Een schrijver zou uiteraard beter moeten weten en sommige schrijvers weten goddank ook beter. Hun werk liegt er niet om en wordt zelden *ontroerend* genoemd. Dat kan ze niet schelen, zij hebben hun hoop gevestigd op de onderwereld (tranen afkomstig uit de onderwereld zijn hun gewicht in goud waard). Maar er bestaat ook een type schrijver dat níet beter weet. Het enige wat hij weet, is dat hij aardig wil worden gevonden en wel zo snel mogelijk en door zoveel mogelijk mensen tegelijk. Als schrijver zit hij dan in een vrij lastig parket, want schrijven is nu eenmaal een daad van eenvoudige onbescheidenheid en ook met onbescheidenheid verwerf je je geen kusjes. Maar daar heeft hij wat op gevonden: hij zal zijn onbescheidenheid compenseren door *aardige* boeken te schrijven, door zich nooit te vergalopperen en door elke foute letter al bij voorbaat de pas af te snijden.

Geen kwaad woord over deze schrijver, daar is hij te mild, te bescheiden en te aardig voor, maar verdiep u liever in het werk van 'onaardige' schrijvers. De onaardigsten zullen de aardigsten zijn.

Toen Paul Léautaud op een keer hoorde dat een man die met zijn geweer een kat nazat per ongeluk zijn eigen kindje van anderhalf had doodgeschoten, schreef hij hem een brief om hem van zijn geluksgevoel hierover in kennis te stellen: 'Ik ben verrukt, ik ben in alle staten, ik vind dit perfect.' In zijn dagboek deed hij het nog eens dunnetjes over en voegde eraan toe: 'Ik meen absoluut wat ik heb geschreven. En dat dode kindje dan? Geen groot verlies. Het had waarschijnlijk precies dezelfde moraal als de vader.'

Toen ik dit las was ik verrukt, in alle staten. Ik vond de wijze waarop Léautaud zijn mensenhaat had vormgegeven perfect. Dat kun je niet menen, zei een kennis aan wie ik het in mijn enthousiasme ook had voorgelezen. Ik meende het wel. Maar, zei zij, elk normaal mens zou zulke gevoelens *corrigeren* en dat doet hij niet. Of hij is stapelgek of hij stelt zich aan en hangt de harde uit. Ik las haar een andere passage van Léautaud voor:

Ik stond op een avond achter mijn hek uit te kijken naar de komst van bezoek. Geen mens kon me zien. Bij het hek tegenover, waar eenden achter te zien zijn, bleef een man van een jaar of veertig, die er heel gewoontjes uitzag en een kleutertje en een fox-hondje bij zich had, stilstaan. Die man nam het kind in zijn armen, tilde het 'n paar minuten lang op om het de eenden te laten zien en zette het daarna weer op de grond. Hij pakte het hondje, zei 'Jij mag ook even kijken' en tilde ook het hondje op. Toen hij daarmee klaar was en op het punt stond verder te gaan, kwam ik te voorschijn en maakte die man een compliment dat hij zo lief geweest was (ik zou geen ander woord weten) voor een gewoon beest en dat veel mensen daar niet opgekomen zouden zijn. Hij zei toen iets vreselijks aardigs: 'O, maar zij heeft ook nog nooit een eend gezien. Ze is pas acht maanden.' [...] Ik ben al lang de mening toegedaan dat het niet de stand is die de man maakt.

Zie je nou wel, zei mijn kennis, dat hij zich met dat dode kindje aanstelde. Uit deze passage komt heel iemand anders naar voren. Met geen mogelijkheid kon ik haar aan het verstand brengen dat uit beide stukjes een en dezelfde aardige man naar voren komt met een en dezelfde gemene moeder. Als jij dat werkelijk vindt, zei ze, dan is dat symptomatisch. Zo kan het gebeuren dat iemand je geheel belangeloos een handje helpt. Deze hint wekte een kettingreactie van herinneringen in mijn hoofd op die minstens zo symptomatisch waren. De logica van het gevoel.

Het eerst moest ik denken aan *Mapje en Papje in het hazenbos* van Marie Hildebrandt. De moeder, de haasjes, het geweer. Dit boek is me zo vaak voorgelezen dat ik het bijna uit mijn hoofd ken. En we hebben ik weet niet hoeveel huiskamerdiscussies gevoerd over het eind, of het nu happy was of niet. Het boek begint in elk geval idyllisch:

In 't hazenbos onder de groene bomen,
zit moeder hemdjes en broekjes te zomen.
Ze nam haar kindertjes met zich mee,
Mapje en Papje alletwee.

Een groen bos, een zomende moeder, ik weet nog dat ik dat summum summarum vond. Nog altijd als ik ergens lees *de zoom van het woud*, moet ik even aan die moeder denken. Jammer dat ze na twee strofen al door de mand valt. Terwijl haar kindertjes zoet zitten te spelen, loopt ze gewoon weg. Nergens wordt uitgelegd waarom. Zeker zin in iets anders. De in de steek gelaten Mapje en Papje kijken radeloos om zich heen. Dan verschijnt er zomaar een hazemoeder op het toneel, stukken liever dan hun eigen moeder. Ze zegt: jullie zijn veel te klein om alleen te zijn, kom maar met mij mee. In haar huisje waar zeven hazekinderen over de grond dartelen, naait ze hazepakjes voor ze, inclusief een prachtige muts met oren. Ze spelen de hele dag buiten met de andere haasjes en zijn hun echte moeder in een mum vergeten. Maar op een dag, het kan niet missen, komt er een groene jagersman langs geslopen. Net als hij wil schieten herkent zijn hond in de twee dikste haasjes Mapje en Papje: zijn eigen kinderen! Vliegensvlug tilt hij ze uit het gras en rent met zijn buit naar huis waar de moeder bedroefd en goed achter het raam zit te wachten:

'Kijk moedertje,' riep hij, 'wees nu maar tevree.
Dit bracht ik vandaag van de jacht voor je mee!'

Van blijdschap klapt de moeder in haar handen. Een heel mooi eind vond mijn zusje dat. Toch was de vader van de een, de jager van de ander. Toch kon je er donder op zeggen dat die moeder de volgende dag in haar handen zou klappen voor twee dode haasjes. Om te huilen. Waarom deed ik dat niet.

Ik kan me helaas geen enkel boek meer herinneren waarbij ik als kind gehuild heb, maar wel een liedje. Jarenlang schrobde mijn vader me elke zaterdag schoon met een houten afwasborstel. VERO stond er op die afwasborstel. Hij was keihard – als hij zacht dreigde te worden werd er onmiddellijk een andere gekocht – en deed geweldig veel pijn, zodat je ondanks het ijskoude water in een paar seconden zo rood was als een kreeft. Ik kon dat alleen maar doorstaan doordat ik wist dat mijn vader onder het afdrogen *In 't groene dal, in 't stille dal* voor me zou zingen (ook een Spartaanse opvoeding heeft twee kanten). Hij kende maar een couplet en dat zong hij dan twee keer, een keer bij het afdrogen vanboven en een keer bij het afdrogen vanonderen:

In 't groene dal, in 't stille dal,
Waar klei-ne bloem-pjes groei-jen,
Daar ruischt een blan-ke wa-ter-val,
En drup-pels spat-ten o-ver-al,
Om ie-der bloem-pje te be-sproei-jen...
Ook 't kle-hei-hein-ste,
Om ieder bloem-pje te besproei-jen,
Ook 't klei-hein-ste!

Steevast barstte ik bij 'ook 't kleinste' in tranen uit. Ook toevallig zei mijn vader dan, dat ik net met een handdoek in mijn handen sta. Toen ik meer dan dertig jaar later een passage las uit *Notre-Dame-des-Fleurs* van Jean Genet, merkte ik dat ik plotseling dat liedje weer zat te neuriën. En met dat liedje kwam de houten borstel terug, het kleinste bloempje en uiteraard de waterval (ook toevallig dat ik net een zakdoek bij me had). Eerst beschrijft Genet zijn liefde voor straatschooiers met hun opwindende uitdrukkingen als 'klein smoeltje', 'klein schoffie', 'lekker schorum', 'klein kreng' en dan voegt hij daar tussen haakjes aan toe:

Ik wil hierbij aantekenen dat het woord 'klein' of 'kleine', als het op mij betrekking heeft óf op een voorwerp dat me ter harte gaat, me in beroering brengt. Zelfs als iemand tegen me zegt: 'Jean, je *kleine* haartjes' of 'je kleine vingertje', raak ik van streek.

Wat trof mij zo in deze passage? De schreeuwende maar gestileerde behoefte van deze zware jongen, dit kleine bloempje, om eens flink door een ruige handdoek te worden afgedroogd.

Misschien lijkt het vreemd dat ik van Genet ineens op Gilliams kom, maar zo werkt nu net de logica van het gevoel. In *Het verloren paradijs* beschrijft Maurice Gilliams hoe een driejarig jongetje op een middag in de keuken wordt opgesloten omdat zijn moeder weg moet. De onverdraaglijkheid van eenzaamheid die wordt opgedrongen en niet zelf gekozen. Als zijn moeder eindelijk thuiskomt, kan hij niets uitbrengen. De tranen die hij al die tijd had opgespaard vallen in dikke druppels op de grond. Meteen werpt zijn moeder haar parasol weg, knielt voor hem neer en drukt hem tegen zich aan. Dan zegt ze: 'Elias, ik ben met oom Ferdinand in zijn tuintje geweest; in de volière floten de vogeltjes.'

Ik kan niet goed uitleggen waarom uitgerekend deze zin in die vorm en op dat moment uitgesproken mij steeds weer aangrijpt en elke keer dat ik hem lees, langdurig blijft naklinken in mijn hoofd met een zoetgevooisde Vlaamse intonatie. Maar het wordt nog mooier. Zonder haar jas uit te doen en haar hoed af te zetten stormt zijn moeder naar de slaapkamer. Ze komt terug met armen vol lege odeurflesjes. Die vult ze een voor een met water:

Het waren odeurflacons van gekleurd glas en in elk daarvan zette zij een bloemtje, – of misschien was het eenvoudig een groenteblad. Nu nam ze krijt en tekende op tafel, tussendoor de geïmproviseerde plantage, warrige slingerlijnen, kruisjes, stippen en krabbels. [...] De gehele middag heb ik mijmerend doorgebracht, gezeten vóór de tovertuin; ik raakte de koude, vochtige flesjes één voor één met de vingertoppen aan, zoals een schaakspeler die er niet toe besluiten kan één pion te verplaatsen.

Ja, zó wordt verbeeldingshartstocht opgewekt!

Een getoucheerd geheugen maakt de wonderlijkste sprongen. De nacht nadat ik bovenstaande herinnering had opgeschreven, werd ik buiten adem wakker met de woorden *mon petit* op mijn lippen. Waar sloeg dat nu op. Ik pijnigde mijn hoofd net zo lang af totdat er voorzichtig iets begon te dagen. Een straatbeeld doemde op. Daarin een donkere man en een verliefd jong meisje. Zij doen iets met een eendje. Wacht even, heet dat eendje niet Napoleon? Wat een krankzinnige naam voor een eendje. Toch wist ik het zeker: Napoleon. Nu die twee mensen nog. Wie waren dat en wat hadden ze met mij te maken? Monpti, hoorde ik mezelf in het donker zeggen. Meteen zat ik rechtop in bed. Ik wist het! Natuurlijk *Monpti*, dé liefdesgeschiedenis uit mijn puberteit, een boek dat ik destijds bijna opgegeten had. Helemaal verdrongen. Hoe zat het ook alweer? Een Hongaar in Parijs zonder geld en sans famille. Eenzaam en boordevol heimwee naar de poesta's. Een vaste klant van de lommerd. Hij woont in een smerig hotelletje in de rue St.-Jacques en leeft op Normandische kaas, wijn, brood en chocolademelk. Het pannetje waarin hij zijn chocola kookt, wast hij nooit af. Zo koekt er een dikke laag cacao op de bodem vast. Die bikt hij los als hij niks meer te eten heeft (onweerstaanbaar). Op een van zijn droefgeestige slentertochten door het Luxembourg ontmoet hij een meisje: Anne-Claire. Haar kousen spannen strak om haar mooie benen (zo stond het er: 'spannen'; sindsdien kocht ik mijn nylons een maat kleiner, zodat ik voortdurend ladders had). Hij steekt een Gauloise op en spreekt haar aan. Het heeft succes. Zij wil hem graag troosten en noemt hem al gauw Monpti, mijn Kleintje. Zo begint een stormachtige Parijse hartstocht waarbij de romantiek huizenhoog zal oplaaien, omdat de Daad maar wordt uitgesteld en uitgesteld. Steeds als het er bijna van komt, zegt Anne-Claire: 'Ik ben nog onaangeraakt.' Ik zag daar niets geks in en kon het goed begrijpen, maar Monpti kon het minder goed begrijpen. Er vallen dan ook heel wat tranen in dit boek, die vanzelfsprekend berouwvol worden afgezoend. Hun liefde speelt zich grotendeels op straat af, in het park en op de boulevards. Hij koopt van zijn laatste geld een hoed voor haar en zij brengt hem per omgaande naar de winkel terug, omdat ze hem veel te duur vindt. Van dit soort hevige incidenten hangen hun dagen aan elkaar.

Ten slotte waagt Anne-Claire het een keertje om mee te gaan naar zijn kamer. Hij draait voor haar *Le temps des cerises*, haar lievelingslied (inderdaad een van de allermooiste en weemoedigste Franse liedjes). Het gaat schemeren. De gordijnen gaan dicht. Zij vallen in elkaars armen. Monpti wil meer, maar zij durft niet: te onaangeraakt. Dan is het te laat. Een paar dagen later komt Anne-Claire onder een auto en sterft. Zij hebben het bed nooit gedeeld.

Het was nog niet eens dat treurige einde waardoor ik destijds een brok in mijn keel kreeg, maar een passage daarvoor. Als Monpti zich voor de zoveelste keer afgewezen voelt, koopt hij een jong eendje om van te houden. Hij noemt het Napoleon. Napoleon komt 's nachts aan zijn wenkbrauwen sabbelen en houdt hem uit de slaap. Daarom hangt hij hem te slapen in een oude sok aan een spijker. Overdag laat hij hem rondkliederen in de regenplassen van het Luxembourg. Alles gaat goed tot het moment waarop hij hem aan Anne-Claire laat zien. Ze staan op straat. Hij opent voorzichtig zijn handen en toont haar zijn schat. Zij is verrast en vraagt of ze hem ook even mag vasthouden. En dan gebeurt het: het eendje valt uit haar handen, belandt in de goot, drijft bliksemsnel met het water mee en verdwijnt zonder dat ze nog kunnen ingrijpen via een put in het riool waar het als prooi voor de ratten zijn ondergang tegemoet zal zwemmen. Erger dan Waterloo. De twee gelieven staan perplex. Verslagen lopen ze de stad in. Ik had nog nooit van de term *Vorausdeutung* gehoord, maar voelde op mijn klompen aan dat hun liefde hiermee voor eeuwig verdoemd was.

Eind jaren vijftig is dit boek verfilmd met Horst Bucholz en Romy Schneider in de hoofdrollen. In de filmeditie van het boek, dat ik op Sinterklaas van mijn vader had gekregen, stond een foto van de scène dat Anne-Claire (Romy) net het eendje van Monpti (Horst) heeft overgenomen. Elke avond lag ik op mijn zolderkamer naar die foto te kijken. Ondertussen draaide ik allerlei chansons waaronder natuurlijk *Le temps des cerises*. Ik kneep mijn ogen half dicht. Met een beetje moeite lukte het me om in Romy mijzelf te zien – had ik niet ook een paardestaart en een streepjesjurk? – en in Horst, het dient vermeld, al durf ik zijn naam hier nog steeds niet te noemen, een man op wie ik al jaren verliefd was. Als ik toch eens die hele Utrechtse kliek de rug toe zou kunnen keren door de benen te nemen naar de lichtstad! In een klein hotelletje, kan niet schelen hoe smerig, alleen met... hem. Overdag slierten we langs de straten en 's avonds zitten we voor zijn aladdin. We trekken de stinkende gordijnen dicht. We drinken chocola of pinard met kaas en stokbrood erbij. We maken een gedicht. Ik klim bij hem op schoot. En verder? Nu ja, verder zien we wel.

Lezer, lach niet te vlug. Bekijk deze foto nog eens goed. De kwieke paardestaart, het kraagje, het strikje, de ceintuur, de taille, de gezichtsuitdrukkingen, het ravezwarte haar, het hagelwitte hemd, het leren touwtje om de sterke nek, de twee blote armen, de oren, het eendedons, het snaveltje. Probeer u vervolgens voor te stellen wat dat betekende: verliefd in de jaren vijftig in Utrecht. Met als voorbeeld tientallen nouvelle vague-films die je toonden hoe hartstochtelijk het er in Parijs aan toeging (terwijl je zelf op een school zat die je niet toestond om in de pauze met je vriendje te lopen) en met als achtergrond een drukkend existentialisme dat je vol overtuiging trachtte op te zadelen met walging voor het leven.

Ik heb deze foto kunnen bemachtigen met de hulp van het Film-

museum. Toen ik hem uit de envelop te voorschijn haalde, was het
eerste dat ik dacht: Waren zij zó jong? Hoe jong moeten wij zelf dan
wel niet zijn geweest? Een foto die waarschuwt voor de domheid
van cynisme.

Hoe jong, dat wou ik weten. De dag na mijn droom ben ik alle
antiquariaten van Amsterdam afgefietst. Ik moest en zou dat boek
hebben. Een vergissing. Voor tien gulden wist ik het uiteindelijk op
de kop te tikken, een slechte editie zonder foto's. Bij thuiskomst
bleken dat tien guldens te veel, want wat een ellendig, wat een onmogelijk boek is dit! Het is oppervlakkig, sentimenteel en kinder-
achtig geschreven. Het hangt slap in tussen literatuur en triviaal-
onzin. Er staan rare opmerkingen over vrouwen in. De schrijver
heet Gábor von Vaszary. Geen naam om te onthouden. Het boek
doet me niets meer. Zelfs de scène met het eendje liet me koud.

Het zal wel een teken aan de wand zijn. Maar wat voor teken dan
toch en aan welke wand? Je kijk op literatuur verandert met de
jaren, maar daar kun je niet alles op afschuiven.

In dezelfde tijd dat ik wegliep met *Monpti* liep ik ook weg met *Le
petit prince*, *Schuld en boete*, *Het proces* en *l'Etranger* en dat vind ik nog
steeds goede boeken. Er moet dus iets anders hebben meegespeeld

en ik weet wel wat dat is: door het hart veroorzaakte verstandsverbijstering. Zoals gezegd is literatuur uit de ijskast ongenietbaar. Er wordt dikwijls gezegd dat goede boeken *ontregelen, verontrusten, ontwrichten* en *twijfel zaaien*. Daar zit iets in, al wordt nogal eens vergeten dat verontrusting van de een bevestiging van de ander betekent. Bovendien, als men niet eerst op de een of andere manier in vuur en vlam geraakt, zal er noch van verontrusting noch van bevestiging sprake kunnen zijn. Vuur en vlam: onmisbare ingrediënten bij de overdracht. Het probleem is echter dat je het niet om kan keren. Waar vuur en vlam oplaaien hoeft nog geen sprake te zijn van kunst. De meest platvloerse pornoverhaaltjes of afgezaagde liefdespassages blijken een diepzinnige en subtiele maar hunkerende ziel evengoed in een staat van wilde vervoering en blind verlangen te kunnen brengen als de subliemste literatuur. Militaire parades maken niet minder tranen los dan sonates van Mozart. Er is nu eenmaal lang niet altijd een overeenkomst tussen de kwaliteit van het gebodene en de kwaliteit van de gevoelens die erdoor worden opgewekt. Zoals er evenmin verwantschap hoeft te bestaan tussen de intentie waarmee iets werd gemaakt en de betekenis die het voor iemand heeft. Sneu voor de kunstenaar, maar de realiteit betreffende gevoelens. De rest is wens. Daarom is *ontroering* in de beperkte zin die er meestal aan wordt gegeven zo'n levensgevaarlijk criterium voor literatuur.

Van schrijvers en vooral van dichters wordt nogal eens gedacht dat ze intenser, subtieler, hoogstaander en zelfs beter voelen dan de gewone mens. Nog gekker: bepaalde schrijvers en dichters denken dat zelf ook. Dat dit nergens op stoelt zal iedereen kunnen bevestigen die schrijvers en dichters onder zijn kennissen telt. Het enige noemenswaardige verschil tussen de schrijver en de niet-schrijver is de vormkracht. Zoals ook het enige verschil tussen een goed en een slecht boek de vormkracht is. Zonder gevoel komt niet gauw iets behoorlijks tot stand, maar zonder rede helemaal nooit! Het verstand geeft het gevoel vorm. Vorm en inhoud, verstand en gevoel. Omdat verliefdheid zo ongeveer de sterkste van alle gevoelens is, komt het weleens voor dat het verstand daar nauwelijks bij of tegenop kan, een verschijnsel dat zich overigens even vaak bij schrijvers voordoet als bij lezers. Hele reeksen vrij behoorlijke boeken zijn volledig bedorven door smakeloze, want vormeloze liefdespassages. Het gulzige hart knaagt niet alleen aan de vorm, het is in staat die volledig te verslinden. Verstandige schrijvers zijn dan ook niet scheutig met het expliciteren van de liefde. Zij ontroeren met de *vorm*. Dat is pas ontroering! Hoe kan dat? Boeken die niet rechtstreeks over de liefde gaan, gaan meestal ook niet rechtstreeks over de vent of vrouw. En omdat het verborgene op den duur de verbeelding en hartstocht oneindig veel meer prikkelt dan het open en blote, loop je, hoewel misschien minder snel, veel blijvender warm voor een vent/vrouw die goed verpakt zit in de vorm dan voor eentje die bloot en zwaar op de eigen letters rust.

Neem Armando. Armando heeft bij mijn weten nog nooit een letter vuilgemaakt aan het erotische reilen en zeilen tussen man en vrouw. Niettemin ken ik maar weinig hedendaagse Nederlandse auteurs die zo effectief weten door te stoten naar het hart. *Aantekeningen van de vijand* reken ik tot mijn lijfboeken. Alleen al vanwege deze ene zin schiet ik vol: 'Toch heeft de vijand iets kranigs.' Deze zes woorden in die volgorde houden mij nu al tijden in hun greep. Evenaren ze niet de inhoud van menige complete roman? Wat een zin! De vijand wordt er tegelijkertijd mee gehoond en bemind. Het woord *toch* lijkt hem in bescherming te willen nemen tegen de buitenwereld, het woord *kranig* zet die bescherming weer in een belachelijk daglicht. *Kranig*, zo noem je geen vijand voor wie je siddert. 'Toch heeft de vijand iets kranigs.'; het zijn de jongenswoorden van iemand wiens vijand mythische proporties heeft aangenomen, van iemand die geen seconde buiten zijn vijand kan en dat dubbele gevoel ook weer vliegensvlug relativeert. Om je tranen te lachen. Om het uit te snikken.

– Toch heeft de vijand iets kranigs.
– Iets wát?
– Iets kranigs.
– Wie?
– De vijand.
– Kranig, zei je?
– Ja, kranig.
– De vijand?
– Dat zei ik toch?

Dergelijke dialoogjes komen met tientallen tegelijk in je hoofd op, worden gegenereerd door zes simpele woorden. Literaire ontroering heeft wel degelijk recht van bestaan. Als hij maar uit de vorm voortkomt. Dan is het het mooiste wat er is. De vorm plaatstaal, de inhoud kokend bloed. Mijn ideale lezer zit dan ook niet met een boekenlegger in zijn hand maar met een breekijzer. Hij lijkt als twee druppels water op de chique marquis de C:

> In 't rotsland van Champagne
> zat de marquis de Camembert
> veilig in zijn rotsspelonk
> met een breekijzer...

Geen haar minder kranig deze marquis dan de vijand of Atlas die de wereld torst. Geen kille hermetisten of witjassen, maar staaltjes van kranigheid, kranen van staal. Broeders.

En de schreeuwlelijkerds dan, de woordknallers, de schelders, de vloekers, de ketters? Zit daar dan geen enkel broertje tussen, geen een die mij raakt, geen een die mijn tranen losmaakt? Toch wel: Céline. Hoe kan dat. Komt alles wat ik zei daarmee niet op losse schroeven te staan? Nee, natuurlijk niet. Zijn geschreeuw heeft niets met holle vaten te maken. Zijn geschreeuw is evengoed een stevige brandkast met een bloedende inhoud. Céline... met al zijn zenuwen wijd open... die doordrammer die het vertikt om een zeebad te nemen met een hoge hoed op en in galakostuum... die meent dat de hele wereld bestaat uit smerige genieters en bidsprinkhanen... die ervan overtuigd is dat niemand houdt van 'het ik' van de ander... die zegt dat je 'meer dan een klein beetje dood' moet zijn om echt lollig te wezen... die alles haat wat zweemt naar technicolor. ...Céline, ik omhels hem. Hoe wagenwijd zet hij zijn mond open en hoe goed houdt hij daarbij het achterste van zijn tong verborgen! 'Ja,' zegt hij, 'ik leef onder camouflage... dat moet! sstt... ziet u dan niet dat de mensen naar ons kijken?... dat al die mensen om ons heen ons bespieden! ons afluisteren! sstt! sstt!'
sstt!

Moedermelk

De koe is moeder van de melk,
En van kaas en boter allebei grootmoeder.

Kurt Schwitters

Eerst dacht ik: het ligt aan de kaders. Dus knipte ik alle kaders eraf. Maar ofschoon de verzen door deze ingreep nauwelijks nog konden ademen, wat wreed was, en de gemiddelde dichtbundel slonk tot minder dan de helft van zijn oorspronkelijke proporties, wat komisch was, haalde het verder niets uit: Neerlands vers bleef wit.

DE LEKKERSTE MELK IS NEERLANDS VERS.

Toen trok ik een paar jaar uit om de hele vaderlandse poëzievoorraad door te nemen. Algauw kwam ik erachter: het lag aan de meeuwen. Neerlands dichter is óf klokkenmaker óf zeeman. Daarom stopt hij zoveel *meeuw* (en *eeuw*!) in zijn poëzie. Opnieuw greep ik de schaar. Nu moesten de meeuwen het ontgelden. Zorgvuldig knipte ik ze uit hun regels weg en nam en passant de eeuwen mee. Een dwaze bezigheid, maar de boel knapte er aanzienlijk van op. Weer waren vele bundels gevoelig in omvang afgenomen. Bovendien hield ik er precies honderd zakken witte veertjes aan over, goed voor levenslang slopen vullen. Maar geholpen had ook dit niet: Neerlands vers bleef smetteloos.

Daarna zorgde Gerrit Komrij voor een gouden tip. In *NRC Handels-*

blad schreef hij dat menig Nederlandse dichter ervan overtuigd is dat je 'op z'n minst in een klein hoekje een ietsepietsje moet meesneeuwen om erbij te horen'. De dichter als verschrikkelijke sneeuwman. En waarachtig, hij had gelijk. Vers na vers bewees het: nu er geen meeuwen meer naar beneden kwamen gezeild, zorgden dwarrelende vlokjes er wel voor dat de lezer werd ingepakt in een dikke witte deken. Onmiddellijk legde ik alle verzen in de zon. Neerlands muzenberg smolt tot een molshoop ineen. De eerste kou was eraf, maar die molshoop, het was zo langzamerhand om uit je vel te springen, leek als twee druppels water op een miniatuuruitgave van de Mont Blanc.

Net had ik het onbevredigende gevoel bij een zeker nec plus ultra te zijn aangeland of de oplossing kwam, zoals dat meestal gaat, gratis aangewaaid uit volstrekt onverwachte en onkunstzinnige hoek: de Nederlandse Melkunie. Op de zijkant van een pak melk las ik: 'De lekkerste melk is Neerlands vers.' Eureka! Eindelijk viel alles op zijn plaats. Dáárom schreef Gerrit Achterberg *De dichter is een koe*. Daarom deed Jan Hanlo niets liever dan *De meiden meehelpen het weidevee melken*. En daarom schreef K. Schippers:

> Een koe
> is een merkwaardig beest
> wat er ook in haar geest
> moge zijn
> haar laatste woord
> is altijd
> boe

Dichters van Nederland, drinkt bloed!

Vermaledijde moeders, gebenedijde schrijvers
(over *Poil de carotte* van Jules Renard)

Elk lot is te verkiezen boven het mijne. Ik heb een moeder. Die moeder
houdt niet van me en ik houd niet van haar.

Jules Renard

Er zijn Blijf van mijn lijf-huizen maar geen Blijf van mijn hart-huizen. Op incest staat straf, terwijl de aanrander van de geest vrij-uit gaat. Hoe zit dat, telt de geest minder dan het lichaam? De literatuur houdt ons toch doorgaans een heel andere spiegel voor.

'Ik ben geboren met twee vleu-gels, waarvan één gebroken,' schreef Jules Renard in 1889 in zijn dagboek. Vijf jaar later, hij was toen dertig jaar, verscheen zijn meest succesvolle boek *Poil de carotte*. Wie dat leest (en ieder-een die het nog nooit gelezen heeft zou dat onmiddellijk moe-ten doen, zeker nu de levendige vertaling van Thérèse Cornips het Frans evenaart), beseft algauw waarom hij zichzelf de droevige status van aangeschoten vogel heeft toebedacht. Hier is iemand aan het woord die nog voor hij kon praten door zijn eigen moeder vleugellam werd gemaakt. Wiens hele wereldbeeld daarvan doortrokken is. Wiens ontwrichte gevoe-lens, reacties en drijfveren allemaal lijken voort te komen uit dat ene sinistere feit: een ijskoude en vijandige moeder.

Uit Renards dagboek (een keuze daaruit verscheen in de reeks Privé-Domein) blijkt dat *Poil de carotte* regelrecht teruggaat op zijn eigen jeugd. Het gat dat hij ermee heeft willen dichten was echter bodemloos, want de vreselijke Madame Lepic zoals hij zijn moeder in het boek noemt, is zijn leven lang obsederend door zijn hoofd blijven spoken. Hij heeft er moedig en krachtig tegen opgebokst, maar toch kun je je niet aan het idee onttrekken dat het hem vroeg-tijdig heeft gesloopt. Enkele jaren na de publikatie van *Poil de carotte* voelt hij zich al een oude man: 'Mijn wilskracht krijgt rimpels.' En op zesenveertigjarige leeftijd geeft zijn getourmenteerde hart, die 'met dolken bezette cactus', het ten slotte op. Een jaar nadat zijn moeder, hetzij door zelfmoord hetzij door een ongeluk, verdronken was in een put. Zijn ongeneeslijk zieke vader had zich al enkele jaren eerder een kogel door het hart gejaagd met zijn jachtgeweer. Zo waren in een tijdsspanne van ruim vijftien jaar alle drie de hoofdpersonen uit *Poil de carotte* door de dood of liever gezegd door het leven uitgerangeerd. Maar in het boek leven zij onverminderd voort en hoe!

De aanleiding tot het schrijven van *Poil de carotte* is buitengewoon direct geweest. In 1889 noteert Renard in zijn dagboek hoe zijn moeder zich gedroeg tegenover de vrouw met wie hij net getrouwd was:

De ene keer vergat ze voor haar te dekken, een andere keer gaf ze haar een vuile vork, of ze liet, als ze de tafel afveegde, opzettelijk kruimels op de plaats van haar schoondochter liggen. Als het zo uitkwam veegde ze daar zelfs de kruimels van alle anderen bij elkaar. Bij herhaling hoorde je haar zeggen: 'Sinds dat vreemde mens hier rondloopt gaat alles mis.' En dat vreemde mens was de vrouw van haar eigen zoon.

Toen Renard vier jaar voor zijn dood zijn hele Journal nog eens overlas, noteerde hij bij deze passage in de marge: 'Deze houding tegenover mijn vrouw heeft me ertoe aangezet *Poil de carotte* te schrijven.' Literatuur als wraakoefening? Ten dele waarschijnlijk wel, maar erg zoet zal die wraak in dit geval niet geweest zijn. Het was er een uit bittere noodzaak.

Hoe slaagt iemand er in hemelsnaam in om zonder een enkele klacht en zonder zichzelf nadrukkelijk als slachtoffer voor te stellen het dodelijk gemis uit zijn jeugd vorm te geven? Dat is het stijlgeheim van *Poil de carotte* en daarin schuilt de grote ontroerende kracht. In een interview met de Nederlandse letterkundige en tijdgenoot Byvanck heeft Renard eens gezegd: 'De vorm moet de inhoud kleden, zonder dat hij een plooi maakt: een kleine gedachte, een kleine frase. Dat zijn de beginselen van het vak.' En aan die beginselen heeft hij zich strikt gehouden. Dat wil echter niet zeggen dat hij er met de plooien ook de emoties heeft uitgestreken. Integendeel, hij was zich er juist buitengewoon van bewust dat goede literatuur het gevoel nooit onberoerd laat. Tegen dezelfde Byvanck zei hij: 'Want er gaat toch iets boven de kunst, dat is de aandoening, welke het kunstwerk teweegbrengt. Mits die emotie geheel zuiver is, niet door bijkomende omstandigheden opgewekt, niet kunstmatig versterkt. Ik geloof dat ik mij juist nog binnen de grenzen heb gehouden.' (Zie: *Parijs 1891, notities van W.G.C. Byvanck*, Leiden 1892)

Poil de carotte telt negenenveertig hoofdstukken. Haast al die hoofdstukken hebben korte, eenvoudige en concrete titels: 'Het kippenhok', 'De ketel', 'De mol', 'De po', 'Het klaverveld'. Maar dat zijn stuk voor stuk dekmantels – en die dekmantels hebben wel degelijk plooien! –, want het gaat helemaal niet over kippenhokken, ketels, mollen, po's of klavervelden. Onder die simpele woorden houden zich de heftigste gevoelens schuil: krenkingen, vernederingen, verlangens, woede, haat, verdriet, hoop, liefde. Die gevoelens worden nergens benoemd maar opgeroepen door uiterst sobere, haast kale taal (Renard was niet alleen een groot strijker maar ook een enorme vijler en schaver).

Als je aan het boek begint heb je niet direct in de gaten welke lading erachter zit. Je denkt: aardige jeugdherinneringen. Maar voor je het weet bevind je je dan ineens binnen in de huid van een kind. Je ervaart de ontzetting dat al het onrecht je domweg overkomt. Zonder dat je erom gevraagd hebt en zonder dat je het kunt verklaren. Waarom is Peenhaar de voetveeg, de pispaal, de kop van Jut van zijn moeder? Omdat hij de jongste is? Omdat hij rood haar heeft? Omdat zijn vader hem mag? Wie zal het zeggen. Er is geen antwoord op. Het gebeurt gewoon en het enige wat een kind kan doen is zich pantseren. Dat doet Peenhaar dan ook. Met als gevolg dat hij *hard* wordt gevonden, wat opnieuw aanleiding geeft om hem uit te stoten. De wrede vicieuze cirkel waarin op den duur elke souffre-douleur belandt.

Het boek begint in medias res en ontwikkelt zich nauwelijks volgens een chronologische lijn. Plompverloren staat Peenhaar ineens voor je neus. Hij wordt niet geïntroduceerd en evenmin als perso-

LE POT

nage 'opgebouwd' in de loop van het verhaal. Er is trouwens niet zoiets als een lopend verhaal. Peenhaars leven, of beter zijn levensgevóel, wordt gepresenteerd in min of meer losse voorvallen die niet zozeer verbonden zijn door de tijd als wel door de grondstemming van degeen die ze meemaakt. Samen met de glasheldere onbeschrijvende taal geeft dat iets heel moderns aan dit negentiendeeeuwse boek. Peenhaars benarde positie is van meet af aan gegeven zoals hij ook voor Jules Renard van meet af aan gegeven moet zijn geweest. Zonder verdere uitleg zijn alle kaarten al in het eerste hoofdstuk geschud: de tang van een moeder die niets nalaat om hem erin te laten lopen, de oudere broer en zus die uit angst meestal haar zijde kiezen, de vader die zo'n beetje zijn gang gaat en wel degelijk van Peenhaar houdt maar niet tegemoet kan komen aan zijn geweldige hunkering naar genegenheid. Een bescheiden leventje op het land, dat bepaald wordt door één schreeuwend tekort maar dat, ofschoon het er hoofdzakelijk op is gericht de dans te ontspringen, eindigt met een ware revolutie: hij weigert een pak boter voor zijn moeder te halen.

Wat doet Madame Lepic zoal om haar zoontje te nekken? Peenhaar is een bedpisser. Helpt ze hem om er vanaf te komen? Nee, ze verstopt stiekem zijn po. En als Peenhaar ten einde raad een plas doet in de open haard, laat ze hem de volgende morgen pap eten waar zijn pis doorheen zit gemengd (broer en zus bescheuren zich). Peenhaar is bang in het donker. Dus híj moet 's avonds naar buiten om het kippenhok te sluiten. Peenhaar is dol op meloen. Dus zegt zijn moeder: 'Er is geen meloen meer over voor jou. Trouwens je bent net als ik, je houdt er niet van.' Peenhaar kan het niet laten zijn handen in zijn zakken te steken. Dus naait ze zijn zakken dicht 'met handen en al'. Verder maakt ze hem gek door hem te verlokken tot discussies met het karakter van een fuik:

Madame Lepic: Heb je niets verloren, Peenhaar?

Peenhaar: Nee mama.

Madame Lepic: Waarom zeg je meteen nee, zonder dat je het weet? Keer je zakken binnenste buiten.

Peenhaar: [Hij haalt de voering van zijn zakken te voorschijn en kijkt hoe ze erbij hangen als ezelsoren.] O ja! Geef hem terug, mama.

Madame Lepic: Geef wat terug? Je hebt dus iets verloren. Ik vroeg het zo maar en ik raad het! Wat heb je verloren?

Peenhaar: Ik weet het niet.

Madame Lepic: Pas op! Je gaat liegen. Je begint al te draaien als een dol moertje. Antwoord langzaam. Wat heb je verloren? Je tol?

Peenhaar: Dat is ook zo! Helemaal niet aan gedacht. Mijn tol, ja mama.

Madame Lepic: Nee mama. Niet je tol. Die heb ik je vorige week afgepakt.

Peenhaar: Mijn mes dan.

Madame Lepic: Wat voor mes? Wie heeft je een mes gegeven?

Peenhaar: Niemand.

Madame Lepic: Beste jongen, zo komen we er niet uit. Het lijkt wel of ik je de stuipen op het lijf jaag. We zijn toch met zijn tweeën. Ik stel je rustig een vraag. Een zoon die van zijn moeder houdt vertelt haar alles. Ik wed dat je je zilveren frank hebt verloren. Ik weet er niets vanaf, maar ik ben er zeker van. Ontken het niet. Ik zie het op je voorhoofd.

Peenhaar: Die zilveren frank was van mij, mama. Ik had hem van oom gekregen, zondag. Ik heb hem verloren; jammer voor me. Het is vervelend, maar ik kom er wel overheen. Het kan me trouwens niet zo erg schelen. Een frank meer of minder!

128

Hiermee is deze discussie nog niet beëindigd en natuurlijk delft Peenhaar tegen zoveel valsheid ten langen leste het onderspit, maar men ziet hoe heldhalftig hij zich weert en hoe hij zichzelf troost met een soort *de druiven zijn zuur*-mentaliteit. Helaas, het moet gezegd worden, niet altijd is zijn houding zo heldhaftig en menigmaal verhaalt hij uit onmacht zijn leed op anderen. Maar dat heeft tenminste dit voordeel dat hij zich niet mooier voordoet dan hij is, waardoor dat leed des te overtuigender op je overkomt. Zo verraadt hij op een laffe manier de dienstmeid om zijn moeder ter wille te zijn, stopt hij stenen in zijn sneeuwballen en is hij bizonder wreed tegen dieren. Tot dit laatste heeft overigens ook zijn opvoeding sterk bijgedragen. Zijn vader ging volledig op in de jacht en híj had als jongetje de taak om het aangeschoten wild de genadeslag te geven: 'Peenhaar, die is speciaal belast met het afmaken van aangeschoten exemplaren. Hij dankt dat voorrecht aan de welbekende hardheid van zijn ongevoelige natuur' (merk op hoe de volwassen Peenhaar hier even om de hoek komt kijken).

In het hoofdstuk 'De patrijzen' staat beschreven met hoeveel moordende overgave hij zich van die bloederige taak kwijt en hoe hypocriet zijn moeder daarop reageert: 'Arme beesten! Ik zou niet graag in hun plaats zijn, in die klauwen van hem.' Toch is er bij al die moordlust meer in het geding dan louter wraakzucht en wreedheid, zodat wat je aanvankelijk afstoot je later begint te fascineren. Behalve dat hij zich uit liefdesbehoefte voortdurend wil laten gelden tegenover zijn vader en zijn grote broer, lijkt hij soms ook te willen doden uit pure nieuwsgierigheid, net alsof hij zijn eigen uithoudingsvermogen op de proef wil stellen. Dat zie je duidelijk in zo'n hoofdstuk als 'De mol'. Heel sec wordt daarin beschreven hoe hij een mol op zijn pad vindt, er als een kat mee speelt en hem vervolgens in de lucht werpt om hem dood te laten vallen op een steen. 'Eerst gaat alles naar wens en gesmeerd. De mol zijn poten zijn al geknakt, zijn kop gespleten, zijn rug gebroken, en hij lijkt geen taai leven te hebben. Dan merkt Peenhaar, stomverbaasd, dat hij niet verder wil sterven. Al gooit hij hem zo hoog als een huis, als de wolken, er zit geen schot meer in.' Vervolgens wordt hij dan tot tranen toe door razernij bevangen omdat de mol het vertikt om dood te gaan. Het is een kort hoofdstukje met een open eind en er is zo op het oog geen spat mededogen in te vinden; niettemin weet het

op een raadselachtige manier niet alleen je mededogen te wekken voor de mol maar ook voor Peenhaar zelf. Daarbij speelt ongetwijfeld mee dat er andere hoofdstukken tegenover staan waaruit blijkt dat hij bepaald niet van ijzeren makelij is maar veeleer als de dood dat hem door zijn eigen gevoel de das zal worden omgedaan, een geesteshouding die ook uit talloze opmerkingen in zijn dagboek naar voren komt:

– Gevoelig voor alles heb ik de dwaze gewoonte aangenomen te zeggen: alles is me om het even.

– Elke dag haal ik mijn gevoeligheid binnen als een kudde schapen.

– Ik zeg het lachend omdat het doodserieus is.

– Jachtverhalen voor kinderen schrijven, verteld door de haas.

Renards houding tegenover de jacht is altijd dubbelzinnig geweest. Wie zijn poëtische *Histoires naturelles* heeft gelezen zal het misschien onvoorstelbaar vinden dat hij ooit gretig heeft gejaagd, maar toch is het zo. Waaraan men maar weer kan zien dat niet iedere jager een platvloerse lustmoordenaar is en dat sommige drijfveren huiveringwekkend ingewikkeld zijn. Overmand door spijt en weerzin heeft hij op een gegeven moment besloten zijn geweer te laten staan. Door de zelfmoord van zijn vader kreeg zijn jachtinstinct echter opnieuw een stevige impuls. In zijn dagboek schreef hij: 'Ik hield niet van jagen, zag er alleen maar een vermaak van barbaren in, maar nu houd ik er opeens wel van, om mijn vader een genoegen te doen. Telkens wanneer ik een patrijs dood, werp ik, in zijn richting, een blik die hij heel goed begrijpt, en als ik 's avonds, naar huis lopend, langs het hek van zijn kerkhof kom, zeg ik tegen hem: Hé, vader, ik heb er vijf!' Jachttrofeeën als postume liefdesbetuiging, het illustreert dat de grote Peenhaar evenveel van zijn vader hield als de kleine Peenhaar.

Monsieur Lepic is in het boek een stugge, zwijgzame man. Hij maakt zijn genegenheid voor Peenhaar slechts mondjesmaat kenbaar, maar Peenhaar die niet verwend is op dit vlak neemt daar genoegen mee en vertrouwt hem. En als ze een keer samen een wandelingetje maken durft hij hem zelfs toe te vertrouwen dat hij niet van zijn moeder houdt: 'Elk lot is te verkiezen boven het mijne. Ik heb een moeder. Die moeder houdt niet van me en ik hou niet van haar.' Zijn vader die hem eerst heeft trachten te troosten met allerlei wijze levenslessen (zie af van geluk, pantser jezelf, houd het hoofd koel, onderdruk je gevoelens, enzovoort), zegt dan ineens vol bars ongeduld: 'En ik, denk je dan dat ik van haar houd?' Waarop Peenhaar zijn oren niet kan geloven en vol heimelijke vreugde zijn vaders hand omklemt uit angst dat alles weer zal vervliegen. Vervolgens 'balt hij zijn vuist, schudt hem naar het dorp dat ginds in het donker ligt te slapen, en roept vol pathos: "Slecht mens! Dat ook nog. Ik haat je."' Zijn vader mompelt dan dat hij zijn mond moet houden, omdat het per slot zijn moeder is. En het hoofdstuk eindigt met de woorden: ' "O," antwoordt Peenhaar, weer gewoon en voorzichtig geworden, "ik zeg het niet omdat het mijn moeder is." ' Zulke passages tussen vaders en zonen zijn vrij zeldzaam in de wereldliteratuur.

'Er zijn vertellers en schrijvers,' aldus Renard, 'men vertelt wat men wil; men schrijft niet wat men wil; men schrijft zichzelf.' Hiermee heeft hij niet alleen een goede karakteristiek gegeven van zijn eigen schrijverschap maar tevens het verschil gedefinieerd tussen lectuur en literatuur. Geen wonder dat een dergelijke schrijver er geen moment op los babbelt (een wijze van schrijven die soms zo

LES IDÉES PERSONNELLES

ten onrechte als 'natuurlijk' wordt gewaardeerd), maar zich woord voor woord bekommert om zijn stijl zonder dat die evenwel ooit gekunsteld wordt en de frisheid van het directe verliest. 'Herinneringen aan de kindertijd als met een luciferhoutje getekend,' zo heeft hij zelf ooit *Poil de carotte* getypeerd. Een knappe formulering die twee vliegen in een klap vangt. Hij geeft ermee aan dat hij eerder toont dan beschrijft en dat zijn middelen zo op het oog simpel en stroef zijn.

Het werk van Renard wordt dikwijls *eenvoudig* genoemd. Vergeet het maar. Niet voor niks staat zijn dagboek vol opmerkingen over stijl. En er zijn maar weinig schrijvers die op zo'n behoedzame en tegelijk doeltreffende manier de meest intense gevoelens weten op te roepen. Vooral tederheid, iets wat hij in zijn leven maar zo weinig heeft ontmoet, dient volgens hem met de grootste omzichtigheid te worden vorm gegeven. 'Vrolijkheid,' zegt hij, 'heeft genoeg aan willekeurig gekozen woorden, maar tederheid behoeft stijl. Sommige ernstige dingen die iemand zegt klinken onecht, vrolijke ook, maar dat valt niemand op.'

Poil de carotte is geen vrolijk boek. Het is teder. Maar wat kan zo'n stroeve tederheid je een duister gevoel van vrolijkheid verschaffen.

De illustraties in dit stuk zijn van Felix Valloton

Verzengend haardvuur
(over Dora Carrington)

I hate my mother. It's
a dull and bare fact.

Carrington

Op 20 maart 1931 zegt Lytton Strachey onder het genot van een kopje thee ineens tegen Carrington: 'Denk eraan, alle vogel- en bloemenboeken zijn voor jou.' Als zij vraagt wat dit te betekenen heeft, antwoordt hij dat het misschien van belang kan zijn na zijn dood. 'Maar,' zegt ze, 'als ík nu eens eerder doodga?', waarop ze hem dadelijk al haar 'pictures and objects' vermaakt. De wanhoop die daarbij op haar gezicht staat te lezen is echter zo groot dat Lytton niet weet hoe gauw hij een ander onderwerp moet aansnijden. In haar dagboek beschrijft Carrington hoe ze nog diezelfde avond plaatsnam voor de enorme boekenkasten en zich voorstelde dat al die boeken op een dag in handen van 'gloomy booksellers' zouden vallen en hoe onuitsprekelijk somber dat haar maakte.

Visionaire afschaduwingen van wat komen ging: nog geen jaar later waren ze alle twee dood. Strachey stierf op eenenvijftigjarige leeftijd aan maagkanker en Carrington joeg zich enkele maanden daarna, vlak voor haar negenendertigste verjaardag, een kogel door het lijf. Zo kwam een eind aan een buitengewoon hechte en liefdevolle relatie, die ondanks allerlei erotische zijlijntjes bijna vijftien jaar had standgehouden en ettelijke mensen tegen de haren had in gestreken.

Carrington heeft levenslang een hekel aan exposeren gehad en wilde haar werk eigenlijk alleen maar tonen aan mensen van wie ze hield. Ook haar onmiskenbaar literaire talent reserveerde ze louter voor de mensen van wie ze hield, want dat heeft ze voornamelijk gebruikt voor het schrijven van liefdesbrieven. Merkwaardig genoeg was liefde dus tegelijkertijd de motor en de rem bij de ontplooiing van haar creatieve vermogens. Daarom kun je ook nooit zeggen, wat je nogal eens hoort: had ze maar een beetje minder liefgehad, dan was er meer uit haar handen gekomen. Zonder het een was het ander volstrekt ondenkbaar geweest. Trouwens, ze heeft ondanks en dank zij die lastige geaardheid toch nog zoveel moois achtergelaten dat het me een onrecht lijkt dat ze over het algemeen zo veronachtzaamd wordt en zelfs bij Bloomsbury-fanaten voornamelijk bekend staat als de wat excentrieke schilderes die zestien jaar lang het huishouden deed voor Lytton Strachey en maar af en aan sjouwde met zachte plaids en bekers warme melk ter meerdere glorie van haar afgod.

Bij nadere kennismaking blijkt zij een van de origineelste figuren te zijn van de hele Bloomsbury-groep met buiten haar beeldende en literaire kwaliteiten een aanstekelijk gevoel voor humor en een natuurlijk gevoel voor mooi en lelijk. En dat haar leven op haar negenendertigste zo dramatisch moest eindigen met zelfmoord kwam ongetwijfeld niet alleen door de dood van haar grote liefde Lytton Strachey, maar ook doordat zij zonder hem niet langer opgewassen was tegen een omgeving die haar van meet af aan nauwelijks toestond zichzelf te zijn. Het mag in dit verband zelfs een wonder heten dat ze tot het eind toe zozeer zichzelf is gebleven.

Ongeveer tien jaar geleden kreeg ik voor het eerst de brieven en dagboekfragmenten van Carrington in handen en het eerste wat ik na lezing dacht was: door haar zelfmoord is niet zozeer een groot schilderes als wel een begaafd schrijfster verloren gegaan. Niet dat haar schilderijen geen onmiskenbaar talent verraden, maar zij missen in elk opzicht de overrompelende directheid en evocatieve kracht die haar brieven (en niet te vergeten de talloze handschriftelijke tekeningetjes waarmee die brieven gelardeerd zijn) zo bizonder maken. Zonder dat ze je een moment verveelt en zonder dat je ooit het idee krijgt dat je gemengd wordt in zaken die je niet aangaan – wat nogal eens gebeurt bij brieven die niet voor jezelf bestemd zijn – weet ze je met de ernstigste lieftalligheid en de vreemdsoortigste grapjes mee te slepen in haar eigen wereld. En dat doet ze op zo'n overtuigende manier dat je je steeds weer verbaasd afvraagt hoe iemand het toch klaarspeelt kunst en alledaagsheid zo onmerkbaar in elkaar te laten overlopen. Daar komt nog bij dat ze over een opmerkelijke openhartigheid beschikt: over de diepste intimiteiten spreekt ze met evenveel gemak als over theepartijen of haar kat Tiber. En buiten haar overrompelende enthousiasme, een eigenschap die haar zo ten onrechte het etiket *childish* heeft bezorgd, vind ik een van haar sterkste vermogens om zonder identiteitsverlies

Darling Lytton, Nothing has happened since you left so this letter must be more or les imagenery. Brews of quince cheese scent the whole house. The wind roars round and round, bending the poor pampas ·to the ground and all the time a hunderd chaotic sounds and foreign voices lie chained in the back room like sleeping dogs.

volledig op te gaan in de lieflijkheid van een ander wezen. Ik ken nauwelijks brieven waarin zo onomwonden, zo onberekenend en zo gevarieerd vorm wordt gegeven aan de uniciteit en onmisbaarheid van de ander. En de uitwerking daarvan is zo sterk dat het haast niet anders kan of iedereen die deze brieven leest, raakt behalve dol op haar ook onmiddellijk dol op Lytton Strachey.

Voornoemde kwaliteiten zijn overigens niet alleen door Strachey opgemerkt. Zij heeft er een stoet aanbidders op na gehouden, die stuk voor stuk ook weer met prachtige brieven werden bedacht, zodat ze bijna dagelijks moet hebben zitten schrijven. Bovendien heeft ze model gestaan (zonder daar ooit rellen over te ontketenen!) voor diverse literaire vrouwenfiguren in onder meer werk van Huxley, Forster, Lawrence en Wyndham Lewis.

Herlezen is altijd een gevaarlijk ding omdat de aanvankelijke betovering met de jaren soms domweg blijkt te zijn verdwenen. Voordat ik opnieuw een confrontatie met haar brieven aanging ben ik me daarom eerst eens gaan verdiepen in wat secundaire literatuur. Had ik dat maar niet gedaan! Het beeld dat je op deze manier van Carrington krijgt is zo armzalig en bespottelijk dat ik me op een gegeven moment zelfs ging afvragen of ik me destijds niet afschuwelijk had vergist. Meteen heb ik me toen weer op haar brieven en dagboeken geworpen: ik had me helemaal niet vergist. Ik vond ze onverminderd prachtig en bij het hartverscheurende dagboekfragment van vlak voor haar zelfmoord sprongen me opnieuw de tranen in de ogen.

Hoe nu? Hier moest iets heel vreemds aan de hand zijn. Als ik nu toevallig niet eerst al die brieven gelezen had, zou ik er op grond van het beeld dat bijvoorbeeld de veelgeroemde Leon Edel van haar schetst niet eens meer aan begonnen zijn. In zijn vermaarde boek *Bloomsbury, a house of lions* suggereert Edel dat Carrington een volstrekt neurotische stumper was, niet meer dan een aanhangwagentje en de echo van Lytton Strachey. Ook over hun liefde uit hij zich onbegrijpelijk cynisch. Zo heeft hij het over 'this "love" between a mature homosexual and a saucy boy-girl from the Slade School with strong lesbian leanings' en: 'this love-affair, if we want to call it that'. Aangaande die 'strong lesbian leanings' kan ik alleen maar zeggen dat ze bij mijn weten één keer op een vrouw verliefd is geweest en wat dan nog!

Maar Edel maakt het nog bonter. De bekende lady Ottoline Morell, die op haar landgoed Garsington behalve allerlei beroemdheden als Bertrand Russell, Yeats, Lawrence, Katherine Mansfield en nagenoeg alle Bloomsbury's, ook Carrington ontving, noemde haar eens 'a wild moorland pony'. Dit was op zichzelf niet onaardig bedoeld en niet gek getypeerd als men weet dat Carrington een fervent motorrijdster was die liefst met wapperend haar over de Engelse landweggetjes stoof, maar Edel voegt eraan toe: 'Er was weinig wildheid in haar bekende relatie met Lytton: ponies after all denken niet voortdurend plannetjes of intriges uit om zichzelf bemind te maken op de manier zoals Carrington dat deed. Ze had geen enkel zelfgevoel, omdat ze zichzelf als vrouw verachtte. Derhalve bond ze zich aan anderen om hen te imiteren. Ze leerde vlug hoe ze in Lyttons persoonlijke idioom moest spreken. Ze luisterde naar de muziek van Lyttons ego en leerde daar de deuntjes van [...]. Wat kon Carrington als het *alter ego* van Lytton doen toen hij verdween? Ze werd gereduceerd tot een holle mutatie van de dode.'

Een gemenere insinuatie aangaande haar zelfmoord kun je je nauwelijks voorstellen. Edel mag dit natuurlijk allemaal vinden, maar de vraag werpt zich op waar hij het in godsnaam vandaan haalt, vermits uit Carringtons brieven nogmaals een hoogst authentiek geluid opklinkt van iemand die voor alles zichzelf is.

Ik heb er een paar verklaringen voor. Ten eerste is het mogelijk dat deze mythe, want dat is het, door bepaalde figuren van Bloomsbury zelf in het leven is geroepen op grond van allerlei ingewikkelde en afgunstige gevoelens (waarop ik aanstonds terugkom), en vervolgens klakkeloos is overgenomen door mensen die zich bovenmatig met deze groep en dan vooral met de highbrow kant ervan vereenzelvigen. In dat laatste geval zou je zelfs kunnen spreken van een soort retrospectieve jaloezie.

Ten tweede blijken er nog zoveel mensen normatief te denken over de liefde in het algemeen en de betrekkingen tussen man en vrouw in het bizonder dat ze een liefdesrelatie zonder seks als hoofdschotel al bij voorbaat verdacht en onvolwaardig vinden. Vooral mannen hebben hier helaas een handje van en dan vooral als het vrouwen betreft. Dit is me ook al zo vaak opgevallen bij een unieke figuur als Stevie Smith. Het zijn steeds weer mannen die haar ondanks alle gepaste waardering toch altijd eventjes als oude vrijster menen te moeten bestempelen. En waarom? Omdat zij zestig jaar lang van haar oude tante hield! Heeft iemand ooit Franz Kafka horen bagatelliseren omdat hij seks *Schmutz* vond? Nee, integendeel, Kafka ontleent hier zelfs een zekere meerwaarde aan.

Wat ook gaat vervelen is dat je steeds weer te horen krijgt, niet alleen van Edel, maar net zo goed van Holroyd of Frances Partridge, dat Lytton zich zo tot haar aangetrokken zou hebben gevoeld vanwege haar 'boyish figure'. Welaan, Carrington hád helemaal geen 'boyish figure' maar een zogezegd normaal postuur, en Lytton had zoveel jongens om zich heen dat dat nu niet direct het eerste zal zijn geweest waaraan hij behoefte had.

Je krijgt kortom nogal eens het onbehaaglijke gevoel dat velen deze hechte relatie tussen Carrington en Lytton eenvoudig niet kunnen zetten en hem daarom maar reduceren tot zoiets als een uit de hand gelopen lichamelijke bevlieging, wat onbedoeld komisch is, omdat nu juist lichamelijkheid niet direct hét kenmerk van hun omgang was. In werkelijkheid zal Strachey, die zelf in zijn werk wetenschap, kunst en humor zo elegant wist te verbinden, natuurlijk net zo goed aangetrokken zijn geweest door haar vanzelfsprekende, geestige en levendige artisticiteit.

Toen Carrington in 1893 geboren werd, liep haar vader al tegen de zestig. Zij was zijn lievelingsdochter en heeft altijd erg veel van hem gehouden, maar haar streng victoriaanse moeder, die van regeltjes en vooroordelen aan elkaar hing, heeft ze altijd gehaat ('I hate my mother. It's a dull and bare fact.'). Nu is moederhaat vaak een goudmijn voor een creatieve dochter maar een ongenadige ramp als het gemis aan liefde dat hierdoor ontstaat ook nog eens gepaard gaat met zo'n afkeer van het eigen vrouw-zijn (Carrington spreekt over 'hanging flesh'), dat elke vorm van liefde al bij voorbaat problematisch wordt en onevenredig veel energie opslorpt. En dat was bij Carrington in hoge mate het geval.

Omdat ze op school zo goed kon tekenen werden haar ouders ertoe overgehaald om haar naar de Slade School of Arts te sturen, waar ze een van de ster-leerlingen zou worden. Als ze daar aankomt, is ze pas zeventien en het eerste wat ze doet is haar haar afknippen, waardoor haar angelieke hoofd van *dutyful daughter* ineens verandert in een korte pagekop. Hiermee vervreemdt ze zich in een klap van het grootste deel van haar familie. Maar ze zou het nog moeilijker krijgen. Volgens haar broer Noel werd op die academie direct korte metten gemaakt met al haar verbeeldingskracht en zorgeloze nonsens. Accuraat vakmanschap werd nu de boodschap, en de meeste van haar oude tekeningen en composities waar ze vroeger zo trots op was, verdwijnen als oud vuil in de prullenmand. Ze werkte alleen nog maar naar model en maakte het ene academische portret na het andere. Hierbij kwam ze artistiek gezien natuurlijk nauwelijks aan haar trekken (dat is goed te zien aan het werk uit die tijd) en de fanatieke belangstelling die ze dan voor literatuur ontwikkelt, zou daar weleens mee te maken kunnen hebben. Van toen af begon ze aan één lange odyssee van zelfstudie en las onder anderen Balzac, Tolstoj, de Brontes en Romain Roland. Vrouwen waren in die tijd nog vrij zeldzaam op de academie en samen met twee vriendinnen werkte ze zich halfdood om toch vooral niet bij de mannen ten achter te blijven. Ook lieten zij zich bij hun achternaam aanspreken, een gewoonte die Carrington altijd behouden heeft. Geen enkele van haar brieven is met Dora ondertekend. Ze ondertekende óf met Carrington óf met een van haar vele zelfbedachte bijnamen als Mopsa, Kunak, Doric, Uw prinses, Votre grosse bébé enzovoort.

Algauw krijgt ze op deze Slade School haar eerste vriend, de veelbelovende medestudent Mark Gertler. Deze schilder had net als zij een levendige belangstelling voor kunst en literatuur. Het bed wil ze evenwel niet met hem delen en als hij erg blijft aandringen, dient ze hem in voor die tijd opvallend openhartige bewoordingen van repliek:

I cannot love you as you want me to. You must know one could not do, what you ask, sexual intercourse, unless one does love a man's body. I have never felt any desire for that in my life [...]. I do love you, but not in the way you want. Once you made love to me in your studio, you remember, many years ago now. One thing I can never forget, it made me inside feel ashamed, unclean. Can I help it? I wish God I could. Do not think I rejoice in being sexless and am happy over this. It gives me pain also [...].

De relatie houdt niettemin stand, maar wordt wel minder als Gertler per se met haar wil gaan samenwonen. Ondanks de belofte dat ze een 'studio for her own' krijgt en absolute vrijheid zal hebben, vertrouwt Carrington het niet. En terecht, even later schrijft Gertler haar: 'Je zou een beetje koken moeten leren. Ik zou heel wat liever kokkinnen als vriendin hebben dan kunstenaressen.' Daarbij komt dat hij het voortdurend over zijn eigen schilderkunst heeft en zelden over de hare. Erg verheffend is het allemaal niet, al blijft hun verhouding nog jaren duren. Ondertussen knoopt ze echter allerlei andere hevige banden aan, die stuk voor stuk teleurstellend uitpakken. Ik sta hier bij stil omdat dit patroon zich in haar leven steeds zal herhalen. Steeds opnieuw wordt ze verliefd en steeds opnieuw weet ze zich geen raad met de consequenties. Oude banden geeft ze nimmer op en ook haar diverse mannen laten haar ongaarne los. Ralph Partridge zei eens: 'Als je haar eenmaal in je bloed hebt, kom je niet meer van haar af.'

De eerste en enige met wie alles anders zou lopen was Lytton Strachey.

In de herfst van 1915 ontmoeten Carrington en Lytton elkaar voor het eerst op een typisch Bloomsbury-weekend in een buitenhuis van de Woolfs. Zijzelf is dan tweeëntwintig jaar en Lytton vijfendertig. Op een wandelingetje in het bos raakt Lytton volgens zijn biograaf Holroyd 'momentarily drawn to Carringtons boyish figure'.

Hoe het ook zij, Carrington ontvangt een plotselinge zoen. 'Woedend' neemt ze de benen en zint op wraak. De volgende morgen sluipt ze in alle vroegte Lyttons slaapkamer binnen om met een grote schaar zijn baard af te knippen, die haar zo vervelend geprikt had. Maar net als ze op het punt staat toe te slaan, opent hij zijn ogen en lacht haar vriendelijk toe. Dan gaat niet hij, maar zij voor de bijl. Ze staart perplex naar die rode baard, naar de vrolijke ogen, naar de rare hoekige figuur onder de dekens en... wordt verliefd en zal dat blijven tot in haar dood.
Kort daarna maakt ze van hem het hierbij afgebeelde portret.

Over dit portret schrijft ze Lytton:

Als ik vanavond naar je schilderij kijk, ziet het er wonderbaarlijk goed uit en ben ik tevreden. Maar ik ben als de dood om het aan iemand te laten zien. Het is fantastisch om het helemaal alleen voor mezelf te hebben. Is dat ijdelheid? Nee, omdat het me niks kan schelen wat ze ervan zeggen. Ik haat alleen de onzedelijkheid om iets te laten zien waarvan ik gehouden heb.

Terwijl Lyttons familie en vrienden gepuzzeld staan toe te kijken, zet de relatie door. Blijkens haar dagboek is het deze keer Carrington die fysiek contact wil, maar Lytton voelt zich oud en versleten en voorzover hij seksuele wensen heeft, gaan die uit naar jongens. Carrington rijdt vervolgens het hele platteland af om een huis te vinden waarin ze kunnen gaan samenwonen en vindt het: Tidmarsh, een idyllisch huis bij een molen met massa's fruitbomen eromheen en een klein riviertje dat langsstroomt. Ze richt het in, knapt de tuin op en brengt talloze muurschilderingen aan, onder andere een wand met cello spelende katten in de huiskamer. Deze vroege jaren op Tidmarsh waren de gelukkigste uit haar leven en ook haar produktiefste. Ze maakt het ene schilderij na het andere, rijdt paard en brengt een prachtige tuin tot bloei.

What a soup to live in!

And cold soup too!

De enige smet op al dit moois is voorlopig de reactie van de directe omgeving. Carringtons pech was dat zij liefde opvatte voor iemand die omringd was door een kordon van adorerende, snobistische en dus jaloerse waakhonden. Zodra zij vat krijgt op iets waarop al die honden stuk voor stuk azen, namelijk Stracheys hart, is het gedaan met de veelgeprezen ruimdenkendheid. Ineens blijkt dat de bekende weerzin die de Bloomsbury's koesteren tegen alles wat met hypocrisie en conventies te maken heeft niet opgaat voor eigen huis. Lytton was natuurlijk een echte primus inter pares en o wee als zo'n primus dan zomaar al zijn affectie richt op iemand buiten het bekende kringetje. Er komt een uiterst giftige roddelcampagne op gang: zij zou zich bij Strachey hebben ingedrongen. Haar bescheiden achtergrond was mijlen van Cambridge verwijderd, intellectueel stelde ze niets voor. Strachey zou haar alleen maar gedogen omdat hij om een huishoudster verlegen zat. Als schilderes was zij niet heel bizonder. Zij nam Stracheys artistieke smaak over en aapte hem op vele fronten na. En dan had je ook nog het grote leeftijdsverschil en Stracheys homoseksualiteit.

Vooral Virginia Woolf, die helaas van onder tot boven vol venijn zat, ooit zelf door Strachey ten huwelijk was gevraagd en natuurlijk met lede ogen zag dat Carrington qua originaliteit en temperament in feite haar meerdere was, heeft in dezen een ongehoord kwalijke rol gespeeld. Niet alleen belastert ze Carrington waar ze maar kan, maar ook onderwerpt ze haar aan de gekste kruisverhoren om uit te vissen of ze het bed al met elkaar hebben gedeeld. Kenmerkend is de volgende anekdote. Op een avond zit het hele gezelschap bijeen in Tidmarsh. Plots staan Lytton en Carrington op en lopen samen naar boven. Ha, denkt Virginia, die zullen zich wel niet voor niets afzonderen, en ze stuurt iemand naar boven om aan de slaapkamerdeur af te luisteren of HET er nu eindelijk van komt. Quod non! Vanachter de slaapkamerdeur klinkt alleen de luide stem van Lytton die Carrington voorleest uit de essays van Macauley.

In plaats dat ze nu getroffen zijn door de uitzonderlijkheid van deze verhouding zijn ze *teleurgesteld*. Hebben ze zich daarom bevrijd van alle victoriaanse pruderie? Hier ziet men hoe razendsnel de ene norm alweer door de volgende wordt vervangen. Zelfs lady Ottoline Morell doet een scherpe aanval op haar veronderstelde maagdelijke staat. Tot diep in de nacht onderhoudt ze Carrington hierover op nota bene een aspergeveld en dat zonder één sprankje humor. In een brief aan Lytton schrijft Carrington: 'Deze aanval op maagden lijkt een beetje op de ergste slachtpartij bij Verdun en ik begrijp waarachtig niet waarom ze er allemaal zo bij betrokken zijn.'

Aanvankelijk heeft Carrington het geklets achter haar rug niet in de gaten, maar een vriend geeft haar per brief de dringende raad om toch vooral bij Virginia en haar kliek uit de buurt te blijven:

Your 'Bloomburies' as they are called, are the most capricious and vicious – I know more than I care to tell you. But they all back-bite the supposed love and best friend! It's all so small – so hateful – and *you* will *not* see it – you are blind or hypnosed […]

Ondertussen blijkt hun liefde tegen al deze benepenheid behoorlijk goed opgewassen en ten slotte lijken de vrienden zich erin te schikken, want zowel op Tidmarsh als in hun latere huis Hamspray wemelt het doorgaans van de gasten. Overigens werd zij hierdoor soms zo in de rol van gastvrouw gedrongen dat haar schilderen in het gedrang kwam, maar daar scheen geen van de vrienden zich

om te bekommeren. Het liefst zit Carrington echter alleen met Lytton voor de haard die ze niet voor niets zo frappant vaak heeft afgebeeld.

Van die intieme avonden dat ze elkaar zaten voor te lezen bij het haardvuur of leeservaringen uitwisselden krijg je een uitstekend idee uit haar dagboeken. Het is aan haar te danken dat je ook zo'n andere kijk op Lytton krijgt. Ze lazen alles door elkaar: Shakespeare, Edward Lear, Macauley, het maakte niet uit, als de kwaliteit maar voorop stond. Verder was humor een van hun belangrijkste communicatiemiddelen. Ze maakten constant grapjes en schreven gekke versjes of toneelstukken (ook Carringtons brieven staan vol met dit soort kleine versjes). Midden onder het voorlezen van een serieus stuk proza kon Lytton ineens zijn baard in zijn mond proppen of met verdraaide stem een van hun vrienden imiteren, zodat ze nogal eens stikkend van de lach het bed in rolden.

Dit is een heel ander beeld van Lytton dan dat van de wat aanstellerige, ziekelijke, precieuze en oververfijnde homoseksueel.

Hoe verknocht ze ook aan elkaar waren, beiden bleven in die zin een eigen leven leiden dat ze vrijelijk liefdesrelaties met derden aangingen. Carrington niet alleen omdat ze nu eenmaal gauw verliefd werd, maar ook omdat ze als de dood was dat ze Lytton zou verliezen als ze te veel aan hem hing – een idee dat haar, hoe kan het anders, voornamelijk door Virginia Woolf was aangepraat – en Lytton vanwege zijn talloze homoseksuele fascinaties. Vooral Lytton maakte vrij veel reisjes in zijn eentje en gelukkig maar, want daaraan hebben we een vracht van Carringtons allermooiste brieven te danken. Als ze niet bij elkaar waren hield ze hem bijna dagelijks op de hoogte van wat ze allemaal dacht, voelde en meemaakte.

Ondanks allerlei heftige verwikkelingen, Carringtons huwelijk met Ralph Partridge, haar verhouding met Gerald Brenan, haar verliefdheid op Henrietta Bingham, blijven ze tot wanhoop van velen echter altijd nummer een voor elkaar.

Aan de onsympathieke rol die Ralph Partridge heeft gespeeld zou ik alleen al een hoofdstuk kunnen wijden, maar dit is zo'n onverkwikkelijk verhaal dat ik er maar een paar woorden aan vuil wil maken.

Deze Partridge, een soldatenvriendje van Carringtons broer Noel, komt kersvers uit de oorlog met trossen medailles en hoge onderscheidingen op zijn borst en begint met zijn hoogst viriele en atletische voorkomen direct allebei avances te maken. Zowel Carrington als Lytton raken volledig in zijn ban. En doordat hij zo handig is en allerlei klusjes voor ze opknapt, maakt hij zich min of meer onmisbaar in hun huis. Maar daar is hij niet tevreden mee. Zodra Lytton op reis gaat naar Italië prest hij Carrington op een smerige en chanterende manier tot een huwelijk, zodat ze tegen haar wil met hem trouwt om de status quo te redden. Overigens bracht dat huwelijk voor hen nauwelijks een verandering met zich mee, omdat ze toch al een soort ménage à trois vormden. Hoe weinig het voor haar betekende blijkt wel uit een van haar brieven aan haar nieuwe geliefde Gerald Brenan (1921):

Om tien uur zal ik mijn dierbare naam Carrington verwisselen voor de veel minder nobele naam Patrijs. Jij glimlacht en zegt: Waar zijn al haar principes gebleven? Ze zijn er nog, jonge man, opgesloten in mijn amazoneborst.

Gerald Brenan is overigens een van de weinigen die echt aardig en begripvol over haar hebben geschreven. In zijn memoires vertelt hij hoe ze voortdurend verscheurd werd tussen haar wensen en haar mogelijkheden. haar brieven aan hem onderkent ze dit ook duidelijk en ze raadt hem zelfs aan om zich nooit meer met zo'n hopeloos karakter als het hare in te laten, maar veranderen kan ze zichzelf niet. Brenan vertelt hoe van het ene op het andere moment de wens in haar op kon komen om iets bepaalds te ondernemen en hoe er dan geen houden meer aan was. Ze had, zegt hij, het soort gemis aan coördinatie van een kind, maar tegelijkertijd de frisheid en de directheid van een kind. Wel viel hem op dat haar levenswijze haar meer en meer uitputte, zodat ze haar laatste jaren een gejaagde en gespannen indruk maakte. Langzamerhand begon het leven haar zo te overwoekeren dat er haast geen tijd meer overbleef om rustig te kunnen werken en daar heeft ze blijkens haar brieven erg onder geleden.

Het einde is helaas onbeschrijflijk droevig. In 1931 wordt Lytton ziek. Al zijn krachten beginnen hem te ontvallen, hij kan geen eten meer binnen houden en valt kilo's af. Na zijn dood bleek dat hij maagkanker had, maar geen enkele dokter wist die diagnose te stellen. Er kwamen drie verpleegsters in huis, specialisten liepen af en aan, familie had zijn intrek genomen in een hotel in de buurt en de godganse dag stond de pers op de stoep, omdat Lytton inmiddels een landelijke beroemdheid was geworden. Carrington had in al die drukte geen leven meer. Iedereen liep over haar heen en het leek net of Lytton haar nú al ontvallen was. Ze dwaalde radeloos door het huis en maakte van pure zenuwen de ene glasschildering na de andere. Lytton zelf was de enige die nog kon lachen. Vooral aan Carrington vertelde hij nog allerlei grappigs over de verpleegsters en doktoren en verder lag hij gedichten te schrijven. Toen

Pippa, Lyttons zuster, zei dat hij zich veel beter met alledaagse dingen zoals theepotten kon bezighouden, zei hij: 'Maar ik heb geen enkel verstand van theepotten!' Kort daarna kon hij al haast geen woord meer uitbrengen, maar vlak voor zijn dood zei hij ineens: 'Carrington, why isn't she here? I want her. Darling Carrington. I love her. I always wanted to marry Carrington and I never did...'

Daarna probeert Carrington zich met de uitlaat van hun auto te vergassen in de garage. Ze wordt echter 'gered'. Lytton sterft. Dan beginnen voor haar de martelendste maanden van haar leven. Ze wil zelfmoord plegen maar mag dat niet van haar omgeving. Ze kan geen stap verzetten of Partridge zit op haar lip om haar te controleren. Bovendien geeft hij haar te verstaan dat hij binnenkort met zijn verloofde Frances zijn intrek in Hamspray zal nemen. Ze mag er blijven wonen, maar ze moet maar kijken wat ze doet. Het hele huis wordt leeggehaald.

In haar dagboek schreef ze dat alles voor haar zijn betekenis verloren had: de boeken, de schilderijen, de kleren, de tuin, het vuur. Dat ze lege zinnen schrijft in een leeg boek in een lege kamer in een leeg huis en vooral dat er nu helemaal niemand meer is om grapjes mee te maken bij de haard: 'Al ons geluk was bij dit vuur en met deze boeken.'

Haar dagboek eindigt met een citaat uit een epitaaf van sir Henry Wotton (1627):

He first deceased, she for a little tried
to live without him, liked it not and died.

Beter had ze haar eigen situatie niet kunnen uitdrukken. Ze had geprobeerd verder te leven, maar 'liked it not'. Zo simpel lag het. Ze leende een geweer met de smoes dat ze last had van een konijnenplaag en verwondde zichzelf dodelijk. Ralph en Frances Partridge stonden al klaar om de zaak op Hamspray over te nemen.

Carrington is aan haar eigen haard opgebrand. Zoals gezegd was de liefde niet alleen haar grote drijfveer en inspiratiebron, maar ook een ongenadige energie-opslorpster. Bovendien heeft de liefde haar verhinderd om wat je noemt boven de materie te staan. Als je alleen maar mensen, dieren en dingen schildert waarvan je houdt, en je schilderijen vervolgens alleen maar wilt tonen aan mensen van wie je houdt, als je ook je schrijftalent nog eens reserveert voor de mensen van wie je houdt, blijven je kwaliteiten wel erg onzichtbaar. Het enige waarmee ze openbaar voor de dag kwam, was haar toegepaste werk zoals uithangborden voor cafés, schilderingen op blikken en dozen en meubelversieringen, maar hoe verdienstelijk dat ook was, zelf beschouwde ze het terecht niet als haar echte kunst. En het is de vraag of kunst die zozeer binnenskamers blijft op den duur wel gedijt. Al moet men nooit vergeten dat het vuur dat haar dreef onmiskenbaar de grote kracht en charme van haar beste werk heeft bepaald.

Van de liefde afzien kon ze en wou ze niet. Had ze beter een man kunnen zijn? Misschien. Niet voor niets heeft ze het altijd betreurd dat ze als vrouw op de wereld was gezet. En dan: een vrouw met zó'n moeder! Maar als zij een ander was geweest, dan hadden wij deze brieven niet. Dus laten we niet rouwen.

De kachel als beste vriend
(over de brieven van Jan Hanlo)

Ick maek mien eighen zeumerkien
Al met mien eighen kachelkien
En zij het Maaie Juun of Joel
Bie mie is nimmer kil nogh koel

Jan Hanlo

Het is oudejaarsavond 1963, ook in Valkenburg. Uit de schoorsteen van het portiershuisje ('poorthuisje') van de volkshogeschool Geerlingshof kringelt rook omhoog. Dit piepkleine huisje waarin eigenlijk niet eens gewoond mag worden, bevat slechts een kamer. Maar wat een gezelschap past daarin! Wie door het verlichte raam naar binnen gluurt, ziet eerst de roodgloeiende potkachel. Daarvoor ligt de hond midden tussen allerlei onderdelen van een gedemonteerde motor. Wat er van deze motor nog rest, staat op wacht pal naast het bed. Een tweede motor hangt schuin tegen een hoek van het vertrek en een derde rust tegen de deur. Kasten zijn er niet, wel hutkoffers en kisten. Boven op de koffers en kisten een uitgebreide verzameling van borden, kopjes, pakken Ligakoeken, *Donald Ducks* en flessen wijn. Enkele kopjes zijn tot de rand toe gevuld met bouten en moeren. De kleren hangen tegen de muur. Ook de zakken van deze kleren zijn rijkelijk gevuld met bouten en moeren. Op tafel ziet men behalve een kleurig kerststalletje twee bloemvazen. Uit de ene steekt een flinke bos ballpoints omhoog, uit de andere een bos schroevedraaiers. En achter die tafel, een kopje hagelslag onder handbereik, zit Jan Hanlo. Door de gloed van de kachel is zijn baardje nog roder dan het al is. Hij sorteert zijn post. Als hij daarmee klaar is, staat hij op om de hond te aaien. Vervolgens haalt hij een zak eierkolen voor de dag en trakteert de kachel. Nu is hij zelf aan de beurt. Hij trekt een fles open en schenkt zichzelf in. Bij al deze handelingen laat hij een krachtig 'Hop!' horen. 'Hop!', een maaltje kolen in de kachel. 'Hop!', de kurk uit de fles. 'Hop!', het glas aan de mond. Precies om elf uur begint hij met een brief aan een van zijn zeer weinige correspondentie*vriendinnen* (op de talrijke brieven aan zijn moeder en enkele aan Erica Stigter

148

na, schreef Hanlo zelden of nooit aan een vrouw) de classica Carool Kloos: 'Lieve Carool, misschien zou ik nòg nuttiger bezigheden moeten verrichten juist op dit uur, oliebollen bakken of vuurwerk monteren, maar ik ben m'n post aan 't sorteren en stuit op jouw brief, die ik ineens ga beantwoorden. Waarom zo vlug mag Joost weten (Joost weet veel) (...).'

Op de plank waar de peper staat, staat een pepermolen

Helaas kan ik niet zeggen dat ik erbij ben geweest, maar de meer dan veertienhonderd pagina's Hanlo-brieven die nu verschenen zijn, gaven me soms wel sterk dat gevoel. Hoe komt dat? Doordat Hanlo altijd alleen is gebleven vermeldt hij in zijn brieven allerlei dagelijksheden die een ander bijvoorbeeld aan zijn partner zou hebben kwijt gekund. Dat maakt die brieven niet alleen buitengewoon levendig, maar verschaft ons ook af en toe een blik over zijn schouder. Hoe zwaar de onderwerpen vaak ook zijn (over schijn en wezen, over de vrije wil, over het 'schoftschap' van de mens, over Einstein, over homoseksualiteit etcetera), voortdurend worden ze gelardeerd met opmerkingen van min of meer huishoudelijke aard. En eigenlijk leer je hem daar minstens zo goed uit kennen:

– Ik ga nu soms midden in de nacht koffers verschuiven of stofzuigerend de kachel uitschudden.

– Ik heb nu eerst ½ fles gele vla + ½ fles bruine vla gegeten.

– Ik heb een nieuwe kachel, een Pelgrim-fornuisje dat ik met zorg zit te voeren.

– Ik heb mijn voortanden bijgevijld.

Ik heb mijn voortanden bijgevijld. Er was weer een stukje afgebrokkeld zo:

Nu heb ik fijn schuurpapier gekocht en de zaak bijgeschuurd, zodat het er nu beter uitziet. Ik ben er goed over tevreden. Het voelt ook veel gladder aan:

Was Hanlo eenzaam en leed hij onder zijn eenzaamheid? Daarop geven zijn brieven geen enkelvoudig antwoord. Toen Hanlo in 1969 met zijn motor op een tractor botste en verongelukte, gingen er vrijwel onmiddellijk stemmen op dat het hier wel om zelfmoord zou gaan. Omdat niets daarop wees – door de stromende regen en zijn hoge snelheid had hij eenvoudig niet op tijd gezien dat de tractor plotseling linksaf sloeg – krijg je een beetje het idee dat men de suggestieve eenzaamheid die van deze treurige gebeurtenis uitging wat al te gauw heeft toegepast op zijn hele leven. Daar komt bij dat hij tijdens zijn leven inderdaad wel eenzaam was, maar dat hij die eenzaamheid voor een heel groot deel zelf had gekozen. En dat verleent er eerder een heroïsche glans aan dan een meelijwekkende (als men in dit laatste geval nog van 'glans' kan spreken). Het heroïsche zit hem in het feit dat Hanlo ondanks zijn grote behoefte aan begrip nooit concessies heeft gedaan en nooit zijn principes heeft verloochend om de mensen voor zich in te nemen. '*Bemin* en gij *zult* bemind worden; m.a.w. je kunt zelf je vrienden maken. *Ik* kan het niet, laat dat je gezegd zijn,' schrijft hij aan Gust Gils. Het zal dan ook niemand verbazen dat al deze brieven brieven zijn ZONDER BIJBEDOELINGEN en dat verleent er een onweerstaanbare charme aan, zijns ondanks.

Hanlo's hartstocht gold voornamelijk kachels, kinderen, dieren (vooral honden), motoren en de literatuur en het woord *hartstocht* is hier geen gram overdreven. Was iemand of iets geen 'spek voor zijn bek', zoals hij het herhaaldelijk uitdrukt, dan draaide  hij daar niet omheen en maakte dadelijk korte metten. Hieraan ten grondslag lag een bijna niet in te vullen behoefte om begrepen te worden. Contacten zonder begrip vond hij zinloos en kapte hij af. Deze houding strekte zich zelfs uit tot figuren op afstand. Zo heeft hij van Charlie Chaplin, voor wie hij eerst behoorlijk warmliep, nooit meer iets willen weten, nadat hij hem in een film voor de grap midden in een aquarium met levende vissen had zien stappen. Hoe zou zo iemand hem namelijk óóit kunnen begrijpen?

Dit vurige verlangen om begrepen te worden, gecombineerd met de drang en ook het scherpzinnige vermogen om alles wat maar even op onbegrip wijst meteen aan de kaak te stellen, is onrechtvaardig genoeg niet erg bevorderlijk voor de vriendschap. Voeg daar nog bij een deels uit beschaving en deels uit terechte achterdocht ontstane onwil om het achterste van zijn tong te laten zien en men snapt dat Hanlo vaak werd misverstaan.

'Men wil bemind worden *omdat men begrepen wordt*, niet zomaar gratis.'

'Correspondentie zonder begrip voor fijne nuances heeft toch geen zin.'

'Het is dan ook niet prettig om voor de zoveelste keer te merken dat iemand niet bij je past omdat hij je niet begrijpt.'

'Ach ja, zo scheiden de wegen dikwijls weer.'

'Uw brief laat mij weer begrijpen dat de mensen – als de mentaliteit verschillend is – elkaar op essentiële punten niet verstaan.'

Met dit soort uitlatingen staan zijn brieven vol en niet iedereen nam hem dat in dank af. Zelfs de scholier Ronald Dietz, een van de weinigen in wie hij (tevergeefs) heel wat had geïnvesteerd, verwijt hij dat hij maar 'om iemand heen scharrelt zonder vóór of tégen hem te zijn'. Met de redactieleden van *Barbarber* forceert hij een breuk omdat ze een zijns inziens smakeloos verhaal van J.J. Holsbergen hadden opgenomen. Behalve dat daarin een kikker werd opgeblazen, deden platvloerse zinnetjes als *lik me reet* ('Zulke onbesnorde zinnen schrijft men alleen als er iets tegenover staat') voor hem 'de deur toe'. Bij wie zo in elkaar zit wordt doorgaans de deur niet plat gelopen en daarom kan zijn uitspraak (in een brief aan G. Stigter) *'zoals het bed weleens je beste vriend kan zijn, is een kachel vaak de relatie met wie je de warmste banden hebt'* waarschijnlijk niet serieus genoeg worden genomen.

Het ligt voor de hand dat een schrijver die in zijn particuliere leven zo rigoureus alles opsplitst in VOOR en TEGEN, niet direct makkelijk zal zijn voor zijn lezers. Dat was Hanlo dan ook niet. Er is geen sprake van dat iemand zijn werk gratis binnenkomt. Wie binnen wil, moet eerst getest. Wordt dit dan niet tegengesproken doordat hij zo 'licht', 'eenvoudig' en 'kinderlijk' schrijft over lichte, eenvoudige en kinderlijke dingen? Integendeel. Aan J.J. Govers schrijft hij in dit verband iets zeer verhelderends:

Ik stel de lezer op de proef. Ik wil dat hij kiest vóór mij of tégen mij. Tegen mij omdat hij mij banaal vindt (En dan heb ik hem, mijn vijand, overwonnen omdat ik hem op een dwaalspoor heb weten te brengen en ik lach hem uit). Vóór mij omdat hij in mij *gelooft*, ondanks zijn tengevolge van een zich opdringende banaliteit, twijfel. Ik maak de keuze tégen mij gemakkelijk: doe zelf de gronden (banaliteit) aan de hand die hij tegen mij kan aanvoeren. Aan hem die vóór mij kiest geef ik me graag gewonnen omdat hij zichzelf gewonnen gegeven heeft. Die mij doorziet is mijn gelijke, en die mijn gelijke is, is mijn natuurlijke vriend.

Gezien de onvoorstelbaar lage verkoopcijfers van zijn boeken in verhouding tot de kwaliteit ervan moet men erkennen dat hij in zijn opzet maar al te goed is geslaagd.

En hiermee komen we dan op een ander interessant aspect van deze brieven. Doordat Hanlo van allerlei meedeelt over zijn kunstopvattingen, maak je van heel dichtbij de ontwikkeling van zijn schrijverschap mee en krijg je ook inzage in wat je zijn poëtica zou kunnen noemen. Hoe gewoner hoe liever is zijn devies: 'Als ik iets meen te kunnen doen met woorden (begrippen) als: "melk" of "leem", dan gebruik ik die liever dan b.v. "wijn" en "marmer".' Ook inhoudelijk streeft hij het gewone na, want, zegt hij: 'Poëzie is vacantie van de filosofie.' Deze gewoondoenerij is hem door de kritiek nogal eens nagedragen. In 1968 schreef J. Oerlemans naar aanleiding van *Moelmer* in de NRC: 'In elke regel klinkt namelijk zoiets door van: ik heb wel niets te zeggen, maar dat is juist zo aardig.' Een groter onbegrip voor de oprechtheid van andermans intenties kun je je nauwelijks voorstellen en op de achtergrond zal wel weer de opvatting hebben meegespeeld dat iemand die een hekel heeft aan sentimentaliteit, dikdoenerij, 'experimentele woordkramers' en 'magisch gezwets' te gewoon is om ernstig te worden genomen.

Des te hartverscheurender wordt tegen deze achtergrond de gigantische ERNST die uit al de brieven naar voren komt. Ik schat dat bijna eenderde van deze correspondentie godsdienstige of filosofische onderwerpen behelst. Iemand die dergelijke brieven schrijft wordt natuurlijk niet van het ene op het andere moment nietszeggend als hij een gedicht schrijft of een stuk proza. Hanlo zelf wantrouwde de term 'licht' al, niet omdat hij tegen lichtheid was, maar omdat hij aanvoelde dat de term meestal gebezigd werd voor oppervlakkigheid. Als hij hoort dat iemand zijn stukjes in *Moelmer* 'licht' heeft genoemd, schrijft hij half verbaasd, half verontwaardigd aan G. Stigter: 'Ik vraag me af hoe hij het verklaart dat ik –, die toch echt nogal zwaar op de hand ben, nogal zwaar aan de dingen "til" zoals men zegt – in mijn schrijven ineens zo licht zou kunnen zijn. Dat is toch haast onverenigbaar?'. Waaraan men ziet hoe gevaarlijk dergelijke kwalificaties zijn. Met de term 'vacantie van de filosofie' hield hij dan ook geen pleidooi voor oppervlakkigheid maar voor de VORM. Dichters zijn volgens hem mislukte musici en daar hebben zij zich naar te gedragen. Daarom dient de taal met de schoonheid van de klank voor te gaan op het idee. Vandaar dat hij zo gesteld was op Anakreon, de Griekse lyrici, Paul van Ostaijen en bepaalde volkspoëzie zoals het Engelse nursery-rijmpje *Cuckoo in May* ('Dit is zo mooi en eigenaardig dat het al de rest die je maar wensen wilt impliciet aanwezig, of tenminste dichtbij brengt'):

Cuckoo in May–sing all day
In June–change his tune
In July–away fly

Het woord *vacantie* in de uitdrukking 'vacantie van de filosofie' duidt er al op dat Hanlo buiten zijn literaire werk om constant met filosofische problemen in de weer was ('Ik vat altijd vlam als een strootje als iemand over iets filosofisch begint te ouwehoeren.'). Juist omdat hij dit soort zaken in zijn werk zo weinig heeft toegelaten zal dat voor veel mensen een grote verrassing zijn. De grootste verrassing voor mijzelf was dat met name zijn eindeloze geworstel met het geloof me geen seconde heeft verveeld. En dan druk ik me nog veel te gematigd uit. Om de waarheid te zeggen: van nagenoeg elke brief over deze materie stond ik sprakeloos. Omdat uitgerekend geloofszaken me zelden interesseren heb ik me stomverbaasd afgevraagd hoe hij dat heeft weten te bereiken. Vooral denk ik, door zijn stijl en zijn humor. Hanlo weigert hiërarchisch te denken – klein of groot, hoog of laag bestaan niet voor hem – en daarom past hij zijn stijl nooit aan de vermeende zwaarte of geleerdheid van het onderwerp aan. Daarbij komt dat hij in tegenstelling tot andere gelovigen van mening is dat ALLES gevraagd of gezegd mag worden. Dat levert de meest fantastische vragen en uitspraken op waaruit je duidelijk zijn kijk op de wereld verneemt ('Hoe is het mogelijk dat Gods schepselen schoften zijn?' 'Is de domheid waarmee God is uitgerust in Genesis niet godslasterlijk?' 'Mag God een gebrekkig mensenpaar – of mensenras – "zeer goed" geschapen achten?'). En dat ook diverse paters hiervan onder de indruk raakten, blijkt uit hun geduldige reacties.

Het kan niet anders of Hanlo moet behalve met het sleutelen aan motoren en het schrijven van brieven zijn dagen hebben doorgebracht met bijbelexegese. De bezetenheid waarmee hij dat heeft gedaan, heeft naast iets fascinerends ook iets schrijnends. Hij was ervan overtuigd dat geloof voortkwam uit angst en hoop. Met zijn verstand verwierp hij God grotendeels, maar hij kon niet buiten de hoop die hij incorporeerde: 'En toch geloof ik steeds meer dat men dat Onplezierige Wezen nodig heeft. En om het goed te stemmen, dan zeggen: Onplezierig Wezen je bent geen Onplezierig Wezen.'

Toch leverde dat geloof-tegen-beter-weten-in hem in de eerste plaats een portie verscheurdheid op. Misschien heeft bij deze hardnekkige zelfkwellerij het gemis aan zijn vader een rol gespeeld (Hanlo werd alleen door zijn moeder opgevoed). Herhaaldelijk noemt hij God 'de grote In-de-steek-later', geregeld vraagt hij aan zijn correspondenten waarom God nooit eens een keer 'lief', 'zacht', 'aardig', of 'sympathiek' voor de dag komt. En de vaderlijke steun die hij zoekt is minstens zo vaak alledaags als metafysisch van aard. Aan pater Tamis Wever schrijft hij verontwaardigd dat het steeds weer de 'kleine' dingen zijn die hem van God vervreemden. Twee voorbeelden:

Ik wilde vanmorgen, nee gister was het, héél vroeg een merel op de bandrecorder opnemen. Nét toen hij op zijn mooist zong kwam er een vrachtwagen voorbijgedenderd. *Rot-God*, die mij zo'n onschuldige kleinigheid niet gunt. Iets anders: Ik wil de kachel opstoken. Het is windstil. Ik doe (eier-)kolen op de kachel. Nét als die beginnen te smeulen steekt er een felle wind op waardoor ik een gele verstikkende rook in mijn kamer krijg. Tenslotte slaat de vlam in de kachel, de rook verbrandt,: weer is het wind̓stil! Rot-God, die via mijn engelbewaarder mij niet even liet wachten.

Maar als dezelfde Tamis Wever het waagt om hem te schrijven: 'In uw brieven lees ik zoveel verdriet, lijden en angst dat ik me wel moet afvragen: Heeft U dan nooit echte liefde ontmoet in uw leven (…)?', reageert hij als de gebeten hond: 'Wat heeft dat er nu mee te maken? Waar leest U dat uit, haal eens een zin of passage aan […]'. Het summum van tact kun je de opmerking van Tamis Wever zeker niet noemen, maar met deze brieven in je hand kun je hem niet helemaal ongelijk geven.

Het alleropmerkelijkste aan deze brievenverzameling is dat er tussen de honderden brieven niet één liefdesbrief te vinden is. Of toch, eentje misschien: een klein Nieuwjaarswensje met een getekend portretje erbij voor de dertienjarige Leo Hamers. Hanlo heeft er nooit een geheim van gemaakt dat hij van kinderen hield ('Onder ons gezegd en gezwegen gaat 't doodgewoon hierom dat ik vind dat een jonge poes of een jonge olifant er leuker uitziet dan een oude. En dat is ook tragisch, dat ik dat vind. Een oudere olifant heeft zoveel, zoveel mogelijkheden, die een jonge mist'), maar meer dan wat erotiek stond hij zichzelf niet toe.

Gedeeltelijk heeft hij deze seksuele onthouding betreurd en gedeeltelijk ook niet, want een 'intensere waardering van kwalitatief heel kleine beetjes erotiek' kwam daarvoor in de plaats. Zoals bekend zijn zelfs die heel kleine beetjes hem noodlottig geworden: twee maanden gevangenisstraf wegens het strelen van een jongensborst, enkele maanden verbanning uit de streek bezuiden Roermond vanwege 'pedofiele contacten'.

Een derde zware klap trof hem in 1968: hij moet zijn huisje uit omdat Geerlingshof wordt uitgebreid. Aan de directeur schrijft hij: '(…) als ik op welk uur van de dag of nacht weer een stukje of essay zit te pennen – 's winters bij een ouderwetse fijne kolenkachel – dan zult U zich toch kunnen voorstellen dat het voor mij "erg" is dit te moeten verlaten: op te hoepelen naar…?'

Min of meer verjaagd vertrekt hij vervolgens naar Marokko waar hij verliefd wordt op de twaalfjarige Mohamed (lees hierover zijn *Go to the mosk*). Samen keren ze naar Nederland terug waar Moha-

Je lijkt wel in bed te liggen, maar dat kwam omdat ik je teveel rechterwang gegeven had en ik toen zwarte krassen moest gaan maken, die op een kussen lijken. Ziek ben je in ieder geval niet, hoor. Alleen maar bedtijd. Wel te rusten.

med al na een week bruut over de grens wordt gezet: de vierde klap. Zijn brieven worden nu een stuk somberder en voor het eerst zegt hij weleens te verlangen naar de dood. Die dood komt nog geen drie weken later met de vijfde klap: het motorongeluk. Het poortershuisje kan worden afgebroken. De kachel gaat naar de schroothoop.

Ik heb hier slechts een fractie van de enorme rijkdom van deze brieven aan bod laten komen, zodat de lezer zijn ogen zal uitkijken aan wat er nog allemaal meer komt: over het wezenlijke van het haartje van een paard, over waarheden als koeien, over de hemel als schaakbord, over hoe men een hond achter op een motor in een rugzak vervoert, over de krokodil van Dostojevski en nog veel meer.

'Wist u,' schreef Jan Hanlo in *In een gewoon rijtuig*, 'hoe in het Chinese schrift "kachel" wordt weergegeven? Door het teken "winter" en daarin het teken "zomer": "zomer in de winter".' Hij had dit zomaar verzonnen, voor de grap. Maar wat een typerend verzinsel is het! *Zomer in de winter*, dat is nu precies het gevoel dat ik krijg als ik hem lees. En zijn brieven, hebben die niet de koesterende gloed van een potkachel? Lokale verwarming die je altijd weer laat voelen hoe koud de omgeving is.

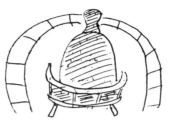

Dit is vader weer aan de haard met pijp en de kansen

De zuiverheid van de orde
(over Daniil Charms)

Ik heb erover nagedacht hoe prachtig alles de eerste keer is! Hoe prachtig is de eerste werkelijkheid! Prachtig is de zon, en het gras, en de steen, en het water, en de vogel, en de kever, en de vlieg en de mens. Maar prachtig zijn ook een glaasje, en een mesje en een sleutel en een kam.

Daniil Charms

Hoe poëtisch kan de retoriek der opsommingen zijn en hoe veelzeggend ook! Springt uit de keuze en volgorde der hierboven opgesomde zaken niet een compleet wereldbeeld naar voren? Charms schreef deze woorden in 1933 vanuit Petersburg aan een vrouw op wie hij dodelijk verliefd was, maar die hij nauwelijks kende omdat hij haar maar een enkel keertje had ontmoet: de toneelspeelster Claudia Poegatsjova. Charms, die niet geloofde in een briefwisseling tussen mensen die elkaar goed kennen, hield evenmin van brieven die waren geschreven volgens 'de regels der kunst'. Daardoor voel je je bij lezing van deze betoverende en grillige liefdesbrieven tenminste geen seconde een pottekijker en bezorgen ze je evenveel rillingen als Charms' literaire werk, dat ook niet bepaald volgens de regels der kunst werd geschreven. Nee, ik kan het beter omdraaien: Charms' literaire werk bezit zo'n duivelse metamorfoserende kracht dat je onder het lezen geleidelijk verandert in een soort Claudia. Maar misschien is dat wel het wezenskenmerk van alle waarachtig meeslepende literatuur, dat het net lijkt of iets speciaal voor jou werd geschreven. Dat het boek ineens in je handen begint te branden als een liefdesbrief die je ter plaatse verjongt en de hele wereld het prachtige aanzien verleent van de Eerste Keer.

Op 2 februari 1942 crepeerde Daniil Charms, zevenendertig jaar oud, in een Russische cel. Precies negen maanden later, op Allerzielen van dat jaar, werd ik geboren. Dat wil zeggen dat ik geconcipieerd ben op zijn sterfdag. Een toevallige, zij het opwindende coïncidentie waar ik hier vanwege het onliteraire aspect niet bij stil zou staan (sta er niet bij stil, want alle copuleerlust vergaat je zodra je je realiseert dat er op dat eigenste moment altíjd miljoenen mensen en dieren sterven of worden omgebracht), als ik niet juist door zíjn toedoen voor de tweede keer geboren was in 1974 en verbanden begon te zien waar ik ze vroeger nooit zag. In april van dat jaar werd Charms namelijk door Charles Timmer voor het eerst in Nederland geïntroduceerd met een uitvoerig en prikkelend stuk in *Tirade*. Hij voegde er negen vertaalde teksten aan toe. Ik las ze en al mijn zintuigen werden ververst. Een voorbeeld:

Er was eens een man met rood haar, die geen ogen had en geen oren. Hij had ook geen haar op zijn hoofd, zodat je hem slechts voorwaardelijk roodharig kon noemen. Hij kon niet spreken, want hij had geen mond, een neus had hij ook al niet. Hij had zelfs geen armen en benen en geen spoor van ingewanden. Hij had niets! Zodat het niet duidelijk is over wie het eigenlijk gaat. Laten we het liever niet over hem hebben.

Voorwaardelijk roodharig! Zelfs bij Ionesco had ik het zo gek nog niet gelezen. Dit was zo nieuw, zo absurd, zo'n dwaze op de kopzetterij van elke beschrijfcultus en verhaalopbouw en tegelijkertijd zo navrant, dat mijn kijk op literatuur er blijvend door veranderde.
  Een ander voorbeeld (een van de 'anekdoten uit het leven van Poesjkin'):

Op zekere dag ging Petroesjevski's horloge kapot en hij liet Poesjkin komen. Poesjkin kwam, bekeek het horloge van Petroesjevski en legde het met de wijzerplaat omlaag op een stoel. 'Nou, wat zeg je ervan, broeder Poesjkin?' vroeg Petroesjevski. 'Het raderwerk draait niet meer,' zei Poesjkin.

Alweer zo'n gekscheerderij met kop en staart en de clou die domweg uitblijft. Wat grappig is het trouwens om zo'n piepklein verhaaltje te vertellen en dan tegelijkertijd de suggestie van economisch taalgebruik weer volkomen te ondermijnen door die ridicule herhaling van eigennamen. Als je het uit hebt, ploft je hoofd van alle p's en oe's en staat je horloge stil. Schrijver, hang dit verhaaltje naast uw wekker, kijk hoe de taal het wint van de tijd.

Behalve absurd is Charms' humor ook pikzwart. Net als in de dagelijkse werkelijkheid krijgen mensen herhaaldelijk een klap op hun kop of een veeg uit de pan, vallen ze plat op hun bek of gaan ze zomaar dood. Deze thema's komen natuurlijk ook rijkelijk voor in de reguliere literatuur, maar dan toch eerder in overdrachtelijke zin of binnen een degelijk in elkaar getimmerd psychologisch, filosofisch, ethisch, temporeel of ander verantwoord kader. Bij Charms niets van dat alles. Wat gebeurt, gebeurt letterlijk en hoe ongerijmd de voorvallen ook zijn, er wordt geen enkele poging ondernomen om ze op de een of andere manier nader te verklaren of kloppend te maken. Kortom: geen waardebepalende adjectieven, geen metastandpunten, en geen enkele troost voor de lezer (althans *op het oog*).

De een stikt in een schapebout, de ander bedrinkt zich aan spiritus en staat de hele dag met open gulp voor de vrouwen, een moeder schuurt haar dochtertje met haar mooie gezichtje eens flink langs een bakstenen muur, iemand wordt met een komkommer op zijn smoel geslagen enzovoort. Zo gaat dat, zo netjes zijn de dingen in het leven geordend (deze verhalen eindigen dan ook vaak met anti-climaxen als: 'Dat is eigenlijk alles', of 'Enfin' of 'Hiermee eindigt de auteur zijn vertelling, want hij kan zijn inktpot niet

Zelfportret Charms: „Ik stuur je mijn portret, zodat je mijn verstandig, ontwikkeld, intelligent en prachtig gezicht voor je ziet."

vinden') en nu hangt het maar van iemands instelling af of hij hier-
achter de beklemmende inhoud bespeurt of het allemaal afdoet als
nonsensikale flauwekul. André Breton heeft zwarte humor ooit
l'ennemi mortel de la sentimentalité genoemd. Terecht, als kunstenaar
bewijs je jezelf een weldaad als je deze doodsvijand stevig aan je
borst prangt. Alleen, je moet verdraaid goed uitkijken dat hij op een
onzalig moment niet plotseling de trekken gaat vertonen van een
heel andere doodsvijand: die van het gevoel. Hoe zit dat bij
Charms? Glijden zijn fantastische paradoxen en ingenieuze adsur-
diteiten via je verstand langs je koude kleren af of hebben ze ook
een uitwerking op het sentiment? Ik denk dat dat wordt bepaald
door de mate waarin het fantastische reëel blijkt te zijn.

Charms werd in 1906 geboren in Petersburg. In werkelijkheid
heette hij geen Charms maar Daniil Ivanovitsj Joevatsjov en het
zegt al iets van zijn werkelijkheidsbeleving dat hij onder allerlei
vreemde pseudoniemen door het leven ging. Een tijdgenoot beschrijft hoe dat alleen al zijn conciërge in alle staten bracht:

De conciërge geloofde zijn ogen niet. Een dag tevoren had op de
deur nog het naambordje Charms geprijkt, maar vandaag... in
plaats van Charms stond er nu Tsjarms.
   Hoe de conciërge ook op de deur klopte, er werd niet openge-
daan. Charms-Tsjarms was alweer niet thuis.
   De volgende dag hing op de vermaledijde deur het bordje: 'Sjar-
dam ontvangt vandaag niet.'
   Charms-Tsjarms-Sjardam gebruikte verder nog pseudoniemen
als J. Basch, Dandan, Karl Ivanovitsj Schusterling, enz.

Charms' vader was een grote fantast en trakteerde hem in zijn
jeugd op de bizarste verhalen. Dat zal vast en zeker invloed op hem
hebben gehad. Nadat hij twee studies had afgebroken, elektrotech-
niek en kunstgeschiedenis (let op de combinatie), richtte hij met
een paar jonge experimentele schrijvers de literaire groep Oberioe
(1926-1930) op. Oberioe is een samentrekking van *Obe*dinenië
*re*alnogo *is*kusstva (over waar de *oe* vandaan komt, lopen de meningen uiteen), wat wil zeggen: Vereniging voor reële kunst. Ze orga-
niseerden allerlei circusachtige voorstellingen die een bont allerlei
vormden van literatuur, theater, film en muziek. Maar net als vele

andere experimentele groepen uit die tijd bezweek ook deze groep algauw onder de terreur van het 'socialistisch realisme'. De meeste leden, ook Charms, moesten diep onder de grond verdwijnen en zich als een soort literaire mol in leven trachten te houden met het schrijven van kinderversjes (die trouwens ook niet mis zijn) om ten slotte toch nog in het gevang te belanden, om te komen en jaren nadien 'gerehabiliteerd' te worden. Het is dat de consequenties zo tragisch zijn geweest, anders zou je het als een geweldige opsteker kunnen beschouwen dat dat zogenaamde onrealistische realisme voor het soi-disant realisme, dat dacht dat het de werkelijkheid in pacht had, een bedreiging vormde van superreëel gehalte.

Het manifest van de Oberioeten, dat grotendeels door Charms en Zabolotski werd opgesteld, bestaat nog (het werd onlangs vertaald door Gertruud Alleman): 'Wij zijn in hart en nieren reële en concrete mensen, wij zijn de grootste vijanden van diegenen die het woord castreren en er een machteloos en zinloos misbaksel van maken. Wij vergroten en verdiepen in ons werk de betekenis van het object en het woord, maar wij blazen die niet op.' En dat doen ze ook niet. Ze stropen eenvoudig de dagelijkse en literaire huid van alles af en steken de wereld in een gloednieuw jasje. Hierdoor ontstaat een volstrekt nieuwe orde die de absurdste botsingen oplevert

Autograaf van Charms uit de jaren dertig

en de raarste distorsies, maar die in elk geval *reëel* is en de wereld die 'besmeurd is door de tongen van een groot aantal stommelingen' opnieuw geboren laat worden 'in de zuiverheid van zijn concrete moedige vormen'. Het is in dit verband verhelderend wat Charms in een van zijn brieven aan Claudia schrijft:

Wanneer ik gedichten schrijf, dan geloof ik dat het belangrijkste niet het idee is, niet de inhoud en niet de vorm, en niet het mistige begrip 'kwaliteit', maar iets dat veel mistiger is en voor het rationele verstand onbegrijpelijk, maar dat voor mij en, naar ik hoop, ook u, Claudia Vasiljevna, te begrijpen is. Dat is de *zuiverheid van de orde*. Die zuiverheid is in de zon, in het gras, in de mens en in gedichten precies hetzelfde. De ware kunst hoort thuis in de reeks van de eerste werkelijkheid en verschijnt als haar eerste weerspiegeling. Ze is absoluut reëel.

Misschien dat het nu duidelijk wordt waarom het werk van Charms niet louter als een circus van grappigheid dient te worden beschouwd en waarom het je gevoel geen haar minder beroert dan je verstand. Het is geen verzameling van vrijblijvende surrealistische bedenksels maar een zorgvuldige ordening van chaotische, dwaze, geestige, opstandige, reële en hoogst persoonlijke waarheden (kranten las hij niet: 'Dat is een verzonnen en geen geschapen wereld.').

Waarom heeft de gemiddelde Nederlandse lezer toch zo weinig op met alle literatuur die maar even zweemt naar het absurde, het experimentele of het fantasmagorische? Waarom heeft hij geen oor voor de diepzinnige klank van toeters en bellen? Het socialistisch realisme mag dan goddank aan ons voorbij zijn gegaan, dat neemt niet weg dat een funest Hollands realisme ervoor heeft gezorgd dat figuren als Charms ook hier voornamelijk een bestaan onder de grond is beschoren. Maar wie weet keert het tij. Lees Charms, stap eens af van rood, wit en blauw – een mens bestaat ook nog uit drie andere delen – en zet uw wieg alvast klaar (vert. Gertruud Alleman):

De mens bestaat uit wel drie delen,
uit drie delen,
uit drie delen,
joechei la la
drom drom toet toet
wel drie delen is de mens.

Baard en ogen en vijftien armen,
vijftien armen,
vijftien armen,
joechei la la
drom drom toet toet
vijftien armen en een rib.

Nee geen armen, maar vijftien darmen,
vijftien darmen,
vijftien darmen,
joechei la la
drom drom toet toet
vijftien darmen, maar geen armen.

Daniil Charms

Morgue morgue

'Morgen?' 'Ja, morgen,' zei K., 'of
misschien nu met de nachttrein, dat zou
het gemakkelijkste zijn.'

Franz Kafka

Ik zag een vrachtwagen rijden. *Veevervoer* stond er achterop. Zodra het vee vervoerd is, gaan de koppen eraf, worden de buiken opengeritst, de hoeven afgekapt en de lijven in tweeën gezaagd. Huid en haar zijn voor de industrie. Dan verdwijnt het levenloze vrachtje opnieuw in de auto. Deze keer staat er *Vleesvervoer* op. Alles wat eraf ging schaamteloos gecompenseerd door twee povere lettertjes: lectori salutem. Maar niemand op de snelweg die op- of omkijkt. Zij kunnen niet lezen. Dát is leed.

Magritte in een brief aan zijn vriend Bosmans (1959):

Vanmorgen bij de slager vroeg een dame twee *mooie* nieren. Ik voelde neiging om twee *verschrikkelijke* nieren te vragen. Een andere dame vroeg om worst. 'Met of zonder knoflook,' vroeg de slager. 'Met een beetje knoflook,' was het antwoord. Dat beetje veranderde niets aan de bestaande samenstelling; blijkbaar hebben de klanten geen geringe dunk van de kracht van het woord.

Rare dames, zal iedereen denken. Toch zijn heel veel klanten van de schrijver zo anders niet. En wee de schrijver wiens glanzend ogende nieren krioelen van het ongedierte, wiens grappig aandoende worstjes stijf staan van het lood.

Waar zijn de pootjes gebleven? Ooit droeg alles pootjes: het bed, het bad, de kachel, de kast, de radio, de fruitschaal, de televisie, het fornuis, de suikerpot, de wekker. Vandaar dat het in oude huizen 's nachts een drukte was van belang. Nu is alles even plat vanonderen als een naakte slak. Al die rechthoeken en blokken lijken wel aan hun ondergrond vastgekleefd. Er kan geen lucht meer onderdoor. Nooit worden er nog jasjes voor de wekker gebreid of voor de kruik. De hooikist werd opgeheven. De dingen staan in de kou en voor je het weet zijn de poten onder je stoel weggezaagd.

Men staat niet aan zee. Men is niet van baksteen. Men draagt geen zwaailicht achter de ogen en geen enkel raampje in buik of zij. Men heeft nooit een baken voor vissers of matrozen willen zijn. Wat, zo vraagt men zich dan ook af, verschaft de ander eigenlijk het recht om je voor *vuurtoren* uit te maken?

'Snap je dat dan niet,' zei iemand, 'kijk eens in de spiegel van je kapper.'

Ik keek maar zag geen vuur, zelfs geen voorwaardelijk.

Vanaf een ivoren vuurtoren kun je goed zien hoe alle zeevogels zich stuk voor stuk te goed doen aan vis. De meeuw verschalkt er het meest. Het is dan ook een raadsel waarom alleen het visdiefje *visdiefje* wordt genoemd. 'Wou je weten,' zeggen ze, 'hoe dat komt? Zijn kop staat ons niet aan. Hij heeft het te hoog in dat zwarte hoofdje van hem en hij weet het altijd zo te versieren dat hij er zelf wel bij vaart.'

Ik ken iemand die met Kerstmis zijn hele kamer volstampt: hulsttakken met kleine trompetjes achter de schilderijen, een tak blauwspar met linten boven de lamp en glazen vissen met staarten van engelenhaar op de gordijnen. Over zijn boeken spreidt hij zilveren en gouden guirlandes uit en daar legt hij dan weer besneeuwde denneappels bovenop. Aan de kapstok hangt hij papieren klokken, zodat geen mens er zijn jas nog aan op durft te hangen. De hele vloer bedekt hij met sterretjes en het plafond ook. Dan koopt hij een kerstboom, maar díe laat hij helemaal kaal: geen ballen, geen sterren, geen kransjes, geen trompetjes, helemaal niks. Ook geen piek.

En nu het wonder. De mensen komen langs en de een na de ander roept uit: 'Wat heb jíj je kerstboom schitterend versierd!' Ze menen het, er is geen greintje ironie bij. De geweldige uitwerking van stijl en context.

Eerst stemt het hem tevreden, maar dan krijgt hij het land, want als er nooit eens iemand langskomt die zegt: 'Hé, wat doet die kale boom daar eigenlijk. Die is lelijk van zijn wortels gerukt,' dan is hij zijn doel toch behoorlijk voorbijgeschoten. Dan heeft hij van zijn hart, dat lijkenhuisje, een regelrechte kermistent gemaakt.

Als ik gedwongen werd een mantra te kiezen dan zou het *morgue* zijn. 'Morgue morgue,' zou ik dagelijks voor me uit mompelen. Net zo lang tot de sonore repeterende kracht ervan uitmondde in een roman van hetzelfde repeterende kaliber. Het boek als mantra. Misschien zijn dat de allerbeste boeken.

Wat betekent dit Franse woord (zo exclusief Frans is het trouwens niet, want het staat opgenomen in de grote Van Dale):
1 gebouw waar men lijken ter herkenning neerlegt, en
2 verwaandheid, hoogmoed.
Soms vraag je je af of de taal behalve *ontoereikend* ook niet volledig *ontoerekeningsvatbaar* is. En hoe het dan moet. Want kun je gekken eigenlijk wel laten opdraven om je eigen tekorten (over leed heb ik het nog niet eens) vorm te geven?
De schrijver is de blinde, de taal de lamme. Toch helpen zij elkaar.

In A. Alberts boek *Een kolonie is ook maar een mens* las ik de interessante opmerking: 'De oude wijsheid van gedeelde smart die halve smart zou zijn, gaat niet langer op zodra zij betrekking heeft op gezamenlijke ondergane oorlogsellende. Die wordt blijkbaar juist door die gezamenlijkheid langer en intensiever beleefd dan normaal verdriet.'
Hierin heeft hij ongetwijfeld gelijk – reacties op bepaalde televisieuitzendingen bewijzen het –, maar daar staat tegenover dat deze smart tenminste wordt erkend, soms zelfs gehonoreerd. Ook dat zal hem zeker niet halveren, maar toch allicht een klein beetje verzachten.
Er bestaat ook smart die geen enkel bestaansrecht lijkt te hebben omdat hij in het verdomhoekje zit. Wie zijn mond erover opendoet (gesteld dat hij er de woorden voor kon vinden) komt ook in dat helse hoekje terecht. Vandaar dat zulke smart moeilijk te uiten is, laat staan te delen, en dus juist vanwege 'ongezamenlijkheid' gedoemd is om intact te blijven. Dat is een buitengewoon bittere pil voor de onfortuinlijke eigenaar en misschien verklaart het waarom sommige schrijvers zo allergisch zijn voor botte leedcultivering (zíj

gaan er bijkans aan kapot) en vormeloos zelfbeklag (voor hen schieten woorden te kort) van sommige andere schrijvers. Lopen gevoel voor stijl en goede smaak hier dan niet ongemerkt over in doodgewone jaloezie? Ja, en misschien dat de vogelvrije pas werkelijk mooi kwinkeleren kan als hij zich ook daarvan weet te bevrijden en inziet dat hij ondanks het doodsgevaar toch in de eerste plaats *vrij* is. Loert er een kogel? Stil laten loeren! Gonst het van gossip? Laat gonzen die gossip! Wat telt is slechts de vorm van het vogelvrije lied. Het zoeken daarnaar kan een leven lang duren, maar áls het lukt om hem te vinden zonder af te zakken richting klaagmuur, richting kruisbeeld of richting rotsblok, misschien dat het hermetische verdomhoekje dan ooit in een bomvrij paleis verandert. Waar de ene bloedbruiloft na de andere wordt gevierd en waar het *Stabat mater* opklinkt als een jubelkreet, omdat men beseft dat de mater dolorosa niet alleen verleden tijd is geworden maar ook haar gewicht in goud waard.

Morgen, morgen gaan wij naar Moskou. Morgen? Welnee. Vandaag, vandaag!

Das Lied ist aus

*Charlotte Mutsaers (cm) in gesprek met Blanche de Craeyencour (bc)
naar aanleiding van de dood van haar hond op 8 april 1990 (verkorte
versie van een interview in het Vlaamse tijdschrift* De zwarte Pladijs,
2ᵉ jrg. no. 3, 1990)

bc: Bent ú dat op deze foto?

cm: Nee, dat is mijn vader. Met zijn tweede moeder.

bc: ???

cm: Ja, wat is daar zo gek aan? Als er allerlei draken, dragonders,
slangen en spinnen onder de moeders rondlopen, waarom zou er
dan voor de verandering niet eens een keertje een lieve hond tussen
mogen zitten?

bc: Maar zijn eerste moeder dan?

cm: Moeten we het daar per se over hebben?

bc: Hoe bedoelt u, was ze dood?

cm: Nee niet dood, veel erger. Ik ga daar nu niet uitvoerig over
uitweiden, maar het komt hierop neer: een moeder moet een haard
zijn, een potkachel desnoods, zo heeft de natuur het bedoeld. Maar
soms gaat er weleens iets mis. Mijn vaders moeder wou geen vlam
vatten. Ze had er geen zin in om hem te verwarmen, ze vertikte

het gewoon. En toen werd mijn vader natuurlijk steeds kouder. Maar daar heeft hij zich gelukkig niet bij neer willen leggen – net als ik, ik heb me daar ook nooit bij neer willen leggen – en toen heeft hij zich een andere moeder uitgezocht, deze collie, en zijn hoofd begraven in haar lekkere warme vacht. Dat was zijn redding. Het was eigenlijk de hond van de buren, dus je zou kunnen zeggen ze voorzagen in elkaars behoefte. Ze waren altijd samen. 's Morgens haalde hij haar af en dan bracht ze hem naar school en dan bleef ze voor de poort zitten wachten tot de school weer uitging. Maar als je deze foto goed bekijkt, dan zie je bij al die gelukzaligheid toch ook een schrikachtig soort achterdocht in zijn ogen en dat heeft hij altijd behouden. Op zijn sterfbed had hij het nog. Ik denk een geweldige angst voor de kou. Dat die ineens weer toe zou slaan. Ik weet nog goed dat hij altijd met houtblokken in de weer was, zomer en winter. Zó bang was hij dat we op een dag zonder zouden zitten.

BC: Brandde er dan 's zomers en 's winters een kachel in uw ouderlijk huis?

CM: Ja, en dat was hard nodig ook. En daarmee doel ik dan even niet op de vochtigheidsgraad van dat oude huis, ik doel op de kou die er heerste.

BC: Wilt u daar meer over kwijt?

CM: Ik wil er dit over kwijt. U als Belgische weet ongetwijfeld nog precies wie koningin Astrid was, Astrideke, de sneeuwkoningin uit het hoge Noorden. Toen ik geboren werd, was ze al bijna tien jaar dood, maar dat neemt niet weg dat ik toch met haar ben opgegroeid. Bijna alsof ze tot de familie behoorde. Mijn opa woonde namelijk in België en die is nog bij haar begrafenis geweest. Hij had zelfs het doodsprentje nog (dat heb ik nu) en daar stond achterop: 'Hommes et femmes pleurent leur Reine. Les enfants pleurent une mère.' Goed, daar kun je nu vreselijk hard om lachen, maar als je haar betoverend mooie gezicht ziet en bedenkt dat ze op een wit schip helemaal uit Zweden was gekomen om nog voor haar dertigste op zo'n ijselijke manier te verongelukken bij Kussnacht, uitgerekend bij Küssnacht…, dan snap je al die tranen wel. Maar ter zake. Wij hadden thuis een immens herdenkingsboek over haar, groter dan de grootste foliant, en daar stond een foto in: Astrid samen met haar moeder. Die foto nu, van die foto, daar kon ik geen genoeg van krijgen. Hoe moet ik het uitdrukken… mijn eigen moeder en ik op

Koningin Astrid en haar moeder

die manier... alleen het idee al... zo dicht bij elkaar... bijna dezelfde jurken... die eendrachtigheid... hoe ze tegen elkaar zitten aangevlijd... die kapsels die bijna in elkaar verward raken... die blote armen... de kettingen. Ik bedoel, begrijp me goed: zo'n moeder had ík niet. Ik kan me zelfs niet herinneren dat ik ooit door haar ben opgetild, wat jammer is, want later ben je te groot om nog in iemands armen heen en weer te kunnen worden gewiegd. Wat ik zeggen wou: voor hetzelfde geld was ik bevroren, als mijn vader daar niet een stokje voor gestoken had. Want die had alles door, die had het tenslotte zelf meegemaakt, van binnenuit. En toen heeft hij het volgende gedaan. Op een dag is hij thuisgekomen met een kleine, gladde foxterriër-pup in de binnenzak van zijn regenjas. Dat laatste kan ik me niet meer precies herinneren, maar zo heeft hij het me zelf verteld. Die fox heeft hij neergelegd in een grote houten kist, op een plaid, en toen heeft hij mij ernaast gelegd. Zo hadden wij allebei een moeder. En mijn echte moeder had geen kind meer aan me, werkelijk niet, ik heb zelfs nooit in de box gehoeven. Wij zaten of lagen altijd tegen elkaar aan, Pimmetje en ik, en ik wist het zelfs zo te plooien dat ik ook 's nachts in de hondekist mocht slapen. Ik hoor nú nog zijn harteklop. Mijn eigen hartslag is altijd iets te snel geweest, soms maak ik me daar wel ongerust over, maar zou het niet kunnen dat het komt doordat ik me al zo heel jong aan het honderitme heb aangepast? Ik verbrand ook een stuk sneller dan de gemiddelde mens, ik kan net zoveel eten als ik wil. En beter ruiken kan ik ook. De stank van de vijand bijvoorbeeld ruik ik al op kilometers afstand. Dat heeft er allemaal mee te maken. Een bepaald soort trouw ook trouwens. Ze zouden eens wat minder smalend moeten doen over begrippen als hondetrouw.

BC: U zei: Pimmetje. Mag ik ervan uitgaan dat uw tweede moeder een mannetje was?

CM: Ja een mannetje. Is daar iets tegen? Waren alle moeders maar mannetjes, zo zie ik het.

BC: Hoe is hij aan zijn eind gekomen?

CM: Doodgeschoten door iemand uit de buurt.

BC: Waarom?

CM: Ja waarom. Dat vertel ik later nog weleens.

BC: Vond u dat erg?

CM: Erg ja. Heeft u *Alleen op de wereld* gelezen van Hector Malot?

BC: Natuurlijk!

CM: Maar ík natuurlijk niet. Ik heb het aan anderen overgelaten.

BC: Waarom?

CM: Omdat ik bang was dat ik teleurgesteld zou worden. Wilt u weten hoe dat zat? Kijk, wij hadden op het gymnasium echt een prima Franse leraar aan wie ik heel veel te danken heb, alleen al dat hij zich af en toe parfumeerde met de peperdure lotion van Hermès. Hij heette Van Nieuwkuyk. Jezus, wat heb ik veel van die man geleerd! Soms bedenk ik weleens hoe verbazingwekkend het toch is dat wij daar zóveel goede leraren hadden. Daarom is de universiteit mij eerlijk gezegd nogal tegengevallen. We moesten het Franse idioom leren uit een boekje dat *Mots et tournures difficiles* heette, maar dat altijd *Ahn et Moret* werd genoemd, naar de naam van de schrijvers. In *Ahn et Moret* stonden voornamelijk voorbeeldzinnen en sommige daarvan waren regelrecht uit de Franse letterkunde geplukt, zodat je daar ook nog een graantje van meepikte. Wel, een van die zinnen, het ging geloof ik om het gebruik van het wederkerig voornaamwoord, luidde zo:

Capi et moi, nous nous aimions et nous nous suivions.

Capi en ik, wij hielden van elkaar en wij volgden elkaar.

Van Nieuwkuyk vertelde dat het hier een jongetje en zijn hond betrof uit het boek *Alleen op de wereld*, maar ik dacht: laat maar, dat boek hoef ik alvast niet meer te lezen. Die ene zin was namelijk meteen al een zelfstandig leven in mijn hoofd gaan leiden. Ik vond hem zo volmaakt... zo subliem... zo geruststellend ook, dat het boek alleen nog maar kon tegenvallen. Het is bijna niet voor te stellen hoe geraakt je kunt worden door een simpel stel woorden achter elkaar. Ziet u als je in je allervroegste jaren voornamelijk door een hondje bent opgevoed, dan heb je op het stuk van de liefde een tamelijk absoluut karakter waar je tussen de mensen niet altijd even goed mee uit de voeten kan en waar je zelfs aan ten gronde kunt gaan als je niet uitkijkt, en iets van het onvoorwaardelijke, het fatale daarvan herkende ik in deze zin. Want pas op, er staat niet: de een volgde de ander, er staat: zij volgden elkáár. Strikt genomen eigenlijk een heel wonderlijke formulering, maar ik zou weleens willen weten hoe je de liefde beter kunt definiëren. Van elkaar houden en elkaar volgen, wat is het anders. En komt dat niet het zuiverst, het vanzelfsprekendst en het meest direct tot uiting in de relatie met een hond? Zelfs al zou een hond kunnen spreken, dan nog zou hij het woord LAT niet over zijn lippen kunnen krijgen.

BC: Heeft het lang geduurd voordat u weer een hond nam?

CM: Bijna dertig jaar.

BC: Waarom zo lang?

CM: Omdat ik de eerste maar niet vergeten kon. Maar gek hè, tegelijkertijd maakte dát, het feit dat ik hem maar niet vergeten kon en altijd met een gevoel rondliep van een zeker gemis, een tekort, juist dat ik ertoe overging om weer een nieuwe te nemen.

BC: Is het toeval dat dat ook een foxterriër was en ook een mannetje?

CM: Tóeval? Heeft u dan helemaal nooit gehoord van de uitdrukking: On revient toujours à ses premières amours?

BC: U zegt zelf dat het maar een uitdrukking is.

CM: Het woordje *maar* schuif ik graag op uw conto. Waar staat in hemelsnaam geschreven dat uitdrukkingen minder waarheid zouden bevatten dan willekeurig wat voor taaluitingen dan ook? Maar laten we niet bakkeleien. Allicht, elke relatie is volstrekt uniek en elk individu volstrekt onvervangbaar – à qui le dites-vous, zou ik bijna zeggen – maar u zult toch echt moeten accepteren dat er naast de wet van het hart zoiets bestaat als de wet van de hand. Onderschat vooral de betekenis niet van die twee lettertjes verschil.

BC: Kunt u die betekenis toelichten?

CM: Ik denk dat u net zo goed weet als ik dat er mannen zijn die, om maar iets te noemen, op vrouwen met dikke borsten vallen, dat wil echter niet zeggen dat ze de ene vrouw met dikke borsten niet veel liever in hun armen zouden sluiten dan de andere, maar toch... hoe zal ik het uitleggen. Charms hield het meest van de toy-terriër, omdat die op een bij lijkt. Nou, eh... zo houd ik wat de honden betreft het meest van de gladde foxterriër. De optilbaarheid, de gladde stroefheid van het dikke haar, het kaarsrechte ruggetje, het lange smalle voorhoofd, de spitse snuit, de zwarte lippen, de weemoedige wenkbrauwen, het dikke scheerkwaststaartje, de plooien tussen de poten, de twee ronde kruintjes achter op zijn billen, zijn geslacht dat zo keurig opgeborgen ligt in een foedraaltje van hagelwit bont, dat stevige torpedolijfje, bij al die dingen zegt mijn hand: Ja. Ik heb ook weleens een heel vervelende foxterriër ontmoet, maar toch was mijn hand toen al aan het aaien zonder dat ik er erg in had. Is er trouwens niet een gedicht waarin *hond* en *hand* met elkaar in verband worden gebracht? Van wie is dat ook al weer?

BC: Geen idee. Maar wat ik vragen wou: was het soms vanwege Daniil Charms en die bij, dat u uw hond Dar heeft genoemd?

CM: Nee, dat is nou weer een van die rare coïncidenties en het wordt nog ingewikkelder als ik u zeg dat Dar niettemin wel degelijk een zuiver Russische naam was. Het zat zo. De dag voordat we hem uit de kennel in Bergen gingen halen, dat was op 1 januari 1978 – ik weet dat nog zo goed omdat de boer die de hondjes fokte ons vanwege het nieuwe jaar onthaalde op overheerlijke versgebakken sprits die hij presenteerde in een roodstenen klomp–, was ik net begonnen in *The Gift* van Nabokov. En voor in dat boek stond dat de Russische titel ervan *Dar* luidde. Ik vond dat direct een buitengewoon prachtig woord vanwege de robuuste korte klank die regelrecht met zowel *war* als *nar* in verbinding staat – misschien speelde ook mee dat ik zelf weleens Char wordt genoemd, wat eveneens met *war* en *nar* in verbinding staat – en we waren het er snel over eens: zo zou onze hond heten. Daar kwam bij dat het leuk was dat *dar talent* betekent, waar hij van barstte, en dat het gedachten oproept aan *ronddarren*, wat hij heel erg deed. Misschien idioot, maar de gedachte aan een mannetjesbij was zelfs geen moment in ons hoofd opgekomen, zodat ik, toen me voor de eerste keer werd gevraagd (ja, waar je al geen rekenschap van af moet leggen) wat deze hond nu eigenlijk met een mannetjesbij van doen had, met mijn mond vol tanden stond. Maar later antwoordde ik steevast: 'Voluit heet hij Darinka, want hij is van Russische adel' en dat bleek afdoende, want de gemiddelde Nederlander heeft een heilig ontzag voor adel, vraag maar aan de eerste de beste markies of markiezin. Overigens, de verrukking over Dars entree in ons leven maakte dat het boek waaraan hij zijn naam ontleende, voorlopig ongelezen in de kast verdween. We hadden wel wat anders te doen dan lezen, we moesten ons verdiepen in de hondetaal, parken bezoeken en de jongleerkunst onder de knie krijgen, want het was een echte ballengek. Nu nog is er geen enkele jas of tas van mij te vinden of er zit een balletje in. En dat laat ik zo.

BC: Ik wou graag nog even terugkomen op dat *volgen* waar u het zoëven over had: zij hielden van elkaar en zij volgden elkaar. Dat u als Dars richtingaanwijzer fungeerde, dat is zelfs in heel Oostende genoegzaam bekend, daar hoeft u geen seconde aan te twijfelen, maar wat ik weten wou: gold het omgekeerde nu ook? Mag ik er met andere woorden inderdaad vanuit gaan dat u hem evenzeer achternaliep als hij u?

CM: Natuurlijk mag u dat. Alhoewel... zelf zou ik niet zo gauw met zo'n bezoedelende term als *achternalopen* komen aanzetten. Niet dat hij de waarheid geweld aandoet, integendeel, maar u zult toch moeten toegeven, er kleeft iets onmiskenbaar pejoratiefs aan die term, iets verlammends, iets dat je het gevoel geeft in een wildvreemde, bloedeloze wereld te zijn beland, waarin je je moet schamen voor elk manifest gebaar van affectie en dus voor je eigen levensmoed. De mensen hebben door hun taal een soort vergaderstuk van de liefde weten te maken, iets bespreekbaars. Taal maakt het je tenslotte mogelijk je *over* de dingen te buigen – zelfs over die taal – er *naast* te gaan staan, er van een afstandje naar te kijken, maar nu juist de liefde, die het voor een groot deel van de klank moet hebben, is tegen al die metamuziek niet bestand. Liefde, daar blijf ik bij, is in de eerste plaats volgen – achternalopen voor mijn part! – en vervolgens: vasthouden, betasten, stamelen, stotteren, kussen, likken, bijten, strelen, plakken en janken. Honden vinden dat allemaal heel normaal – ik neem tenminste aan dat u nog nooit een hond heeft ontmoet die een kop als vuur kreeg als hij u liefdevol probeerde te benaderen of u hem – en door hun onvermogen tot spreken blijft hun liefde onaangetast.

In Oostende heb ik een keer meegemaakt – ik lag toen languit in een ligstoel op het strand met Dar stevig tegen me aan geklemd – dat een frankofone vrouw mij vanuit haar enorme badpak toebeet dat het toch wel erg hinderlijk was dat honden zo vreselijk 'collant' waren. Dat was meer dan hatelijk bedoeld en sloeg natuurlijk tevens op mij, maar zoiets had ik al zo vaak meegemaakt dat het me niet meer uit het veld kon slaan en met een schuine blik op haar man, uit wiens badbroek een stevige cactus piepte, zei ik met een fier gezicht: 'Ik hoop van harte voor u dat u gezegend bent met een echtgenoot die even plakkerig is als mijn hondje (aussi collant que mon toutou).' Weet u wat ze toen antwoordde: 'Ik ben geen snoepgoed, hoor!' en dat in het allerwelluidendste Frans van de wereld. Waar sloeg dat nou weer op? In gedachten hoorde ik het haar al in de echtelijke slaapkamer tjilpen 'Ik ben geen snoepgoed, hoor!'

176

Dát, Blanche de Craeyencour, is wat taal soms met de liefde uitricht. Maar wacht even, zo makkelijk laat déze zwaan-kleef-aan zich toch echt niet slachten.

(Vuist op tafel): Ja, ik liep mijn hond achterna, als u het dan zo graag weten wilt, precies even hard als hij mij, we hebben wat afgewandeld in elkaars voetsporen, duizenden kilometers ongeëffend terrein. En toch hadden we geen van tweeën een wat je noemt volgzame natuur. Hoe dat dan in vredesnaam mogelijk was? Dat zal ik u zeggen. Wij waren allebei van dezelfde makelij: van pure Velpon. Van dat slag begrijpt u, brutaal als de beul maar ondertussen van zachte, glasheldere, doorzichtige, vloeibare, vluchtige en licht ontvlambare Velpon, met een hechtkracht... ongelooflijk. Het slag waarvan mijn moeder altijd zei: 'Daar gaat iedereen voor op de loop. Dat wekt nou echt bij niemand, maar dan ook helemaal niemand bescherming op.' Woorden waardoor een ander misschien voor eeuwig gebroken zou zijn, maar die op mij geen vat hadden, want *collant* en *auto-collant* gaan altijd hand in hand.

BC: Het spijt me dat ik het zeggen moet, maar op mij maakt u alles bij elkaar toch een tamelijk gebroken indruk.

CM: Wat wílt u nu eigenlijk! Dar is nog geen twee maanden dood. Beseft u wat het voor mij betekent dat wij nooit van zijn leven meer samen in een ligstoel liggen, nooit meer eendrachtig op zullen springen als de loodzware hoeven van de brouwerspaarden onder dit raam opklinken, nooit meer samen zullen jongleren, nooit meer snuit-tegen-rug een fietstochtje zullen maken, nooit meer – bèh, bèh, bèh – een kudde makke schapen zullen provoceren? Dat de brievenbus geen enkel keertje meer zal klepperen om een dikke vette brief met drie plakjes cervelaat door te laten? Dat de borstel voor dood in de vensterbank ligt en de motten zijn plaid verwoesten? Dat wij van lieverlee zelf maar uit de hondebakjes zijn gaan eten? Als hij nog in leven was, dan zou hij nu gegarandeerd tegen u staan te brommen vanwege de onkiesheid van uw opmerking.

BC: Was Dar zelf dan zo geweldig kies?

CM: Ja, dat was hij. Om een voorbeeld te geven. Zijn mand stond aan het voeteneinde van ons bed. Meestal was hij 's morgens net wat eerder wakker dan wij, maar dacht u dat hij dan ging jengelen, welnee! Dan sloop hij zachtjes om het bed heen om te kijken of we er nog wel in lagen en als we dan geen krimp gaven, sprong hij heel

voorzichtig op de deken en zonder ons te raken kroop hij dan plat
op zijn buik zo dicht mogelijk naar onze gezichten toe om te controleren of er nog adem uit kwam. En zodra hij zich ervan vergewist
had dat we echt niet dood waren en alleen maar sliepen, dan líet hij
ons en ging kalm liggen wachten. Ondertussen was hij er wel tot in
zijn tenen op gespitst dat we een signaal zouden geven – dat kon je
zien als je tussen je oogharen door naar dat aandachtige gezicht
keek – en bij het kleinste levensteken barstte hij van vreugde dan
ook bijna uit elkaar. Dat bedoel ik: in één borst dat brandende
verlangen en tegelijkertijd al die égards. Dat is kies. En bijna hart-
brekend.

BC: Blijft het feit dat u kapot bent van de dood van uw hond en
hoe moet ik dat in verband brengen met het zelf–lijmend vermogen
waarvan u daarnet opgaf?

CM: Probeert u mij klem te zetten?

BC: Welnee, het lijkt me alleen met elkaar in tegenspraak.

CM: Maar daarin vergist u zich finaal. Dat zelf-lijmend vermogen, dat heeft alleen betrekking op inwendige breuken. Een stuk
dat domweg van je afgehakt wordt door de tijd en vervolgens in de
grond gestopt, waarin het op den duur volledig oplost, dat is wel
even iets anders. Dan kom je met je zelf-lijmend vermogen niet ver.
Dat spreekt toch vanzelf? Scheur van Kuifje Bobbie af en Kuifje is
Kuifje niet meer. Til het corpus Christi van zijn moeders schoot en
foetsie, verdwenen is de hele piëta. *Voor eeuwig irreparabel*, dat was
de gelaten conclusie die onmiddellijk na Dars dood in mijn hoofd
opkwam. En niet alleen in mijn hoofd: in mijn hele lichaam. Zo
zigzag ik nog steeds door stad en park, van boom tot paaltje, van
paaltje tot boom, maar met mijn rechterarm weet ik me totaal geen
raad meer. Nu hij niet meer zit aangelijnd bungelt hij er zomaar bij,
zodat ik me meer dan eens afvraag of dit mijn bloedeigen gezeglijke
arm nog wel is. Daar tracht je dan van alles op te vinden, maar dat
zijn lapmiddelen en ze leveren je nog een boel commentaar op ook.
Met je armen over elkaar lopen bijvoorbeeld is nog net toege-
staan, maar soms stap ik over straat met mijn handen op mijn rug
en u zou ervan versteld staan als u zag hoeveel irritatie dat op-
wekte. Misschien staat het ook niet zo elegant voor een vrouw,
maar dat kan de reden toch niet zijn – Amsterdam is per slot geen
Brussel of Parijs – ik denk eerder dat het komt door de wie-

doet-me-wat-instelling die hiervan lijkt uit te gaan. Zoals ik over Dar eens heb horen opmerken: 'Het lijkt de burgemeester zelf wel', alleen omdat hij zijn hoofd afwendde voor een vies koekje! En zoals ik laatst van een man die in een schitterend kerserood jasje het Spui overstak hoorde zeggen: 'Je moet maar durven!' Ja, je moet maar durven. Maar wie lijdt hier nu aan pernicieuze anemie, wij of zij? Moet ik die arm dan soms in een mitella hangen als een ziek kindje en lijdzaam toezien hoe ik in invalide staat meer bescherming op-wek dan ik in gezonde staat ooit voor mogelijk had gehouden?

BC: Wacht even, u rept hier kennelijk van een nationaal ver-schijnsel dat u erg hoog zit maar dat mij als buitenlandse toch ge-deeltelijk ontgaat.

CM: Daar kan ik inkomen. Goed, bij jullie in België bestaat er een apart tramtarief voor oorlogsinvaliden en dat is ook verdraaid onrechtvaardig, want waarom zou het wel gehonoreerd moeten worden als de vijand je een poot heeft uitgedraaid en niet als dat-zelfde je is aangedaan door pakweg je eigen moeder of je beste vriendin, maar over het algemeen kun je toch stellen dat protectie bij jullie tenminste niet een verkapt soort beloning is voor openbaar geëtaleerde zwakte, armoede of gebrekkigheid. *Eerbiedig de bloemen* staat er op kleine bordjes te lezen in nagenoeg alle perken van Oostende. En heus niet alleen bij de lelijkste, de onooglijkste, de verflenstste of de kleinste. En ze wórden geëerbiedigd, reken maar. Omdat ze bloeien! Door iedereen! Daar kunnen ze van op aan. Bij ons is dat ondenkbaar. Een potente rode roos om maar iets te noe-men, zo eentje die nog liever haar eigen stampertje eraf zou bijten dan haar kwetsbaarheid – haar vulnérabilité, dat is een veel mooier woord – in een etalage te zetten, wekt hier geen enkele bescher-ming op. Nee, die moet zo gauw mogelijk worden geknakt, liefst in de knop. Dat zal haar leren zo astrant te wezen. Dus wat zal een roos doen die hogerop wil? Bij voorbaat haar kopje laten hangen, al haar dorentjes intrekken, haar bloedrode kleur verdoezelen en kla-gen, klagen, klagen… tot ze erbij neervalt. Wat ze daarbij wint is de liefde van een groot publiek en stapels sentimentele post. Maar wat ze daarbij onherroepelijk verliest is de liefde van de Rosenkavalier. En dat, mijn waarde Blanche, is een geluk bij een ongeluk, want die blijft op deze manier voor mij gereserveerd!

BC: Hier openbaart zich een Sissi-achtige kant van uw karakter die ik niet zo gauw achter u had gezocht.

CM: U hééft ook niks achter mij te zoeken en zeker geen Keizerin en Moeder.

BC: Ik merk dat u ernst en ironie nog steeds niet uit elkaar kunt houden.

CM: Dat kan een hond ook niet.

BC: Maar u bent geen hond.

CM: Kom, kom, ík geen hond? Blijkbaar alleen al doordat ik vind dat liefde en ironie elkaar bijten.

BC: Alsof er in bed niet met u te lachen valt!

CM: Zeg, hou u een beetje in...

BC: Heb ik dan ongelijk?

CM: Maar ik heb toch nooit beweerd dat lachen en ernst elkaar uitsluiten? 'Ironie is vooral een intelligentiespel. Humor is misschien meer een spel van het hart, een gevoelsspel,' zegt Jules Renard in een van zijn dagboeken en dat kan ik roerend met hem eens zijn, al zou ik er direct aan toe willen voegen dat een waarachtig geestig hart natuurlijk altijd intelligent is. Zeg nou zelf, voor een lachende minnaar vol leuke grapjes zijn wij toch nooit op de loop gegaan, maar een ironische vent in je bed... berg je dan maar.

BC: Soms lijkt het echt of u een hondehart hebt. Zou je kunnen zeggen dat u Dar voor een deel hebt geïncorporeerd?

CM: En of! Ik denk dat je iedereen van wie je werkelijk houdt voor een deel incorporeert. En dat is een goed ding, want dáár heeft de dood dan tenminste geen vat op. Er bestaat een heel mooi liefdesliedje uit de jaren twintig: *Mon homme*. Arletty, dezelfde van *Les enfants du paradis*, zingt daarin met zo'n schel ouderwets stemmetje: Je l'ai tellement dans la peau. In de huid! Dat bedoel ik. Tot nu toe heb ik in mijn leven niet meer dan zes wezens werkelijk liefgehad – dus dat ik echt overmand werd door een overstelpend gevoel van tederheid en hartstocht alleen al als ik ze zag – en die hebben mij niet eens allemaal bekend, want sommige liefdes heb ik helaas alleen vanuit de verte beleefd, maar ze zitten stuk voor stuk opgeslagen in mijn huid. Daar leg je het niet op aan, dat gebeurt eenvoudig. Het is doodjammer dat zo'n geniaal patholoog-anatoom – of zeg je anatoom-patholoog? – als dokter Zeldenrust nu net moest komen te overlijden, anders hadden we hem eens kunnen vragen hoeveel chimaera's er tussen de mensen rondlopen. Dat zijn er vast veel en veel meer dan je op het eerste 'gezicht denken zou. Ik hoef maar naar mezelf te kijken. Soms steken door mijn eigen voeten zomaar de platvoeten van mijn dode vader heen, soms kijk ik in de spiegel en dan zie ik ineens een adelaarsneus, of er breekt zich plotseling met veel gekraak een tweede voorhoofd door het mijne, of ik denk dat ik een vacht heb met twee van die ijsbloemen op mijn achterplat, of een heus staartje, of twee enorm dikke wenkbrauwen, soms smaakt mijn bloed zelfs naar... nee, laat maar.

BC: Láát maar? Hoe heb ik het nu? U begint zich voor het eerst een beetje bloot te geven!

CM: Is het werkelijk? Dan moeten we dadelijk stoppen.

BC: Dat zie ik niet in.

CM: Als ik het maar inzie. Om met Francis Ponge te spreken:

'*Le petit oiseau qui sortira de la chambre noire sera fusillé.'*

Daar is nu eens geen woord Frans bij. Kijk, Blanche, ik wou graag nog wat doorleven, want ik zal nog járen moeten schrijven eer ik met mijn zwarte lettertjes de stralende witheid, de glans, de warmte, de zuiverheid, de zachtheid, de scherpte en de schoonheid van de miljoenen haren zal hebben geëvenaard die door Dar op aarde zijn achtergelaten.

CHARLOTTE MUTSAERS

PAARDEJAM

Eerste druk 1996, zevende druk 2000
Een aantal van deze stukken verscheen eerder en
in een andere vorm in onder meer *NRC Handelsblad*,
Raster, *Optima* en *Hollands Maandblad*.
Titelpagina naar een idee en ontwerp van Charlotte Mutsaers;
tekening René Magritte
Vormgeving binnenwerk Karel van Laar

Inhoud

Voor Jan

Het gedijen van de wereld hangt ervan af of men meer dieren in leven houdt. Maar die welke men niet voor praktische doeleinden nodig heeft, zijn de belangrijkste. Iedere diersoort die sterft, maakt het minder waarschijnlijk dat wij leven. Alleen met hun gedaanten en stemmen voor ogen kunnen wij mensen blijven. Onze gedaanteveranderingen verslijten als de oorsprong ervan uitdooft. – Elias Canetti

Andere haren implanteren, in plaats van die van hyena's die van paarden. – Elias Canetti

Open brief als woord vooraf

Geachte Van Gilse,

In een bekend damesblad trof ik onderstaande advertentie aan en als verwoed jammaakster wou ik daar graag op reageren.

Om maar meteen met de deur in huis te vallen: kunt u zeggen wat dat paard daar doet? Als het waar is dat aardbeien, frambozen, kersen en bramen de heerlijkste jam opleveren dan haal je toch vruchten en geen paard in huis? Zelf jam maken, 'bijzonder leuk om te doen' ja, toch lijkt het paard er anders over te denken.

Daar komt nog iets bij. Ik weet niet of u het weet – zelf wist ik het eigenlijk ook liever niet – maar paarden smaken al zoet van zichzelf. En wat hun gelerend vermogen betreft: een middelgrote jamfabriek met tekort aan pectine zou makkelijk vijf jaar voort kunnen op de stolkracht van slechts één paardegeraamte.

Met andere woorden, de (onverhoopte) paardejammaker zal wel de laatste zijn die op geleisuiker zit te wachten. Dus wat heeft u met deze advertentie voor?

Of vond u een hoogblond paard gewoon leuk staan?

Of geeft u veel om paarden?

Ik hoop het laatste. Ik hoop in elk geval niet dat u het woord *paardejam* in praktijk wilt laten brengen om er munt uit te slaan. Zo is het door de Franstalige vader van dat woord, René Magritte, en de Nederlandstalige petemoei, ondergetekende, bepaald niet bedoeld!

Sommige woorden evenals sommige beelden duiken gewoon in sommige hoofden op en bevatten geenszins de ingebakken invitatie om tot werkelijkheid te worden omgezet.

Wil dat zeggen dat paardejam iets heel abstracts, wellicht iets zwevends is? Geen sprake van. Het is leven, puur gemetamorfoseerd leven en als het goed is smaakt het naar meer. Er hoeft dan ook geen enkel paard voor dood.

Veel succes met uw geleisuiker-campagne, maar doe mij een plezier en maak de mensen niet lekker met paarden van vlees en bloed.

Namens Josephine Baker, Samuel Beckett, Ingmar Bergman, Georges Braque, Buffalo Bill, Louis-Ferdinand Céline, Frédéric Chopin, Davy Crockett, Jean Giraudoux, James Joyce, Lautréaumont, Antonio Vivaldi en vele, vele anderen die door toevallige omstandigheden het licht zagen in een paardejaar,

Hoogachtend,

Ch. Mutsaers

VURIGE VACHTEN EN DONZEN OMHULSELS

Pierre Bonnard *Marthe et son chien Black*

Fik & Snik

Een woord, dat nooit en te nimmer verflauwt
En als een heilig vuur in mij standhoudt:
Brandhout!
Dit dichtte Aleksander Blok, maar het is lang geleden en hij was een Rus. Bij ons is brandhout allang tot de klasse der scheldwoorden afgezakt, samen met de geslachtsorganen. Arm brandhout, wat heeft de cv-cultuur je allemaal aangedaan! Het wordt tijd voor revanche.

Moet je Blok heten om een haardvuur aan je borst te koesteren?

Moet je Pinokkio heten om van brandhout af te stammen?

Moet je Bobbie heten om houtblokken te apporteren?

Moet je Van Deel heten om zo solide als een boekenplank te zijn?

Moet je Wie is van hout heten om gelezen te worden?

Moet je Zosjtsjenko heten om van mening te zijn dat je brandhout 'gerust ook voor een verjaardag cadeau kan doen'?

Moet je Schulz heten om hout te beschouwen als 'de belichaming van het fatsoen en het levensproza'?

Moet je Abraham heten om een takkenbos voor een mosterdpot aan te zien?

Ach, wat doet de naam van het beest er eigenlijk toe. Zolang het maar van hout is, is het goed. Ik bedoel: als de belofte van vuur en vlam niet op de een of andere manier in iets besloten ligt, dan had het voor mijn part beter ongeboren, ongebeurd, ongedaan, ongemaakt, ongezegd, ongezongen, ongedanst, ongefilmd, ongeschreven en vooral *onbeweend* kunnen blijven. Niet dat dadelijk de brand in alles hoeft, dat zou weer te veel van het goeie zijn. Als het maar brandgevaarlijk is, even brandgevaarlijk als een spanen doosje met Neurenbergs speelgoed erin. Als men maar het gevoel krijgt: de twee brandblussertjes in mijn ogen zitten daar niet voor niets. Fikken en snikken, dat is het leven. En doen fikken en snikken, is dat niet de kunst?

Misschien dat het me daarom zo verbaasde, ja zelfs stak, toen ik me op een dag plotseling realiseerde dat ik die van kind af dol op schilderijen ben geweest, nog nooit om enig schilderij, waar ter wereld ook, abstract of figuratief, mooi of lelijk, goedkoop of duur, ook maar één traan gelaten had. Geen druppel. Hoe kon dat? Ik weet het, tranen staan niet bizonder hoog aangeschreven, niet hoger dan laten we zeggen het kerstliedje of de lage dameshak. En wie ze laat vloeien doet een zwaktebod. Toch komt een vrouw op lage hakken snel vooruit en klinken kerstliedjes engelachtig. En wat is er zo zwak aan een zwaktebod? Een sterktebod, dat is pas erg. Ga er maar vanuit: types die nooit huilen, daaraan zijn kunst en liefde niet welbesteed. Maar dit terzijde.

Tijdens een lezing heb ik August Willemsen een keer horen zeggen dat waarachtige kunst hem weerloos maakte. Als schilderkunstig voorbeeld noemde hij toen Vermeers *Gezicht op Delft*. Weerloosheid komt al aardig dicht in de buurt van de traan, maar dat hij om *Gezicht op Delft* huilen moest, zei hij niet. Het pakte hem bij zijn lurven, zei hij, en als iets hem niet bij zijn lurven pakte dan vond hij er gewoon niks aan. Dat vind ik ook, althans zo heb ik het meestal ervaren. En wat, als beroerde kunst óók weleens iemand bij zijn lurven pakt? Dan is dat mooi meegenomen. Dat kun je de kunstige kunst niet kwalijk nemen.

Ik geloof niet dat ik sentimenteler ben aangelegd dan August Willemsen. Alleen, mijn lurven zijn linea recta aangesloten op mijn traanklieren. Ik heb me dan ook kapot gehuild om *Roodkapje, Monpti, La Bâtarde, Afscheid van de wapenen, Hamlet, Klaaglied om Agnes, Le petit prince, De vrouw met het vosje* en *De dame met het hondje*, en ik zal de enige niet zijn.

Maar hoe is het mogelijk dat daar dan geen enkele geschílderde vos, hond of wolf, geen enkele geschílderde grote of kleine prins, geen enkel geschílderd klaaglied of afscheid van dezelfde gevoelsimpact tegenover stond?

Nee, ik zet de traan niet op de troon. Ja, ik weet best dat een schilderij meer vermag dan het uitlokken van een waterval. Zonder de ene tegen de andere kunsttak uit te willen spelen vraag ik slechts één ding: waar komt het vandaan, dit opmerkelijke verschil tussen verf- en pennevrucht? Er moet toch een verklaring voor te vinden zijn dat het zo lang heeft geduurd eer mij door een schilderij een snik werd afgedwongen? Eerst dacht ik dat het aan mezelf lag. Daar word je eenzaam van. Toen ben ik maar eens links en rechts om me heen gaan vragen hoe het met andermans kunstbeleving was gesteld. Is beeldende kunst meer voor u dan een oogstreling, doet een schilderij u iets, wordt u er wijzer van, dat soort vragen. Leuke antwoorden krijg je dan. Over het ontmaskeren van de werkelijkheid en het genereren van nieuwe denkbeelden en gevoelens en zo. Maar zodra ik op de man af vroeg: 'Niet om het een of ander, maar heb jij weleens om een schilderij gehuild?' dan stond iedereen, van de grootste kunstenaar tot de grootste huilebalk, direct met de mond vol tanden en luidde het aarzelende antwoord steevast: 'Eigenlijk niet.'

Ook op de kunstacademie. Meer dan tien jaar heb ik daar schilderles gegeven en aan elke nieuwe klas stelde ik weer diezelfde vraag. Niemand keek er raar van op maar niemand kon hem positief beantwoorden. Helemaal niemand in al die jaren, dat zegt wel iets. 'Verfstreken zijn nu eenmaal geen tranentrekkers,' zei een jongen. 'Van schilderijen ligt nu eenmaal niemand wakker,' zei een meisje. Toch wilden diezelfde leerlingen aanvankelijk maar één ding: hun hele emotionele hebben en houen op het doek slingeren. Een heilloze onderneming als je geen enkele verwachting van de emotieve vermogens van de verfstreek hebt! De aardigheid was er dan ook spoedig af. Na verloop van tijd zat zowat iedereen conceptueel te werken en belandden de paar bezeten schilders in het gekkenhuis. Wie hedendaags geschilderd haardvuur wil zien, vervoege zich daar. Wie erom janken moet, kan er beter blijven.

Ik laat deze kwestie even voor wat ze is want inmiddels heeft zich in mijn leven een groot mirakel voorgedaan. Ik deed een kunstboek open, zag een reproduktie van een schilderij en was... weerloos. Veni, vidi, vici op mijn manier. Daar bleef het niet bij, ik schoot vol.

Eerst vol vlammen en toen vol tranen, zodat ik ook nog mijn eigen brandweerman kon zijn. Eindelijk kan ik zeggen: het schilderij dat mij aan het huilen bracht bestaat. Het meet slechts 64 x 66 cm en is omstreeks 1906 met olie op doek geschilderd door Pierre Bonnard.

Je ziet een vrouw, een hond en een brandende haard. Maar dat is op het eerste gezicht, het conventionele dat de wereld opdeelt in mensen, dieren en dingen (in die volgorde). Op het tweede gezicht zag ik een hond, een haard en een vrouw. En op het derde? Ik ben er nog steeds niet op uitgekeken.

Ik moest en zou dit schilderij in het echt zien. Dat is mislukt. Ik heb stad, land en buitenland aangeschreven, gebeld en gefaxt maar niemand wist waar het uithing: gekocht, verkocht en anoniem weer doorverkocht. In privé-bezit, maar bij wie? Op een gegeven moment kon het me niks meer schelen. Ik dacht, ik heb het in een boek leren kennen en daar moet het maar blijven ook. Dan maar geen contact met de verfhuid. Huiden op afstand blijven soms wel zo fris.

Was dit nu het allerbeste, allermooiste, allerdiepzinnigste schilderij dat ik ooit had ontmoet? Ik weet het niet, je vraagt het je niet af. Bij brandhout vraag je je zulke dingen ook niet af. Je kijkt alleen: fikt het ja of nee. Tenzij je iemand bent die al van afgrijzen begint te rillen bij alles wat van nature mooi en vurig is – zonsondergangen, rode rozen, zigeunerinnen – dat komt tenslotte ook voor.

Dit schilderij fikte. En wat voor mij misschien nog veel belangrijker was: het opende een deurtje naar een andere wereld. Daar stond ook weer een haard, de haard uit mijn jeugd. In volle luister. Ervoor, aan zijn gepoetste gietijzeren voeten, ikzelf als klein meisje met mijn hond. Eveneens in volle luister. Terwijl ik in de veronderstelling had verkeerd dat dat allemaal door de tijd was uitgedoofd! Zingend liep ik met mijn bijl naar het bos om hout te hakken, precies zoals weleer, en de laurierboompjes liet ik natuurlijk staan.

Het paradijs bestaat niet. Het verloren paradijs misschien evenmin. Des te gelukzaliger als men plotseling iets in de schoot geworpen krijgt dat erop lijkt als twee waterdruppels.

Weleer...

In *Distorsie als rhetorisch moment*, het eigenaardige maar daarom nog niet minder interessante proefschrift van de neerlandicus E.W. Stieglis, komt de volgende treffende passage voor:

> Een tekst is geen zak met houtblokken. Daarvan mag het juist zijn, dat ze iets anders 'uitmaken' naar gelang – naar belang! – ik verlang naar een warm flakkerend haardvuur, of een doortimmerde kast. Het 'proces' van de tekst is er: op eigen gezag. En het mag niet zo zijn dat een

roman, een gedicht, een toneelstuk iets voor ons 'umwertet' *omdat* het ons goed van pas komt. Het 'als ob er für mich geschrieben hätte' is – moet het worden uitgesproken? – geen standpunt van consumptie.

Dit lijkt misschien je reinste abracadabra maar er zit iets in, denk bijvoorbeeld aan kunst-als-troost. Alleen, als dat 'umwerten' nu eens domweg gebéurt, zonder dat je erom hebt gevraagd, zonder dat je er de hand in hebt gehad, als het met andere woorden plaatsvindt niet *omdat* iets je goed van pas komt maar *van de weeromstuit*, kun je dan nóg zeggen dat het niet mag? Doet kunst ons niet het meest op die momenten dat we er zelf van staan te kijken? Daarom ben ik van mening: als een tekst ook maar iets voorstelt, dan *bij uitstek* een zak met houtblokken. En dat geldt niet alleen voor teksten maar voor alle schone kunsten die men maar bedenken kan. Allemaal brandhout want edeler materiaal bestaat er niet. Of om met Zosjtsjenko te spreken: 'Brandhout, dat is een kostelijk, heilig goed. En zelfs wanneer je op straat, laat ik zeggen, langs een schuttinkje komt en je tintelt gewoon van de kou, dan klop je onwillekeurig even tegen het hout van dat hek.'   ·

Het zal ondertussen wel zonneklaar zijn welke sensatie dit schilderij van Bonnard mij gaf: alsof het voor mij geschilderd was. Een zak vol klinkklare houtblokken. Ze mogen dan misschien geen haardvuur uitmaken, ze maken het wel degelijk áán. Doordat het een goed schilderij is of doordat het mij goed van pas komt? Allebei. Maar om dat uit te leggen zal ik eerst terug moeten gaan naar de tijd van de tierende winden en de nedervloeiende regens. Kom ik dan nóóit te spreken over het schilderij zelf? Een ogenblik. Altijd eerst beginnen met omsingelen. Zoals ook vuur dat doet.

Als de regen nedervloeit,
En de stormwind tiert en loeit,
Zijn bij 't hoekjen van den haard
Kind'ren 't allerbest bewaard

Daar was ik het gloeiend mee eens. Allicht, ik ben met *Piet de Smeerpoets* opgegroeid. Maar wat gebeurde er toen.

Het is herfst. We bevinden ons in de verrukkelijke jaren vijftig, diezelfde jaren die om de haverklap als braaf en ongenietbaar worden voorgesteld, en ik zit wijdbeens met mijn hond voor de open haard. Ik denk niet aan Eros. Of aan de dood. Of aan de koude oorlog. Of aan de vergankelijkheid van wat dan ook. Blokken zijn nog blokken, vlammen vlammen en nu is nu. Ik laat de weldadige warmte regelrecht naar binnen stromen, tot daar waar zelfs het licht niet komen kan. Evenals mijn hond, die ook met wijde beentjes zit want wij zijn één. De regen slaat woedend tegen de ruiten en nog veel woedender tiert de wind. Maar buiten is buiten terwijl binnen goddank nog altijd binnen is.

Dat had je gedacht! De jaren zestig staan met een stormram voor de deur. Buiten blijft niet eeuwig buiten, daar heeft buiten geen zin in. Wil ook weleens naar binnen toe. Lekker plaatsnemen op het fluwelen kussen en zich koesteren in de straling van de haard. En als dat niet kan, omdat buiten daar veel te groot voor is, nou dan zal die teringhaard eraan moeten geloven met jou en dat ingebeelde hondebeest en de hele verzilverde klerezooi erbij. Eerlijk duurt namelijk nog altijd het langst. Dus heb je de poppen aan het dansen, poppen van de allerwreedste soort. Ze dringen door muren en glazen en trakteren me op een zak waarop ik bepaald niet zat te wachten. Barstensvol zit die zak en niet met houtblokken. Rara, waarmee dan wel. Met c-o-n-n-o-t-a-t-i-e-s. Wat voor connotaties? Haard-, hout- en hondconnotaties uit de moderne wereld. Dit benauwende vrachtje kieperen ze doodleuk uit boven onze hoofden. Dáár wordt een mens toch niet koud of warm van? Ja maar een kind wel en een dier ook. Wij zijn immers geen grote mensen? En we hebben toch niks gedaan?

Het licht gaat uit. Het haardvuur dooft. De warmte wijkt. De gloed glijdt van de dingen. De vacht wordt dof. De kou slaat toe. Nee, wij zijn niet langer *bewaard*. Ons staat niet veel anders te doen dan de benen te nemen. Met de staart ertussen.

Was dit een sprookje? Was het maar waar.

Het sprookje is dit: Bonnard heeft ons met zijn sprekende schilderij weer teruggeroepen.

Hier zijn we weer, schielijk teruggekeerd op onze schreden.

Daar zitten we weer, op ons genoeglijke plekje voor de haard.

En we blíjven zitten, voorgoed. We zijn er niet meer weg te branden.

Want wat zegt dit schilderij? Het zegt: lak hebben aan alle connotaties tenzij uit eigen koker.

Dan vínden ze huis en haard maar het nec plus ultra der gezapigheid.

Dan beschóuwen ze hond- en haardschilderijen maar als het summum van de kitsch.

Dan láchen ze het houtblok maar uit in zijn vierkante gezicht.

Dan vínden ze haardvuur maar kneuterig, protserig, milieu-onvriendelijk en uit de tijd.

Dan vínden ze het maar schandelijk dat de armoe het brandhout voor de rijkdom kapt.

Dan vínden ze het maar zielig voor de bossen.

Dan zéggen ze maar dat een houtblok soms ontploffen kan.

Dan bewéren ze maar dat er kevers uitkruipen die het gehele gebint van je huis aanvreten.

Dan beschúldigen ze je maar van escapisme.

Dan lúllen ze maar over de wereldbrand.

Dan máken ze je hond maar uit voor poepmachine en fascistenknecht.

Dan dénken ze maar dat warmte en liefde niet het allerbelangrijkste van het leven zijn.

WAT DAN NOG! Welk wereldbeeld hebben zij er eigenlijk tegenover gezet, zij daar die met droge ogen en geen hond aan de buizen van hun cv gekluisterd zitten?

Aldus sprak het schilderij. Hoe had Bonnard dat met een paar verfstreken voor elkaar gekregen? Zodra we dat weten, weten we alles van fik en snik.

Als een schilderij jou weerloos maakt kun je stellen dat het zelf weerloos is. Ik heb tenminste nog nooit wapens gezien die ontwapenen (reden waarom ik tranen niet gauw tot de wapens rekenen zal). Weerloos betekent kwetsbaar. Bonnard is die kwetsbaarheid op geen enkele manier uit de weg gegaan. Integendeel, daarin schuilt misschien zijn grootste kracht. Daardoor zijn zijn schilderijen zo vaak op een ongebruikelijke manier verontrustend, namelijk voor diegenen die warmte, idylle, harmonie en kwetsbaarheid om onbegrijpelijke redenen een kwaad of ironisch hart toedragen. Als die kwetsbaarheid dan bovendien nog uitmondt in verrukking en van hybris overloopt...

Alleen al het vuur. Wie waagt zich nu aan het schilderen van vuur. Wie haalt het in godsnaam in zijn hoofd om het allerbeweeglijkste, allergevaarlijkste, allergulzigste, allergrilligste, allerverslindendste en tevens allerhuislijkste wat op aarde rondwoedt, wat te pas en te onpas als metafoor wordt gebruikt, wat talloze denkers en wetenschappers, van Heraclites tot Bachelard, van Bachelard tot Goudsblom, aan het werk heeft gezet, wat met evenveel gemak harten en houtblokken verteert als boeken en meisjes (Paulientje, Jeanne d'Arc), in een kader te vangen, te temmen en stil te zetten. En wie lukt dat dan ook nog zonder dat dat vuur daarbij uitgaat. Van pyrotechnici gesproken.

Ik heb mijn geheugen eens geraadpleegd op andere geschilderde haarden. Veel wou me niet te binnen schieten: een van Hergé en een van Vallotton, terwijl die van Hergé strikt genomen niet eens geschilderd is. Schalen vol appels, peren en citroenen heeft de kunstgeschiedenis ons opgeleverd, ontelbare bossen bloemen en staven prei, korenschoven, tinnen kannen, kragen van kant, geweren met hazen erbij, liggende naakten, geklede naakten, doodshoofden, kerststallen, vulkanen met pluimpjes op hun hoed, maar brandende haarden ho maar. Ongetwijfeld zal ik er meer dan twee hebben gezien maar die hebben dan geen indruk op me gemaakt. Alweer zo'n gek verschil met de literatuur, want zonder de geringste inspanning vlamt de ene literaire haard na de andere in mijn herinnering op: van Flaubert, Jünger, Pinget, Zosjtsjenko, Bachelard, Jules Renard, Elfriede Jelinek, Eluard, Bruno Schulz en vele, vele anderen. Kennelijk zijn schilders altijd benauwder geweest om hun vingers aan dit onderwerp te branden dan schrijvers. Niet onbegrijpelijk, als je ziet wat voor plaatjes er soms van vuur worden gemaakt. Hergé valt overigens niets te verwijten: plaatjes maken was zijn vak en al zijn plaatjes zijn even aanstekelijk (kan ook moeilijk anders als je zo van honden houdt).

Felix Vallotton

Vallotton heeft een haard geschilderd die nog het meest lijkt op een uit zijn krachten gegroeid theelichtje. Daar komt niet veel warmte uit. Hij heeft er echter iets op gevonden. Hij heeft de juffrouw die ervoor zit van haar bovenkleren ontdaan. Zo denkt de toeschouwer de warmte die hij niet ziet en nog minder voelt er domweg bij. Dat zou ik anekdotische warmte willen noemen. Ze hebben het weleens over kunstgrepen, dit lijkt mij er een. Dat neemt niet weg dat diezelfde Vallotton een prachtige haardillustratie heeft gemaakt bij *Poil de Carotte* van Jules Renard. Deze haard is alleen zwart-wit en hij brandt niet. Zó kon hij het wel. Maar hij heeft zich hiervoor ook laten inspireren door een van de ontroerendste haardpassages uit de wereldliteratuur. Peenhaar is in het ongelukkige bezit van een liefdeloze moeder. Gelukkig staat er op zijn slaapkamertje een haard. Die haard is leeg, zijn moeder vertikt het om hem aan te maken. Wat doet Peenhaar derhalve in de nacht? Hij speelt voor vuur. Hij neemt plaats in de haard en kakt erop. Desolaat moment, desolaat plaatje. Kunst wandelt dwars door plaatjes en schilderijen heen, het zal haar een zorg zijn hoe ze wordt opgevat.

Ik ken nog een haard in zwart-wit, maar die brandt als een lier. Niet toevallig is hij van de hand van Dora Carrington en niet toevallig tref je hierbij de onontbeerlijke hond weer aan (hond en haard horen sinds mensen- en hondeheugenis bij elkaar: fik in het kwadraat). Jammer dat ze er geen schilderij van heeft gemaakt. Zij zou het hebben gekund. Met deze haard-houtsnede heeft ze weliswaar een fraaie vrouwelijke pendant aan het schilderij van Bonnard toegevoegd, maar het is en blijft zwart-wit, terwijl vuur op het platte vlak schreeuwt om kleur. Hoe moet de vorm anders uit zijn tent gelokt worden als er geen woorden tegenover staan. Hééft vuur dan vorm en kleur? Dat is het nu juist: ja en nee. Wellicht denkt menigeen bij de kleur dadelijk aan rood en geel, en bij de vorm aan tongen. Maar als je vuur diep in zijn keel kijkt zie je geen oranje en ook geen tongen. Tot het vuur ze naar je uitsteekt, dan zie je ze wel. En zodra je ze ziet zijn ze alweer weg. Met vuur kun je alle kanten op. En geen enkele kant. Het neemt graag loopjes en het allerliefst met jou.

Dora Carrington

Wat moet een schilder beginnen als hij iets uit de werkelijkheid wil schilderen waar qua vorm en kleur nauwelijks staat op te maken valt? Hetzelfde denk ik als een schrijver die het wil gaan hebben over de wind. Helaas zijn de tijden waarin de stormwind tiert en loeit voorgoed voorbij. Bijgevolg heeft de schrijver het over een andere boeg moeten gooien: de inwendige. Daarom zegt Bataille in *De innerlijke ervaring*: 'Wat telt is niet de uiting van de wind maar de wind.' Mutatis mutandis geldt hetzelfde voor vuur. Dus: eerst voelen hoe de wind door je heen waait, hoe het vuur door je heen laait, alvorens er gestalte aan te geven. Een schilder die overtuigend vuur wil schilderen zal dat vuur eerst door zichzelf heen moeten laten gaan, wat niet hetzelfde is als zélf door het vuur gaan. Bataille zegt trouwens nog wat anders: 'Het vertoog kan, als het wil, een storm ontketenen, bij het haardvuur kan de vrieswind niet komen, wat ik ook doe.' Dat is een pleidooi voor het haardvuur dat in kracht niet voor dat van Bonnard onderdoet, en het verwarmt me tot in mijn botten dat uitgerekend de incarnatie van het zogenaamde kwaad en de incarnatie van het zogenaamde goed elkaar hier vinden in het hoekje bij de haard. Fik en snik zijn nu ook niet ver meer.

Maar hoe heeft Bonnard een en ander nu schilderkúnstig laten laaien, waar komt die gloed vandaan? In elk geval niet kant en klaar uit de verftube. *Vleeskleur* en *dodekop* kun je uit tubes halen, vuurgloed niet.

Het verhaal gaat dat de mens het vuur heeft uitgevonden door twee takjes tegen elkaar aan te wrijven. Dat vuur bestond allang, maar de mens vindt graag iets uit. Vuur op doek bestond niet allang. Dat vond Bonnard uit. Door kleuren tegen elkaar aan te wrijven. Wie aandachtig in zijn haard tuurt ziet behalve rood en geel, ook nog bruin, paars, groen, oker, lila en zelfs wit. Als dat allemaal met een losse toets in elkaar wordt gesmeerd vat het vlam. Hoe meer vlammen hoe meer gloed, vanbinnen en vanbuiten.

Gloed kleedt alles aan. Ik ben eens hartje winter in het kasteel van Chambord geweest en heb daar bijna een uur lang in een lege zaal doorgebracht zonder ook maar even te merken dat hij niet was ingericht, zonder ook maar een seconde de gezellige aanwezigheid van meubels, gordijnen, kleden, schilderijen etcetera te missen. Dank zij de brandende haard die alles gestoffeerd en gemeubeld had! Bonnard moet gedacht hebben: als een haard zich dusdanig in een kamer vermag voort te planten, waarom zou ik die kamer er dan nog bij schilderen, en heeft het bij een stukje gelaten. Bovendien komen hond, haard en vrouw zo beter uit.

Als ik naar de vrouw kijk moet ik denken aan Emma Bovary: 'Het vuur zette haar geheel in het warme schijnsel, doorlichtte met felle gloed de zoom van haar jurk, de regelmatige poriën van haar huid en zelfs haar oogleden, zodat zij nu en dan de ogen sloot.'

Hee, terwijl ik dit citeer valt me ineens op dat we Emma tegelijkertijd vanachteren en vanvoren zien. Het betreft hier de schitterende passage waarin zij op een brandende haard afstapt, haar jurk optilt en vervolgens een voet met een zwart laarsje dwars over de draaiende schapebout naar de vlammen uitsteekt. Je mag aannemen dat ze daarbij niet omkijkt want dat zou haar een voet kunnen kosten. Om ons niettemin zicht te geven op haar doorgloeide oogleden en haar ogen die zij nu en dan dicht doet, vliegt Flaubert als een vogeltje om haar heen. Dat kan een schrijver doen, zoals hij ook bij iemand naar binnen kan vliegen om zijn geheime gedachten en plannetjes te achterhalen. Een schilder kan dat niet. Er zijn genoeg schilders die het geprobeerd hebben, maar als ik bijvoorbeeld aan Sylvette van Picasso denk, die je in één oogopslag en face en en profil ziet, dan denk ik toch in de eerste plaats aan een gemaltraiteerde kop en, in casu, aan het kubisme. Een schrijver heeft veel meer bewegingsvrijheid. Nooit zullen we Bonnards vrouw voor de haard op haar rug kunnen zien.

Dat brengt me op de volgende vraag: waarom zit die vrouw daar eigenlijk zoals ze zit. Bachelard ('Ik zou liever een filosofieles missen dan mijn ochtendvuurtje') beweert in zijn psychoanalytische studie over het vuur dat iedereen voor een open haard van nature de houding van le Penseur aanneemt en in de vlammen staart. Mijns inziens nemen vrouwen in dit geval graag een andere dan de denkende houding aan, maar wat dat staren betreft heeft hij gelijk. Je ziet het steeds weer en wie geen open haard in zijn omgeving heeft, hoeft er de literatuur maar op na te slaan. In een boek van Pinget komen zelfs mensen voor die de haard nog aan willen hebben als het om te stikken zo warm is: louter om ernaar te kijken. En Jünger, die evenals Bataille dikwijls in een verkeerde hoek wordt geplaatst (merk op dat het in het hoekje bij de haard steeds heter wordt), vertelt in zijn Parijse dagboek dat hij elke morgen de haard aansteekt omdat het kijken naar het open vuur met zijn warmte en zijn straling hem 'opmontert'. Dus nogmaals: als het haardvuur het aankijken zo dubbel en dwars waard is, waarom kijkt de vrouw op dit schilderij dan een andere kant uit? Omdat ze slechts voor ge-schilderd haardvuur zit? Nee, omdat er concurrenten in het spel zijn!

Maar laat ik nu eerst eens de titel noemen waaronder dit schilderij bekendstaat: *Marthe et son chien Black*. Zoals meestal heeft Bonnard ook hier weer zijn eigen vrouw afgebeeld. Zelf heb ik een hele andere titel bedacht, noem het een werktitel: *Marthe en haar drie haarden*. Dríe? Inderdaad, ik heb het aan den lijve ondervonden.

Toen ik dit schilderij voor het eerst zag kreeg ik, nog eer er van enige aanvechting van tranen sprake was, een gloeiendwarme rug. Buiten het schilderij, achter me, bevond zich blijkbaar een warmtebron die niet voor de haard erbinnen onderdeed, dezelfde warmtebron die ook Marthes hele rechterzij in een warme gloed hulde. Ik draaide me om en stond oog in oog met... Bonnard. De schilder die haar met de kwast in vuur en vlam had gezet viel samen met haar man. Via het tegenlicht had hij zich naar binnen gewerkt, was op haar kleren en haren neergestreken en zei zoveel als: ik ben er ook nog. En Marthe beantwoordt dat met een nauwelijks verholen glimlach van gelukzaligheid die we, als zij in denkershouding had gezeten met de rug naar ons toe, nooit hadden kunnen zien. Geluk vraagt ook niet om penseurs. Dit is een licht en gelukkig schilderij.

En hiermee komen we dan op Bonnards tweede waagstuk: wie durft het in godsnaam om in een wereld waarin kunst en literatuur voornamelijk in dienst staan van het leed, een stralende hulde te brengen aan schoonheid, warmte en geluk. Armando spreekt in dit verband over argeloosheid. In *Krijgsgewoel* beschrijft hij hoe hij na gedane arbeid, als hij weken en maanden achtereen tevergeefs heeft geprobeerd om 'het geraas van mens en natuur tot rust te laten komen in een kunstwerk', slechts verpozing kan vinden in een kunstboek vol kleurenreprodukties met werk van Bonnard. Dat is zíjn zak met houtblokken, die hij aanwendt voor zíjn haardvuurtje, of het nu verboden is of niet. Voor hem functioneert dat werk als een soort toevluchtsoord, een Gegenwelt, en wel zoals hij zegt *van de weeromstui*t. Zoiets heb je nodig meent hij, anders ga je vroegtijdig dood. Vroeger vond hij schilders als Bonnard die hun blik onverdroten op de schoonheid van alledag richten, uiterst verwerpelijk. Maar hij is veranderd: 'Ze hebben groot gelijk, denk ik nu, ik bewonder ze en benijd ze, want ik zou er nooit toe in staat zijn, ik ben niet argeloos genoeg.'

Zelf ben ik er niet zo zeker van of Bonnard nu zozeer argeloos was, in de zin dus dat hij het kwaad en de ellende van de wereld niet zag. Je zou bijna zeggen: daar was hij te intelligent voor. Blijft natuurlijk de vraag hoe zijn blik op wat Armando zo mooi 'de schoonheid van alledag' noemt, zo onvoorstelbaar fris is gebleven. Waar haalt hij dat enthousiasme vandaan en vooral: hoe heeft hij dat enthousiasme kunnen bewaren voor de verschrikkingen en het cynisme van alledag?

Naar het antwoord hoeven we niet lang te zoeken. Het zit in levenden lijve voor ons in het hoekje bij de haard: Black, de hond, de fik, oftewel haard nummer drie. Die zit daar volledig saamhorig te wezen en heeft er geen flauw benul van dat hij een pikzwart jasje draagt. En als hij het wel had, zou hij zich er vast niet om bekommeren. Zolang zijn baas en vrouw maar aanwezig zijn klopt het leven als een bus. Dát is pas argeloos, argeloosheid van de bovenste plank. Bonnard heeft hem dan ook afgebeeld als een vorst. Dat doet hij trouwens altijd. Hij heeft zijn honden vaak geschilderd en altijd staan ze er even koninklijk op, nooit als voetveeg. Hij moet een feilloos besef hebben gehad van de dierlijke waarde en waardigheid, wat heel bizonder is in een wereld die niet moe wordt van de mens op te geven. Ongetwijfeld is hij bij zijn honden in de leer gegaan. Via de hondeblik om je heen kijken, dat geeft de dingen kleur.

Bonnards werk is voor mij één impliciete hommage aan de hondeblik. Op zijn schilderij *De kersentaart* heeft hij die blik zelfs letterlijk vorm gegeven. Je ziet daarop een tuin, een vrouw en een tafel met daarop een kersentaart. Net boven de rand van die tafel stralen de twee ogen van Black. Je ziet maar een heel klein stukje van zijn zwarte kop, toch beheerst die blik het hele schilderij. Zó de wereld tegemoet treden zoals een hond een kersentaart. Dan fikt de haard vanzelf, of hij nu geschilderd of geschreven is.

Pierre Bonnard *De kersentaart*

Honden apporteren meer dan hout alleen.

Ai boor! Ai schroevedraaier! Ai spijkers!

Geen woord over de winter van het leven maar: 'een winterse regendag'.

Geen woord over de loden last der herinnering maar: 'een hutkoffer'.

Geen woord over het spiegelgladde dal dat leven heet maar: 'een plassenparket'.

Geen woord over krukken of mankepoten maar: 'een hinkende tred'.

Geen woord over de laatste rit maar: 'een stationsgebouw'.

Geen woord kortom over... de ouderdom.

Toch had ik dit gedicht van Vladislav Chodasevitsj altijd gelezen als een gedicht dat over oude mensen gaat.

Omdat het me vandaag tijdens het ontbijt te binnen schoot, sloeg ik het weer eens op. Opnieuw zag ik een stokoud stel voorbijtrekken aan mijn geestesoog. Tot mijn verrassing kwam het woord *oud* er echter niet in voor. Dus hoe betrouwbaar is dat geestesoog?

Men oordele zelf, hier komt het gedicht:

In de winterse regendag
– Hij met een hutkoffer, zij met een zak –

Gaan door Parijs over plassenparket
Man en vrouw met hinkende tred.

Lang volgde ik die twee met hun sjouw
En ze kwamen bij een stationsgebouw.
De man zei niets, niets zei de vrouw.

Waar wou je ook, vrind, dat het stel over sprak?
Hij met die hutkoffer, zij met die zak.
En dat klakken van hak naast hak.

Men ziet het, oude mensen worden er niet genoemd. Wil dat zeggen dat ze er ook niet lopen? Uit nieuwsgierigheid heb ik de vertaler Marko Fondse opgebeld:

– Marko, waar gaat dit gedicht volgens jou over?

– Over twee ballingen.

– Staat dat erin?

– Nee, moet dat dan?

– Zijn het oude of jonge ballingen?

– Oude natuurlijk!

– Hoe weet je dat?

– Dat kan ik niet zeggen, je merkt het gewoon.

Inderdaad, je merkt het gewoon. Het lezend oog mag nog zo onbetrouwbaar zijn, op het geestesoog kun je bouwen. Ik heb trouwens al vaker gemerkt dat ik een stuk literatuur als een beeld in me omdraag. En ballingschap of ouderdom, komt dat niet bijna op hetzelfde neer? Is de oude mens niet een balling in optima forma? Wordt hij niet stapje voor stapje uit zijn vertrouwde lichaam en zijn vertrouwde omgeving gebonjourd? Architectuur, fast food-ketens, leuzes, muziek, automodellen, lichtreclames, alles op straat lijkt dezelfde taal te spreken: 'Mijn beste, je kunt maar beter je biezen pakken, want weldra hoor jij hier niet meer thuis.' En niet de banvloek maar de banblik zorgt ervoor dat hij ten slotte in een steenkoud oord belandt.

Waar hij warmte zoekt bij een dierenvacht. Of bij een simpele plant.

Neem de vrouw met het vosje (niet te verwarren met de dame met het hondje), uit de gelijknamige novelle van Violette Leduc. Een formidabele novelle, al heeft ze het idee volgens mij aan *Miss Brill* van Katherine Mansfield ontleend.

Het speelt eveneens in de straten van Parijs. Een oude vrouw heeft bij de vuilnis een vossebontje met kraaloogjes gevonden en draagt dat overal met zich mee in een doos. Het is haar enige soelaas nog in een wereld die haar wreed aan de kant heeft gezet. Ook hier valt het woord *ouderdom* nergens, maar hoe doeltreffend wordt het opgeroepen: 'Jonge mensen met reusachtige ogen namen haar brutaal op en ontleedden haar. Ai een boor, ai een schroevedraaier, ai spijkers, hamers, nijptangen, scharnieren, bitterheid, uitzetten, inkrimpen.'

Is het vreemd dat er een paar regels later ineens een zwarte regen valt? Dat die vrouw haar dode vosje koestert als een zakhaard?

Ze zeggen wel dat dit de eeuw van het oog is. Zou het niet de eeuw van de balk kunnen zijn? Dat vroeg ik me af toen ik vanochtend de krant opensloeg en onderstaande foto zag.

de Volkskrant, 15 augustus 1995: 'Armoede in Budapest. Zomaar bedelen, zoals zovele andere Hongaren, wil de oudere vrouw niet. Met haar kamerplant post ze in de metro bij het Nyugati-plein in Budapest, een kruispunt van metrolijnen, in afwachting van passagiers aan wie ze de plant voor een grijpstuiver wil slijten.' Foto Harry Cock

'Eenzaamheid is de kern, weemoed
het donzen omhulsel'

Uit het ironie-nummer van het tijdschrift *De XXIe Eeuw*, dat inmiddels door gebrek aan liefde ter ziele is gegaan, heb ik opgestoken dat de mens-van-nu de woorden 'Ik houd van jou' nog slechts ironisch uit kan spreken. Jammer voor de mens-van-nu. Ik houd van Maurice Gilliams. Ben ik nu wel of niet van gisteren? Het zou Gilliams een zorg zijn geweest. En ook daarom houd ik van hem: vanwege die koppige onwil om in generaties te denken. In 1938 al schreef hij dat hij niets te maken had met zijn schrijvende tijdgenoten:

> In de literatuur van mijn land werken gelijktijdig Roelants, Walschap, De Pillecijn en Zielens. Wat hebben zij te maken met mijn intiemste psychische verwevenheid, wat worden zij gewaar van mijn bloeddruk en mijn zenuwpijn, van de mysteriën van mijn hersenkronkels; wat zien en wat kúnnen zij zien van de mens Gilliams die ik ben? Armzalig weinig. Andersom is het er evenzo mee gesteld. [...] Ondergaan we dan de geest en de gebeurtenissen niet van de tijd waarin wij leven? Ja, maar ieder individu op zijn eng-persoonlijke wijze.

De nostalgie is niet meer wat het (zij? hij?) is geweest. Simone Signoret wees er al op en sindsdien is het er alleen maar erger op geworden. Hoe komt dat? Het zou de moeite lonen dat eens na te gaan.

Aan Gilliams kan het in elk geval niet gelegen hebben. Die is nog geen seconde van zijn leven behept geweest met de huidige valse schaamte voor het woord *vroeger*. Wellicht raar voor iemand die er hoogst moderne ideeën over de roman op na hield en een forse hekel had aan de anekdotische opa vertelt-trant, maar daardoor ook des te interessanter. Ook al omdat de betrekkelijke grote veronachtzaming ('de distels der miskenning'), die hem ondanks de schielijk in 1980 toegeschoven Prijs der Nederlandse Letteren toch te beurt is gevallen, er misschien mee te maken heeft. Wat bedoel ik daarmee? Dit: evenals zijn land- en barongenoot (de baron-titel voor een verdienstelijk kunstenaar, kom daar in Nederland eens om!) James Ensor, over wie hij overigens buitengewoon aardig geschreven heeft, is Maurice Gilliams zijn leven lang een bewust *nostalgisch* kunstenaar geweest met een desolate en vereenzamende hang naar het Verloren Paradijs. Omdat er helaas mensen bestaan die, zodra ze maar een torentje van een kasteel in een stuk literatuur gewaarworden, dadelijk de behoefte voelen het leven van de auteur te reduceren tot een kasteelroman (rijk, beschermd en gelukkig), hoor je in zijn geval nogal eens mompelen: 'Nostalgie? Geen kunst als je je bevoorrechte jeugd op een kasteel hebt doorgebracht.' Geen kunst? Dat is de vraag nog maar.

Maar wat erger is: in het kielzog van deze opvatting zijn allerlei vooroordelen komen opborrelen die nu al decennialang roestige spaken steken in het wiel van Gilliams' reputatie. Hoe valt anders te verklaren dat zijn prachtige werk zo weinig gelezen wordt? Hoe valt anders te verklaren dat hij door Knuvelder met één alinea werd afgedaan? Hoe valt anders te verklaren dat Tamar hem in een van haar columns zonder opgave van redenen radicaal heeft afgewezen en mét hem twee van haar vrienden die het hadden gewaagd zijn werk te prijzen? Hoe valt anders te verklaren dat velen die hem nauwelijks gelezen hebben slechts bij het noemen van zijn naam al met de woorden *elitair, aristocratisch, overbeschaafd, aanstellerig, hyperverfijnd, precieus, voornaam, chic,* etcetera op de proppen komen? En in een land waar de gevestigde literatuuropvatting helaas nog voor een groot deel neerkomt op verwaarlozing van de vorm ten gunste van de zogenaamde vent, en verheerlijking van de vent ten koste van de heer (= vent + vorm!), heeft een dergelijke beeldvorming natuurlijk een nefaste uitwerking op de bevordering van iemands werk, helemaal als de betreffende dan toevallig ook nog geboren is in de Sinjorenstad en een duidelijke Mona Lisa-glimlach op zijn mooie gezicht draagt.

Maar laat iedereen toch beseffen: een verloren paradijs, ofschoon een paradijs, is nooit iets leuks! Bovendien, als iemand lijdt aan het verlies van iets wil dat nog niet zeggen dat hij dat verlorene klakkeloos verheerlijkt. Het was Gilliams' oprechte overtuiging dat het verleden rijpt in het heden. Dat zo'n gerijpte vrucht bizonder wrang kan smaken, *Gregoria of een huwelijk op Elseneur* vormt er het aangrijpende bewijs van.

'Morgen trouw ik met Gregoria' luidt de eerste zin van dit boek. Morgen, een vrij opmerkelijk woord voor een nostalgicus om een boek mee aan te vangen. Maar vergis u niet: dit *morgen* is niet minder weemoedig dan het *morgen* uit Tsjechovs 'Morgen gaan we naar Moskou'. Het gaat zwaar van vroeger en men kan ervan op aan dat dat vroeger alles op alles zal zetten om de montere toekomstverwachting zo snel mogelijk de nek om te draaien.

'Morgen trouw ik met Gregoria' – uit Gilliams' pen klinkt het als de opmaat tot een Gregoriaanse dodenmis. En wat ligt daar dan temidden van de schitterendste bloemen opgebaard? Zijn eerste huwelijk.

Meer dan veertig jaar heeft hij aan het manuscript van dit boek doorgewerkt – in de week voor zijn overlijden was hij bezig aan de achtste versie en bij zijn dood stak bladzijde 189 nog in de schrijfmachine – maar die beginzin keert er via allerlei melodische verschuivingen zo vaak in terug dat ik vermoed dat die wel van meet af aan zal hebben vastgestaan.

Waar gaat dit boek over? Dat is lastig te zeggen van een boek dat gecomponeerd werd als een muziekstuk waarvan elke noot ertoe doet. Maar Gilliams zelf heeft er iets over gezegd.

Pierre Dubois (door Gilliams als een van de beste verstaanders van zijn werk beschouwd) vermeldt in zijn nawoord dat hij in 1982, dus twee jaar voordat Gilliams op tweeëntachtigjarige leeftijd stierf, een brief van hem kreeg waarin stond: 'Sedert 1938 heb ik een manuscript liggen; het heet *Gregoria, of een huwelijk op Elseneur.* Het is een essayistisch roman-gedicht over de misère in mijn eerste huwelijk [...]. Tijdens een zware depressie heb ik een hoop werk uit vele jaren vernietigd: twee grote plastic zakken vol. Spijt heb ik er niet van [...]. *Gregoria* is toevallig aan de vernietiging ontsnapt, – waar mijn Marietje [zijn tweede vrouw – Ch.M.] thans spijt van heeft omdat het, naar ze beweert, een zo deprimant stuk schrijfwerk is.' Vervolgens noemt hij dan allerlei redenen waarom hij, enkele fragmenten daargelaten, nooit tot publikatie is overgegaan. Die redenen zijn van morele, materiële en artistieke aard. Verweg het belangrijkste lijkt me echter de reden die door Martien de Jong in zijn uitvoerige Gilliams-studie wordt vermeld: 'In 1964 vertelde hij mij dat hij deze roman niet publiceerde om niemand te kwetsen van degenen die hem in zijn leven het diepste verdriet hadden aangedaan.' Waarom zou je iemand die je het diepste verdriet heeft aangedaan niet willen kwetsen? Omdat je daarmee je eigen liefde verloochent. Immers alleen degene van wie je het diepst gehouden hebt kan je het diepst grieven. Vandaar waarschijnlijk dat dit boek geen wraakoefening is geworden. Maar een 'deprimant stuk schrijfwerk', dat kan je het wel noemen, ja. En zo heel toevallig zal het nou ook weer niet aan de papiermand zijn ontsnapt.

Een van de motto's voor in het boek luidt: 'Le monde est une terrasse d'Elseneur, un lieu dont on ne sait s'il est l'empire de l'être ou celui du n'être pas' (Roger Bodart). Ook in de titel duikt dat Elseneur op. Alweer een kasteel? Inderdaad. Maar nu als pikzwart psychisch decor van een drama dat zich zal ontwikkelen op het schoonouderlijk huis Silversande. Somberder decor voor de liefde laat zich nauwelijks denken. Soms rijpt het verleden wel erg wreed in het heden. Het lijkt haast of zijn dierbare moeder en zijn twee weltfremde tantes hem destijds speciaal voor deze sinistere affaire hebben klaargestoomd.

Opnieuw, net als in *Elias of het gevecht met de nachtegalen*, is hij voornamelijk kind tussen een paar vrouwen: de aanstaande schoonmoeder, mevrouw Balthazar, Gregoria en haar zusje. Maar de betovering van vroeger, die herhaalt zich helaas niet. De omgeving waarin hij terecht is gekomen is er een vol onbegrip, gekonkel en verstikking. Van liefde geen spoor. Gregoria is een candide ijskast zonder greintje hartstocht. Zondag na zondag zitten de twee gelieven 'braafjes aan de gebruiken van de burgerlijke welgemanierdheid onderworpen' als twee oude mensen voor het raam. Buiten lokken de dennenbossen en de uitgestrekte heide, maar gewandeld zal er niet worden. Nog geen hand mag er worden vastgepakt. Op de schoorsteen tikt de pendule onverdroten voort. En overal ligt het monster mevrouw Balthazar op de loer. Deze vrouw, eenzelfde soort bakstenen gevaarte als het huis waarin zij woont en met een boel katholiek haar op de tong, doet alles om de aanstaande af te houden van haar dochter en voor zichzelf in te palmen. Ze leest zijn liefdesbrieven, hoort hem uit en licht hem uitermate klef en obsceen voor over het wonder der vrouwelijke anatomie. Waarom doet die vrouw dat? Wordt ze gedreven door begeerte, godsdienst of jaloezie? Je komt er niet achter.

Er is in dit boek wel meer waar je niet achter komt. Het is onbegrijpelijk dat iemand die zegt: 'Nooit tot hiertoe, is het tussen ons tweeën tot een vlotte, dartele vrijage gekomen', de volgende dag in het huwelijksbootje stapt. Je kunt je ternauwernood voorstellen dat hij werkelijk verwacht dat de huwelijksnacht alle bittere vernederingen uiteindelijk dik zal vergoeden. Dat die nacht op iets verschrikkelijks uitdraait valt te verwachten.

Maar aan de andere kant, het handelt hier over de liefde en die is redeloos. Telkens opnieuw duikt de zin op: 'Maar ik had Gregoria lief.' En de constante elegische taal van dit boek is zo meeslepend dat je toch overtuigd raakt en dan tegen beter weten in plotseling álles begrijpt. Tenminste, zo verging het mij, verwonderd ineens mijzelf op het terras van Elseneur te bevinden. En de mens van de eenentwintigste eeuw, hoe zal het die na lezing van dit boek vergaan? Ik denk hetzelfde. De existentiële ontzetting van Hamlet is van alle tijden.

Rijdende trait d'union tussen het heden en het verleden is de buurttram die met een gillend fluitsignaal af en aan over de bladzijden van dit boek dendert. Hiermee reist de hoofdpersoon voortdurend heen en weer tussen het ouderlijk en het schoonouderlijk huis, huizen die voor *vroeger* en *nu* staan. Er worden derhalve heel wat uitstapjes gemaakt naar het verleden. Om troost te zoeken, om te vluchten, om te achterhalen hoe alles zo geworden en gekomen is, en ook: om toch in godsnaam een klein beetje dichter bij Gregoria en de toekomstige schoonfamilie te geraken.

Dat laatste loopt echter keer op keer op een faliekante mislukking uit. Steeds als hij voorzichtig iets over zijn eigen verleden te berde wil brengen, krijgt hij badinerende opmerkingen te horen als: 'Toe, beuzel nog maar wat. Het is gezellig de tijd ermee door te brengen.' Als hij dan perplex zijn mond houdt, wordt hem gevraagd waarom hij er ineens mee ophoudt over zijn 'bevoorrechte jeugd' te vertellen. Vooral het 'kasteel' kan mevrouw Balthazar niet uitstaan: 'In haar jaloerse, populaire optiek moet ons "kasteel" iets als een pittoreske rariteitenboetiek zijn geweest, met een naarstig geldverdienend papaatje; met een vrijgevig mamaatje; [...] Er zouden pluchen canapés hebben gestaan. [...] Waren de salonwanden met Arabische vuurwapens, met Turkse kromzwaarden, en met nog zoveel andere flauwekul versierd?' Niets laat die vrouw na om haar afgunstige dédain te motiveren. En het is bijna schrijnend om te zien hoe Gilliams zich zelfs tegenover de lezer meent te moeten excuseren: het landgoed was met de eigen handen van zijn vader eerlijk verdiend, het ging er heel eenvoudig aan toe, er was geen gas, geen elektriciteit en geen telefoon, en bovendien: ook op een kasteel kan iemand eenzaam zijn. Toen ik dit las dacht ik, misschien is ook dát wel een aspect van de nostalgie, dat je ooit een tijd hebt gekend waarin je volkomen argeloos allerlei zaken omhelsde waarvan men je later aanpraat dat ze niet deugen. Het zou een mirakel wezen als de gloed van het verleden daardoor níet werd uitgedoofd. Aan het eind van het boek staan dan ook de bittere zinnen: 'Opeens ben ik mij ervan bewust, – het kasteel uit mijn kinder- en jongelingsjaren bestaat niet meer. Thans is het landgoed aan alle kanten bebouwd met kleine nederige woningen waarin de vijanden van mijn verleden geboren worden en sterven.' Ja, vijanden van je verleden – het is haast niet te geloven – die bestaan ook.

Nu heb ik nog geen fractie verteld van wat er in dit buitengewone boek allemaal omgaat. Maar zoals gezegd, het is het type boek niet om te worden naverteld (welk boek is dat type wel?). Daar komt bij dat er in anekdotische zin eigenlijk vrij weinig in gebeurt. Nee, dat komt er niet bij, daar gaat het nu net om.

Gilliams' voornaamste drijfveer bij het schrijven was zelfanalyse, een onophoudelijke zoektocht naar het eigen, eenzame 'binnenstebinnenste'. Daarom was het hem niet zozeer om allerlei uiterlijke gebeurtenissen te doen alswel om de uitwerking daarvan en de innerlijke reacties daarop:

> Het doel van mijn kunst is niet schoonheid te scheppen. Ik wil voor mijzelf zichtbaarheid verkrijgen; spijts de intieme vernederingen die mij treffen, wil ik al schrijvende een levende idee worden in de tijd, om mijzelf te overtreffen en er iets mee terug te winnen dat verloren ging. Laat me dat verlorengegane gemakshalve het geloof van mijn jeugd noemen.

Het gedroomde boek was voor hem een boek zonder gebeurtenissen, en schrijvers die hun werk ermee vol stouwden, hij is er in interviews dikwijls op teruggekomen, deden hem denken aan worstenvullers:

> Het alom geprezen 'feitenverhaal' waarin, och arme, zoveel luide en baldadige dingen worden beschreven, lijkt me een eindeloze... worstenvullerij. Dat een roman een verhaal moet zijn, is een simplistische, verouderde voorstelling. Iedere verstandige boekhouder, mits een weinig oefening, acht ik ertoe in staat een leesbaar verhaal te schrijven. Doch dezelfde meneer begint dadelijk scheel te kijken wanneer hij als schrijver bijvoorbeeld het zo superieure en ingewikkelde werk van Proust onder ogen krijgt: hij kan er zijn weg niet mee vinden.

Of:

> Als het fijner loopt dan een verhaal over een os en een ezel heet men een literair werkstuk in Vlaanderen decadent... Waar halen ze het toch allemaal vandaan, wie leest dat toch allemaal, over kinderen die geboren worden met een waterhoofd en met puisten op hun billen...

Poëticale ideeën komen niet zomaar uit de lucht vallen. Gilliams heeft er nooit een geheim van gemaakt dat zijn werk puur autobiografisch was bepaald en dat hij zich strikt hield aan de 'archivalische realia'. Nog voor zijn vijfentwintigste schrijft hij in *Dagboekbladen*:

Geen enkel feest heb ik bij mij thuis weten vieren. Geen werkelijk, eindeloos zalige rustdag heb ik tot op heden meegeleefd. Altijd afgesloofde, gewillige en met hun lot tevreden mensen zie ik aan tafel zitten, als de avondlamp ontstoken wordt. Zover ik mij herinner hadden we ieder ons boek om vóór het slapen gaan enkele bladzijden te lezen; doch geen enkel boek verhaalde van onze beperkte wereld, waar feitelijk niets in gebeurde. In bijna alle boeken wordt er aan het verloop van een geschiedenis gesponnen.

Nu nog iets over het taalgebruik. Gilliams schreef uiterst langzaam, alinea voor alinea. Het meeste gooide hij weg en wat hij uiteindelijk toch voor publikatie bestemd achtte, schaafde hij eindeloos bij. Dat heeft wonderschone zinnen opgeleverd en ik bedoel dat dan niet in de zin van loze esthetiek. Het neemt niet weg dat zijn werk hier en daar merkwaardige fouten bevat. 'Wie met de Franse hond slaapt, krijgt Franse vlooien' zeggen ze wel en ik denk dat de oorzaak daar gezocht moet worden, met dien verstande dat die Franse hond zijn moeder was.

Waarom gaat iemand in het Nederlands schrijven als hij dat slechter beheerst dan het Frans en er bovendien een kleiner taalgebied mee bestrijkt? Daarnaar gevraagd is Gilliams altijd weer met hetzelfde pasklare antwoord komen aanzetten: 'Men kiest de taal niet waarin men schrijft, de taal kiest u, dat is een mysterie dat niemand kan oplossen.'

Maar ís het zo'n mysterie? Feit is dat Gilliams niet alleen een moedertaal had, maar ook een vadertaal. De moeder sprak Frans en de vader sprak Vlaams en koesterde een grote liefde voor het Nederlands. Dit taalverschil correspondeerde met twee totaal verschillende achtergronden. Zijn moeder, opgevoed op een peperduur nonnenpensionaat, was afkomstig uit een sfeer van feodale vechtjassen, juristen, diplomaten en hovelingen waarbinnen voornamelijk over gemiste en toekomstige erfenissen werd gepraat. De vader, een drukker (enkele van Gilliams' eerste publikaties zijn bij

Maurice Gilliams *Portret van mijn vader* 1922

hem gedrukt) kwam uit een eenvoudiger milieu, nam een loopje met de godsdienst en was in allerlei opzichten veel meer een *Lebemann*. In *Gregoria* komt hij uitvoeriger dan ooit aan bod, en wel op zo'n manier dat het vroegere beeld van 'moederskind' dat ik van Gilliams had er aanzienlijk door is veranderd. Het ligt ingewikkelder. 'Zoals iedere zoon ben ik de tragedie in het leven van mijn moeder,' heeft hij eens gezegd. Het omgekeerde lijkt me ook niet ondenkbaar, want zijn moeder is het die van hem een 'ontrafelaar' en een 'zelfkweller' heeft gemaakt. Hoe dan ook, met de keuze van zijn taal heeft Gilliams op het oog voor de vader gekozen, en via talloze gallicismen keert de moeder langs een achterdeurtje dan weer terug. Bovendien heeft hij in een interview nog het volgende geheimpje verklapt: 'Het gebeurt mij nogal eens als ik het in het Nederlands niet vind dat ik dan een hele alinea in het Frans schrijf en die nadien vertaal.' Dat verklaart veel. Bekijk slechts een paar van de tientallen voorbeelden uit *Gregoria* (meestal betreft het constructies met tegenwoordige deelwoorden):

– Thans daags voor ons huwelijk, met Gregoria aan het venster gezeten, is er, in de vervlogen jaren van onze verloving, heel wat ontmoediging aan vooraf gegaan.

– Haar schoenen uitgeschopt is er een schoen lawaaiend met de hotelkamerdeur in aanraking gekomen.

– Of er op de Kempense, verlaten landweg wat te ontwaren is? Geen van ons beiden verwacht zich eraan.

– Uit de trein gestapt, het Centraal Station buitengekomen, lag het heerlijke Amsterdam breed voor me uitgespreid.

Begrijp me goed: ik vind er *Gregoria* niet minder om en ik vind er Gilliams niet minder om. Ik houd van Gilliams. En variërend op wat hij schreef aan Dubois: 'Alles te zamen: het is een ding zoals ik er nooit een schreef', zeg ik: lees het, het is een ding zoals ik er nooit een las. Het donzen omhulsel bloedt aan alle kanten maar heeft me tot in mijn botten verwarmd.

Bloedkol en aangezicht

Wie van gezichtsuitdrukkingen geen verstand heeft, is altijd
wreder en ruwer dan anderen. Daarom ook kan men jegens
kleine dieren gemakkelijk wreed zijn.
– Georg Friedrich Lichtenberg

Sommige boeken kun je beter laten liggen. Toch doe je het niet!
Wat zijn dat toch voor krachten in de mens die hem er steeds weer
toe aanzetten om dingen aan te schaffen die hem angstig en onge-
lukkig maken?
Voor slechts vijfenzestig franc heb ik in een Parijs' antiquariaat
het lijvige boek *Les bouchers* gekocht. Via allerlei teksten en plaatjes
roept het een beeld op van het slachten door de eeuwen heen, het
slachten van dieren welteverstaan. Qua barbaarsheid overtreft het
menig oorlogs-plaatjesboek.
Op een der foto's zie je de desolate binnenplaats van een Parijs'
abattoir uit 1905. De vloer drijft van het bloed. Op die vloer is een
paard neergezet dat op het punt staat te worden geslacht. Het staat
daar heel kalmpjes en wordt slechts door één persoon, van wie je
overigens nauwelijks zou kunnen zeggen of het een man of een
vrouw is, bij de teugel gehouden. Voor zijn ogen heeft men een
soort gordijntje neergelaten dat met touwtjes aan de lange oren zit
bevestigd. Straks, als het gordijntje weer wordt opgehaald, is het
paard dood.
De foto is genomen op het moment dat de slachter zijn geweldige voorhamer uit de al even geweldige buikholster heeft getrokken
en in de aanslag houdt. Deze hamer zal nog geen seconde na het
nemen van de foto tussen de afgedekte ogen neerkomen. Vier andere slachters met Stalin-snorren kijken onbewogen toe.
Het aangrijpendst is misschien wel dat dit grote lijf, hals, neus,
oren, hoeven en mond een en al vertrouwen uitstralen. Het paard
zou tenslotte makkelijk kunnen toehappen, kunnen bokken, stei-
geren of op hol slaan. Ook zou het zijn belagers een dodelijke trap

kunnen verkopen. Dat doet het allemaal niet.

Waarom niet?

Beneemt de ooglap hem misschien het zicht op de werkelijkheid?

Nee, ik ben ervan overtuigd dat het ook zonder ooglap rustig zou zijn blijven staan en geen greintje argwaan zou hebben gekoesterd tegen de opgeheven hamer. Het zou eenvoudig niet op het idee gekomen zijn dat mensenhanden, waardoor hij tot dusver verzorgd werd en gevoed, hem nu ineens vermoorden willen. Dat is zo verwonderlijk niet.

Je vraagt je alleen af: als dat het geval is, waar dient dan die oogklep voor?

Ik denk dat ik het weet. Die oogklep is eigenlijk niet voor het paard maar voor de slachter bestemd. Híj is het die iets maar beter niet kan zien, en dat is de blik van het paard dat hij kapot gaat slaan. Maar omdat hij haarscherp moet kunnen mikken, heeft hij niet zijn eigen ogen maar die van het paard afgedekt. *Wreed* zou ik deze slachter dan ook niet dadelijk willen noemen. Ware wreedheid kijkt het slachtoffer juist het liefst in het argeloze of van angst vertrokken gelaat. Alleen, als hier geen wreedheid in het geding is, wat is het dan wel? Hoe laat zich verklaren dat hier gebeurt wat er gebeurt?

Ik weet er niet goed raad mee. Te meer niet omdat ik besef dat ik elke keer als ik vlees eet, en dat doe ik, in zekere zin met deze slachter collaboreer. En tegen die collaboratie met schone handen, een kraakwit servet en een begerige maag lijkt geen kruid gewassen. Verstand en gevoel schreeuwen Nee!, maar jij zit alweer lang en breed met een malse biefstuk voor je neus en vindt de smaak... lekker. En het aandoenlijke dieregezicht? Ach, dat kende je niet eens. Bovendien is het allang weggewist door de tijd. Onder het eten denkt niemand daar meer aan.

Hoe kan dat? Bewijst het niet dat de afstand tussen stal en bord veel te groot is geworden? Bewijst het ook niet dat elke inprenting hoe willekeurig ook – het gaat hier tenslotte om de uit de lucht gegrepen waardeschaal volgens welke het ene wezen minder recht op leven dan het andere heeft – onmkeerbaar is en fataal? Hoe snel een dergelijke inprenting je aantast heb ik aan mezelf gemerkt. Kleine dieren worden doorgaans nóg lichtzinniger gemarteld en afgemaakt dan grote, denk slechts aan de vivisectie. Wie serieus maalt om de voortijdige en wrede dood van rat, muis, kikker of konijn, wordt niet alleen beschuldigd van sentimentaliteit, maar ook bedreigd met wereldlijke excommunicatie.

Toch heb ik, toen ik zelf nog klein was, meer dan eens alle muizevallen op zolder en in de kelder onklaar gemaakt. Toch heb ik als achtjarige het hele huis bij elkaar geschreeuwd, omdat mijn vader de kat uitkamde en alle vlooien in een vingerkom verdronk. Goed, muizen droegen toentertijd nog lieve snoetjes en hadden kokette rokjes aan, en vlooien had ik een keer een gouden koets zien voorttrekken met een heus vlooiekoninginnetje en een vlooieprins-gemaaltje erin, maar daardoor kwam het niet. Voor wormen, vliegen of motten kwam ik net zo goed op – voor de pissebedden had ik zelfs een kasteel van appelmoesblikken gebouwd – en die droegen geen leuke kleertjes en vertoonden geen kunstjes.

Op de middelbare school hadden wij een leraar die een fascinatie voor muggen had. In de eerste klas – ik was toen dertien jaar – las hij het bekende Zuidafrikaanse gedicht 'Muskiete-jag' van A.D. Keet voor. De eerste strofe daarvan luidt:

Jou vabond, wag ik sal jou krij,
Van jou sal net 'n bloedkol blij
    Hier op mij kamermure.
Deur jou vervloekte gonserij,
Deur jou gebijt en plagerij
    Kan ik nie slaap vir ure.

Het is een aanstekelijk vers, niet in de laatste plaats door de slotregels waarin een bezwerend en komisch beroep wordt gedaan op een eigennaam die in Zuid-Afrika bepaald niet uniek is:

Maar dood sal hij, sowaer ik sweer –
Mijn naam is Van der Merwe.

Niettemin zat die bloedkol me dwars, alleen de grappigheid van het woord al. En waarom moest die mug, die slechts één druppeltje bloed wou, zonder pardon dood, terwijl de moordende medemens in leven werd gelaten? Ik kon er niet bij. Maar zodra je lichaam groter wordt, stompt je geest af. Dat wil zeggen: om niet buiten de boot te vallen ga je steeds meer concessies aan de consensus doen. Nog geen jaar later las dezelfde leraar *De muggesteek* van C. Muller voor en ik was al om. Het is een belerende dialoog voor kinderen uit de vorige eeuw. Een klein jongetje, Frederik geheten, vraagt aan zijn vader:

'Vaderlief!, heeft onze lieve heer de muggen ook gemaakt?'

Vader: 'Wel zeker. Onze lieve heer heeft alles gemaakt.'

Frederik: 'Maar dan moet onze lieve heer toch geen goed God zijn. Zie maar eens hoe eene mug mij gestoken heeft. Het is waarlijk al een buil. Als ik er maar niet aan sterve.'

Vader: 'Wees maar gerust. Gij zult er niet aan sterven.'

Volgt een kostelijke tweespraak waarin de vader zegt dat de muggen gemaakt zijn om de kinderen te waarschuwen dat ze 's nachts hun ramen moeten sluiten zodat ze niet verkouden worden. Voorwaar, een geniaal idee van God. Maar Frederik neemt er geen genoegen mee, want ook in de tuin wordt hij gestoken en een tuin bevat geen enkel raam!

'Als ik in onzen lieve Heer's plaats was,' zegt hij, 'zou ik alle muggen dood maken.' (Blijkbaar komt hij niet op het idee dat onze lieve Heer ze in dat geval beter ongemaakt had kunnen laten.) Dan komt de vader met een heel ander idee op de proppen en daardoor laat Frederik zich onmiddellijk overtuigen: als alle muggen dood worden gemaakt, zullen ook alle zwaluwen sterven want die eten de muggen op.

Vader: 'Zoudt gij de zwaluwen dan willen omhals brengen?'

Frederik: 'Ach, die arme diertjes – die doen immers niemand kwaad [...]. Laat de muggen dan maar in wezen blijven, opdat de zwaluwen ook blijven leeven.'

Nog een jaar daarvoor zou ik me daar vreselijk over hebben opgewonden (alsof een zwaluweleven belangrijker is dan een muggeleven! Alsof paard, kip, schaap of koe wél iemand kwaad doen! etcetera) en nu vond ik het ineens leuk bedacht. Tja, hoe snel maatschappelijke consensus tot ontrouw aan jezelf leidt.

Ondertussen is de vraag nog niet opgelost hoe het toch komt dat, terwijl haast iedereen van mening is dat het kleine en zwakke van nature bescherming behoeft, juist het kleinste gedierte het achteloost wordt afgemaakt. Denk eens aan de garnalencocktail. Als zo'n cocktail een beetje substantieel is, sneuvelen daar zo'n honderd garnalen (= honderd levens) voor, terwijl van slechts één enkele koe (= één leven) honderden mensen kunnen eten. Als je nu werkelijk geen enkele reden kunt bedenken op grond waarvan het ene wezen meer recht op leven dan het andere heeft, zou je je daarover te sappel moeten maken. Dat doet niemand. Dus hoe zit dat? Waarom doodt haast iedereen duizend keer liever een garnaal dan een olifant (ivoor-cowboys uitgesloten)? Zou daarbij meetellen dat je van die kleintjes de gezichtsuitdrukking niet of nauwelijks ziet?

Inderdaad zullen gezichtsuitdrukkingen bij het doden wel een rol spelen, al geldt dat dan bepaald niet voor de mensenmoordenaar. Wie weleens naar uitzendingen als *Opsporing verzocht* heeft gekeken en goed de foto's van de diverse slachtoffers heeft bestudeerd, zal tot zijn verbazing hebben geconstateerd dat lieve, gevoelige koppen precies even vaak tot moes worden geslagen als de onguurste tronies. En ga er maar vanuit dat voor al die lieve ogen niet eerst gordijntjes worden neergelaten.

Maar het ging me nu niet om de mensenmoordenaar, het ging me om de doorsnee-muggenmepper. Om het eens onomwonden te stellen: zou het voor een muggenmepper iets uitmaken of de mug – alles uiteraard geheel afhankelijk van smaken en voorkeuren – hem aanstaart met de blik van Claudia Schiffer of de blik van W.F. Hermans? Wat heb je eraan om het je af te vragen. Tijd om een loep te pakken heeft de muggenmepper niet. Geen enkele mug heeft derhalve een gezicht. Hoofdoorzaak van het nonchalante doden zou daarom weleens het volume kunnen zijn. Wie als dier geboren wordt heeft gewoon pech gehad en wie als klein dier geboren wordt helemaal.

Raskolnikov kon nog zo vaak beweren dat de mens een luis was, toen puntje eenmaal bij paaltje kwam, moest hij wel eerst een ingewikkelde lus onder de oksel van zijn jas maken om er zijn bijl in op te hangen. En na de daad zat hij opgescheept met een omvangrijk, bederfelijk lijk. Allemaal toestanden. De mens ís geen luis – qua inborst, daar wil ik vanaf wezen, maar qua omvang in elk geval niet – dat maakt alles uit. Om een mens te doden heb je tijd, wapens en vernuft nodig, terwijl voor een luis het vingertopje volstaat. Hier komt nog bij, een luizelijk, daar kraait geen haan naar. Je belandt er niet voor in de gevangenis.

Kun je dus maar beter groot dan klein zijn? 't Hangt ervan af. Niet alle mensen heten tenslotte Raskolnikov. De goede mens bestaat ook. En hoe díe te pas komt is door Kurt Schwitters beschreven in *De fabel van de goede mens* (vertaling Leo Herberghs):

> Er was eens een mens, die had plezier in zijn leven. Toen kwam een mug aangevlogen en ging op zijn hand zitten om van zijn bloed te drinken.
>
> De goede mens zag het en wist dat zij wilde drinken; toen dacht hij: 'Die arme kleine mug moet maar eens zoveel drinken als zij wil', en stoorde haar niet. Toen stak de mug hem, dronk tot zij genoeg had en vloog dankbaar weg. Zij was zo blij dat zij aan alle andere muggen vertelde hoe aardig die mens geweest was en hoe lekker zijn bloed.
>
> Toen werd de lucht zwart van muggen die allemaal die goede mens wilden zien en van zijn bloed wilden drinken.
>
> En zij staken en staken hem en dronken en dronken en kregen maar niet genoeg, omdat zij met zovelen waren.
>
> De goede mens echter stierf.

Woorden schieten te hond

Wat is de bekoring van een hond op een schilderij? Mensen die geportretteerd worden, trekken graag een gelegenheidsgezicht: de portretblik. Honden hebben daar geen behoefte aan. Zij kúnnen trouwens geen gezicht *trekken*, zij zíjn hun gezicht. Sommigen noemen dat gebrek aan bewustzijn. Ik noem het intelligentie.

Mensen op een schilderij zijn bloot of gekleed (meer blote vrouwen dan mannen). Als ze gekleed zijn, attenderen ze je op twee dingen: de tijd waarin ze geschilderd zijn en het milieu waartoe ze behoren. Als ze bloot zijn, attenderen ze je weer op iets anders. Honden zijn nooit bloot. Maar ook nooit gekleed. Dat maakt ze zo op het oog bijna tijd- en klasseloos. Ik zeg *bijna* omdat haarsnit, halsband of strik nog weleens in een bepaalde richting wijzen.

Hoe dan ook, de toeschouwer wordt door de geschilderde hond op minder bijgedachten gebracht dan door de geschilderde mens. Dat is aangenaam, want het zijn niet speciaal de bijgedachten die ons gelukkig maken. Als ik in een museum oog in oog sta met een geschilderde hondekop weet ik direct waar het om gaat en denk ik nooit: wat heb ik met u van doen. Oog in oog met een geschilderde mensenkop denk ik dat haast altijd.

Hebben daarom zoveel kunstenaars hun gevoelens op het doek door honden laten vertolken? Of vonden ze hun vorm mooi? Of vielen ze op hun vacht? Of hebben ze gewoon zielsveel van honden gehouden, meer dan van mensen misschien?

Dit alles vroeg ik me af toen ik laatst *The dog in art from Rococo to Post-Modernism* cadeau kreeg. Bladerend in dit boek met zijn eenenzestig schitterend gereproduceerde hondeschilderijen, hondetekeningen en ook een schitterend hondebeeld (van Giacometti), kreeg ik het gevoel door een uitzonderlijke hondententoonstelling te dwalen. Ook de begeleidende tekst is trouwens de moeite waard.

De auteur Robert Rosenblum is kunsthistoricus. Zijn standpunt leunt aangenaam aan tegen de opvattingen van de historicus Carlo

Ginzburg. Bij de bestudering van de geschiedenis wordt er volgens Rosenblum veel te vaak aan allerlei gewone zaken voorbijgegaan. Steeds zijn het weer de koningshuizen, de grote oorlogen en de revoluties waarop de schijnwerpers worden gericht, terwijl men toch minstens zoveel over de ontwikkelingsgang der mensheid aan de weet zou kunnen komen door de bestudering van bijvoorbeeld vertrektijden van treinen, natuurrampen, plattelandsschooltjes of... de talrijke afbeeldingen van 'man's best friend'.

Sinds mensenheugenis heeft geen enkel dier zulke nauwe banden met onze soort onderhouden als de hond. Mensen die van mensen houden vinden dat beroerd, maar mensen die van honden houden vinden dat juist roerend, hetgeen geresulteerd heeft in talloze interessante hondeschilderijen van ondermeer: Goya, Manet, Turner, Picasso, Toulouse-Lautrec, Mondriaan, Bonnard, Marc, Klee, Miró en Bacon.

Wat bij veel van deze schilderijen opvalt is dat de hond zo prominent aanwezig is. Andere dieren, zoals koeien, hazen, vogels en natuurlijk paarden, komen ook wel op schilderijen voor, maar voor het merendeel spelen ze dan een secondaire rol: onderdeel van een eet-stilleven, decoratie van een interieur, pronkstuk van de jacht, vervoermiddel van Napoleon, verlevendiging van het landschap, enzovoorts. De hond daarentegen staat herhaaldelijk als individu op het doek. Het gáát dan om hem. Soms wordt hij zelfs echt geportretteerd, van kop tot schouder zoals andere hoogwaardigheidsbekleders. Behalve het paard ken ik weinig dieren die die eer zo vaak te beurt is gevallen.

Aan de hand van de door hem samengestelde collectie hondeschilderijen tracht Rosenblum talrijke belangrijke culturele en sociale veranderingen aan te tonen van de achttiende-eeuwse romantiek tot nu toe. Dat geeft veel lees- en kijkplezier.

Zo zie je hoe de kneuterige rococo-geest feilloos gestalte krijgt in een mooizittend poedeltje op een doek van Bachelier uit 1768. Perfect geschoren, met de nodige kwikjes en strikjes, gemanicuurde nageltjes en door en door gewassen vacht kijkt het je aan met een blik waarin niet het flauwste vermoeden sluimert dat het binnen twee eeuwen van rijkeluishondje naar hoerenhondje geëvolueerd zal zijn.

De herwaardering van de borstvoeding onder invloed van de verlichtingsideeën van Rousseau komt tot uiting in een hele reeks afbeeldingen van zogende teven. Omringd door krioelende kleintjes en voorzien van dikke rijen tepels demonstreren zij de moederliefde in optima forma.

Verweg de beroemdste geschilderde hond is Nipper van de Engelsman Francis Barraud. Het valt nauwelijks te geloven dat deze hartveroverende fox-terriër voor een grammofoon nog in 1899, een jaar voordat hij wereldwijd furore zou maken als logo van *His Master's Voice*, geweigerd werd voor een tentoonstelling van de Royal Academy. Rosenblum vindt dat Barraud met dit doek een superbe (zelf denk ik eerder aan een tragische) verbinding tot stand heeft gebracht tussen de eerbiedwaardige traditie van hondetrouw en de gloednieuwe wereld der aanstormende techniek. Daarmee heeft hij nog niet verklaard hoe het toch komt dat dit aandachtige hondegezicht met gemak de glimlach van de Mona Lisa naar de kroon weet te steken. Zou het komen doordat de intense wijze waarop deze hond luistert het geluid zichtbaar maakt? Elke keer dat ik naar Nipper kijk hoor ik zijn baas! Dit schilderij is een wonder.

Uiteraard laten hondeschilderijen zich heel goed gebruiken om een visie op onze beschaving te illustreren, maar als kunstwerk doet dat ze te kort. Geen enkele waarachtige kunstenaar zal een hond ondergeschikt maken aan wat voor tijdgeest dan ook. De angstige hond van Goya bijvoorbeeld roept in zijn sinistere omgeving maar één ding op: het zwart in de ziel van Goya. En het mag dan waar zijn dat Franz Marc een puur existentialistische hond heeft neergeborsteld, wat je ziet is Marc en geen Sartre.

Nooit zullen wij precies weten wat een bepaalde kunstenaar er in een bepaalde tijd toe drijft om een hond uit te beelden. Willen zij er soms een worden? Ik sluit het niet uit.

Neem dit boek op schoot. Bekijk het hond voor hond. Geniet

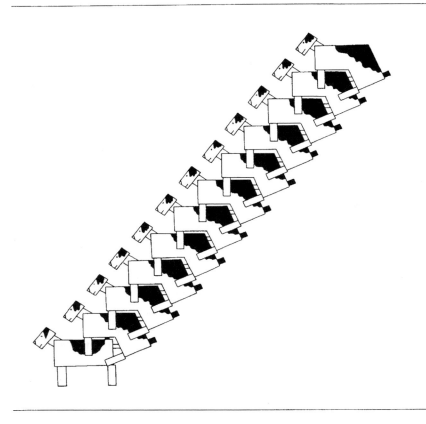

Steve Gianakos *Ménage à twelve*

ervan dat zij geen staalmeestershoeden dragen, hoepelrokken, een vette glimlach of een keizerskroon. Streel ze met uw vingertoppen en verbaas u erover dat de wetenschap ons, ondanks al het gen-ge-goochel, nog steeds niet geholpen heeft aan een lekkere warme vacht. Of ben ik de enige die de gave van het woord graag cadeau zou doen voor een buik met hondehaar?

Slaap tegen slaap

Niet altijd krijgen hoogtepunten uit de wereldliteratuur de aandacht die ze verdienen, zodat je ze soms per toeval ontdekt.

Zo was ik een keer bij iemand te eten uitgenodigd die onvoorstelbaar lang werk had in zijn keukentje. Om de tijd te korten begon ik in een boek te lezen dat open op tafel lag. In een ommezien was ik mijn honger vergeten.

Het boek heette *Van helden, elfen en dichters, de oudste verhalen uit Ierland* en was vertaald door Maartje Draak en Frida de Jong. De kennismaking met deze Oudierse verhalen was ongeveer een even grote literaire schok voor me als de kennismaking met de Russische Oberioeten, die ik ook veel te laat heb 'ontdekt'.

Helemaal onbekend met deze verhalen was ik overigens niet. Jaren eerder had ik al eens bewerkingen van Roland Holst gelezen. Het verschil tussen de pracht die ik hier las en de Holstiaanse versies laat zich echter het best uitdrukken met het verschil tussen echte natuursteen en valse diamant.

De volgende dag toog ik naar de boekhandel om te zien wat er op dit gebied nog meer voorradig was. Ze gaven me van dezelfde vertaalsters twee andere boeken mee: *Het feestgelag van Bricriu* en *De lastige schare*. Wat een lectuur! Wie gek is op logische verhaaldraden, psychologische diepgang en filosofisch elan zal misschien niet aan zijn trekken komen. Wie gevoel heeft voor kleurrijk en beeldend taalgebruik en weleens zin heeft in andere dan de huidige waarden, moet het zeker niet laten liggen.

I. HET FEESTGELAG VAN BRICRIU

Dit verhaal behoorde in de achtste en negende eeuw tot de toppers van de Ierse voordrachtskunst. Eeuwen later stond het nog steeds op het repertoire. Terecht.

De hoofdpersoon Bricriu wil een feestmaal organiseren. Dat deed elke held jaarlijks voor zijn collega's. In dit etentje heeft evenwel niemand trek, omdat Bricriu een aartsroddelaar is, wiens grootste passie het is de mensen tegen elkaar op te zetten. Zijn bijnaam luidt heel toepasselijk Giftong. Opmerkelijk is dat deze Giftong dik tevreden is met zijn naam. Roddelen is ook een kunst, denkt hij waarschijnlijk, en hij doet geen enkele moeite om zijn reputatie af te zwakken of zelfs maar te verhullen. Willen de helden niet op zijn partijtje komen? Goed, dan zal hij er wel voor zorgen dat het kwaadschiks gebeurt. Meteen laat hij een bombardement van dreigementen op ze los.

Uit *The Book of Kells*

Wanneer ze wegblijven zal hij de koningen en de aanvoerders en de helden en de jonge vorsten tegen elkaar ophitsen. Als dat niet helpt zal hij alle zonen tegen hun vaders ophitsen. En als dát niet helpt, zegt hij: 'Dan zal ik de twee borsten van alle vrouwen in Ulster, zonder uitzondering, tegen elkaar ophitsen, zodat ze botsen en daardoor zullen etteren en rotten.' Rottende borsten in bed, dat wordt de meeste helden toch echt te gortig. Ze zwichten en begeven zich met tegenzin naar het feest.

En ja hoor, nauwelijks hebben ze de speciaal voor deze gelegenheid gebouwde feestzaal betreden of het gedonder in de glazen begint. Bricriu weet terstond een felle twist te zaaien over het zogenaamde heldenpart. Het heldenpart is het puikje van de maaltijd en komt altijd aan de voortreffelijkste held toe. Maar wie is de voortreffelijkste held? Dat zal moeten worden vastgesteld door alle helden op de proef te stellen, en daarover handelt het hele verdere verhaal.

De ene proeve van bekwaamheid na de andere volgt. Al die proeven worden stuk voor stuk door Cú Chulainn (spreek uit: Koechoe-lin) bijgenaamd de hond van Ulster, gewonnen. Deze sympathieke geweldenaar beheerst namelijk niet alleen de *helden-zalmsprong* maar ook:

zowel de adem-truc
als de appel-truc
als de spook-truc
als de buig-truc
als de katte-truc
als het dubbelklappen-van-een-dapper-held
als de *gae bolga*
als het bluf-uitbuiten
als het zwaard-stukslaan
als het heldengehuil
als de wiel-truc
als de zwaardsnede-truc
als het lansklimmen
als het opstrekken op beide.

Zet daar Studio Sport eens naast! Elke Ier uit die tijd wist trouwens al bij voorbaat dat Cú Chulainn de ster zou worden, maar kennelijk vond men het prettig om dat steeds opnieuw te horen want veel verhalen uit de Ulster-cyclus gaan daarover.

Bricriu, die vurig gehoopt had zich in bloedige slachtpartijen te kunnen verkneukelen, komt uiteindelijk bedrogen uit en belandt in de mesthoop.

Ik heb van alles uit dit boek opgestoken, onder andere hoe je een troep aanrukkende vijanden moet kalmeren: 'Mooie naakte vrouwen op hen af, met ontblote, glanzende borsten, geheel onbedekt; en vele meisjes bereid tot samenzijn; de hof ontsloten, de veste wijd open.' Wat me echter het meest bekoorde, is de plezierige combinatie van onbesuisde dierlijkheid en raffinement. Deze helden staan dolzinnig op hun ponteneur en hun vrouwen op hun manier ook. Bij het minste of geringste vliegen de koppen door de lucht en afgezien van het slachtoffer lijkt niemand daar rouwig om. De vertelwijze is één impliciet pleidooi voor het concrete. Het staat de verbeelding geenszins in de weg. Een bijl bijvoorbeeld is zo scherp dat hij 'een haar tegen de wind in zou kunnen snijden'. Ogen zijn niet zo groot als schoteltjes maar als 'een ketel voor een volwassen os'. Iemand spert zijn mond zover open dat 'een heel koningshuis wel in zijn strot zou kunnen verdwijnen'.

Dieren krijgen zeer veel aandacht en worden als ze dat verdienen met evenveel ontzag benaderd als de helden. Neem bijvoorbeeld de wijze waarop deze paarden worden neergezet:

'Ik zie dan het ene paard voor de strijdwagen,' zei het meisje, 'een grijs paard met brede heupen, onstuimig, snel, flitsend, heel woest, springend als een lynx, langharig, groot, dreigend, denderend, met gewelfde manen, een hoge kop, en een brede borst; hij slaat vonken uit de kluiterige, vrij harde grond onder zijn hoeven met viervoudige kracht, hij haalt een zwerm wilde vogels in, zegevierend in kracht, hij stormt over het pad, paarde-adem springt van hem weg, een tong roodgloeiend vuur vlamt uit de gebreidelde kaken. Het andere paard is gitzwart, met een harde kop, stevig, met slanke voeten, brede flanken, machtig, snel, gezwind, met een lokkige vacht, een brede rug, sterke heupen, fors, levendig, heftig, krachtig stappend, krachtig trappend, zwierig, met lange krullende manen en een lange staart; hij loopt een paardewedren in de wei langs het korenveld, hij draaft door dalen, hij werpt de hielen vooruit, hij briest over de velden midden in het dal.'

Ook in onze tijd worden paarden heftig door meisjes bemind, maar hoor je het ooit zo verwoorden?

Wat de tekst ook buitengewoon verlevendigt zijn de rake en geestige dialogen en vooral de klinkende retorische passages. Deze cadenza's laten zich bijna lezen als gedichten.

Tot slot het slot. Heeft iemand ooit een boek gezien dat zo krankzinnig eindigt:

Sindsdien werd Cú Chulainn het heldenpart niet betwist, en zo heet dit verhaal voor altijd:

Het heldenpart van Emain en

De woordenstrijd tussen de vrouwen van Ulster en

De overeenkomst met de geweldenaar in Emain Macha en

De tocht van de mannen van Ulster naar Crachan Ai.

FINIT

Ik ben blij dat het verhaal niet onder deze onmemorisabele titel naar buiten is gebracht.

II. DE LASTIGE SCHARE

Hoe de eerste schoothond in Holland kwam en hoe van toen af de Hollander wat betreft zijn affectieve en tactiele behoeftes ineens niet meer alleen op de mede-Hollander was aangewezen en hoe dat die mede-Hollander bizonder verdroot, wie zou daar niet graag een verhaal over lezen. Toch heeft zich hier tot dusver geen enkele schrijver aan dit onderwerp gewaagd. Waarom niet? Omdat het mangelt aan fantasie en dierlijke diepgang. Hoe keizer Karels hond heet kan elke kleuter je vertellen, maar Hollands eerste schoothond draagt niet eens een naam. Hoe het komt weet ik niet, ik weet wel dat de Ieren meer gevoel voor dit soort zaken hebben.

Reeds in een handboek uit de tiende eeuw komt een verhaal voor waarin precies beschreven wordt hoe de eerste schoothond in Ierland kwam. Zijn naam luidde Mug Eme ofte wel Horige van het heft.

Het verhaal speelt zich af in een tijd dat Ierland nog volkomen hondloos was. En omdat de Britse buren toen al wél enige honden onder hun onderdanen telden, kwam er in het hoofd van menige Ier een laaiende doch begrijpelijke jaloezie en navenante hebzucht op. Die hebzucht kon alleen op geen enkele manier bevredigd worden, want de Britten waren zo verschrikkelijk zuinig op hun kostelijke hondenbezit dat ze per decreet verboden hadden om een schoothond hetzij als cadeau hetzij als ruilobject af te staan. Vandaar dat het de Ier Coirpre Músc, die zijn zinnen had gezet op de voortreffelijke schoothond van een Britse vriend, met geen mogelijkheid lukte die hond van hem af te troggelen.

Nu hadden de Britten destijds een jurisprudentie waaraan wij een voorbeeld zouden kunnen nemen, wat moge blijken uit de volgende wet: iedere schuldige wordt voor zijn vergrijp horig aan degene wiens wet hij heeft geschonden. Dus wat deed Coirpre Músc? Met deze wet in zijn achterhoofd verzon hij een list. Hij was in het bezit van een wonderschoon mes, zo'n echt prestigeobject met een heft vol gouden en zilveren ornamentjes. Toen hij weer eens bij zijn Britse vriend gelogeerd was, smeerde hij dat heft stiekem in met runder- en varkensvet. Het aldus verrijkte mes legde hij 's nachts pal voor de neus van de aanbeden hond, die blijkbaar niet constant op schoot verkeerde en er een lekkere kluif in zag: 'De schoothond knaagde tot de ochtend aan het heft. Het mes werd bedorven, zodat het die volgende morgen niet mooi meer was.' *Niet mooi meer was*, ziedaar een van de komische understatements die deze verhalen zo aantrekkelijk maken. Coirpre maakt dan ook terstond een boel stampei om dit mes dat niet mooi meer was, en eist van zijn vriend een 'rechtvaardige afhandeling'. Deze vriend, die wordt voorgesteld als uiterst rechtschapen, belooft hem het misdrijf te vergoeden. Dan slaat Coirpre zijn slag: '"Ik aanvaard alleen wat in de wet der Britten staat," zei Coirpre, "dat wil zeggen: iedere schuldige voor zijn vergrijp." Daarop werd de schoothond weggegeven voor zijn vergrijp, en hij kreeg de naam Mug Eme, "Horige van het heft".'

Hee, denk je als hedendaagse lezer, wat een merkwaardig idee van vriendschap hielden ze er toen op na. Aan de andere kant zou je je kunnen afvragen of andere ideeën over vriendschap die vriendschap zelf er wezenlijk anders op maken. Bij lezing van deze eeuwenoude verhalen wijst de schok der herkenning je er steeds weer op dat de mens er in zijn gevoelsleven eigenlijk nauwelijks op vooruit is gegaan. Wat wel zichtbaar veranderd is, is de vertelwijze. Ook in dit boek is die een stuk droger, onopgesmukter, springeriger, kernachtiger en, door de afwezigheid van allerlei reflecties of gevoelsuitweidingen, ook een stuk 'harder' dan we tegenwoordig gewend zijn. Maar juist doordat deze verhalen zo anders zijn hebben ze de moderne lezer, die immers tuk is op vernieuwingen, veel te bieden. En hoe verrassend zijn vernieuwingen die niet als zodanig gepland werden maar vanzelf ontstaan zijn door de loop van de tijd.

Behalve dit schoothondeverhaal bevat deze bundel nog vier andere korte verhalen. Het grootste deel wordt echter in beslag genomen door het onderhoudende en leerzame titelverhaal. Dat het daarin om een lastige schare zou gaan is wederom zacht uitgedrukt: het zijn volbloed machtswellustelingen die hier de lakens uitdelen en deze keer gebeurt dat niet met behulp van wapens maar met de toverkracht van het woord.

Stel dat de Hollandse schrijver of dichter eens de macht zou bezitten om iemand dusdanig te hekelen dat die dood neerviel of op zijn minst wakker werd met allerlei verminkingen, duistere lichaamsgebreken en een lelijke puistekop. Maar de toverkracht van het woord – talloze kerngezonde slachtoffers van lompe polemieken bewijzen het – is enorm afgenomen. Hoe komt dat? Door de hocus-pocus van het christendom die ervoor in de plaats is gekomen.

Daarom is het zo fascinerend om kennis te maken met een denktrant uit de voorchristelijke cultuur waarin die toverkracht nog recht overeind staat. In het voorchristelijke Ierland was men nog niet tot geschreven taal overgegaan. Voor een samenleving die desondanks redelijk beschaafd is, houdt dat in dat letterlijk alles, afspraken, overeenkomsten, voorlichtingen, brieven, gebruiksaanwijzingen, raadsels en uiteraard ook gedichten en verhalen, alleen maar kan bestaan bij de gratie van het gesproken woord. Dat vereist mensen met een voortreffelijke mondelinge taalbeheersing. In Ierland waren dat de *filid* (enkelvoud *fili*).

Fili werd je niet zomaar. Je kon het pas worden na een jarenlange training bij een leermeester (Maartje Draak vergelijkt die training zelfs met de opleiding van de tegenwoordige concertmusicus) en niet nadat je een immens voordrachtrepertoire had opgebouwd. Maar dán was je macht ook onbegrensd en zo veelomvattend dat je voortaan zonder materiële wapens door het leven kon. Weigerde iemand het bijvoorbeeld om een fili voor zijn optreden te betalen, dan trok deze geen knots of mes maar begon dadelijk met smaadgedichten te dreigen. Iedereen wist dat dergelijke gedichten een fatale uitwerking op het lichaam hadden. Vooral voor de vele vorsten, die geen enkele lichamelijke tekortkoming mochten vertonen en wier macht al had afgedaan met het verschijnen van een bescheiden puist, betekende het uitspreken van een hekeldicht een ramp. Dat maakte chantage makkelijk en stelde de rondreizende filid onbeperkt in de gelegenheid van vorstelijke rijkdommen te genieten. Ze konden eisen wat ze wilden, de beste bedden, het lekkerste vlees, het snelste paard. Zelfs de allermooiste en liefste vrouw werd schielijk afgestaan als daarmee een hekeldicht kon worden voorkomen.

Wat er van die verbale toverkracht ook waar moge zijn, kennelijk vermocht het geloof erin al bergen te verzetten.

De lastige schare nu kan gerekend worden tot het soort verhalen waarin de macht der filid ongebreideld voortwoekert. Tegelijkertijd, en dat is het aardige ervan, vormt het ook een persiflage op die verhalen. Dat laat zich hieruit verklaren dat dit verhaal wat recenter is. Het ontstond toen het christendom in Ierland al aardig veld begon te winnen, op het breukvlak van twee denkpatronen dus. Waar het woord vlees wordt, schijnt het geloof in de directe toverkracht van het woord nu eenmaal te moeten tanen. Niet dat de filid in één klap al hun macht kwijt waren – de nieuwe religieuze gemeenschap kon zulke taalexperts trouwens maar al te goed gebruiken – maar ze moesten wel een toontje lager zingen en hun chantagepraktijken laten varen. Dit verhaal lijkt ze daartoe een spiegel voor te houden: kijk uit, maak het niet te bont, eis niet te veel, want dan krijg je de kous op de kop. Bijgevolg kijkt in dit verhaal niemand uit, maken álle filid het te bont en krijgt íedereen de kous op de kop (en dan ook nog van een christen!).

Het ene na het andere smaadgedicht wordt uitgesproken, dreigende en intrigerende teksten in orakeltaal. Zelfs dieren worden er het slachtoffer van. Bijvoorbeeld de arme Irusán, een kat die schromelijk tekort geschoten is als muizenvanger. Nadat het volgende smaadgedicht over hem is uitgesproken blijft hij 'zonder leven':

> Irusán, klauwenaanval,
> overschot van waterdier,
> staart van ritsig rund,
> slaap tegen slaap,
> aanval op Irusán.

De dodelijke werking valt hier misschien niet dadelijk vanaf te lezen. Daarom legt de dichter het dan ook zelf uit, een uitleg die niet minder poëtisch is dan het gedicht zelf:

> Irusán, klauwenaanval, dat wil zeggen: wanneer de muis in de wand zit, blijft de kat niets anders over dan de wand met zijn klauwen te bewerken. Overschot van waterdier, want de voorvader van de katten lag eens op de oever van een meer te slapen toen er een waterdier op hem afkwam, en die beet de top van zijn beide oren af; en vanaf die tijd heeft iedere kat rare flard-oren. Staart van ritsig rund, want de staart van een bronstig rund slaat niet sneller dan zijn staart als de muis hem ontsnapt. Slaap tegen slaap, dat wil zeggen: de muis en de kat zijn aldus, als twee paarden dicht bij elkaar met een stevig schot tussen hen in: haar oor is gespitst naar hem, en zijn oor is gespitst naar haar.

Slaap tegen slaap is voor mij een gevleugelde uitdrukking geworden.

In een van haar vele informatieve en enthousiaste toelichtingen bij de tekst noemt Maartje Draak deze verhalen *tantaliserend* 'omdat wij slechts schijnsels zien van heel interessante zaken die voor óns niet helder worden'. Is dat niet het kenmerk van waarachtige literatuur?

Dos Kelbl

Dieren die lijden hebben soms een aangrijpend sereen uiterlijk dat nauwelijks bij hun toestand lijkt te passen. Dat komt niet doordat zij, zoals mensen graag doen, hun leed tot hemelhoogte opschroeven, maar doordat ze het manhaftig trachten te trotseren door hun oren naar achteren te trekken (in plaats van ze te laten hangen). Het voorhoofd krijgt daardoor een volmaakt glad uiterlijk. Bij ernstig zieke of stervende honden zie je het meestal ook. Toen ik deze foto voor het eerst onder ogen kreeg, werd ik dan ook getroffen door de frappante overeenkomst tussen het uiterlijk van het aandoenlijke kalfsgezicht en dat van onze zieke hond vlak voor zijn dood. Het dierbare gladde hoofd op het witte kussen, door een deken afgesneden van een lichaam dat zichzelf al niet meer warm kon houden, diezelfde aangespannen oren, de weerloze slanke hals, de wijd geopende leren neus, de mondhoeken die het vertikten om zich naar beneden te laten trekken.

De krachtigste magneet van deze foto is echter dat ene oog, dat zich precies in het centrum bevindt en weet dat het op breken staat. Je kijkt ernaar en je schaamt je bijna, omdat het noch jou noch zichzelf kan zien. En in de argwaan van de blik word je de fotograaf gewaar, die dacht dat hij onzichtbaar was. Gezond zijn en beseffen geslacht te worden is misschien nog wel erger dan doodziek zijn en voelen dat je op sterven staat. Over het hoofd van het kalf heen laat de fotograaf je bovendien nog kennis maken met een zwarte wereld die onmiddellijk een andere zwarte wereld in het leven roept, die achter je eigen rug. Zo wordt identificatie niet alleen mogelijk maar zelfs onontkoombaar:

Hier jouw pijn, ginder wordt het op een zuipen gezet.

Hier jouw geëtaleerde kwetsbaarheid. Daar stappen ze hun auto's uit om er zich aan te vergapen.

Zelfs de wolken in de lucht spannen samen.

Zelfs het kind steekt geen poot naar je uit.

Het enige lichtpuntje: de witte bles op het paardehoofd. O, troostrijke ster in de avondlucht!

Nu uitkijken, want een dergelijke identificatie zou het dier weleens kunnen verzaken. Een foto *vanuit* het dier zou nooit een dergelijke achtergrond nodig hebben gehad. Het aardige en verstandige van een dier is immers dat het nooit zijn lijdend voorwerp-po-
sitie zal laten verhevigen, laat staan *verdiepen*, door de wetenschap
dat de buitenwereld maling aan zijn lijden heeft. Daarom hebben
we ook genoeg aan zijn gezicht. Het dier *trekt* geen gezicht, het *is*
zijn gezicht, onder alle omstandigheden. En op dat gezicht zul je
niet gauw lezen: 'Vader, in uw handen beveel ik mijn geest.'
Objectiveer dit kalf dus niet, het verdient het om gesubjectiveerd
te worden. Wat gaat er werkelijk om achter dit serene voorhoofd?
Wat zegt dit oog?

In het *Guiness Book of Records* las ik dat het allergrootste oog ter wereld aan de reuzeninktvis toebehoort. Dit oog, zo zeggen ze, bereikt soms een omvang van meer dan achtendertig centimeter en is
dan 'groter dan een langspeelplaat'. Daarmee reiken ze je zonder
er waarschijnlijk erg in te hebben een magnifieke metafoor aan
(waaruit weer eens blijkt dat het de moeite loont om je boekenkast
niet louter vol te stouwen met hoogwaardige literatuur). Het oog
niet als spiegel der ziel maar als elpee! Gewoon af te draaien op je
eigen inwendige grammofoon. Dat deed ik. En wat hoorde ik?
'Donaj, donaj, donaj, donaj, donaj, donaj, donaj-doj...' Wat had dat
met het kalf te maken? Luister maar. Het is het klagende refrein
van het droevige Jiddische liedje *Dos Kelbl (Het kalf)*. De auteur
ervan, de Poolse jood Jtschak Katsenelson, maakte het in 1942
nadat zijn vrouw en beide zonen in Auschwitz waren vermoord.

Kijk nu nog eens naar de foto. Hoor de lachende wind die nog
minstens een halve nacht voor de boeg heeft. En let op de zwaluwen die zich koest houden in de donkere oorlogswolk.
Vereenzelvig u niet, wórd kalf. Voel u niet geknecht, wéés het
voor een keer.

Dos kelbl

Ojfn forel ligt a kelbl,
ligt gebundn mit a schtrik,
hojch in himl flit a fojgl,
flit un drejt sich hin un ts'rik.

Lacht der wind in korn,
lacht un lacht un lacht,
lacht er op a tog, a gantsn,
un a halbe nacht.

donaj, donaj, donaj, donaj
donaj, donaj, donaj-doj. . .

Schrejt dos kelbl, sogt der pojer,
wer-ssche hejst dich sajn a kalb?
Wolst gekent doch sajn a fojgl,
wolst gekent doch sajn a schwalb.

Lacht der wind in korn . . . .

Bidne kelblech tut men bindn,
un men schlept sej un men schecht.
Wer's hot fligl, flit arojf tsu,
is bej kejnem nischt kejn knecht.

Lacht der wind in korn . . . .

Auf dem Wagen liegt ein Kälbchen,
liegt gebunden mit einem Strick,
hoch im Himmel fliegt ein Vogel,
fliegt und dreht sich hin und her.

Lacht der Wind im Korn,
lacht und lacht und lacht,
lacht herab einen ganzen Tag
und die halbe Nacht.
Mein Gott, mein Gott. . .

Schreit das Kälbchen, sagt der Bauer,
wer hat dir gesagt, du sollst ein Kalb sein,
wärst besser ein Vogel geworden,
wärst besser eine Schwalbe geworden.

Lacht der Wind im Korn . . .

Arme Kälbchen darf man binden,
und man verschleppt sie und schlachtet sie.
Wer Flügel hat, fliegt in die Höhe
und ist niemandes Knecht.

Lacht der Wind im Korn . . .

Lupus lupo homo

*In verhandelingen over de menselijke psychologie wordt vaak ten
onrechte de 'pecking-order' verwaarloosd.*
(stelling behorend bij het proefschrift *The Polyeric Quest*
van Louis Lehmann)

Een man heeft zijn poes zo vreselijk lief dat hij met haar trouwen
wil. Maar een poezebruid is wel een tikje klein. Dus beweegt hij
hemel en aarde om haar te veranderen in een heuse vrouw. Het
lukt. Na lang aandringen worden zijn gebeden verhoord en groeit
poes tot een adembenemende schoonheid uit. Eindelijk kunnen ze
zich overgeven aan een volwassen vrijpartij. Dan ineens: piep!, een
muis verschijnt ten tonele. De kersverse vrouw hoeft zich geen
tweemaal te bedenken en vliegt met een sprong de echtelijke spon-
de uit, het muisje achterna. Ach, dat de ware aard zich toch ook
nooit verloochenen laat.

Wat is dat voor verhaaltje? Komt het uit de koker van Ovidius,
van Kafka, van Cortázar? Mis, het is een van de tweehonderd veertig fabels van La Fontaine. Een van de weinige waarin het dier
mens wordt in plaats van andersom en waarin de gedaanteverwis-
seling zich ter plaatse voltrekt. Het leeuwedeel van zijn fabels handelt namelijk over mensen die in dieren veranderd zijn (een enkele
keer in planten of dingen) en doorgaans heeft die verandering zich
al voltrokken als het eigenlijke verhaal begint, buiten het blikveld
van de lezer om. Fantastische metamorfoses en hoe leerzaam!
Alleen, wie leest ze eigenlijk nog?

Het is bijna onvoorstelbaar dat slechts enkele decennia geleden
nog elke gymnasiast *Le Corbeau et le Renard* uit het hoofd moest
leren. Had die uit-het-hoofdleerderij nu zin? Wel degelijk. Je
maakte je een fraai stuk Frans eigen, je werd opmerkzaam gemaakt
op het dier in de mens en de mens in het dier, je stak een uitstekende levensles op, en vooral: je zou van je leven niet meer vergeten

dat er ooit een Jean de la Fontaine had bestaan. Voorwaar geen kleinigheden. Maar denk niet dat de tijd daarbij stilstaat. De jaren zestig rukten op en hielpen het tegendeel van de verbeelding aan de macht. Sindsdien dendert er een egaliserende tank door onze lage landen, die alles wat nog enigszins een mooi drempeltje vertoont volledig plat moet walsen. Op die manier verdwenen de meeste gymnasia en werd ondermeer het Frans (en daarmee de Franse cultuur) als verplicht leervak van het rooster afgevoerd. Vrijwel niet één jongere kent derhalve La Fontaine meer, laat staan uit het hoofd. Kom je toevallig nog eens een medeplichtige tegen die *De raaf en de vos* in het Frans voordraagt, dan kun je er donder op zeggen dat hij de vijfenveertig is gepasseerd.

Enfin, het zal niemand verbazen dat het jaar 1995 hier rustig op zijn einde liep zonder dat er aan het derde eeuwfeest van La Fontaines dood naar behoren aandacht werd geschonken. Zeg nu niet: ook het eeuwfeest der Zwaluwlucifers vloog ongemerkt voorbij, want een enkel zwaluwmondje dat vuurspuwt is niet hetzelfde als een complete menagerie die het woord genomen heeft.

Even leek het of er toch nog wat aan dit belangrijke tricentenaire werd gedaan, toen ineens alle fabels uitkwamen in een vertaling van Jan van den Berg. Hoewel de uitgever het anders suggereerde, bleek het bij nadere beschouwing echter om een herdruk van een uitgave uit 1990 te gaan. Bovendien betrof het hier geen Nederlands maar een Belgisch initiatief. Ook ben ik niet altijd even gelukkig met deze vertaling, ik kom er straks nog op terug. Niettemin mag het een unicum heten dat er sinds de volledige vertaling van J.J.L. ten Kate van meer dan honderd jaar geleden (in 1985 fotomechanisch herdrukt met de gravures van Gustave Doré en helaas in de ramsj beland) en de onvolledige van Jan Prins uit de jaren veertig (tevens als Prisma uitgebracht) weer een complete Nederlandstalige editie op de markt is. En wat een genot dat hij verlucht werd met de magnifieke illustraties van Grandville.

Wat maakt deze fabels, die tussen 1688 en 1693 in twaalf delen verschenen zijn, nu zo waardevol?

Ten eerste de fabelachtige vorm.

Ten tweede de fabelachtige inhoud.

Ten derde datgene wat nogal eens associaties oproept van oud-bakkenheid: de moraal.

La Fontaine, wiens uitgebreide oeuvre onder andere verhalen, sonnetten, tragedies, blijspelen, liedjes, een roman en zelfs een ballet omvat, was een perfectionist die enorm aan alles beitelde en schaafde. Dat zijn fabels zo ongemeen fris en levendig aandoen, bewijst dat hij een groot vakman was met een goeie smaak. Hij stond een manier van schrijven voor die zich het best met *lichtheid* laat typeren. In de instructieve inleiding die hij aan de fabels heeft toegevoegd, en die om onbegrijpelijke redenen door geen der vertalers werd meevertaald, zegt hij: 'Vandaag de dag vraagt men om nieuwigheid en vrolijkheid. Onder vrolijkheid versta ik niet iets wat de lach opwekt, maar een zekere charme, een prettig voorkomen dat men aan alle onderwerpen mee kan geven, zelfs de ernstigste.' Dat verklaart waarschijnlijk waarom zijn moraal nooit zwaar en altijd goed verteerbaar is. Maar er speelt meer mee.

Menigeen denkt bij het woord *moraal* algauw aan *moraliseren*. In verband met La Fontaine kan men die gedachte beter laten varen. Ofschoon hij evenals zijn grote voorbeeld Aesopus talloze impliciete of expliciete levenslessen ten beste geeft – niet voor niets had Francis Ponge hem zo hoog – heft hij daarbij zelden een wijsvinger op. Doet hij het toch, dan is dat niet om je te vermanen maar om je voor te lichten, te waarschuwen zo men wil. Zijn belangstelling geldt namelijk niet het vervelende *hoe hoort het eigenlijk of hoe moet het eigenlijk*, maar het veel interessantere *hoe zit het eigenlijk*.

Hoe zit het volgens La Fontaine dan? Slecht! Dat wil zeggen: gevaarlijk. En hoe komt dat? Doordat we sterfelijk zijn en doordat er zo verschrikkelijk veel verschillende wezens op aarde bestaan. Zo is het altijd geweest en zal het altijd wel blijven. Daarom kun je je er niet vlug genoeg rekenschap van geven, want een gewaarschuwd wezen telt voor twee.

Een paar voorbeelden.

In *De pot van steen en de pot van ijzer* (Jan van den Berg maakt van de ijzeren pot een ketel, wat niet verstandig is omdat een ketel meestal geen pootjes heeft) stelt de laatste aan de eerste voor om gezamenlijk een reisje te maken. Dat lijkt de pot van steen niets. Laat mij maar rustig in mijn hoekje op het vuur, zegt hij, want bij het minste of geringste krijg ik een barst. De pot van ijzer, die makkelijk praten heeft, weet hem echter over te halen. Zo aanvaarden ze, hompelend en strompelend op hun drie poten, de reis. En verroest, de stenen pot heeft nog geen honderd pasjes gezet of de ijzeren botst tegen hem op en stoot hem stuk.

Luidt de moraal nu dat die ijzeren pot niet deugt? Nee, alles wat La Fontaine ervan zegt, is: 'Laten we toch louter omgaan met onze gelijken, dan hoeven we nooit bang te zijn dat het lot van een der twee potten het onze wordt.'

In *De spin en de zwaluw* beklaagt de spin zich over het feit dat alle lekkere hapjes die in haar web zouden moeten vliegen door de zwaluw uit de lucht worden gekaapt. Ze kan klagen wat ze wil. Het eindigt ermee dat ze zelf wordt opgepikt, met web en al, en aan de zwaluwjongen wordt gevoerd.

Is die spin zielig en de zwaluw gemeen? Daar gaat het niet om. De kwestie is dat Jupiter twee tafels op aarde heeft gedekt: een volle voor de handige, de waakzame en de sterke, en een met restjes voor de minder bedeelde.

De ezel en het hondje snijdt een thema aan dat wel vaker aan bod komt en begint aldus:

Ne forçons point notre talent,
Nous ne ferions rien avec grâce:
Jamais un lourdaud, quoi qu'il fasse,
Ne saurait passer pour galant.

Door Jan van den Berg vertaald met:

Wie zijn natuur geweld aandoet,
Weet niet hoe hij zich houden moet.
Een ongelikte beer wordt nooit een cavalier,
Al brengt hij voor zijn dame mooie bloemen mee.

Een ezel ziet tot zijn leedwezen dat een hondje enkel pootjes hoeft te geven om de hele dag geknuffeld te worden, terwijl hijzelf slaag op slaag ontvangt voor al zijn gezwoeg. Hij denkt: pootjes geven kan ik ook, en onder luid gebalk duwt hij zijn baas een versleten hoef onder de neus. Deze roept subiet iemand met een stok erbij. Laatste regels: 'De ezel zingt een toontje lager. En zo was de komedie uit.'

Men ziet het: het ene verhaal is nog schrijnender dan het andere. Waarom zit ik dan toch de hele tijd te gnuiven? Waarom lees ik dit soort dingen zo graag? Zou het mogelijk zijn dat een mens weleens tabak krijgt van het aanzwellende koekoeksgezang der gelijkheidsmoraal? Als dat waar is, breken er voor de fabels gouden tijden aan!

Nee, voor een eenzijdige stellingname ten aanzien van goed en kwaad ben je bij La Fontaine niet aan het juiste adres. Weliswaar lijken vele fabeltitels – *De stadsrat en de veldrat*, *De wolf en het lam*, *De valk en de kapoen* etcetera – tot dichotoom denken aan te zetten, maar dat is slechts schijn. Je wordt voortdurend in de luren gelegd. Ha, denk je, nu komt Boontje om zijn loontje. En dan is er geen loontje. En misschien zelfs geen Boontje. Of het is de 'slechte' die met de beloning strijken gaat, zoals in het geval van de vos en de raaf.

Opmerkelijk is ook dat heel wat dieren een wisselend gedrag vertonen. Maar dat merk je pas als je alle fabels achter elkaar leest. Ze zitten stikvol verwijzingen, ook naar elkaar, en soms borduurt de ene fabel op de andere voort. De wolf bijvoorbeeld is lang niet altijd de klootzak waarvoor hij gehouden wordt, en ook als hij zich echt hatelijk gedraagt wordt hij niet helemaal zwartgemaakt.

Desondanks zegt het wel wat dat de bezetter, die niet geheel van zelfkennis gespeend moet zijn geweest, hier in 1941 elke openbare voordracht van *De wolf en het lam* (waarin een totaal schuldeloos lam door een wolf wordt verscheurd) verbood. Het bewijst dat een passende schoen die voor de verandering eens een keer niet wagenwijd openstaat of overduidelijk werd opgepoetst, wel zo gretig wordt aangetrokken.

Maar hoe zit het met *De krekel en de mier*? Als er één fabel is waarvan de afwezigheid der moraal de gemoederen al meer dan drie eeuwen heeft beziggehouden, zoniet verhit, dan deze wel.

Een krekel heeft de hele zomer zingend doorgebracht, terwijl buurvrouw mier al haar tijd besteed heeft aan het aanleggen van een wintervoorraad. Niet zodra doet de vrieswind zich gelden of de krekel klopt bij haar nijvere buurvrouw aan om een graantje te lenen. Ze zal het met rente terugbetalen. Maar de mier kijkt wel uit. 'Wat deed jij eigenlijk met het mooie weer?' vraagt ze. 'Dag en nacht zingen,' luidt het antwoord. 'Zong jij?' zegt de mier. 'Best! Ga nu dan maar dansen.' Fabel afgelopen.

Mijn eigen gevoelens zwenken bij deze fabel ook altijd heen en weer. Dan weer denk ik: rotmier, dat jij ook zo verdomde gierig bent, en dan weer: snertkrekel, dat jij je eigen gezang zo geweldig vindt dat een ander ervoor kan dokken. De eerlijkheid gebiedt te zeggen dat het laatste gevoel iets vaker de kop opsteekt. En ik vermoed haast dat dat bij La Fontaine ook het geval is geweest. Of

De krekel en de mier volgens Grandville

251

De krekel en de mier volgens Gustave Doré

klinkt er soms géén leedvermaak in die laatste regel door?

Omdat dit de eerste fabel uit het eerste boek is (niet bij Aesopus) en omdat de moraal er zo bewust werd uitgelaten (niet bij Aesopus), is wel geopperd dat hij bedoeld zou zijn als pamflet. Daarmee zou La Fontaine de lezer dan van meet af aan zijn reserves ten aanzien van het genre *fabel* willen duidelijk maken. Zou het? Bij de veranderlijke La Fontaine weet je het eigenlijk nooit.

Daarom gaat het ook volstrekt niet aan om zo'n veelzijdige, wellicht ook nog programmatische fabel een eigenhandige draai te geven. En dat is nu precies wat Jan van den Berg heeft gedaan. Ik ga maar even voorbij aan het feit dat hij van de vrouwtjeskrekel zomaar een mannetje maakt – volgens de gelijkheidsmoraal maakt dat toch niks uit – maar wat te denken van de volgende zinnen, die hij zonder enig commentaar heeft toegevoegd:

Wie leeft van kunst gaat door voor gek.
Vaak lijdt hij honger en gebrek.

Die arme kunstenaars toch! Ziezo, moet Jan van den Berg hebben gedacht, aan mij zal het in ieder geval niet liggen als de mensen door deze fabel op verkeerde gedachten worden gebracht. Tja, de ene Jan is de andere niet. Waarom wil de een de ander dan toch verbeteren? Omdat Van den Berg graag *ethisch bezig* is.

Zo bestaat hij het bijvoorbeeld ook om La Fontaine, in een toelichting op de intrigerende fabel *De man en het houten afgodsbeeld*, racisme in de schoenen te schuiven. Dat doet het altijd goed, maar er wordt geen enkel ras door La Fontaine genoemd! Hij heeft het slechts over 'ongelukkige, ruwe en domme wilden', waar je alleen iets van gedaan kunt krijgen met behulp van een stok. Akkoord, tegenwoordig mag men over de medemens niet meer zo praten, maar driehonderd jaar geleden deed men dat wel. Ook de ene tijdgeest is de andere niet.

In *De wolf en het lam*, waarvan eerder sprake, bombardeert Van den Berg de wolf aan het eind plotseling tot 'bruut' en 'onverlaat'. Weliswaar wordt de wolf door La Fontaine zelf een keer *wreed* genoemd, maar het sterke van die gruwelijke fabel is nu juist dat hij eindigt met de gortdroge woorden: 'De wolf nam het [lam] mee en at het op. Zonder verdere vorm van proces.'

Natuurlijk is La Fontaines verfijnde en tegelijkertijd frisse taalgebruik benevens zijn zeer persoonlijke toon lastig te vertalen. Dit in aanmerking genomen heeft Jan van den Berg het er zwierig van afgebracht. De vertalingen laten zich makkelijk lezen en lopen meestal als een trein. Geen geringe verdienste. Het vervelende is alleen dat mét die trein een wind komt aangewaaid die net iets te schril het deuntje *Wel literair, niet elitair* tracht te fluiten. Zoals men weet is dat van alle deuntjes niet het beste.

Kort gezegd komen mijn bezwaren tegen Jan van den Berg hierop neer dat je jezelf desnoods wel *hertaler* mag noemen, maar dat dat je nog niet van de plicht ontslaat om zoveel mogelijk te handelen in de geest van de auteur.

La Fontaine heeft een hoog literair niveau. Daarom moet er niet worden gepopulariseerd.

La Fontaine laat zich dubbelzinnig uit over goed en kwaad. Daarom moet er niet worden gemoraliseerd.

La Fontaine heeft een subtiel gevoel voor humor. Daarom moet er niet worden gebanaliseerd. Een vos die een raaf met *doctor honoris causa* aanspreekt, dat is bijvoorbeeld ongein.

La Fontaine is, in weerwil van zijn vele politieke en literaire toespelingen, van alle tijden. Daarom moet er niet worden gemoderniseerd. *Snelle auto's, hormonen-vrij vlees, frikandellen, wapenfabrieken, raketten, sterren-restaurants, hold-ups, fans,* en *praten als Brugman,* voor mij hoort dat in deze fabels allemaal niet thuis.

Tot slot nog iets over La Fontaine en de dieren, omdat dat aspect dikwijls verwaarloosd wordt.

Waarom komen er in La Fontaines fabels zoveel dieren voor? Nogal wiedes, zal men zeggen, omdat die dieren bij zijn voorbeeld Aesopus ook te vinden zijn. Ik wou het eens anders bekijken: niet de dieren volgen uit Aesopus, maar Aesopus volgt uit de dieren, als men mij volgen kan. Want waarom heeft La Fontaine uitgerekend in deze fabels zoveel energie gestoken? Vanwege de dieren! Hoe weet ik dat? Doordat hij voor iemand die hoogst zelden partij trekt wel opvallend vaak aan de zijde van de dieren staat...

Neem *De wolf en de herders.* Een wolf krijgt er schoon genoeg van om altijd maar door mensen achternagezeten te worden, alleen omdat hij af en toe een verrot schaap, een schurftige ezel of een kribbige hond verscheurt. Hij moet toch ook eten? Als ik nu voortaan eens niets dan gras eet, denkt hij, laten ze me misschien met rust. Nauwelijks heeft hij zijn besluit genomen of hij ziet een groep herders rustig een lam uit eigen kudde roosteren. Hij ontvlamt in woede: zij wel en hij zeker niet!, en zweert dat hij hun een paar schapen armer zal maken. Groot gelijk, zegt La Fontaine.

Ook wordt in vele fabels aangetoond dat de mens net zo goed in het dier huist als het dier in de mens. Pas nu realiseer ik me dat dat nauwelijks doorgedrongen is in onze taal. Mensen genoeg die voor vos, varken of lam worden uitgemaakt. Maar omgekeerd?

Het overtuigendst in dit verband is echter La Fontaines *Rede voor Madame de la Sablière* (een van zijn beschermvrouwen) waarmee hij het negende boek besluit. Daarin laat hij zich zeer misprijzend uit over Descartes, over wie in de salons die hij bezocht ongetwijfeld het nodige werd beweerd. Het is een gedreven stuk vol redeneringen, ironische opmerkingen en oprechte verontwaardiging tussen de regels door. Aan het eind geeft hij een paar voorbeelden uit eigen observatie. Hierbij is het aardig om te weten dat hij in zijn functie van beheerder van de wateren en bossen van Château-Thierry veel meer dieren had geobserveerd dan alle salonbezoekers bij elkaar. En dan niet in een laboratoriumsituatie!

Een hert, zegt hij, heeft zogenaamd geen verstand. Maar hoe laat zich dan verklaren dat een oud, uitgeput, achtervolgd hert een hinde naar zich toe lokt en de jachthonden vervolgens op háár spoor weet te zetten? Is daar geen overweging aan voorafgegaan?

En wie kan nog geloven in bevers zonder geest als hij heeft gezien hoe zij bruggen bouwen?

En wat denkt men van een patrijzenmoeder die krijsend opvliegt, alsof zij werd geraakt, om de jager van haar nest met jongen af te leiden? Is dat een machine?

Ik voorspel: *Fables* van Jean de la Fontaine gaat de bijbel van de eenentwintigste eeuw worden.

Breng uw vrienden in verlegenheid en doe ze ter ere van dit derde eeuwfeest alvast de hele verzameling cadeau. Tegen de tijd van het vierde eeuwfeest zal het dan voorgoed met een waaier van clichés gedaan zijn:

– geen man zal meer met Heer Bommel worden vergeleken
omdat hij toevallig netjes praat
– geen vrouw zal meer voor een ree worden gehouden omdat ze
toevallig bruine ogen heeft
– geen god zal meer tot de lammeren worden gerekend omdat hij
toevallig tussen de herders geboren werd
– geen dier zal meer voor een klok worden aangezien omdat hij
er toevallig voor zorgt dat het laatste uur van een mens geslagen
heeft
Dan zijn alle schepselen gewoon wolven en weten mens en dier
precies hoe laat het is.

Franse postzegels ter gelegenheid van het La Fontaine-jaar

256

ZOUT WATER EN ZEEP

Het jukbeen of waarom men zijn tranen de vrije loop moet laten

De wangen zijn de borsten van het gezicht.

Deze borsten zijn opgehangen aan het jukbeen en wel op de wijze van *Twee emmertjes water halen*.

Doorgaans rept men van *jukbeenderen* in plaats van *jukbeen (os zygomaticum)*.

Toch heb ik nog nooit een gezicht met vier wangen gezien.

Daarom stel ik voor: niet meer dan één jukbeen per gezicht (zoals ik al eerder heb voorgesteld: niet meer dan één juke-box per gedicht).

Een juk zou geen juk zijn als er niet iemand onder gebukt ging.

In dit geval is dat de neus.

De neus torst het juk met wangen op zijn neuzenek.

Omdat de wangen het leeuwedeel van het gezicht vormen is de neus vanzelf chef de la figure.

Maar ook een chef heeft niet alles in de hand.

Soms worden de emmertjes te zwaar.

Dan buigt het juk door.

De mondhoeken worden mee de diepte in gesleurd.

De buitenwereld spreekt dan van *chagrijn*.

Hoe kwamen die emmertjes zo zwaar?

Door de ingehouden tranen.

Tranen die niet mogen biggelen worden verkropt.

Langs de binnenkant der ogen stromen ze de wangen in.

De neus kan niet alles afvoeren.

Hoe minder iemand huilt, hoe voller de wangen, hoe dieper de mondhoeken, hoe groter het chagrijn.

Huil dus veel.

Lach niet minder.

Door de lach vliegen de neusvleugels omhoog.

Het juk gaat mee de lucht in.

De wangen volgen.

Hoge jukbeenderen zijn een leuk gezicht, denk aan de Slovenen.
Hoge wangen ook.
In het algemeen is alles wat hoog is een leuk gezicht.
Vooral voor de man.
Voor de man gaat geen zee te hoog.
Enkel de maan.
De maan is rond, twee ogen, een neus en een mond.
Maar geen jukbeen!
Laat honden hun serenades maar brengen aan de maan.
Wilt u ook een serenade?
Word dan vrouw.
Ga met hoge hakken, hoge benen, hoge borsten, een hoog stem-metje en een heel hoog jukbeen op een hoog balkonnetje staan.
Die Gitarre und das Meer.
Omhoog jukbeen, weg chagrijn!
Het Sursum Corda heeft zijn langste tijd gehad.

Een nat boek om tegenaan te schurken

'Zag u ooit het oerwoud van Equatoriaal Afrika? Zou u graag een treinreis door China willen maken? Gaat u binnenkort naar India? Weet u echt iets van België? Reisboeken spreken tot de verbeelding,' las ik in de wervende folder van een bekende literaire uitgever, waarin een reeks reisboeken werd aangekondigd. Ik heb niks tegen reizen en ook niks tegen reisboeken. Ik dacht alleen dat er maar één ding waarachtig tot de verbeelding sprak: de verbeelding zelf. En daarvan lopen de meeste reisboeken nu net niet over.

Om die reden zou ik *Reis om de dag in tachtig werelden* van de vader der cronopio's, Julio Cortázar, willen uitroepen tot hét reisboek van deze eeuw. Alleen al aan de absurde titel, waarin gegoocheld wordt met tijd en plaats, kun je zien dat het hier geen aangekleed snoepreisje maar de intensiteit en veelvoudigheid der verbeelding betreft.

'Niemand,' zegt Cortázar, 'kan weten hoeveel werelden er zitten in de dag van een cronopio of dichter. Alleen de bureaucraten van de geest beslissen dat hun dag is samengesteld uit een vast aantal elementen. Daarom heeft de cronopio ook geen klok of horloge.' En daarom, zou je hieraan toe kunnen voegen, kan een cronopio zo uitstekend reizen zonder buitenland. Wat verduveld handig is, want dan hoef je tenminste geen airmiles te sparen, geen koffers te pakken en ook niet steeds te denken om je tandenborstel.

In de inleiding van *Reis om de dag in tachtig werelden* wordt beloofd dat deze werelden vele havens, hotels en bedden voor cronopio's bevatten. Die belofte wordt ruimschoots nagekomen: wat een onveilige havens, wat een idiote hotels, wat een onweerstaanbare bedden! Elke cronopio zal er zich dadelijk in thuis voelen. Maar misschien dat nog niet iedereen weet wie of wat dat eigenlijk is, een cronopio.

Ik maakte voor het eerst met hem kennis in 1970 – later zou blijken dat ik hem al veel eerder in mijn leven had ontmoet, daarover straks meer – toen kreeg ik namelijk Cortázars *De mierenmoorde-*

De vader der cronopio's. Foto Manja Offerhaus

naar cadeau. In dit boek, een verzameling fantastische prozastuk-jes, verdeelt Cortázar de wereldbevolking onder in fama's, espe-ranza's en cronopio's. Hij definieert die groepen nergens maar toont ze eenvoudig in hun dagelijks doen en laten. Het akelige pro-bleem van de cronopio nu zit hem hierin dat uitgerekend zíjn doen en laten telkens stukloopt op de onbuigzame logica van de bakste-nen wereld. Hij stikt gewoonweg in een leven dat door anderen in ruitjes is opgedeeld en het enige wat hij ertegen in het geweer kan brengen is het spel. Dat is niet zomaar een spel, maar een bloedse-rieuze aangelegenheid met een duidelijk doel: totale ontmanteling van alle vastliggende en voorgeschreven verschijningsvormen, derhalve ook die van de literatuur.

De risico's die daaraan vastzitten was Cortázar zich maar al te goed bewust. 'Uiteraard,' zegt hij, 'betekent bij een rechtgeaarde Argentijn [en daar zou je gerust elke rechtgeaarde Nederlander naast kunnen zetten – Ch.M.] formele correctheid bij het schrijven net als bij het kleden altijd een garantie voor ernst, en iemand die in eenvoudige stijl verkondigt dat de aarde rond is, zal meer respect ondervinden dan een cronopio met een aardappel in zijn mond maar met veel te zeggen achter die aardappel.' Bij mijn weten is dit de eerste keer dat er een artistieke lans wordt gebroken voor de aardappel in de mond en alleen dat al is buitengewoon cronopio-achtig.

Overigens kan de cronopio sowieso goed met groenten uit de voeten. Behalve een aardappel in de mond heeft hij een artisjok aan de wand. Deze artisjok, die met zijn steel in een gaatje van de muur gestoken is, geeft met zijn ontelbare blaadjes niet alleen het juiste uur maar ook alle andere uren aan. Zo weet een cronopio altijd hoe laat het is, want hij hoeft alleen maar een blaadje uit te rukken. Tot alle blaadjes op zijn uiteraard: 'Als hij aan de bodem komt, kan de tijd niet meer gemeten worden en in de oneindige paarse roos van het centrum vindt de cronopio een groot plezier: dan eet hij hem op met olie, azijn en zout en zet een nieuwe artisjokklok in het gaatje.' Hmmm, een lustvolle tijdsbeleving! Maar niet alle hebbe-lijkheden die Cortázar zijn geesteskinderen toedicht zijn zo plezie-rig:

Cronopio's willen geen kinderen, omdat het eerste wat een pas-geboren cronopio doet het beledigen van zijn vader is, in wie hij vaag de opeenhoping van ongeluk ziet dat eens zijn deel zal wor-den.

Cronopio's die hun geliefde liederen zingen, raken soms zo en-thousiast dat ze zich laten overrijden door auto's of fietsers.

Cronopio's zijn niet principieel edelmoedig. Ook al zien ze de ontroerendste dingen, ze lopen eraan voorbij omdat ze net bezig zijn met hun oog een vlinder te volgen.

Cronopio's drukken altijd in het wilde weg op een tube tandpas-ta, zodat er een dik wit of roze lint uitkomt dat alle kleren bezoe-delt.

Cronopio's laten hun herinneringen meestal los door het huis lopen en zij lopen er zelf dwars doorheen. Daarom is er voortdurend spektakel in die huizen en regent het klachten van de buren, wier enige preoccupatie het is om te kijken of alle etiketten nog wel op de juiste plaats zitten.

Cronopio's kunnen evenveel waardering opbrengen voor een bedauwd spinneweb als voor King Lear, evenveel begrip voor de beul als voor zijn slachtoffer.

Cronopio's hebben altijd het gevoel er niet helemaal te zijn in welke structuur ook, in welk web ook dat door het leven wordt geweven en waarin zij tegelijkertijd spin en vlieg zijn. Daarom gaat er haast geen dag conflictloos voorbij. Zij leven en schrijven in de voortdurende bedreiging van het terzijde-staan.

Met name dit laatste zou je de tragiek van de cronopio kunnen noemen. Hij is een idioot en weet dat zelf het beste. En ook al kraait hij dan de godganse dag: 'Ik ben verschrikkelijk gelukkig in mijn hel!' daar wordt die hel heus geen hemel op. *Reis om de dag...* bevat hierover een hartverscheurende passage:

> Eigenlijk is het helemaal niet erg om idioot te zijn, maar het isoleert je volkomen, en ook al heeft het zijn goede kanten, het is duidelijk dat er soms een soort weemoed optreedt, het verlangen om naar de stoep aan de overkant te gaan waar je vrienden en verwanten elkaar vinden in een en hetzelfde verstand en inzicht, en een beetje tegen hen aan te schurken om te voelen dat er geen noemenswaardig verschil is en dat alles uitstekend gaat.

Dát is het verlangen, die stoep, en dat is derhalve ook het gemis, diezelfde stoep. En daarom schrijven cronopio's waarschijnlijk de beste reisboeken. De reis krijgt geen enkel vat op hen omdat hun preoccupaties elders liggen.

Een cronopio die op reis gaat, informeert niet van tevoren naar de prijzen der hotelkamers, de kwaliteit van de beddelakens en de kleur van de tapijten. Als hij op het station aankomt, regent het. De stad staat om hem heen als een grauw blok zonder ook maar één uitnodigende stoep. Geen taxi wil hem meenemen behalve voor een exorbitante prijs. Maar let op, niet zodra ligt hij in zijn vreemde bed of hij denkt: wat een mooie stad is dit, wat een prachtige stad, en dan al die fantastische feesten waar ik misschien wel iemand ontmoet waar ik tegenaan kan schurken... Nee, cronopio's gaan beslist niet op reis óm een reisboek te schrijven. En schrijven ze er toch een, dan wordt dat door de afwezigheid van die vooropgezetheid radicaal anders dan wat je aan reisboeken gewoonlijk onder ogen komt.

In dit verband schieten me de schitterende reisboeken van Henri Michaux te binnen (*Barbaar in Azië* en *Equador*). Het verbaast me niets dat Cortázar, die hem persoonlijk heeft gekend, hem tot een der grootste cronopio's rekende. Uit Michaux' mond komt de uitspraak: 'Wie niet kan spelen is een mens op rails.' Wanneer je zoiets zegt, heb je geen al te hoge pet op van de mens op rails. Ik wou dat in dit geval vrij letterlijk nemen. Want ook al heeft Michaux, evenals Cortázar trouwens, met veel verve en fantasie door de wereld gereisd, in *La vie dans les plis* kiest hij toch wel heel ondubbelzinnig vóór de verbeelding en tégen de reis:

Ik reis niet meer. Waarom zou ik?
Je wordt er niet wijzer van. Je wordt er nooit wijzer van.
Dat land van hen kan ik zelf wel verzinnen.
Zoals zij het aanpakken zijn er te veel dingen die niet kloppen.
Neem de wolkenkrabbers van de New-Yorkers: verloren moeite, je kunt er zo overheen vliegen. De Chinezen met hun pagodes en hun piekfijne beschaving. Heel China zet ik in mijn achtertuin. Dan kan ik het op mijn gemak observeren. [...]
Bergen zet ik zelf wel neer als het me uitkomt en waar het me uitkomt.

Behoeft het nog betoog dat geen enkele Alp door wie ook beschreven het uithoudt naast deze dwarse bergketens van eigen makelij?

Tot slot nog even iets over het uiterlijk van de cronopio. Sommige mensen hebben slechts één punthoofd, maar de cronopio heeft er twee. Hoe weet ik dat? Doordat ik voor de gelegenheid *De Mierenmoordenaar* weer eens heb doorgenomen. Slechts één zinnetje daarin vormde een kleine aanwijzing, maar dat was genoeg. Cronopio's worden daarin omschreven als 'groene, vochtige dingen'. Groene, vochtige dingen? Meteen zat ik rechtop. Dat ik daar vroeger geen aandacht aan had geschonken! Eindelijk begreep ik waarom de cronopio mij van meet af aan zo dierbaar is geweest. Om dat te verklaren zal ik een stukje moeten citeren van een lievelingsverhaal uit mijn jeugd. Ik heb het in *Hazepeper* ook al geciteerd maar ik doe het nog maar eens over omdat het zo vreselijk aandoenlijk is en omdat het verhaal behoort tot mijn lijfverhalen.

De titel luidt *Van een komkommer,* het had voor hetzelfde geld *Van een cronopio* kunnen heten:

Daar heb je nou die komkommer... die wil op reis!

'Iedereen gaat 's zomers op reis,' vertelt hij aan de augurk, 'dat hoort er zo bij tegenwoordig.'

'Zo,' zegt de augurk en knipoogt tegen de zon.

'Ja,' zucht de komkommer, ''t Is een hele drukte om weg te komen, dat verzeker ik je!'

'Drukte?' vraagt de augurk verbaasd, 'waarom drukte?'

'Begrijp je dat niet? Met pakken natuurlijk, koffers pakken!'

'O zo, en wat pak je daar dan in?'

Nu wordt de komkommer erg verlegen. Eigenlijk weet hij niet recht wat er al zo in een koffer gepakt wordt. 'Nu van allerlei, van allerlei,' antwoordt hij. [...]

Nu heeft de komkommer opeens erge haast om weg te komen. Hij kon de trein eens missen! Dus neemt hij afscheid en wandelt statig weg met beide koffers.

Net als hij om de hoek verdwijnen zal, steekt een augurk haar groene bolletje uit de kas en roept: 'Zeg komkommer, je hebt je tandenborstel toch niet vergeten?' [...]

'Mijn, mijn tandenborstel? Ik heb helemaal geen tandenborstel!'

'Wat een vent!' zegt de augurk minachtend,

'die verbeeldt zich dat hij als een deftige mijnheer op reis gaat en heeft niet eens een tandenborstel! Dacht je dat ze je in de hotels binnenlieten zonder tandenborstel? Geen sprake van, Mannetje.'

Door deze harde aanpak raakt de arme komkommer zo uit het lood dat hij even bij moet komen op een muurtje. Dan beginnen echter zijn tranen te lopen. En door die tranenvloed wordt hij zo week dat hij zich niet meer overeind kan houden. Hij tuimelt naar beneden en valt in twee stukken op de bakstenen wereld uiteen. Hier een punthoofd en daar een punthoofd, allebei zo groen als gras. Wat moet ik nog meer vertellen. De cronopio en de komkommer zijn één.

'Cronopio's,' zegt Cortázar, 'hebben van jongs af aan een hoogst constructief besef van absurditeit.' Dat is waar, de ellende is alleen dat de anti-cronopio's daar een hoogst destructief besef van absurditeit tegenover zetten.

Maar nu wordt het tijd om te vertrekken.
Daal neer in uw leunstoel.
Laat de koffers in de kast.
Vergeet uw tandenborstel.
Neem *Reis om de dag in tachtig werelden* op schoot, doe een regenjas aan en vertrek.
Dit gaat een natte reis worden, waarin het, aldus Cortázar, 'citaten regent'. Laat alle harten van alle denkbare Borneo's barsten en stoot in één keer door naar het verrukkelijke, vochtige, sappige binnenste van aartscronopio's als Man Ray, Louis Armstrong, Nietzsche, Artaud, Lezama Lima, Marcel Duchamp, Nyinsky en natuurlijk in de eerste plaats Cortázar zelf.
Groene reis!

Witte ogen achter brillen zonder glazen

Mijn beste vriendin was mijn beste vriendin, omdat ze mijn leven heeft verrijkt met
a) het halsgootje
b) de hondebril
Vooraf dient vermeld dat zij eigenlijk nooit heeft bestaan. Verbeelding? Maar dat van het halsgootje en de hondebril is echt waar. Ik ben wel een beest maar geen liegbeest.

'Weet je,' zei ze op een avond toen wij voor haar spiegel elkaars haar zaten te kammen en te borstelen, 'weet je wat ik zo leuk vind aan kinderen?'

'Niks met kinderen te maken,' zei ik. Maar zo (hoe?) bedoelde ze het niet.

'Hetzelfde wat ik zo leuk vind aan jou.'

Lieve God, was ik daar vijfenveertig jaar voor geworden? Nu begon ik stampei te maken. Weer bedoelde ze het zo niet.

'Het is je halsgootje,' zei ze. 'Je ziet het niet bij elke lichtval maar vanavond kan ik het ineens heel goed zien. Een soort van diepe schaduw.'

Ik spitste mijn oren. Via de spiegel zag ik haar liefdevolle blik langs mijn achterhoofd dwalen. 'Je weet niet half,' zei ze, 'hoe 'n leuk halsgootje of jij hebt. Echt waar, ik lieg niet. Steeds als ik het zie, word ik er vrolijk van. En er is geen volwassene die het nog heeft. Ofwel het groeit voor hun twintigste al dicht, ofwel ze dragen er een kapsel overheen. Doe me een plezier en bewerk je nek voortaan met de tondeuse.'

Ondertussen begon ze met haar wijsvinger een denkbeeldige lijn te trekken van mijn onderste haargrens tot de knobbel van de bovenste nekwervel, recht naar beneden. Geschrokken keek ik haar in de spiegel aan omdat ik niet wist of ik voor zulke dingen in de stemming was. Stralend glimlachte ze terug. Opnieuw legde haar wijsvinger het holle weggetje af. En nog eens en nog eens. De rillingen liepen over mijn rug.

'Dát is het halsgootje,' zei ze. 'Kun je het voelen?'

Ik antwoordde: 'Zo is het wel genoeg. Straks gaat het nog regenen en daar is zo'n gootje vast niet op gebouwd.'

'Wát?' riep ze verbaasd uit. 'Komen jouw waterlanders dan vanachteren?'

Nu de hondebril.

'Vergeet vooral de hondebril niet,' zei mijn vriendin, toen wij op een andere avond alweer met kam en borstel in de weer waren maar nu op onze honden. 'Vergeet hem niet, want je mag blij zijn dat jouw hond er eentje heeft. De meeste moeten het zonder doen. Geef hem flink van katoen, dan gaat hij glanzen als een spiegel.'

Ik dus poetsen en poetsen aan mijn hond zijn snuit, rondom de ogen om precies te zijn.

'Wat doe je nóu!' schreeuwde ze uit. 'Dáár zit de hondebril toch niet? Straks raak je hem nog in zijn ogen. Hoe kun je zó stom zijn? Als ik zo stom was, beet ik mijn neus eraf.'

Enfin, ik liet haar even uitrazen. We legden onze borstels op de rand van het bad – we waren namelijk in de badkamer – en ze rookte nijdig een sigaret of acht. Al die tijd bleven de twee honden keurig in de houding staan. Toen pakte ze de mijne ineens bij zijn achterpoten en tilde het hele achterstel zo voor mijn neus de hoogte in. 'Alsjeblieft,' zei ze, 'kijk zelf maar, per slot ben jij even dol op jouw hond als ik op de mijne. Nog een bof dat je mij hebt leren kennen, want anders – ik zeg het eigenlijk liever niet – anders zou hij misschien gestorven zijn zonder dat jij ooit oog in oog had gestaan met zijn bril.'

En ik zag het. Onder de staart bevond zich op elke bil een zuiver rond kruintje. Het ene rechtsdraaiend en het andere linksdraaiend, in perfecte harmonie.

Door deze voorvallen kregen achterkanten meer zin. Het klinkt misschien gek, maar sindsdien heb ik het nooit meer erg gevonden om ergens in de queue te staan. Ook het zitten in bus of tram gaat me beter af en ik ken haast geen groter genoegen dan een heer in en uit zijn jas helpen. Op straat wissel ik blikken met achterkanten van honden en geef knipoogjes naar hun vriendelijke brillegezicht. Het is dat bomen geen achterkant hebben, want anders... Ach, ik weet eigenlijk niet wat anders. Ik wou alleen maar uitleggen dat eenvoudige en concrete observaties je leven doorgaans meer verrijken dan wetenschap, feminisme, sport of mystiek.

Gerrit Komrij.
Foto Harry Cock

Abraham Lincoln

Joséphine Baker

Maar mijn vriendin zou mijn beste vriendin niet zijn geweest als ik niks terug had gedaan. Ik deed dus wat terug. Eerst wees ik haar tot haar stomme verbazing op het ronde gaatje dat in de flank van een naakte slak ontstaat zodra die zich helemaal uitstrekt. Zelfs Jezus aan het kruis droeg niet zo'n zuiver rond derde oog in zijn zij.

Vervolgens tipte ik haar hoe ze het mooist op de foto kon.

Het menselijk oog is een gebakken eitje. De iris met de pupil is de dooier en het wit is het wit. Hoe meer wit, hoe sprekender het oog (dit kan van een gedicht niet altijd gezegd worden). Maar helaas, meestal gaat het oogwit grotendeels onder de oogleden schuil – behalve bij mensen als Komrij of Abraham Lincoln, bij wie de iris van nature de neiging heeft om naar boven te zwemmen – en daarom moet je voor een aansprekelijke foto óf onderuit kijken, wat niet alleen het voordeel heeft dat je iris aan drie kanten door wit wordt omgeven maar tevens een bepaalde gemoedsgesteldheid uitdrukt (zie Latijnse woordenboek onder *suspicere*), óf je pupillen helemaal naar één uithoek dirigeren, een kunst die bijvoorbeeld Joséphine Baker goed verstond.

Waarom vertel ik dit allemaal? Omdat er iets ongerijmds is gebeurd. De laatste tijd zie ik uit alle hondebrillen tranen vloeien. En ook alle halsgootjes zijn drijfnat. Toch heeft het niet meer geregend dan altijd. Kan de waarneming in een paar jaar zó veranderen of zouden mijn pupillen onder mijn oogleden zijn geschoven?

Een onderzeese modeshow uit Bohemen

Be always kind to animals
Wherever you may be
And give the gentle jelly-fish
A shore into the sea.

(kinderliedje)

Stel je voor: een vrouw zonder hoofd, zonder armen en zonder bovenlijf, met als benen slechts wat versierde slierten waar geen enkele schoen aan past.

Stel je voor dat die vrouw voornamelijk uit doorkijkrok bestaat en dat ze zich alleen kan voortbewegen door die rok zo bevallig mogelijk te laten klokken en golven.

Stel je voor dat van deze heksentoer bijna niemand achterovervalt. Voor de kwal is het realiteit!

Voor de oplettende zwemmer ondertussen zou het een wonder moeten wezen: één klokrokkende kwal en de hele zee lijkt aangekleed. Dat doet een druppel wijn niet na. Een paar van zulke kwallen en men waant zich bij Dior. Het wordt weleens over het hoofd gezien, maar de kwal belichaamt zo'n beetje de allervrouwelijkste vorm die er is. Daarom kreeg hij in het Frans ook een vrouwennaam aangemeten, al droeg Medusa haar slangenpruik niet vanonderen, en daarom wordt bij ons wel de vent maar nooit het wijf voor kwal uitgemaakt (vergelijk de slijmjurk die ook altijd broeken draagt). Desondanks heeft al die vrouwelijkheid niet tot veel kunstzinnigs aanleiding gegeven. De kwal als muze is een lachertje.

Ik heb een bundel met meer dan duizend diergedichten erin, slechts ééntje bezingt de kwal: *La Méduse* van Apollinaire.

Ik heb tientallen boeken met dierschilderijen, de kwal ontbreekt. Weliswaar hebben schilders als Kandinsky en Miró zich zichtbaar door kwallevormen laten inspireren, maar dat is niet hetzelfde als kwallen portretteren. Goed, een echt schilderij, ook het figuratieve, schijnt over verf en niet over het onderwerp te gaan, maar waar-

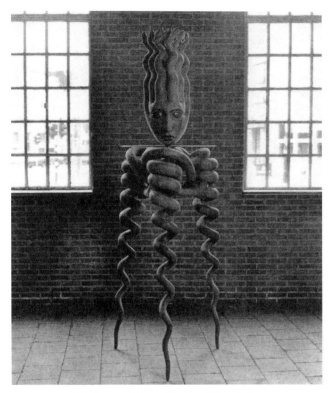

Medusa-tafel van Gerhard Lentink

om behelst dat onderwerp dan keer op keer het vrouwelijk naakt en zo uiterst zelden het aangeklede kristallijn?

Kwallen op sokkels zie je ook haast nergens. Afgezien van de Medusa-tafel van Gerhard Lentink moet ik het eerste kwallebeeld nog tegenkomen.

Sinds jaar en dag blaast de Oostendse Stadsharmonie *De Wulkenmars*. De *Kwallenmars* werd nooit gecomponeerd.

En laat zich iets sierlijkers en vanzelfsprekenders denken dan een kwallenballet? Geen choreograaf is bij mijn weten op het idee gekomen.

De mens mag de kwal blijkbaar niet, en de meeste kunstenaars zijn nu eenmaal mens.

De kwal is een holtedier, holtes zijn eng. (Roland Barthes: 'Medusa, of de spin, dat is de castratie.')

De kwal is een neteldier, neteldieren doen pijn. Waarom, zo wordt waarschijnlijk geredeneerd, zou je je aan een kwal branden als er zoveel heuse vrouwen voorradig zijn? Wie de keus heeft tussen brandnetel en appelboom kiest toch ook de laatste uit? Snertkunst die zichzelf voortdurend verraadt door met de consensus te heulen...

En dan ineens, dwars tegen alles en iedereen in, blijken er al in de vorige eeuw twee glaskunstenaars te zijn geweest die niet één, maar honderden kwallen tot leven hebben geblazen. Uit glas!

Van alle kunsten heb ik uitgerekend de glaskunst altijd het onmogelijkst gevonden. Ik doel nu even niet op de vele fraaie gebruiksvoorwerpen, maar op de fel gevlamde maanvis vastgekleefd op zijn even fel gevlamde stuk koraal, op het paars gestroomde paard dat met zijn hoefloze druipers aan zichzelf tracht te ontkomen, of op de gestileerde zwaan die in plaats van een boos gezicht twee lachende rode lippen toont. In één klap werd dat allemaal goedgemaakt door een vader en zoon in Bohemen. Maar laat ik bij het begin beginnen.

Bij toeval kreeg ik een nummer van het glas- en ceramiek-tijdschrift *Vormen uit vuur* in handen. Daar stond een paginagrote foto in die me altijd bij zal blijven. Tegen een blauwe achtergrond, die ik voor water hield, zweefde een beauty van een longkwal. Door de glasheldere rok schemerde een wereld van geheimzinnigheid. Jammer genoeg kon je de klokkende en golvende bewegingen niet waarnemen, maar je kon ze erbij denken. De slierten waren getooid met kokette kousebanden die het midden hielden tussen kant en bont. De zoom van de rok was afgezet met blauwe schulpjes en daar kwam ook weer een stukje kantwerk onderuit. Ik dacht: aan de natuur kan de kunst toch waarachtig niet tippen, en raakte er niet op uitgekeken. Totdat ik tot mijn verbazing een stangetje gewaarwerd dat bijna obsceen tussen de slierten naar beneden voerde.

Een rok van glas

Ongetwijfeld om te eindigen in een voetstuk dat niet was meegefotografeerd. Pas toen besefte ik met een kunst-longkwal van doen te hebben en gretig verdiepte ik me in het bijbehorende artikel dat door ene Henri Reiling was geschreven. Deze Reiling bleek ooit assistent-conservator van de zoölogische afdeling van het Utrechts Universiteitsmuseum te zijn geweest. Men kan gerust stellen dat hij daar de vondst van zijn leven heeft gedaan.

275

Snuffelend in oude vitrines ontdekte hij een verzameling van een stuk of negentig voorwerpen die hem nog het meest aan kerstversiering deden denken. Het bleken modellen van kwallen, zeeanemonen, poliepen, slakken en andere ongewervelde dieren, alles van glas en met de grootst mogelijke precisie nagemaakt. Niemand wist wat ze daar deden, waar ze vandaan kwamen, hoe oud ze waren en wie ze had vervaardigd. Geïmponeerd door hun schoonheid is Reiling toen zelf maar op onderzoek uitgegaan. Met succes. Dank zij zijn wereldwijde navorsingen kennen we nu het verhaal achter deze breekbare familie, een verhaal dat niet minder sprookjesachtig is dan de kwal zelf.

Wij schrijven 1870. In een dorpje verweg in Bohemen, midden tussen de sombere dennenwouden, staat een eenzaam landhuis. BLASCHKA lezen we op de deur en als we even blazen gaat die deur vanzelf open. Binnen stuiten we algauw op een kolossale tafel vol flessen en potten met dieren op sterk water, tekeningen en opengeslagen biologieboeken. Daaraan zitten een man en een jongen van een jaar of twaalf met volle overgave aan een kwal te werken: Leopold Blaschka en zijn zoon Rudolf. Met behulp van een vlam die door een voetblaasbalg wordt aangejaagd geven ze de grote stukken vorm. Met nijptang en pincet worden de details in de gewenste richting gebogen. En met lijm wordt alles vervolgens in elkaar gezet. Wat kleur moet hebben krijgt een likje verf. Het klinkt misschien ongelooflijk maar het resultaat is echter dan levensecht.

Gevraagd naar het geheim van hun toverkunst antwoordt de oudste van de twee: 'Veel mensen denken dat we een geheim hebben waarmee we het glas plotseling in deze vormen kunnen knijpen, maar dat is niet zo. Wij hebben *tact*. Rudolf meer dan ik, omdat hij mijn zoon is en omdat tact met elke generatie toeneemt.' Jaloers op zoveel tact en beschaamd omdat we inmiddels weten hoe weinig de tijd aan dit vooruitgangsoptimisme tegemoet is gekomen, knijpen we er vlug weer tussenuit.

Wat, hun buitengewone tact daargelaten, maakte deze Blaschka's nu zo bizonder? Níet dat ze uit een familie stamden die al generaties lang glaskunstenaars had voortgebracht. Dat was in Bohemen, wereldberoemd glascentrum als het was, doodgewoon. Wél dat ze zich in een compleet zeeloze, dennegroene omgeving, waar hoofdzakelijk streekgebonden taferelen als de hertejacht in glas werden

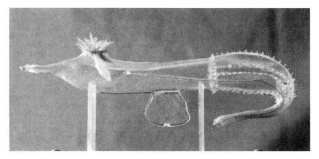

Blaschka *Pterotralica scutata Gegenb.*, zeeslak. Foto Bas Czerwinski

geëtst of gegraveerd, met zoveel liefde voor het detail op de glibberige zeefauna hebben geworpen.

Helemaal uit de lucht gevallen kwam die voorkeur overigens niet. Als schoolkind was vader Blaschka al verzot op Natuurlijke Historie en met veel verve en artistiek talent tekende hij allerlei zeedieren uit boeken na. Als hij in 1853 per brik naar Amerika reist, hij is dan dertig jaar, kan hij dezelfde dieren tot zijn vreugde in natura tekenen (later zal hij deze tekeningen als voorbeeld voor zijn modellen gebruiken). Het is op deze reis geweest dat hij voor het eerst het Portugese Oorlogsschip heeft ontmoet, een buitengewoon imposante kwal die een onuitwisbare indruk op hem maakte.

Terug in Bohemen gaat hij echter niet meteen met kwallen en poliepen aan de slag, maar eerst nog even met zijn specialiteit glazen bloemen door. Daarmee zou hij zich een ongehoorde roem verwerven. Eigenlijk was hij argeloos met die bloemen begonnen, voor zijn plezier. Maar de binnenhuiscultuur van de vorige eeuw bracht zo'n grote vraag naar exotische namaaknatuur met zich mee en zijn glazen bloemen waren zo magnifiek, dat hij al spoedig werd ontdekt door een prins die op een naburig slot woonde. Uit de kassen van deze prins mocht hij toen wat hij maar wou aan voorbeeldbloemen bestellen, waaronder de kostbaarste en zeldzaamste orchideeën. Tussen wat voor kleuren- en geurenpracht moet die man gewerkt hebben! Toen rond 1862 zestig van zijn glazen bloemmodellen in het prinselijke paleis in Praag werden tentoongesteld was zijn reputatie voorgoed gevestigd. Sindsdien ging het alleen maar crescendo en bloeiden zijn bloemen over de hele wereld. De Harvard University bijvoorbeeld bezit een collectie die als regelrechte toeristische attractie wordt beschouwd.

Via zijn bloemen is Leopold Blaschka in contact gekomen met de directeur van het Natuurhistorisch Museum van Dresden en op zijn verzoek is hij toen glazen zeeanemonen gaan maken. Van de bloem naar de zeeanemoon is slechts één stap en van de zeeanemoon naar de kwal is er nog een. Zo kwam hij vanzelf weer bij zijn oude liefde terecht. Daar zou het echter niet bij blijven. Om representatief te zijn hebben museale kunstaquaria wel iets meer nodig dan kwallen alleen. Hij kreeg de ene bestelling na de andere: zeekomkommers, inktvissen, wormen, slakken, poliepen, noem maar op. Meer en meer kon hij zich daardoor losmaken van prinsen, paleizen en salons. En dat beviel hem best, after all maakte hij tien keer liever voorwerpen ter lering dan rijkeluissnuisterij.

Samen met zijn zoon, die hij expres heel jong van school heeft genomen, stort hij zich op de serieuze bestudering van het ongewervelde dier. Hun contacten met de wetenschappelijke en museale wereld worden steeds intenser en uitgebreider, omdat ze nu behalve vaklui ook nog kenners zijn. Uit hun dikke orderboeken valt op te maken dat ze bekendheid genoten tot in Japan en India toe.

Waarom waren al die instellingen zo tuk op glazen dieren? Omdat ze zich tot dusver met dieren op sterk water hadden moeten behelpen. En nu kun je dieren op sterk water wel goed bewaren, maar na verloop van tijd gaan de vorm en de kleur eraf, wat zowel de natuurwetenschappelijke doeleinden als het onderwijs niet ten goede komt. Ook de Blaschka's zelf gingen er meer en meer toe over om levende voorbeelden te gebruiken. Ze hadden

Blaschka *Obelia dichitoma*, medusa. Foto Bas Czerwinski

hun hele Boheemse huis ten slotte vol zoutwateraquaria staan. Hoe anders dan orchideeën zal dat geroken hebben.

Helaas hebben de Blaschka's in 1890 een exclusief contract met de Harvard-universiteit afgesloten. Van toen af legden ze zich alleen nog maar op planten en bloemen toe. Daarmee kwam een eind aan de creatie van glazen diermodellen. Buiten hen was er op de hele aarde namelijk maar één andere glasmodellenmaker bekend, Herman Müller geheten, en die hield zich louter met de vervaardiging van micro-organismen bezig. Musea en onderwijsinstellingen moesten het voorlopig met modellen van gips, was of papier-maché stellen.

Als Leopold Blaschka in 1895 overlijdt, zet zijn zoon het werk nog jaren in zijn eentje voort. Als deze in 1939, hij is dan tweeëntachtig, eveneens overlijdt, heeft hij vijftig jaar lang glazen bloemen gemaakt. Het totale aantal loopt dan ook in de duizenden.

Beiden liggen begraven in Hosterwitz. Hun vakkennis verdween mee in het graf, want kinderen had Rudolf Blaschka niet, en zowel overtuigd van hun onevenaarbare meesterschap als bang dat hun techniek zou worden afgekeken, hadden ze nooit anderen in hun bedrijf toegelaten. Ook van hun ongewervelde dieren bestaan er vele duizenden, verdeeld over zo'n zevenhonderd soorten. Zoals gezegd is het Utrechts Universiteitsmuseum de trotse bezitter van circa negentig stuks.

Aan wie heeft dit museum zijn opmerkelijke verzameling nu te danken? Ook dat heeft Reiling uitgezocht: aan prof. dr. A.A.W. Hubrecht. Toen deze in 1882 het hoogleraarschap in de dierkunde aanvaardde, heeft hij zichzelf de collectie bij wijze van welkomstgeschenk cadeau gedaan. Zogenaamd gebeurde dat in naam van het onderwijs, maar in feite zijn de kunstzinnige glazen voorwerpen vliegensvlug in een vitrinekast verdwenen. Hoezeer Hubrecht ze trouwens als zijn hoogstpersoonlijke eigendom beschouwde blijkt wel uit het feit dat de verzameling na de dood van zijn weduwe integraal bij hen thuis op zolder werd aangetroffen, nota bene in een kamertje dat volgens insiders doodleuk Het Glasmodel werd genoemd.

Toen deze glazen kwallen en andere ongewervelden in de zomer van 1994 plots stonden opgesteld in het Nationaal Glasmuseum van Leerdam, en wel nadrukkelijk museaal, dus niet op een oude kastplank als dier tussen andere dieren maar als geïsoleerd glasobject onder een optimale verlichting, voelde je je ineens geconfronteerd met de vraag of ze genoeg kwaliteiten hadden als kleinplastiek, of ze met andere woorden wel tot de kunst gerekend konden worden. Een vermoeiende vraag, maar een vraag. Afgaand op het doel waarvoor ze werden vervaardigd, ter lering of voor de sier, is men geneigd te vinden van niet. Afgaand op het eigen oog zei ik echter hartgrondig: ja, al was ik lichtelijk teleurgesteld dat met name de kwallen zoveel kleiner waren dan ik op grond van de foto's had vermoed. De evidente artisticiteit der Blaschka's stráált gewoonweg door hun ambachtelijkheid heen. Dan doen functies of doelgroepen er niet meer toe.

Neem alleen al het feit dat het gelukt is om weke dieren overtuigend vorm te geven in hard materiaal. Die kwallen zien eruit of je er zo je vinger in kan zetten. Wat mij nog het sterkst heeft aangegrepen was de (haast onzichtbare) breekbaarheid van dit stelletje ruggegraatlozen die in het echt nu juist zo vreselijk onbreekbaar zijn! De absurditeit dat die toegenomen kwetsbaarheid nog als iets positiefs beschouwd kan worden ook, omdat vrijwel niets zozeer de razernij opwekt als de onbreekbaarheid van een inferieur geacht individu. Ik kan het weten omdat ik van mijn vijfde tot aan mijn twintigste al mijn zomervakanties in Wijk aan Zee heb doorgebracht, waar ik met leedwezen heb mogen constateren dat de kwal de vernederdste en vertraptste van het hele strand is.

Bij oostenwind spoelden ze aan. In tegenstelling tot een kwal in het water doet een kwal op het land nog het meest aan een gelatinepudding denken. Maar moet hij daarom stuk? 'En of!', luidde het eensgezinde oordeel en men moedigde alvast zijn kinderen aan. Ik zie nog dat kogelronde jongetje met zijn dikke, roodverbrande beentjes uitzinnig tegen een oorkwal trappen. Zijn verontwaardiging als het niets uithaalt. Dan zal hij hem wel op een andere manier te grazen nemen en hoepla, met zijn schep gooit hij hem hoog in de lucht. En nog een keer, en nog een keer. Ongedeerd ploft de kwal steeds weer terug op het strand. Alleen zijn mooie blauw is wat zanderig geworden. Tranen van woede springen het jongetje in de ogen. Hij zal hem, hij zal hem! Hij heeft immers zijn zakmes nog? En rits-rats snijdt hij het kwallelijf in rechte repen. Nóg is hij niet tevreden want repen zijn geen scherven. Met beide voeten gaat hij erop dansen, zoals ze wel met druiven doen. Het helpt niet, de repen blijven heel. 'Rotkwal!' brult hij en met achterlating van zijn schep holt hij huilend naar zijn moeder toe. Het leek Peenhaar wel van Jules Renard, die er maar niet in slaagde een mol te mollen. Diezelfde ergernis over een verafschuwd schepsel dat de brutaliteit heeft heel te blijven.

Breekbaarheid is gevaarlijk maar onbreekbaarheid helemaal. Denk daar maar aan als u met uw breekbare wervelkolom vijandig tegenover invertebraten staat.

Op zeebenen, blauwvoeten en knieën van dennehout

(Open brief aan het tijdschrift *Raster*)

We bevinden ons niet op een politiebureau en mijn teen is geen verdachte. Maar hij zou de benen kunnen nemen. Daarom volgt hier zijn beschrijving:

Mijn teen is precies 3,8 cm lang en steekt recht uit mijn voet naar voren.

Welke teen? Opnieuw.

Mijn linker grote teen is precies 3,8 cm lang en steekt recht uit mijn linkervoet naar voren.

Linkerteen uit linkervoet, dat is zo klaar als een klontje. Pas als die teen ergens anders uit opdoemt, uit de rechtervoet bijvoorbeeld of uit een zilveren kandelaar, dan zou je kunnen zeggen: het wordt vermeldenswaard. Weg met die linkervoet, waarvan de teen zelf deel uitmaakt.

Mijn linker grote teen is precies 3,8 cm lang en steekt recht naar voren.

Dat doen alle tenen of het moeten jubeltenen zijn of van die hamertjes.

Mijn linker grote teen is precies 3,8 cm lang en steekt...

Zo denkt iedereen dadelijk aan een eksteroog.

Mijn linker grote teen is precies 3,8 cm lang en wijst...

Daar is de wijsvinger voor.

Dit draait allemaal op niets uit, gooi het maar over een andere boeg.

Mijn linker grote teen maakt deel uit van mijzelf en toch is het geen vrouwtje.

Alweer de linker? Waarom het speciaal de linker moet zijn is nog steeds niet duidelijk. En zou jij jezelf als *vrouwtje* willen bestempelen?

Allebei mijn grote tenen maken deel uit van mijzelf en toch zijn het geen vrouwen.

Allebei is weer te veel van het goeie. *Vrouwen* kan niet, want jij bent enkelvoud. Bij nader inzien klinkt vrouw voor een teen ook iets te zwaar.

Mijn grote tenen maken deel uit van mijzelf en toch zijn zij niet vrouwelijk. Waar bij een vrouw, een goedgebouwde althans, het lichaam zich taillegewijs heeft samengetrokken opdat de rok niet voortdurend op de knieën zakt, daar bevindt zich bij de grote teen, die dan ook geen rokjes draagt, een soort verdikking die men het tenevoorhoofd zou kunnen noemen ware het niet dat haast iedereen de nagel aanziet voor het aangezicht. Dwars over deze verdikking lopen enkele diepe groefjes wat de teen in weerwil van zijn stompzinnig voorkomen een heel nadenkend uiterlijk verschaft. Een van deze tenen nu, te weten de linker en straks zal ik nauwkeurig beschrijven waarom het per se de linker moet zijn, lag juist kringetjes te beschrijven in de lucht toen ik met een paar warme sokken in mijn hand de huiskamer (5x6 m met zicht op zee en een open haardje) binnentrad. Tot dusver had ik hem nog niet gemist maar...

Stop, ho! Je slaat weer aan het schrijven en dat willen ze niet. Wat willen ze dan?

Een beschrijving!

Raster-redactie! U vraagt schrijvers om een beschrijving. Dat is sterk: zelf nog geen seconde van uw leven een greintje vertrouwen in de werkelijkheid hebben gehad en dan toch vragen om een beschrijving. Maar ik heb het geprobeerd.

Uw verzoek bereikte mij kort voor Kerstmis. Dat kwam goed uit, ik stond net op het punt naar Oostende te vertrekken. Ik houd van Oostende: de Nacht van het Paard, het bal du Rat Mort, de orde van de Garnaal, de drapeau Belge met de fiere Vlaamse leeuw erop, de kraaiende nabijheid van De Haan aan Zee, het haantje op de Peperbusse, de Viertorre, de blauwvoeten, de schapen uit het hinterland, de sole Ostendaise, de zwarte pladijs, het kieksje-in-e-kommetsje, de frioentjes in de duinen en de duivinnetjes in de Ensor-disco. Ik zou geen stad ter wereld weten die zoveel dieren herbergt en toch zo weinig wegheeft van Burgers' Dierenpark. En het allermeest houd ik wel van Oostende op zijn Kerstst: een streling voor de tong en een plaatje voor het oog. Wat is nou leuker, dacht ik, dan een beschrijving van dat plaatje en die streling. Als Marina Tsvetajeva heel Moskou cadeau kon doen aan Mandelsjtam, waarom zou ik de Raster-redactie dan niet eens kunnen trakteren op een stukje van Oostende?

Op het Wapenplein stonden vier kaarsrechte sparren uit Zweden van minstens zes man hoog.

Die waren helemaal uit het Hoge Noorden afgezakt om door de golven hier op het strand te worden gesmeten.

Elke spar was versierd met 650 gele lichtjes, bizonder smaakvol.

Tegen de voorkant van de toren van het Feest- en Cultuurpaleis zat een grote staartster bevestigd die geheel bestond uit dezelfde lichtjes maar dan kleiner: 1200 voor het sterrelichaam en 1050 voor de staart. Ik heb alles nauwkeurig nageteld. Het verbaasde me dat er minder lichtjes in de lange staart gingen, maar je vergist je altijd weer in de geweldige omvang van de staartpunten.

Binnen in de toren waarvan zoëven sprake was bevindt zich een carillon. Daarop speelde de stadsbeiaardier (vroeger was dat Delmotte, die onder andere de prachtige *Mars van de Wulken* heeft gecomponeerd, en nu is dat Houtekiet) *De herdertjes lagen bij nachte*, *Minuit Chrétien*, *O Tannenbaum, o Tannenbaum* en nog enkele wijsjes die ik niet thuis kon brengen.

Aan de voet van de muziekkiosk, die schuilging onder een vracht hulst- en dennetakken, stond een zogezegde levende Kerstkribbe opgesteld. Dat is het stalletje van Betlehem maar dan met echte mensen en dieren erin. Gewoontegetrouw werd Maria verbeeld door een vissersvrouw met een vissersbaby'tje, wat heel toepasselijk in verband met Jezus is.

Helaas was de burgemeester, die altijd een van de Drie Koningen wil zijn en dan het liefst Balthasar of Melchior omdat hij anders zijn hele gezicht zwart moet maken, niet van de partij. Ze hadden nergens een kameel kunnen vinden en wat zijn Drie Koningen zonder kameel.

Herders waren er gelukkig wel benevens dertig schapen, dat is te zeggen drieëntwintig schapen en zeven lammetjes.

De os was een os en voor de ezel hadden ze een paard genomen. Het hele plein zwom en glom van de schapepis. Niet erg zolang je er niet met je voeten middenin zit. Maar óp dat plein, op een fijn gebeeldhouwd krukje in de vorm van een sintjakobsschelp, zat... ik. Werkelijk, niemand kan beweren dat ik er niet echt voor ben gaan zitten, plein air zelfs, om alles zo natuurgetrouw mogelijk te kunnen overschrijven.

Maar weer en wind zijn er ook nog. Ik was nog maar net begonnen of een hevige storm brak los, tien of elf beaufort met regen erbij.

Een gevorkte dennetak sprong in mijn haar (ik leek wel een damhert), mijn papier waaide weg, mijn pen kreeg vleugeltjes, mijn voeten werden blauw en ik zag dingen vliegen die er volgens ooggetuigen nooit zijn geweest.

Toen heb ik mijn boeltje maar opgepakt en ben ik leunend tegen de wind naar huis gekrabbeld om droge sokken aan te doen. Daar, met mijn blote voeten op de drempel van de huiskamer, miste ik ineens mijn grote teen. En op dat moment moet het te hoog gegrepen idee bij me opgekomen zijn om dan maar een beschrijving van die teen te maken, waarvan hierboven mislukt akte.

Maar wat ís dat ook, een literaire beschrijving, wat moet men zich daarbij voorstellen? Laat zo'n beschrijving zich aanwijzen? Kun je zeggen: daar op die bladzij begint hij en hier op deze bladzij houdt hij weer op?

Het *be*schrevene losmaken van het *ge*schrevene, is dat niet even bizar als het onderscheid tussen kunst en kunde, kind en badwater, tekst en context, teen en voet? Kun je niet evengoed aan een spin vragen: weef eens een weeffout zonder web?

Nee, *beschrijven* dat doe je bij de politie (de boef), op een reisbureau (de zon in diverse prijsklassen), op de schrijversvakschool (je gevoel), op de ijsbaan (een acht), om de aarde (een baan), maar niet in een boek. Zoals je *beschilderen* doet op handenarbeid (een eierdop), in de schoonheidssalon (nagels, wenkbrauwen, oogharen, lippen), in de wieg (je luier), en niet op het doek.

Daarom rijmen doek en boek ook op elkaar, als dragers van betekenis.

Een boek is dus drager van betekenis en die betekenis strijkt op de gekste plaatsen neer, op een komma desnoods of midden in de ellenlange opsomming van iemands ondergoed, of in de twee poten van de letter M (terzijde: waarom wordt voor banket- en chocoladeletters zo vaak de M gebruikt?). Die maakt geen enkel onderscheid tussen beschrijving, opschrijving, afschrijving, herschrijving, onderschrijving, terugschrijving, neerschrijving of wat dies meer zij. Er is slechts één ding dat telt: het schrijven.

Daarom is het opdelen van een boek in plot en rest, verhaal en beschrijving, niet alleen een aanranding van dat betreffende boek maar van de literatuur in haar geheel. En hetzelfde geldt voor de schilderkunst: een schilderij ís niet de som van de voorstelling plus betekenisloze partijen, *vorm* en *rest-vorm* laten zich niet splitsen.

Een schrijver schrijft.

Een schilder schildert.

Dit zou allemaal niet gezegd hoeven worden als niet minstens twee opvattingen die uit de opdeel-denktrant voorkomen nog steeds de ronde doen:

a) Dat hele stukken van een bepaald kunstwerk er domweg niet toe zouden doen. Dat hele lappen van een boek rustig buiten beschouwing kunnen blijven zonder dat men wat mist.

b) Dat de waarde van een boek niet in de eerste plaats bepaald wordt door de taal, maar door het gehalte aan waarheid, deugdzaamheid, correctheid enzovoort, van het verhaal. En van een schilderij niet door het gebruik van verf en kleur, maar door het gehalte aan zelfde bestanddelen van de voorstelling. (Waarmee ik overigens niet wil zeggen dat verhaal en voorstelling er niet toe doen. Integendeel, ik heb het altijd raar gevonden als ze op de academie zeiden dat het niks uitmaakte wát je schilderde. Een schildpad in een vliegtuig is hoe dan ook iets anders dan een tinnen schaal met een citroen.)

Ad a) Wanneer men werkelijk meent dat hele lappen van een boek rustig kunnen worden overgeslagen, dan heeft men waarschijnlijk een boek in handen dat maar beter helemaal kan worden overgeslagen.

Ad b) Hoe tragikomisch dit kan uitpakken heb ik jaren geleden zelf ervaren met een schilderij.

Ik had een groot schilderij gemaakt van de geheimzinnige wijze waarop de nachtboot uit Engeland als een schimmig gevaarte vol kerstlichtjes uit de duisternis opdoemt in de haven van Oostende: water, lucht, licht, duisternis, alles vloeit ineen om doorkliefd te worden door een spookbeeld met een kleurig vlaggetje. Daarmee won ik een prijs die was uitgeloofd door het Scheepvaartmuseum van Amsterdam. Bovendien zou het schilderij worden aangekocht. Dat werd het ook, maar het hing nog niet of de poppen waren al aan 't dansen. De boot voerde een Belgisch vlaggetje en de directie vond dat dat niet kon. Niet dat ze een hekel aan de Belgen hadden, maar na zonsondergang mag er nu eenmaal niet worden gevlagd. Of ik dat vlaggetje weg wou halen. Dat wou ik niet. Maar maak dan maar eens duidelijk waarom en vraag eens hoe het komt dat niemand aanmerkingen maakt op de groenige kleur van het zand, de luchtige structuur van het water en het waterachtige van de lucht. Kan er alleen op de voorstelling wat worden aangemerkt? Maakt dan niet alles deel van die voorstelling uit? Bevat een Belgisch vlaggetje dan geen onmisbaar kleuraccent?

In *Oostende verteld* schrijft Karel Jonckheere, die een echte Oostendenaar was: 'Wat over een stad wordt verteld is veel betekenisvoller dan aangezichten en muren. Een schilderij doet meer voor een schip of een boom dan die dingen zelf.'

Doet iets, wat een buitengewoon bescheiden understatement om aan te geven dat de werkelijkheid haar betekenis en dus eigenlijk haar hele bestaan aan de beleving en de verbeelding dankt. Dit sluit haarfijn aan bij wat Daniil Charms in een van zijn liefdesbrieven aan Claudia Poegatsjova schrijft: 'De ware kunst hoort thuis in de reeks van de eerste werkelijkheid, zij schept de wereld en verschijnt als haar eerste weerspiegeling.' En ook Willem Jan Otten doelt mijns inziens op hetzelfde als hij in een prachtig stuk over Wallace Stevens opmerkt: 'Door verbeelding wordt werkelijkheid omgezet zoals zij is.'

Uit al dit soort uitspraken en er zijn er ongetwijfeld meer te vinden – ook bij Mulisch kan men terecht – komt steeds weer helder naar voren wat het verschil is tussen *een werkelijkheid schrijven* en *een werkelijkheid beschrijven*. Het aardige van Jonckheere is dat hij daar nog een ander belangrijk element aan toe heeft gevoegd, dat van de vreemdeling. Want wie kan dat nu eigenlijk het beste, een stad gestalte geven zoals zij werkelijk is? De vreemdeling!

'Een stad,' zegt hij, 'moet ge nooit vereenzelvigen met haar inwoners. Deze denken dat zij haar klimaat bepalen. Het is andersom. Zij behoren bij haar. Bij haar licht, bij haar oude naam. Zonder te vergeten dat het vreemdelingen zijn die het stadskarakter ontdekken, hun etiket op het geheel kleven, de ziel ervan bestendigen, zelfs in de verbeelding van de bewoners.' Een stad waarvan de betekenis op een dergelijke manier wordt gevestigd en bestendigd kan volgens hem niet meer kapot, al spoelen alle zeeën van de wereld eroverheen.

Doeltreffender en hoopgevender kan een pleidooi voor de verbeelding nauwelijks zijn, en dat beeld van vreemdeling-in-een-stad laat zich heel goed gebruiken om de verhouding schrijver/werkelijkheid uit te drukken. Waarom gaat een schrijver tenslotte schrijven als het hem nu eens níet om roem of een rokende schoorsteen is te doen? Elke schrijver krijgt die vraag van tijd tot tijd voorgeschoteld en meestal wordt er wat schokschouderend om gegniffeld. Maar waarom zou je hem niet beantwoorden. Bijvoorbeeld: ik schrijf omdat het meeste om me heen me vreemd is, omdat ik me beter in het leven thuis wil voelen.

De zon gaat voor niets op maar wel voor iedereen anders en voor sommigen onverdraaglijk. Daarom heeft het geen zin om te schrijven: 'Het zonnetje scheen en het was lekker weer.' Tenzij datzelfde zonnetje je met zijn stralen tot vreemdeling heeft gebombardeerd.

Om die reden is *L'étranger* ook zo'n goed boek en heeft Camus de titel zo goed gekozen.

Komt hier in verkapte vorm de mus weer om de hoek kijken die alleen *zinvol* van een heet zinken dak mag donderen? Mag men in een boek met andere woorden nooit eens even uitrusten op een zonnig bankje? Vanzelfsprekend mag dat, graag zelfs, maar die rustbankjes dienen wel getimmerd te zijn van het allerbeste morgenrozehout. Rust uit, neem de tijd om te kijken hoe mooi dat hout is, hoe vernuftig het in elkaar werd gezet, hoe er overal piepkleine knopjes ontbotten. Misschien dat dan vanzelf begint te dagen dat handelingen en gebeurtenissen niet nodig zijn, niet per se nodig zijn in elk geval. Straatrumoer, een vleugje suspense, een dosis correcte politiek, flink wat seks, een stuk of wat markiezinnen die om vijf uur uitgaan en een daverende portie tijdgeest, de gedachte dat deze mixture een eersteklas boek oplevert, berust op veel begrip voor commercie en een primitieve opvatting van literatuur.

Ook primitieve opvattingen hebben recht van bestaan. Bedenkelijk wordt het echter als eminente schrijvers als Ponge of Schulz, u weet wel van die schrijvers met die 'ellenlange beschrijvingen', ongelezen blijven en in de ramsj belanden. Dan wordt het hard tijd voor storm op zee. Of storm op zolder. Maar díe kan Bruno Schulz het best te voorschijn schrijven:

Zolders vol zolders rolden uiteen, de een vanuit de ander, steeds meer, en ze rezen op in zwarte hagen, en door hun luid galmende echo's renden cavalcades van palen en planken, gambades van schragen, knielend op dennehouten knieën om, eenmaal in vrijheid gekomen, de ruimte van de nacht te vullen met een galop van daksparren en een gedaver van draagbalken en middenstijlen.

Is dat onleesbaar?
Waarom ging ik dan onmiddellijk door mijn dennehouten knieen?

Maar ondertussen heb ik nog steeds geen kerststuk van Oostende neergezet. Dat is ook niet mogelijk. Om een klein stukje Oostende te doen oprijzen uit het alfabet heb je al bijna een heel boek nodig (zie *Aan zee* van Eric De Kuyper). Zolang ik dat nog niet geschreven heb, zal de lezer genoegen moeten nemen met wat anders.

Geen nood: Kerst-Oostende heeft zichzelf al geschreven en wel op het dikke papier van de honderden eindejaarsmenu's waarmee het ganse stadje volhangt. Hier volgt er een. Niet te beschrijven hoe onbeschrijflijk lekker. Tast toe, vreemdeling, smakelijk eten:

Apéritief 'Bethlehem' met startbordje mondstrelers

–

Halve kreeft in zijn kersthemdje

–

Helder rundernat uit de hemel

–

Huwelijk van Noordzeevis met zwarte parels uit de Kaspische zee

–

Pijnappelsorbet 25 december

–

*Fazantvrouwtje geparfumeerd met calvados,
groentenwaaier en duinaardappelen in veldkleed*

–

Normandische brie op zijn stro

–

De schoen van de Kerstman in ambachtelijk roomijs

–

Moka en een kribbe vol pralines

'Foei voor het onzuivere afwaswater dat de gezalfde kalveren der literatuur uitbraken!'

James Ensor leeft! En je hoeft er niet eens voor naar het museum. Wie door de straten van Oostende wandelt, merkt het dadelijk: Ensor–disco, café de James, Ensor-gaanderij, Ensor-corner, snack Ensor, Ensor-taartje. Het carillon speelt Ensors *La gamme d'amour*. Uit open ramen jubelt de Ensor-cantate.

Ja, James Ensor leeft. Maar helaas, dat heeft hij niet te danken aan de geërgerde pennelikkers van onze doorgefourneerde kunstkritiek. O, dat absolute misprijzen van alles wat niet een-twee-drie te klasseren valt. Hoe vaak heb ik niet gemerkt dat men zich erin lijkt te verlustigen dat zijn spectaculaire bloei slechts zo kort was.

Er wordt dan een karikaturaal beeld geschetst van een oude, ijdele kwast, bovendien nog Belgisch, bovendien baron (twee doornen in het oog der nationale gezapigheid) die volledig terend op zijn vroegere roem langs de boulevards van Oostende schuifelt. En dat nog wel in het zwart. En dat nog wel naast zijn schoenen. En wacht eens, houdt hij geen zwaarverzilverde zak frieten in zijn hand?

Toegegeven, Ensor droeg natuurlijk veel te veel wilde bloemen op zijn dameshoed om ooit aansluiting te kunnen krijgen met de Nederlandse sober- en rechtlijnigheid. Ook schilderde hij de krankzinnigste dingen: een wulps skelet met een rokje aan is niet hetzelfde als een melkmeisje of een kale kerk. Bovendien houden ze hier niet zo van maskers spot en pret, met name niet in de Kunst. Dat zal allemaal meespelen. Maar wie de gigantische hoeveelheid magnifiek werk ziet die Ensor alleen al aan het eind van de vorige eeuw bij elkaar heeft geborsteld, zal toch moeten erkennen dat de geest die zich vrolijk maakt over de teloorgang van zijn talent wel erg kaasvormig in elkaar steekt. Mag de teruggang van een kunstenaar dan niet worden opgemerkt? Dat zeg ik niet. Je zou alleen verwachten dat het gebeurde met spijt in plaats van hoon en vooral met een greintje meer nieuwsgierigheid. Met andere woorden: hoe kwam het eigenlijk?

Ensor is nooit scheutig geweest met details uit zijn persoonlijk leven. Wel zijn er heel wat brieven van hem bewaard, maar de meeste daarvan zijn nog niet gepubliceerd. Volgens de Oostendse Ensor-kenner Xavier Tricot word je daarin geconfronteerd met een onzekere, vertwijfelde en zwaarmoedige figuur.

Onzekerheid, vertwijfeling en zwaarmoedigheid? Dat zijn niet de eerste dingen waaraan je denkt als je zijn verzamelde geschriften leest. Hierin is een poëtische en polemische ijzervreter aan het woord – ik heb zelden zoveel mooie scheldwoorden bij elkaar gezien – die al zijn twijfels goed verstopt achter een rabelaisiaans masker. Toen ik het boek uit had moest ik eerst even bijkomen van het gedaver. Bij tweede lezing springt je echter een danige gekwetstheid in het oog. Een frappante overeenkomst met zijn schilderijen, die bij nader inzien ook niet louter grappen en grollen blijken te bevatten. Overigens stelt de orkaankracht van zijn literaire talent je opnieuw voor een raadsel: waarom heeft hij die alleen maar aangewend voor gelegenheidsstukken bij banketten, openingen, bruiloften en partijen?

Ensor schrijft schitterend. Hij moet minstens zo verliefd zijn geweest op de taal als op de verf en beslist niet alleen als jonge jongen. Op eenenzestigjarige leeftijd schrijft hij nog:

Ik heb jullie lief, gevoelige woorden van smart, rode en spaanse citroengele woorden, woorden met staalblauw van sierlijke vliegen, woorden met de geur van levende zijde, fijne woorden van rozen en geurige algen, stekelige woorden van azuurblauwe dieren, woorden uit krachtige muilen, woorden van onbevlekt hermelijn, door zand en zee gespuwde woorden, nog groener dan de vacht van sirene, schuchtere woorden die vissen in trompetschelpen fluisteren [...], ik heb jullie lief! Ik heb jullie lief!

Als tegenwicht van 'het onzuivere afwaswater dat de gezalfde kalveren der literatuur uitbraken' wou hij niet meer en niet minder dan een ensoriaanse taal in het leven roepen. Een taal met sterren van licht en klank en een parfum van gevoeligheid 'bedoeld om de burger op de zenuwen te werken, het kind te jennen, de massieve doctrinair razend te laten worden, het verbouwereerde dienstmeisje te ontwapenen, de grapjas op droog zaad te zetten, de lomperik en de verstijfde schoolfrik af te bekken'. Daar is hij goed in geslaagd.

Als iemand nu zó gek op woorden is dat hij een eigen taal creëert en vervolgens al zijn literaire energie aan gelegenheidsstukken spendeert, dan lijkt me daar maar één plausibele verklaring voor: die gelegenheden gingen hem meer ter harte dan wat ook. Maar om dat goed te kunnen begrijpen moet men eerst weten dat Ensor met zijn ene voet op het plaveisel van de boulevard en zijn andere voet in het water stond. De Siamese pijlers van zijn creativiteit waren namelijk Oostende en de zee: 'Oostende, aards- en zeeparadijs, Oostende, maagd van zout en zoet water, ik draag jou in de beeldkapellen van mijn dromen.' De voortdurende aantasting daarvan zal hem bedreigd hebben tot in zijn diepste vezels. Zijn teksten staan dan ook boordevol verwensingen aan het adres van de beroepsvernielers. Wie waren dat?

Allereerst de architecten. Ook toen waren dat al 'ontschedelde vernietigers', 'nivellerende beulen van onze mooie plekjes', 'onbehouwen lelijkerds die in naam van de edele moderniteit op neusverstopte projecten zitten te kauwen', 'enghoofdige vandalen', 'schele pleisteraars', 'onbedachtzame baksteenkauwers' 'onevenwichtigen in nauwe schoentjes'. Niet alleen vernielden ze allerlei moois om er lelijke hoogbouw voor in de plaats te zetten, niet alleen ontnamen ze daarmee de schilder zijn luchten en zijn licht, maar ook deden ze een regelrechte aanslag op de verbeelding. Bijvoorbeeld door geen zolders meer te bouwen. Het is aandoenlijk om te zien met hoeveel heftigheid Ensor voor die zolders opkomt:

Jullie bouwen tegenwoordig geen huizen meer met zolders. Wat zonde! Je vond van alles op die zolders. Je ontdekte er een ontroerend verleden, kunstwerken, onverwachte en geheimzinnige dingen, een hele folklore die de gevoelswereld van onze voorouders weerspiegelde. Waarom schrapten jullie die zolders waar schatten verborgen lagen en waar ik tijdens mijn verrukkelijke kinderjaren uren en uren heb doorgebracht die ik mij nu nog herinner. Klauwen thuis architecten! Handen af van onze grootouderlijke zolders van overvloed!

Er zijn nog meer vernielers die het moeten ontgelden: de 'strontvormige grondwerkers', 'eenogige geldschieters', 'brekers van boompjes', 'kwellers van dieren', 'verpaperaste en brutale bureaucraten', 'omgekeerde modernisten', 'gecapitonneerde diplomaten', 'rondtollende ingenieurs', de kunstcritici, de doktoren en de mode. Wat dit laatste betreft: Ensor hield van stevige Rubensvrouwen (althans om naar te kijken) maar onder invloed van de nieuwe mode gingen die opeens aan de lijn doen. Als hij in 1932 een lezing over de crisis in de schilderkunst houdt, koppelt hij daar direct een andere crisis aan vast, die der vrouwelijke schoonheid: 'Laat ons huilen over de schoonheid van onze kaalgeschoren en billenloze vriendinnen [...], zielige kleurdozen met al te ingesmeerde kraaiepoten.'

James Ensor *Zelfportret*

Langzamerhand hoor ik de voorzichtige vraag opkomen: ging Ensor wel met zijn tijd mee? Maar waarom zou je met je tijd meegaan als je het vroeger leuker vond? Ensor vond het vroeger leuker, dat blijkt. Als ik oude foto's van Oostende in de belle époque bekijk, vind ik het ook vroeger leuker. Alleen, voor Ensor stond er heel wat meer op het spel dan meer of minder leuk. Voor hem was de Koningin der badsteden niet alleen zijn woon- en werkplaats maar ook zijn moeder, zijn geliefde, zijn muze. Aanranding van de duinen (hij spreekt zelfs van de 'tepels' der duinen), afbraak van de majestueuze badhotels en paviljoens, verduistering van de luchten en het licht, modernisering van de haven en de vissersvloot, het verdwijnen van de badkoetsjes, de mishandeling van de ezeltjes aan het strand, de magerte van de vrouwen, het dempen van de dokken, voor hem moet het allemaal een ondermijning van zijn schilderlust zijn geweest en een radicalisering van zijn mensenhaat. Dat neemt niet weg dat zijn contacten met de vissers en de gewone burgerij altijd buitengewoon goed zijn gebleven. Bijna tot zijn dood in 1949 heeft hij enthousiast de jury voor de carnavalsmaskers voorgezeten. Buiten het licht, de zee en de lucht gelden zijn positieve woorden dan ook vooral deze maskers. Verder kunnen enkele kunstenaars, jonge en oude, van zijn warme sympathie verzekerd zijn evenals... Einstein.

Op zijn vlucht naar Amerika verbleef Einstein in 1933 enkele weken in De Haan aan Zee, een klein plaatsje op tien kilometer van Oostende. Daar hebben de twee elkaar ontmoet en bij die gelegenheid heeft Ensor, hoe kan het ook anders ten aanzien van deze 'man van licht', een klinkende en bewonderende tafelrede afgestoken:

Ongetwijfeld, eminent geleerde, zul je me zeggen dat 6 geen 9 kan zijn. Mijn antwoord zal zijn: 'Als ik met een lichte trap die 6 omgooi, wordt het een 9', en als je me zegt dat 6 en 8 samen 14 zijn, zal ik antwoorden dat 6 en 8 samen 68 zijn; in dit geval, dames en heren, is alles relativiteit. [...] Laat ons ronduit de grote Einstein en zijn relatieve orde loven, maar laat ons de algebraïst en zijn vierkantswortels, de landmeter en zijn kubieke rede veroordelen. De wereld is rond zeg ik, en ook de zonnegod en mevrouw maan, rond zijn de wangen, rond zijn de lachkuiltjes rond de oogappels, rond de mastellen [kadetjes – Ch.M.], rond zijn de borden, rond zijn de kontjes, rond zijn de bekers, maar laat het ons deze keer vierkant uitzingen, dames en heren, en in koor alstublieft: 'Er is slechts één Einstein die in de hemel heerst.'

Behalve toespraken en tafelspeeches schreef Ensor nog een ballet-

Einstein (helemaal links) en Ensor (helemaal rechts)
Foto Antony

scenario *De toonladder van liefde* (ook de muziek daarvoor is van
Ensors hand), een geestig verslag van een les op de kunstacademie
en een klein zelfinterview waarin hij opsomt waar hij zoal van
houdt en waar hij zoal een hekel aan heeft:

MIJN FAVORIETE NAMEN: Claire, Rose, Blanche.

WAT IK BOVENAL VERAFSCHUW: Kalfskop à la Rachel en levertraan.

FOUTEN DIE MIJ HET MEEST TOT INSCHIKKELIJKHEID STEMMEN:
spellingsfouten.

Zijn Ensors teksten nu literair? Ik hoop dat dat al uit de diverse citaten naar voren is gekomen. Zijn stijl met de vele onverwachte

wendingen, de eindeloze opsommingen, de uitroepen, de idiote neologismen, de bizarre fantasieën, de vele woordgrapjes, de rare adjectieven en de grillige sprongen is wel vergeleken met zowel de stijl van Giraudoux als die van Rabelais. Ensor bewijst dat literatuur heel goed floreren kan naast de geijkte literaire genres. Om met Emile Verhaeren te spreken: 'Als een fles bruisende champagne wordt ontkurkt en de krioelende myriaden gasbelletjes sprankelend naar de flessehals stijgen om in schuim op te gaan en te worden geplengd, dan denk ik aan de gistende stijl van James Ensor.'

1ᵉ Toespraak
door den Heer Baron James Ensor

Éren, Dames en

beste Vriendjes,

Ik zoen julder geiren zeggen in me schildertôle : 't is vandage leutefèste van de groenen oederdom.

Da gif mien buuk en erte en verfrist me gedachten.

Ik vienden ier wôre vriendjes : de deze van uze Vlônders, mè schoone klauwtjes; en de deze van Wôleland, mied ônevoetjes toogen hier ollegôre geblomde potjes.

Tjèmenes meinschen : ier is Leize, ier is Fiksje, dôr is Mietje, ier is Pietje, dôr is Kotje, ier is Vosje, dôr is Netje en Pieto, ier is Stiene en groot Lotje, en Kobe, dôr is nog Lèntje en Suzannetje, en ier is Wantje Krutje, mè Wansje en Wanne Tune, en Toria Gulle en Grietje Terrebut.

'k Zage toch zoo geiren me Vlams Moedertje, Trinette Haegheman, en me Tante Mimi. Ze wôren werkslaven in de zomer en slapkoptjes in de wienter.

't Wôren èrlike en treffelike burgerinnen en goed aangezien in de stad. Môr Ostende is nu me groote Moeder en troost.

'k Gon nu etwa vertellen. Verleden Zundag kwame 'k twè vrouwtjes tegen? 'D'ène zei tegen d'andere : « Kikt e kèr ier, dat is e groote schilder, uze schilder ».

— En oe èten, zei de vrimde vrouwe?

— James Ensor, antwoordde 't Osteins wuvetje !

Ewei, Dames en Eren, Wuvetjes en Vriendjes, da was vo mien stief angenaam en e groot vermaak.

Dames en Eren, mien besten dank. 'k Zetten uus Ostende boven alles, 'k gon eur nooit verlôten en me laste schrèm go zien :

« Ostende, lief blommetje van kleur, emel van de zè !

Leve Ostende en ze magter zien !

Zeep genaamd Ponge

Bij elk *eureka!* hoort een badkuip, bij elke badkuip hoort een stuk zeep en bij elk stuk zeep een lichaam dat gewassen wil worden.

Mijn eerste kennismaking met Francis Ponge speelde zich dan ook af in bad.

In de winter van 1969 zag ik zijn boek *Le Savon* op een gouden verhoginkje in een Parijse kerstetalage staan. Een openbaring. Mij hoor je dan ook eerder over Parijs '69 dan over Parijs '68 reppen.

Ik had nog nooit van Ponge gehoord maar kocht het boek vanwege de schuimende titel op het eerste gezicht. Nog diezelfde middag verdween ik ermee in de gietijzeren badkuip van mijn hotel. Toen bleek alras dat ik me een boek van drie vliegen in één klap had aangeschaft, want behalve spons en zeep bevatte het tussen de regels ook nog de gouden schrijverstip: neem voor je gaat schrijven altijd eerst een bad met als enig gezelschap een stuk zeep. Waarom? Omdat de belangrijkste eigenschappen van zeep beweeglijkheid en enthousiasme zijn.

Stuk zeep, uitgebracht door Perdu in 1991

Jezelf van top tot teen inzepen. De zeep laten glijden en kletsen. Terugkletsen. Het uitkraaien als hij plotseling tussen je vingers doorglipt en verlegen naar de bodem zigzagt. Hem toch weer te pakken krijgen. Baldadig worden. Je nogmaals inzepen. Uitrusten, soezen, wegdromen. Vervolgens alles afspoelen, het water bezoedelen en je afdrogen. De zeep uit het allerlaatste plasje water vissen en hem terugleggen op zijn eigen schoteltje 'waar zijn voorhoofd droogt in de zon, bruin wordt, verhardt, rimpels krijgt en barstjes gaat vertonen'. En weten dat dit laatste er niets toe doet, omdat hij bij de eerstvolgende wasbeurt opnieuw zijn verrukkelijke enthousiasme tentoon zal spreiden.

Wie zich na een dergelijke wasbeurt aan zijn schrijftafel zet, zal merken dat zijn inkt geurt, dampt en vooral: fris en schoon is. Zijn stijl zal vanzelf iets bruisends en schuimends krijgen. Ponge vergelijkt dat heel treffend met slijm in de neusgaten van galopperende paarden.

Waar gaat *Le Savon* over? Over zeep en over schrijven. Nee, het ís zeep, geschreven zeep, met een opwindend verglijdend vermogen, een groot gevoel voor humor en een fabelachtige welsprekendheid.

Tot welk genre behoort dit boek? Tot geen enkel genre, daar is het zeep voor. Verwacht op de titelpagina dan ook geen genreaanduiding als: *roman, novelle, gedichten, opstellen, essays, kronieken* etcetera. Maar niet voor iedereen in Nederland waar de rubriceerzucht grenzeloos is, bleek dat een verademing.

In 1973 werd *Le Savon* door Peter Nijmeijer in het Nederlands vertaald. Maakte dat Ponge hier beroemd? Integendeel. De ene vracht *Zeep* na de andere belandde bij De Slegte. Daar waren de boeken lange tijd te koop voor slechts één gulden per stuk, maar niemand wou ze hebben. Toen werden deze geurige winkeldochters naar de Oudemanhuispoort versleept. Daar lagen ze geprijsd voor vijf gulden. Toen wou helemaal niemand ze meer hebben. En als er geen wonder is gebeurd, dan liggen ze daar nu nog.

Daarna heeft jarenlang geen enkele Nederlandse vertaler laat staan uitgever zich nog aan een werkje van Ponge willen wagen. Met het gevolg dat zijn naam alleen maar incidenteel opdook in bepaalde literaire tijdschriften (onder anderen Bernlef heeft nogal wat van hem vertaald). Aan zijn dood in 1988 werd geen aandacht besteed. Zelfs boekhandels die uitpuilden van de Sartres hadden doorgaans geen Ponges in huis en als ze hem toevallig toch in huis hadden, dan wist bijna niemand of hij nu op de proza- of de poëzieplank stond bijgezet. Een van de prachtigste portretten die Dubuffet van Ponge heeft gemaakt, bevindt zich in de vaste collectie van het Stedelijk Museum, dat wil zeggen: meestal in de kelder. Wie het wil bekijken moet zich dan maar tevreden stellen met de ansicht die ervan is gemaakt. *Vrolijke figuur* staat daar in een paar talen achterop. Net of het er niks toe doet dat het Ponge betreft. Kortom, een van Frankrijks uniekste schrijvers werd in Nederland zo goed als onzichtbaar gemaakt. Vrolijke figuur! Maar toen kwam Piet Meeuse, die we niet erkentelijk genoeg

Jean Dubuffet *Vrolijke figuur*. Collectie
Stedelijk Museum Amsterdam

kunnen zijn. In 1990, dat is dus zeventien jaar na het fiasco van *Zeep*, heeft hij een zeer succesvolle vertaling van Ponges buitengewoon lastig vertaalbare werk *Le Parti Pris des choses* uitgebracht: *Namens de dingen*. En in 1991 heeft hij daar nog een vertaling van *Proêmes (Proëmia)* en *Douze petits écrits (Twaalf geschriftjes)* aan toegevoegd.

Aan *Le Parti Pris des choses* (1942), dat hem op drieënveertigjarige leeftijd direct een grote faam bezorgde, dankt Ponge zijn reputatie van dingendichter. Tot zijn eigen genoegen zal dat vermoedelijk niet hebben bijgedragen, want zoals de meeste reducties berust ook deze op een simplificatie. *Dichter* heeft Ponge namelijk nooit speciaal willen zijn ('En wat betreft proza en poëzie, het interesseert me volstrekt niet om twee genres te onderscheiden die geen genres zijn.') en zeker geen dichter van de dingen. Niet alleen was hij allergisch voor het kleinste zweempje 'ronron poétique', ook meende hij dat dingen en gedichten onverenigbaar waren. Niet voor niets gaf hij een van zijn bundels de contaminerende titel *Proëmia* mee. Dat wil niet zeggen dat er nooit een gedichtachtige tekst uit zijn pen is gevloeid, het wil zeggen dat zijn bewuste streven op een ander vlak lag. Hij heeft zelfs de geheime wens gekoesterd dat het 'gedicht' vermoord zou worden door het ding waaraan het stem had gegeven. Verwacht in *Namens de dingen* dus geen gedichten, hooguit vermoorde gedichten. Maar wat kunnen vermoorde gedichten levend poëtisch zijn!

Namens de dingen bevat drieëndertig, merendeels korte, hoofdstukjes met betrekking tot allerlei dingen.

Ik dacht altijd dat het ding zijn dingigheid voornamelijk ontleende aan drie voorwaarden: *dood, optilbaar* en (meestal) door *mensen* gemaakt. Daarom was alleen de inhoudsopgave voor mij al opzienbarend. Daar komen namelijk niet meer dan twee van dit soort dingen in voor: *kratje* en *brood*, en dan zou je *brood* nog een twijfelgeval kunnen noemen. *Kaars* en *sigaret* zou je er misschien ook nog bij kunnen rekenen, maar zowel hun aperte levendigheid als hun aperte sterfelijkheid lijkt zich daartegen te verzetten. Voor de rest tref je natuurverschijnselen aan (*Regen*, *Het einde van de Herfst*), andere fenomenen (*De genoegens van de deur*), elementen (*Water*, *Het vuur*), plekken (*Kusten*, *Restaurant Lemeunier*), planten (*De bramen*, *Het mos*), dieren (*Slakken*, *De vlinder*, *De garnaal*) en zelfs mensen (*Arme vissers*, *De jonge moeder*, *De gymnast*). Waaruit, zo vraag je je af, zal de dingigheid voor Ponge eigenlijk hebben bestaan. Ik denk dat hij zelf geantwoord zou hebben: uit hun stomheid, hun onvermogen zich uit te drukken via het woord.

K. Schippers heeft de onsterfelijke woorden uitgesproken: 'Als je goed om je heen kijkt zie je dat alles gekleurd is.' Ponge heeft de onsterfelijke observatie gedaan: als je goed om je heen luistert merk je dat bijna alles zwijgt. Bij die observatie heeft hij het niet gelaten. Het uitzonderlijke, misschien wel eigenaardige, van Ponge was dat die stomheid hem zo vreselijk aangreep. Dat hij oor had voor de 'sprakeloze smeekbede' van de dingen om tot leven te worden gewekt. Dat hij die smeekbedes tegemoet wilde komen door de dingen met zijn taal uit hun dodelijke stilte te bevrijden. En vooral: dat hij bereid was het grootste gedeelte van zijn literaire energie daaraan te spenderen. Als een toegewijde en fanatieke ambassadeur van de zwijgende wereld, die hij zijn 'vaderland' noemde, is hij levenslang spreekbuis geweest van alles wat bij gebrek aan woorden 'dupe van zijn uitdrukking' was.

Wat bedoelt hij met die onheilspellende uitdrukking *dupe van zijn uitdrukking*? In elk geval niet zoiets als een wrattige pad die vanbinnen een schoonheid is, want zijn preoccupatie lag op het vlak van de taal en geenszins op het vlak van de (aanvaarde) schoonheid. Het ging hem om de noodlottige verstarring waar élke ontalige verschijningsvorm, mooi of lelijk, in gevangen zit. 'Bomen,' zegt hij bijvoorbeeld, 'kunnen niets anders uitdrukken dan "bomen".'

Het heeft misschien iets wonderlijks, zo'n heftige compassie met de stomheid van bomen, brood, steen of garnaal. Maar in de eerste plaats iets moedigs. Er is immers nogal wat dapperheid voor nodig om in een samenleving die voornamelijk aanstuurt op solidariteit met mensen, voor dingen en dieren in het geweer te komen.

Ponges identificatie met de sprakelozen zou ten dele terug te voeren zijn op traumatische ervaringen uit zijn studententijd. Het is hem toen twee keer overkomen – hij studeerde retorica, rechten en filosofie – dat hij op een mondeling examen geen woord wist uit te brengen. Voor een ander zou dat misschien de gewoonste zaak van de wereld zijn geweest. Ponge ervoer het echter als een vernederende 'ontrouw der expressiemiddelen' en belandde erdoor in een crisis. Later zette dat hem ertoe aan zich grondig te gaan verdiepen in het uitdrukkingsvermogen van de taal. Dat is hij blijven doen. Dagelijks zat hij met de Littré op schoot alsof het zijn huisdier was. En nog in een der laatste interviews van zijn leven zei hij met grote felheid en een duidelijke knipoog naar Mallarmé: '[...] de manier waarop iets gemaakt is, dat is het enige wat telt, en dat men téksten met woorden maakt en geen ideeën. Ik geloof dat het al vaker gezegd is, maar men vergeet het steeds weer!'

Ponge had dus niet één maar minstens drie parti-pris: de dingen, de taal en (zoals elke schrijver) zichzelf. Uit de vruchtbare driehoeksverhouding die zijn erotisch genie tussen deze drie wist te bewerkstelligen is zijn weergaloze oeuvre ontstaan. Daardoor kan hij de lezer zonder enige grootspraak een reis beloven die via de 'oneindige mogelijkheden van de semantische dichtheid van de woorden' naar de 'oneindige mogelijkheden van de dichtheid van de dingen' voert. Alwéér reisverhalen? Inderdaad, maar een reis door het brood, op de glibberige rug van een slak, langs alle tafeltjes van een restaurant en dan en passant ook nog eventjes door de hele Littré is wel even iets anders.

En wat een reisleider! Eerst voert hij je mee langs berg en dal tot binnen in de weke, diepe zachtheid van het brood en dan stelt hij zomaar voor om datzelfde brood ter plaatse in stukken te breken en op te eten. Zo val je uit het kruim naar beneden en kom je keihard met je neus op de tekst terecht, om er getuige van te zijn dat de eerbiedwaardigheid van de woorden om zeep wordt gebracht door de eetbaarheid van het brood:

> Het oppervlak van het brood is wonderbaarlijk, in de eerste plaats vanwege die bijna panoramische aanblik die het biedt: alsof je binnen handbereik de beschikking had over de Alpen, het Taurusgebergte of de ketens van de Andes. [...] De laffe en koude ondergrond die het kruim wordt genoemd heeft net zo'n weefsel als sponzen: bladeren of bloemen zijn daar met al hun ellebogen tegelijk aan elkaar vastge-

groeid. Terwijl het brood uitdroogt, verwelken en krimpen die bloemen: ze laten elkaar dan los, en de massa wordt er bros van... Maar genoeg, laten we het breken want het brood moet in onze mond niet zozeer iets eerbiedwaardigs als wel iets eetbaars zijn.

Deze laatste zin bevat een typerend staaltje van de Pongiaanse wisselwerkingen tussen woord en ding. Het woord dat je in je mond neemt om uit te spreken wordt brood dat je in je mond neemt om op te eten. En omwille van het breken van het brood breekt Ponge dan de tekst af. Het illustreert zijn opvatting dat schrijven 'vanuit het ding' een schrijven 'tegen de woorden' impliceert.

Maar Ponge wou meer dan louter schrijven. Al schrijvend wou hij de fundamentele inwendige structuur van elk ding onderzoeken, dat 'wat het ding bij elkaar houdt' (denk nog even aan de ellebogen van zoëven) en bijgevolg ook dat waardoor de taal bij elkaar wordt gehouden. Hij koesterde zelfs de hoop dat hij op deze wijze iets zou achterhalen van de samenhang van het heelal. Meer dan eens heeft hij te kennen gegeven dat hij een kosmogonie wou maken maar dan als volstrekte autodidact en beginnend bij het begin. *Restaurant Lemeunier* lijkt me daartoe een perfecte aanzet.

Waardoor wordt dit restaurant, deze wereld in het klein, dit ding, bij elkaar gehouden? Door: licht, spiegels, groene planten, galerijen van Amerikaans grenehout, lauwe geurtjes, getik van vorken, muzikanten, bordengekletter, geroezemoes van klanten, caissières met 'verplicht' opgevulde bloesjes, obers, romige nagerechten en... de zwetende oksels van vrouwen: 'Terwijl ze de armen optillen in een beweging die bij hun oksels hun persoonlijke manier onthult om de cocardes van hun transpiratie tentoon te spreiden, verschikken de vrouwen iets aan hun kapsel of spelen ze met een tube crême.' Ja, dat is vrouwelijkheid! Of de feministen het nu leuk vinden of niet.

Hoewel *Namens de dingen* (nolens volens) propvol antropomorfismen zit en hoewel Ponge voortdurend tussen de woorden opduikt, komen er nauwelijks mensen in voor. En áls ze erin voorkomen, worden ze beschreven vanuit hun dingige kant. Zoals *De gymnast*, dat 'bewierookte voorbeeld van menselijke domheid', die meedogenloos wordt teruggebracht tot de letters waaruit hij bestaat, terwijl die letters terzelfder tijd vermenselijkt worden:

Zoals de G al aangeeft, draagt de gymnast een sik en een snor, die bijna geraakt wordt door een dikke lok in de vorm van een krul op een laag voorhoofd. Als gegoten zit hij in een gympak dat twee plooien maakt in de lies, en hij draagt ook, net als zijn Y, de staart links [de geldigheid van een en ander is uiteraard afhankelijk van de gebezigde typografie – Ch.M].

Schreef Ponge nu zo weinig over mensen omdat hij over dingen wou schrijven, of schreef hij over dingen omdat hij liever niet over mensen wou schrijven? Verwante vragen krijgt de kinderloze huisdierbezitter ook weleens naar zijn hoofd. Ze getuigen van een zeker vooroordeel. Maar goed, het is niet verboden ze te stellen.

Zeker is dat Ponge in zijn jeugd al niet wegliep met de menselijke soort. Op achttienjarige leeftijd noteert hij dat hij tot de conclusie moet komen 'dat de zogenaamde persoonlijkheid resultaat is van een houding, van poses, van vermommingen. Dat de volwassen mens een monster is in verhouding tot de kinderen. Dat de menselijke samenleving een schaamteloze verzameling is. Dat alle mensen verdorven zijn en weten dat de anderen dat weten.'

Tientallen jaren later legt hij in *Proëmia* uit waarom de mens het tegendeel uitmaakt van zijn literaire onderwerp:

Grof gezegd komt het hierop neer: als ik een verborgen bijbedoeling heb dan is dat duidelijk niet om het onze-lieve-heersbeestje, de prei of de donsdeken te beschrijven. Maar vooral om de mens niet te beschrijven. 1e Omdat men ons hierover een beetje teveel aan de kop zeurt. 2e etc. (hetzelfde tot in het oneindige).

Aan de andere kant eindigen zoveel hoofdstukken uit *Namens de dingen* met een duidelijk op de mens toegespitste moraal – het verbaast me niet dat Ponge een groot bewonderaar van La Fontaine is* – dat je moeilijk kunt volhouden dat de mens hem onverschillig liet. Soms geeft hij zelfs blijk van zo'n nadrukkelijke verbeteringsdrift dat hij gevaarlijk dicht in de buurt van de humanistische kansel komt. Ik vind dat niet de sterkste kant van zijn werk. Slakken bijvoorbeeld, een magnifiek en lyrisch stuk, wordt wat mij betreft lichtelijk ontsierd door zinsnedes als: 'De grote gedachten komen uit het hart' en: 'Vervolmaak jezelf moreel en je zult mooie verzen maken.'

Gelukkig heeft zijn humanisme ook concrete kanten. Ponge hoopte dat de mens zich door het ding zou laten heropvoeden. Dat hij tot een persoonlijkere manier van uitdrukken zou komen door zich te oriënteren aan het anders-zijn van het ding.

'Ja zeker', zegt hij in *Méthodes*, 'ik heb genoeg van de mens zoals hij is, ik heb genoeg van die mallemolen. Laten we eruit stappen, ons eruit laten trekken door onze objecten.' Hij stelt dan voor om elke vastgeroeste vorm van retoriek te attaqueren zodat men eindelijk eens een echt persoonlijke taal verwerft naar zijn eigen aard en vooral naar zijn eigen maat. *Oefeningen in verbale heropvoeding* heeft hij zijn teksten wel genoemd. Die oefeningen hebben hun vruchten rijkelijk afgeworpen. Er zijn maar weinig schrijvers die de laatste decennia door zoveel literaire en literair-filosofische bewegingen zijn binnengehaald als hij. Het surrealisme, het existentialisme, de Nouveau Roman, *Tel Quel* en zelfs het postume *Barbarber* (zie: *Barbarberalfabet*), al die stromingen hebben hem trachten in te lijven. Met enkele ervan heeft hij ook duidelijk gesympathiseerd, maar zodra hij voelde dat hij werd geannexeerd wist hij vliegensvlug te ontglippen.

Dat radicale individualisme gecombineerd met zijn zeepachtige beweeglijkheid hebben hem de eeuwige jeugd opgeleverd.
Lees hem, zeep u in.

---

* In dit verband is het leuk om te vermelden dat Ponge er zeer trots op was dat blijkens een onderzoek middelbare scholieren zowel hem als La Fontaine als hun favoriete dichters beschouwden. Zie *Dossiers litteraires* oktober 1995 van *Le Monde*

De emotionele stoel

Kijk, als ik nu een badkuip vol water was geweest met van die dikke leeuwepoten, waarschijnlijk was alles dan heel anders gegaan. Maar ik was geen badkuip. Dus de dingen gingen zoals ze gaan moesten. Op een mooie avond in mei stapte ik bij Hanky Panky binnen om twee leeuwen op mijn achterste te laten tatoeëren: de Vlaamse en de Nederlandse. Mijn motieven doen er nu even niet toe. Het was in elk geval geen gril, het was een drang. Houd het er maar op dat ik een bepaalde innerlijke onrust wou stileren die mij al jaren heen en weer slingerde tussen Nederland en België.

'Ik waarschuw je,' zei Hanky Panky, 'dit is wel voor het leven.'

'Dat is het toch al,' antwoordde ik.

Terwijl hij zijn instrumentarium desinfecteerde tegen allerlei enge ziektes, deed ik mijn kleren uit, boog voorover en ging in een ontspannen houding staan.

Hij zette een elpee van Captain Beefheart op, maakte twee pilsjes open en doopte vervolgens zijn naald in een doodskop vol donkerblauwe inkt. Pijn deed het niet. Het was bijna gezellig.

Aan elke leeuw werkte hij zowat anderhalf uur en onderwijl namen we af en toe een slokje.

Toen hij klaar was, drukte hij me een achteruitkijkspiegel van een auto in mijn handen zodat ik het resultaat bekijken kon in de geweldige spiegelwand. Daar stonden ze op hun stevige voeten: fier rechtop met een knuppel van een geslacht en de vuisten gebald in de lucht. Het is dat ik de straat over moest, anders had ik mijn kleren niet meer aangetrokken.

Waarom vertel ik dit? Omdat ik aan die ingreep mijn huidige toestand te danken heb. Ik klaag niet, ik wil het gewoon even kwijt.

Kijk, het waren weliswaar tatoeages, maar leeuwen blijven leeuwen. Dat had ik een tikje onderschat. Daar kwam bij dat Hanky Panky een flinke tong uit hun open bekken had getekend, en omdat ze vanwege de symmetrie met de gezichten tegenover elkaar stonden... nu ja, driemaal raaien tegen wie ze die tong dag en nacht uitstaken. Daar kan natuurlijk niemand tegen, zo'n provocatie die altijd maar doorgaat. Daar heb ik ook alle begrip voor. Het vervelende gevolg was alleen dat de natuurlijke gespletenheid van mijn billen radicaliseerde en uitzaaide naar mijn hoofd. Logisch, door dat eeuwige geklauw en geknok van hen. Ja, van de dieren moet je het hebben, daar ben ik sindsdien ook achter. Op een dag werd ik dan ook wakker op de Parijse Boulevard des Invalides. Tot mijn stomme verbazing, want ik had niet eens de trein genomen. En ik lag niet in mijn bed maar in de goot, doornat.

Ziezo, nu begint het jullie misschien eindelijk te dagen waarom ik in de wao ben beland. Ik klaag niet, dat zei ik al. Ik zit er trouwens warmpjes bij. Alleen, ik heb wel gemerkt dat het een emotionele stoel is, die wao. Hij maakt de mensen echt van streek. Sommigen hebben hem al met een sociale hangmat vergeleken. Alsof het niet zalig is om zachtjes heen en weer te bengelen. Maar ik trek het me niet aan, want het is een metafoor. Anderen gaan echter een stukje verder, mijns inziens té ver. Die vereenzelvigen de stoel met degeen die erin zit en willen dan zo vlug mogelijk de poten onder je vandaan zagen. Dat trek ik me wel aan, want dat is letterlijk. Ik bedoel: zodra je hoort zagen, héb je die poten. Terwijl het nota bene om de poten van de leeuwen gaat! Op zulke momenten schreeuw ik het uit.

Heeft een emotionele stoel dan ook nog een tong? Dat is het hem juist. Daarom ben ik me ook gaan verdiepen in de meubelstijlen. Om dat wetenschappelijk hard te kunnen maken. Je moet je tegenstanders altijd een stap vóór blijven, vind ik.

Meteen toen ik uit Parijs terugkwam, heb ik me ingeschreven bij een werkgroep-Stijl aan de Universiteit van Amsterdam. Dat was bij de afdeling Wijsbegeerte. Na twee maanden kon ik alle meubels die er ooit geweest waren in no time analyseren en classificeren. Enig! Het was net biologie: toon me een stoelpoot en ik zal u zeggen bij Lodewijk de hoeveelste de gehele stoel behoort. Alles keurig volgens het ex ungue leonem-principe (aan de klauw ken je de leeuw).

Maar gek, de *emotionele* stoel, daar wou niemand aan. Ze deden gewoon of die niet bestond. 'Kijk mij dan!' zei ik gekscherend, maar dan deden ze gewoon of ik lucht was. Ze hielden nu eenmaal niet van emotivistische benaderingen. Dan hoorden ze gelijk overal tranen druipen en dan vonden ze het geen wetenschap. Weer moest ik bepaalde stappen gaan ondernemen. Ik belde mijn vriend Nigel Coates op, een van de beroemdste designers van de hele wereld. Begrijp me goed, ik val niet op designers maar soms kun je niet om ze heen. 'Nigel,' zeg ik, 'zoals je weet ben ik geen badkuip op leeuwepoten...' en ik dis hem het hele verhaal van hierboven op. Je kan zeggen van Nigel wat je wil, maar hij snapte wel meteen waar het om ging en wat het allemaal voor mij betekende. 'Darling,' zei hij, 'ik ben je man. Mei 1991 staat de emotionele stoel in de *Avenue* en dan zal niemand meer kunnen doen alsof hij niet bestaat. Cheerio!'

En hij heeft woord gehouden.

Mei 1991 om één minuut over negen stond ik bij de sigarenboer en kocht voor het eerst van mijn leven de *Avenue*. Toevallig sla ik hem precies open op de juiste pagina. EMOTIES MOGEN WEER IN MEUBELEN lees ik in de kop. Daaronder een roodbruine stoel die kennelijk een keel opzet. TONGUE heet hij. O Tongue, nooit zullen ze jou eruit kunnen rukken, met geen mogelijkheid. Ik blijf zitten waar ik zit, boven op mijn twee billen. Dan kunnen de leeuwen worstelen wat ze willen maar niet bovenkomen.

Tongue van Nigel Coates

De tong van het dikke niets

Van nature ben ik een Kerst- en een zee-freak en het aardige is dat zee en Kerst op zo'n dwingende manier samenhangen. Wetenschappelijk wil men daar nog niet aan maar dat geeft niet, als het maar waar is. En het is waar. Denk slechts aan de vele zee- en kerststerren, die allemaal broertjes en zusjes van elkaar zijn, aan Stella Maris, die de moeder van het Kerstkind was, aan het Kerstkind zelf dat uitgerekend op Kerstavond en als vis ter wereld kwam en evenals vele dennebomen eindigde aan het kruis, aan de wonderbaarlijke visvangst, die aan Hem te danken was, aan alle vissen die precies op denneappels lijken, aan de witte visgraat die op een winters denneboompje lijkt, aan het kerstklokgelui van bepaalde zeeboeien, aan het prachtige verhaal 'Het kerstfeest der vissers' van Joop Waasdorp, aan het heiligdom van Neptunus dat schuilging achter dennegroen, aan het Mastbos bij Breda, aan de visvormige kerstballen, aan de toegewijde kreeft die expres rood kookt om goed bij de kersttafel te kleuren, en aan nog oneindig veel meer.

Dat ik gretig begon aan *De zee, de zee* had aanvankelijk dan ook niets met de auteur – ik had nog nooit van Hamilton-Paterson gehoord – te maken en alles met mijzelf. Behalve dat het over de zee gaat, bevat het namelijk een aandoenlijke opdracht voorin waar, hoe kan het ook anders, het stralende woord *Kerstmis* uit opduikt. Toen ik dat had gezien, was ik eigenlijk al half voor de bijl:

> Voor mijn moeder
> en ook ter nagedachtenis van Ben Chong en Arnel Julão,
> het laatst gezien op 20 december 1987,
> toen ze hoopten als verstekeling
> aan boord te gaan van MS Doña Paz
> om zich bij hun familie te voegen
> voor Kerstmis

Wat voor drama, zo vraag je je af, gaat er achter deze kennelijk gemankeerde Kerstmis schuil? Zijn die Arnel Julão en Ben Chong nou aan boord van dit rampschip gegaan of niet? En wat waren dat voor lieverds dat ze het kerstfeest zo vreselijk hoog hadden dat ze met gevaar voor eigen leven per se de zee over wilden steken om het in familiekring te kunnen vieren? En wat voor fantastische instelling zal een schrijver hebben die deze twee mensen op een dergelijke manier de lucht in steekt? Op de eerste vragen hoef je uiteraard geen antwoord te verwachten. Op de laatste wel, maar dan moet je het boek eerst helemaal lezen. Wat ik deed. Aan zee. In Oostende om precies te zijn, waar juist de jaarlijkse kerstboomverbranding werd voorbereid. Op het strand...

Zoals gezegd en zoals ook uit de titel duidelijk blijkt, die in het origineel trouwens heel wat minder xenophontisch klinkt en gewoon *The great deep (the sea and its thresholds)* luidt, is dit een boek over de zee. Gezien genoemde samenhang betekent dat dat het in de diepte tevens over Kerstmis gaat, over licht en duisternis dus, pracht en praal, eeuwigheid en vergankelijkheid, heilig en heidens en de betoverende schoonheid van weleer. Of om wat concreter te zijn: over goudmijnen en tijdbommen, papegaaivissen en koraalriffen, stoomboten en serpentines, zeeduivels en mangaanknollen, bioluminescentie en de sneeuwwitte *neiges d'antan*.

Ergens midden in het boek verzucht de schrijver plotseling: 'Het is niet gemakkelijk precies te zeggen waaraan het ligt dat bij de zee alles zo snel en overweldigend om leven en dood gaat.' Inderdaad, meteen kreeg ik kippevel. Is het immense, glimmende vlak dat de zee ons voorhoudt geen gigantische levensspiegel? En is die spiegel, alle dynamiek en verborgen schatten ten spijt, niet inktzwart?

'Ik ben verloren', dat zijn volgens Hamilton-Paterson de eerste woorden van een zwemmer die in volle zee uit het water opduikt en tot zijn ontsteltenis bemerkt dat zijn vederlichte bootje niet meer aan het touw om zijn enkel vastzit maar ervandoor is met de wind. Het ene moment lig je nog voorover in de oceaan om met de zon op je rug van de onderzeese kerstversierselen te genieten, het andere moment ben je reddeloos verloren.

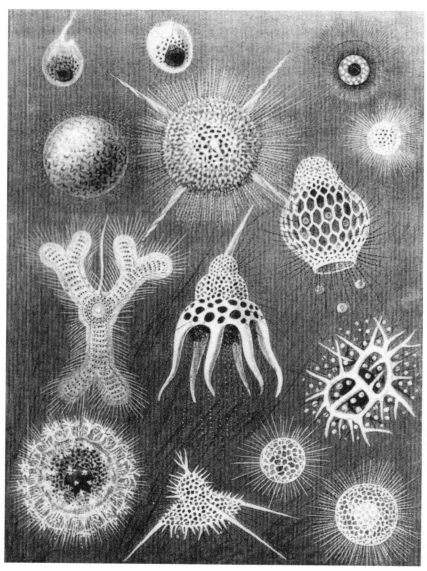

Radiolaria. Uit *De wonderen van het heelal*

Wat doet zo'n zwemmer? Zet hij het op een gillen, roept hij om hulp, barst hij in snikken uit, zwemt hij in het wilde weg zijn ondergang tegemoet of laat hij zich meteen maar zinken? Niets van dat al. Deze wanhopige wil maar één ding: zoveel mogelijk *weten*. Eerst draait hij als een waanzinnige kompasnaald in het rond om zijn plaats te bepalen. Als hij vervolgens langs zijn pastinaakwitte benen in de diepte staart, wil hij niet alleen weten wat zich daar beneden bevindt maar ook hoe dat in kaart gebracht zou kunnen worden.

Alsof kennis je in leven houdt!

Alsof het op de in kaart gebrachte aarde makkelijker sterven zou zijn dan op een onbekend stuk zee!

Nee, hoe beklemmend en overtuigend deze scène ook beschreven wordt, zo'n zwemmer is volstrekt imaginair. Maar hij geeft wel op voortreffelijke wijze de obsessies van de schrijver weer en dat was ongetwijfeld de bedoeling. Gaandeweg kom je erachter dat zowel diens wetenschappelijke belangstelling als poëtische bevlogenheid voortspruiten uit een genadeloos besef van onze condition humaine en dat er in dit boek tegen beter weten in wordt opgekarteerd tegen nostalgie en dood:

Rondkijkend over de vloeibare woestenijen onder een stralende hemel wordt hij bij tussenpozen overvallen door de adrenalinegedachte: Het kán niet dat dit me overkomt... Maar het gebeurt wél. Dan gebeurt het een tijdlang niet, en tussen het afwegen van zijn kansen van dood door verdrinking, door toedoen van een haai of door te lang in het water liggen, krijgt de zwemmer opeens een scherp, ijdel beeld van zijn hachelijke situatie. Hij heeft geen enkele manier om zijn plaats te bepalen en hij ziet zijn eigen hoofd alsof het een vaste plaats inneemt. Hij ziet het voor zich, zoals het uit die uitgestrekte, gekromde, blauwe oceaan steekt, een kleine ronde bol, glimmend van zon, als de koperen knop bovenop een globe. Op het moment dat hij verloren gaat, wordt hij het punt waarom de aarde draait.

Het eerste hoofdstuk van dit boek heet *Kaarten en namen*. Daarin doet Hamilton-Paterson verslag van een tocht die hij in december

1990 aan boord van de Farnella heeft gemaakt. Dit onderzoeksschip vertrok uit Honolulu om een stuk onbekende zeebodem in kaart te brengen en hij mocht als *luistervink* mee.

Hoewel het hier slechts een reisje van twee weken betrof ('om de mensen in staat te stellen voor Kerstmis naar huis te vliegen'), is het een adembenemend verslag geworden vol interessante observaties, gedachten en unieke technische wetenswaardigheden als jodelende sonars, die op dikke, gele vissen lijken en door de hele bemanning worden vertroeteld, een geweldige knalpot, die elke tien seconden afgaat en zulke enorme dreunen aan het water verkoopt dat de geluidssignalen wel een kilometer doordringen in de zeebodem, en ook een lange hydrofoon-'serpentine' van honderden meters doorschijnend plastic buis gevuld met veel kleurige draden, die achter het schip wordt aangetrokken om de echo's op te vangen. Evenals de schrijver zelf raakte ik bovendien op de hoogte van allerlei feiten die ik tot mijn verbazing nog niet wist. Bijvoorbeeld dat de zwaartekracht per plaats variabel is en dat zelfs het oppervlak van een golvenloze zee nooit volledig glad is, omdat de zee zich naar de aardkorst voegt als 'een dekbed dat over een hobbelig matras is gelegd'. Dat je in een bootje dus eigenlijk altijd bergop- en bergafwaarts vaart, ook bij stil weer. Dat de aardkorst constant vibreert met een bepaalbare frequentie. Dat de zeebodem ontelbare bergketens bevat en dat de Middenatlantische Rug de grootste bergrug van de hele wereld is.

Al die kennis is waardevol en mooi. Toch komt het niet als een verrassing als de schrijver plotseling uitroept: 'Wat een verschil tussen Farnella en die ouwe Challenger!' en met weemoed aan de gedetailleerde zeetekeningen en -beschrijvingen van vroeger denkt. In zijn brein liggen poëzie en wetenschap dusdanig met elkaar overhoop dat je moeilijk kunt verwachten dat hij pal achter de vooruitgang staat. Daar heeft hij dan ook van alles op tegen. Niet ten onrechte.

Als je alleen al bedenkt dat de vaste zeebewoners – waaronder de zeer geluidsgevoelige walvissen en dolfijnen – keer op keer gebombardeerd worden met vrachten oorverdovende sonische energie, alleen omdat de mens vanuit een misplaatst superioriteitsgevoel recht op bepaalde informatie meent te hebben, word je hondsberoerd. Afgezien daarvan vraagt Hamilton-Paterson zich af of de wetenschappers zélf er eigenlijk wel bij varen wanneer ze louter via elektronica met de natuurlijke wereld omgaan. Zodra de camera de plaats van het oog inneemt, de bandrecorder die van het oor en de computer die van het geheugen, is het niet uitgesloten dat de zintuigen op den duur verdrogen. Daarbij wijst hij op een interessante discussie die al geruime tijd in vooraanstaande medische tijdschriften als *The Lancet* wordt gevoerd en de vraag behelst of de ouderwetse, vooroorlogse huisarts, die was opgeleid om te kijken, te luisteren, te ruiken, aan te raken en zelfs te proeven, niet méér van de gezondheid van zijn patiënten begreep dan zijn moderne tegenhanger die zich op laboratoriumtechnieken en diagnostische apparatuur verlaat.

Overigens is hij niet de enige aan boord die zich gefrustreerd begint te voelen door de overdaad aan computers, monitors, sonars, plotters en laserprinters. Tijdens de verjaardag van een der weinige vrouwelijke medewerkers barst er een feeststemming los met zo'n hysterische ondertoon dat het lijkt of de hele wetenschappelijke bemanning coûte que coûte iets in wil halen. Het feestvarken is gek op konijnen. Mooi zo, het feest zal konijnen als thema hebben. Iedereen wordt verzocht om bij het verkleden zoveel mogelijk fantasie te gebruiken: 'Jongens, konijnen. Alles mag. Duik maar in het ruim.' Even later zit men uitgedost met lange, kartonnen oren om de taart. En als dan uitgerekend op dat moment de mededeling komt dat het schip vertraging heeft opgelopen, zodat men waarschijnlijk niet met Kerstmis thuis zal zijn, breekt er een stortvloed van protest en tranen los en blijft er van de bedachtzame, beschaafde onderzoekersmentaliteit weinig over. Deze scène vond ik kostelijk en bemoedigend. Stel je voor: een hypergeavanceerd onderzoeksschip, ronddeinend op de onmetelijke vlakte van de oceaan, met in plaats van koele wetenschappers als konijnen uitgedoste huilebalken aan boord, die benauwd zijn hun Kerstmis mis te

Hergé *De schat van scharlaken Rackham*

lopen! Zolang de wetenschapper liever een paar kartonnen oren draagt dan een witte jas, zolang hij warmer loopt voor kerstboomkaarsjes dan voor digitaal geflikker, zolang, dacht ik, valt het met de vooruitgang nog wel mee.

Behalve dat dit bizondere boek aangename relativeringen bevat van mens, vooruitgang en techniek, roept het de wonderbaarlijkste natuurgebieden op, vormt het een pleidooi voor splendid isolation, zet het je fantasie aan de gang en brengt het je gedachten op hol. Helaas kan niet alles aan bod komen, maar bij de wrakken wil ik nog even stilstaan, omdat juist die zoveel herinneringen bij me hebben opgeroepen (nóg een verdienste van het boek).

'Wrakken,' zegt Hamilton-Paterson, 'zijn vooral zo fascinerend omdat ze dienen als centrum voor allerlei preoccupaties: dood, verlies, dingen die verborgen worden en verdwijnen, dingen die ontdekt worden en weer verschijnen, opgepotte rijkdom.' Direct schoot me bij deze woorden een van de mooiste Kuifjes te binnen:

De schat van scharlaken Rackham. Wat heb ik, in de tijd dat ik nog levertraan slikte, niet eindeloos die plaat met het wrak van de Eenhoorn bestudeerd. Dat ín-sombere karkas, omringd door een majestueuze kwal, trossen wier, zeeanemonen, gekleurde vissen, verroeste kanonnen en een enkel mensenschedeltje. De geheimzinnige schat binnenin. Het vreemde verschijnsel dat alles onder water er kúrkdroog uitziet. Het merkwaardige contrast tussen vergane glorie en evergreen. Het mag nog zo waar zijn, wat elke diepzeeduiker je zal vertellen, dat alles wat de zee tussen haar kaken krijgt in een ommezien veroudert, voor de frisse autochtonen geldt het blijkbaar niet. Of heeft iemand ooit een doffe, gerimpelde, uitgezakte vis gezien?

Ook de meest intense wrak-ervaring van Hamilton-Paterson is sterk verbonden met zijn jeugd, al betreft het hier geen wrak met een dikke, vette schat.

Toen hij een jaar of tien was, heeft zich in Engeland een tragische ramp met een onderzeeër afgespeeld, de Affray, die vlak bij het eiland Wight negentig meter naar beneden zonk en niet meer naar boven kon. Afgaande op flarden nieuws van de BBC heeft hij daar toen allerlei fantasieën omheen gesponnen. Hoe gedroeg de bemanning zich? Begon iedereen brieven naar huis te schrijven of zat men rustig te schaken? Waren er genoeg zuurstofkaarsen aan boord? Had de kapitein wel een voorraadje zelfmoordpillen in petto? En als het misliep, wat zou er dan gebeuren als het wrak ten slotte zou worden gelicht en de 'gruwelijke snelkookpan' openging? Zou er een zuil van stinkende gassen, rottend papier, matrozenpetten en zakschaakspelletjes de lucht in worden geschoten? Omdat deze vragen hem op latere leeftijd bleven obsederen, heeft hij alles tot op de bodem uitgezocht en bij het verslag daarvan wordt ons geen enkel morbide detail bespaard. Zo maak je kennis met lijkevet, gebarsten trommelvliezen en de vraatzuchtigheid van kabeljauwen en andere zeedieren (lippen, ogen en vingers van de drenkeling verdwijnen altijd het eerst).

Andere min of meer gerenommeerde wrakken die de revue passeren, zijn: het slagschip de Arizona, het munitieschip de Mont-gomery, het passagiersschip de Doña Paz, de Florida uit *Twintig-duizend mijlen onder zee* van Jules Verne en vanzelfsprekend de sterk tot ieders verbeelding sprekende Titanic. Naar aanleiding van de Titanic stelt hij de prikkelende vraag waarom dr. Ballard, die dat wrak fotografeerde, altijd klassieke muziek liet draaien tijdens de afdaling en rockmuziek zodra hij weer naar boven kwam. Een rechtstreeks antwoord daarop geeft hij niet. Wel zegt hij: 'Andersom zou ondenkbaar zijn', waarmee hij een soort link lijkt te leggen tussen duiken in de diepzee en begrafenissen.

Hoe meeslepend en overtuigend ook, soms rijst Hamilton-Patersons betrokkenheid bij leven en dood wel een beetje de pan uit. Ik kan me levendig iemands weemoed voorstellen vanwege een straaltje zand dat als getuige van een lang vervlogen zeevakantie uit een oude gymschoen loopt, maar daarom hoeft die schoen nog niet vergeleken te worden met een gebroken zandloper. Ook de sug-gestie dat vele ouder wordende mensen zich vanuit een 'diep em-bryonaal gevoel' in kustplaatsen zouden vestigen om daar de dood af te wachten, en dat die kustplaatsen op hun beurt zo bedriegelijk stevig zouden zijn gebouwd en zich op zulke therapeutisch be-roemde plekken zouden bevinden om die drang te maskeren, is leuk gevonden maar gaat te ver. Plaatsen aan zee zijn toch per de-finitie gezond en hun degelijke bouw dient toch geen mantelon-derneming? Of is het hele leven een mantelonderneming en wil ik daar niet aan?

Gisteren zijn in Oostende dan eindelijk de kerstbomen verbrand. Dagenlang hadden ze in weer en wind op hun vernietiging liggen wachten en nu kwamen wij ons warmen aan hun gloed. Er stonden wat kraampjes met gekleurde lampjes op het strand. Er was warme wijn. Er werden sprotjes geroosterd, die gratis werden uitgedeeld. De stralen van de vuurtoren probeerden te concurreren met de vuurzuil. De brandweer keek toe. Op een houten podium stond een orkestje. Er werd geen klassieke muziek gespeeld, ook geen rockmuziek, maar jazz. Er werd uitbundig gedanst. Toen het vuur gedoofd was, liep ik over vertrapte visgraten en dennetakjes richting zee. Daar lag hij, zwart en grijnzend.

Ommuurd, versierd met strandvondsten en gered van de ondergang.
Foto Charlotte Mutsaers (Kerstboomverbranding Oostende, 1994)

Hamilton-Paterson beweert dat het lijkt of de zee onder zekere weersomstandigheden en bij bepaalde belichting niet de woonplaats is van monsters of van boosaardige geesten die mensen naar beneden trekken, maar de woonplaats van het dikke niets dat onder alle geluk zit weggedoken en even zijn tong laat zien. Hij heeft gelijk.

Hippodroom

Dit is de Nacht van het Paard
op de hippodroom van Oostende.
Het race-gala start om minuit
en het kleedvoorschrift luidt:
Pikkenoir.

Het vissertje, wandelend zoutvat,
praalt met zijn kraaiekostuum.
Op acht voeten boordevol Parker
troont de inktvis eretribune.

Royal Albert speelt met zijn gade
voor neger en negervrouw.
Zelfs Goekint, de burgervader, zwiert
rond in een mantel van rouw.

Zwart: het kreeftenorkestje.
Roet: het licht uit de lampen.
Drop: de kleur van mijn vestje.
Pek: het korset van de vampen.
Black: je prachtige das.
Geblakerd: de vlakte van gras.

Dan scheurt de kolenmijn open
en zomaar vanonder de grond:
daar komen de paarden, de paarden.
Daar treden de paarden aan!

Tiptoe op hun glimmende schoenen
presenteren zij sierlijk hun jockeys.
De staarten gedoopt in mascara.
De flanken bestreken met teer.

Tekening Charlotte Mutsaers

Boem! klinkt het ontzettende startschot
en Hopla! weg stuift de kluit.
Hoor het geklop van de hoeven
in de kolenkit van de nacht.
Gok je mee op de vonkende Beiaard
met zijn viertal jockeys aan boord?
Zijn lippen van muizevel zullen
zeker de eindstreep kussen.

Keihard doen de rossen hun ronde en
Hebbes! hinnikt ros Beiaard, maar
voor hij de finish passeert,
komt uit het holst van de nacht
een gitzwarte golf aangerold.

Verdronken: het kreeftenorkestje.
Gedoofd: het licht uit de lampen.
Verzopen: mijn pikzwarte vestje.
Doordrenkt: het korset van de vampen.
Kletsnat: je prachtige das.
Modder: de vlakte van gras.

Dit was de Nacht van het Paard
op de hippodroom van Oostende.
Nu weten de paarden het ook:
De zee geeft, maar neemt navenant.

VOGELS VAN ANDERE PLUIMAGE

Kanaries of kubisme?

Op zoek naar de biografie van een wereldberoemd schilder stap je een boekhandel binnen en, hemel, ter plekke ontschiet je zijn naam. Het kan de beste overkomen. Alleen, hoe los je dat zo gauw op als de opdrang bij de kassa's niet te stuiten is en de boekverkoper je ondanks allerlei uitvoerige schilderijbeschrijvingen glazig aan blijft kijken? Laat de kunst de kunst en gooi het over de menselijke boeg! Zo bijvoorbeeld:
De naam doet me denken aan professor Pi maar die is het niet.
Had met Pi alleen de kale kop gemeen.
Droeg graag streepjestruitjes.
Liep ook wel in bloot bovenlijf met grijzend borsthaar rond.
Versierde daarmee bendes mooie vrouwen, meest donkere types.
Dochter, derhalve ook een donker type, leende haar naam aan een cosmeticalijn.
Een bierviltje met alleen zijn handtekening was al een vermogen waard.
Dronk liters stierebloed.
Maar als er weer eens een van zijn kanaries dood was gevallen, moest die in het geheim door een andere worden vervangen, zó slecht kon hij tegen de nabijheid van de dood.

En zie, de boekverkoper begint te knikken en enkele klanten die per ongeluk hebben meegeluisterd, knikken gretig mee. Vermoedelijk ging ze al een licht op bij het streepjestruitje.

Hoe nu, raken streepjestruitjes, donkere schoonheden en kanariepietjes ons dan meer dan de voortbrengselen der schone kunsten? Of zijn ze slechts makkelijker overdraagbaar? Vraag het de hersenen. Ik denk dat die zullen antwoorden dat de mooie dingen die iemand maakt vanzelf een levendige interesse wekken voor zijn borstkas, zijn brandkast, zijn bed, zijn dier, zijn kind of zijn vrouw, omdat ze daar nu eenmaal stuk voor stuk uit zijn voortgekomen. En het zou me niets verbazen als ze daar zachtjes aan toe zouden voegen dat zulk soort zaken ons, los daarvan, inderdaad iets meer raken. Ja, de hersens zijn levendiger dan men denkt...

Moet de kunstenaar daar rouwig om wezen? Geenszins! Probeer het met *door Maria tot Jezus* te vergelijken. Heeft Maria daar ooit schade van ondervonden?

Via de kunst tot het leven!

En vice versa natuurlijk, maar dat was al bekend.

Zo steels als een zwaluw

'Where did you get that hat?
Where did you get that tile?'
'Isn't it a nobby one
And just the proper style?'
– J.J. Sullivan

Zoals een schalkse en tegelijkertijd schuwe schaduw die opfladdert uit het holst van de nacht, rondcirkelt, heen en weer duikt van de ene kant naar de andere en af en toe wat uit de lucht snaait. Met de wijdopen pupillen zo ver mogelijk in de uithoeken der onzichtbare ogen. Zijdelings, verstolen, verglijdend en verholen. Rakelings als de nachtzwaluw. Steels, ja stééls zo wou ik schrijven. De titel wist ik al: *De dievenkoningin*. Helaas, een boek met die titel bestond al en ik ben geen dief. Dus schreef ik een ander boek: *De markiezin*.

De dievenkoningin, ooit heb ik een stukje van Karel van het Reve gelezen waarin hij vertelt hoe mateloos een zekere Roganov door deze titel werd gefascineerd. En dat kwam niet door de toverkracht van het woord, maar door het bizarre feit dat er in het hele boek geen dievenkoningin te bespeuren viel. Inderdaad een intrigerend gegeven. Of die fascinatie evenwel werkelijk werd opgewekt door iets wat zich hier laat aanzien als niet veel meer dan een retorische truc, is nog maar de vraag. Ik herinner me nog goed dat ik me afvroeg of Roganov zich niet had vergist. Zou het niet kunnen dat die dievenkoningin wel degelijk in het boek voorkwam, erin rondspookte op de wijze van de taal, en dat Roganov zonder het zelf te beseffen een glimp had opgevangen van de steelse blikken die ze hem toewierp vanuit de plooien van de tekst? Het is niet ondenkbaar.

'Maar waarom,' zo luidt waarschijnlijk de reactie van de kant der oppositie (die nog steeds denkt dat de wetten van de wereld-in-woorden dezelfde zijn als de wetten van wat zij ten onrechte beschouwt als haar bloedeigen, onvervreemdbare, eenduidige werkelijkheid), 'waaróm moet die dievenkoningin zich dan zo nodig verstoppen? Wat steekt daarachter? Wat hebben we aan dat leugenachtige gedoe? Waarom wordt ons de waarheid onthouden? Wat voert de stiekemerd eigenlijk in haar schild dat ze zo heimelijk doet? En vooral: waarom staat de schrijver dit toe en neemt hij er geen afstand van? Waarom houdt hij zijn standpunten achter? Waarom horen we zijn opvattingen niet? Wijst dat niet allemaal ondubbelzinnig in de richting van zijn eigen geniepigheid en is hij met die zogenaamde taligheid van hem – spreken en schrijven doen we immers allemaal – geen regelrechte adept van diezelfde achterbakse dievenkoningin, dat secreet, die jattekop, die hij ten tonele voert? En wacht eens eventjes, lijkt hij in zijn doen en laten niet sprekend op iemand als John Berger, die zich met veel gefleem bij de boeren heeft ingedrongen om hun verhaaltjes af te luisteren en nu met hun veren pronkt?' etcetera, etcetera.

Hiermee zijn we dan vanzelf weer beland midden in het oeverloze maar vruchtbare (vruchtbaar vanwege de weerstand waartegen de schrijver steeds opnieuw moet opboksen) conflict tussen de Rekkelijken en de Preciezen, waarbij men onder de Rekkelijken de dienaren der Verbeelding en onder de Preciezen de onthullers der Waarheid dient te verstaan. Een conflict dat heel komiek zou zijn, ware het niet dat de schrijver na dit absurd soort aantijgingen toch altijd even bij moet komen. Echter, niet zodra is hij weer bij zijn positieven of hij begint te grijnzen en pakt zijn biezen, zijn breekijzer, zijn zaklantaarn, zijn vergrootglas, zijn otofoon, zijn maskertje, zijn hoed en zijn pen om er samen met de dievenkoningin, zijn onrechtschapen schutspatroon, vantussen te gaan, de boer op. Op jacht naar woorden, feiten, indrukken, sensaties...

Daar gaan zij, twee steelse types. Wij zien ze nog slechts op de rug: twee rokjes uitwaaierend in weer en wind en daarboven twee zwarte hoeden. Vogelvrij zoals iedereen in de natuur, maar volledig opgaand in de luister van hun adembenemende *Vol de nuit.*

Schrijvers plunderen de werkelijkheid (kan een werkelijkheid die niet bestaat geplunderd worden?), doen de waarheid tekort of geweld aan (geldt er binnen de literatuur een andere waarheid dan die op papier?) en stelen je zelfs de woorden uit je mond (houd die mond dan dicht). Daardoor verliezen ze veel sympathie van familieleden, vrienden en kennissen, die zich misbruikt zien en wier ijdelheid tevens niet is opgewassen tegen literaire vertekening. En zo worden ze dan door mensen die geen flauw benul van verbeelding hebben in de krankzinnige positie van diefje-zonder-verlos gemanoeuvreerd. Niets aan te doen, maar gelukkig wordt het wel rijkelijk gecompenseerd doordat er voor elke benepen verwant minstens één scherpzinnige en liefdevolle lezer in de plaats komt.

Wat doet de schrijver met zijn buit? Die bergt hij op in de koffer van de dievenkoningin. Zodra hij aandrang voelt om zijn zwaarte in een boek te ontledigen, maakt hij die koffer open. Daarin is inmiddels alles wat hij gezien, gehoord, geroken, gevoeld of gelezen heeft schots en scheef door elkaar geraakt, maar dat geeft niet, want het gaat hem niet om anekdotes maar om de onzichtbare factor die al die flarden en brokstukken bij elkaar houdt en verbindt: zíjn waarheid. En vanuit díe waarheid ontstaat de verbeelding.

Elke schrijver is steels in de beperkte, etymologische zin van het woord. Hij is dat qualitate qua en nolens volens, niets bizonders. Maar wat wel bizonder is, van een bizonderheid die het verstand bijna te boven gaat, is dat sommige schrijvers erin slagen om het zegbare dat zij 'stalen' te benutten voor het *onzegbare* dat zij opschrijven. Wat ook bizonder is: dat de ongunstige betekenis van *steels* welhaast verdwenen is en plaats heeft moeten maken voor een betekenis waaraan een zekere bekoring beslist niet kan worden ontzegd (bewijs voor charme en charisma van de dief). Het is allang niet meer in de eerste plaats iets roofzuchtigs of achterbaks waaraan het woord je doet denken, maar iets schalks, iets zijdelings, iets geheimzinnigs, iets verborgens, iets opwindends, iets erotisch bijna. En het is daarop dat ik nu de blik zou willen richten, want díe aspecten van steels, daarvan kun je pas echt zeggen dat ze raken aan de fundamenten der literatuur.

In zijn schitterende Gogol-monografie schrijft Nabokov: 'Zijn werk is zoals alle grote literaire verrichtingen, een fenomeen van de taal, niet van ideeën' en het aardige daarbij is dat hij in de ogenschijnlijk zijdelingse opmerking *zoals alle grote literaire verrichtingen* een idee bijsluit, waaruit men kan opmaken dat de literator en de studiosus hier vrolijk hand in hand gaan. Hoe gelijk heeft hij. Ideeën evenals meningen, waarheden, argumenten en ook gevoelens maken een tekst niet groot. Je kunt ze soms missen als tandpijn, tenzij... tenzij zo'n tand wordt opgeroepen in een taal zó steels dat hij je verleidt en 's nachts uit de slaap houdt:

> Ze hebben me de tand uitgebroken, die de sinusitis veroorzaakte. De helft is in het kaakbeen achtergebleven, en omdat we geen waakhond hebben, zal dat stuk tand 's nachts waakzaam blijven en me overdag verhinderen me te laten gaan.
> Henri Michaux (*Ecuador*)

Geen zelfbeklag, geen pijnbeschrijvingen, geen gevoelsuitweidingen, en derhalve geen enkel rechtstreeks appel op de ontroering, maar als je dit leest, hoe janken dan aanstonds al de tanden in je mond! Die waakhond en het woordje *omdat*, zijn dat geen heimelijke dragers van de steelse blik en is het niet onmogelijk om je aan de uitwerking daarvan te onttrekken?

Een ander voorbeeld (let wel: ik vind Max Frisch een interessante schrijver; het is me slechts om het voorbeeld te doen):

> (1) De bloedworst is lekker, omdat het abattoir geen ramen heeft.
> H. Brandt Corstius (uit: *Denk na*)

> (2) Ik word niet goed als voor mijn ogen een varken wordt geslacht met een blinkend mes, ik heb dan absoluut geen trek meer in ham; anders weet ik die zeer te waarderen. Ons denken moet concreet worden.
> Max Frisch (uit: *Dagboek*)

Voor zover twee ideeën hetzelfde kunnen zijn, bevatten (1) en (2) hetzelfde idee en dat idee is mij sympathiek. Dit laatste doet uiteraard niet ter zake, maar ik vermeld het omdat menigeen denkt dat de vooringenomenheid die pleegt te ontstaan zodra men iemands ideeën deelt, zich als het ware vanzelf laat gelden bij het lezen van een boek of nog erger: zich behoort te laten gelden. En daarop zou ik willen zeggen: gelukkig is dat niet altijd het geval en het hoort dat ook niet te zijn, want niet alleen de eventuele grootheid maar ook de betekenis van een tekst schuilt in de taal.

Wat maakt hier derhalve dat (1) me treft en (2) me koud laat? De steelsheid van de ene formulering versus de bloedeloosheid van de andere. Dan helpen blinkende messen niet meer! Speelt daarbij soms mee dat ik bloedworst lekkerder vind dan ham? Integendeel en wederom, dit doet niet ter zake. Wat wél ter zake doet is dat bloedworst binnen het kader van de mededeling stukken werkzamer is dan ham doordat het alle woorden eromheen van zijn dampende bloedgeur doortrekt. Het is dan ook deze woordkeus die je direct al op steelsheid attendeert, maar die niet alleen.

De vraag dringt zich op: waarom koos Frisch zo'n kleurloos woord als *ham* terwijl het varken leverancier is van een vracht woorden die veel meer tot de verbeelding spreken? Ik vrees dat het antwoord zal zijn dat hij daarbij niet zo heeft stilgestaan. En waarom heeft hij daar niet zo bij stilgestaan? Omdat hij van ham houdt en denkt dat hij liegt als hij zegt dat hij van bloedworst houdt. Met andere woorden: hij heeft de waarheid, de werkelijkheid of hoe men het met alle geweld noemen wil, laten prevaleren boven de zeggingskracht van het woord en uitgerekend dát sluit steelsheid uit. Hoe weet ik dat zo precies? Het wordt mij verteld door de rest van zijn tekst. Waar Brandt Corstius het afkan met tien woorden heeft Frisch er zevenendertig nodig. Met die zevenentwintig woorden extra benadrukt hij voornamelijk zijn eigen persoon. Maar wat kan het je schelen waar híj niet goed van wordt, waar híj al of niet trek in heeft of wat híj weet te waarderen. Al die persoonlijke informatie ontneemt het zicht op de boodschap. Vandaar dat hij in een poging die boodschap kracht bij te zetten alles ten slotte nog eens samenvat in de soort belerende imperatief: *ons denken moet concreet worden.* Maar dáár hebben wij nu net geen boodschap aan. Bovendien, sinds we de bloedworst uit de eerste zin soldaat hebben gemaakt is ons denken zo concreet als varkensgeschrei.

De paradox is deze: wil een auteur werkelijk iets onthullen van de diepte van zijn persoon, wat geen verwonderlijk streven is, dan doet hij er goed aan die persoon af en toe eens in zijn woorden te laten onderduiken. En dat is wat een waarachtig steels auteur ook zal doen. Daarom vertelt Brandt Corstius je niet of hij zelf van bloedworst houdt, maar kiest hij voor de schijnbaar algemeen geldende en onpersoonlijke formulering *de bloedworst is lekker*. Hiermee maakt hij zijn eigen persoonlijkheid ondergeschikt aan die van de bloedworst, die daardoor kans van leven krijgt (let ook op het gebruik van het lidwoord *de*). Maar het allersteelst in deze tekst is ongetwijfeld het idiote gebruik van *omdat*, dat je meedogenloos met je neus tegen de niet-bestaande ramen van het slachthuis drukt. En wat zie je daar? Niet alleen de binnenkant van het varken dat baadt in zijn bloed, maar ook de binnenkant van de schrijver...

Oef!, zegt de lezer, nu is het welletjes, zijn we zoetjesaan niet lang genoeg binnen de muren van het abattoir geweest? Ja, lang genoeg, lang genoeg, maar ook weer niet té lang! Men wordt nu eenmaal niet gratis getuige van de bloedbruiloft die zich in elke steelse tekst voltrekt.

Maar nu óp naar het modemagazijn! En wel eerst naar de hoeden en dan in één ruk door naar de rokken, want: van de tok naar de rok, il n'y a qu'un pas. Misschien komen we er op die manier achter hoe de steelse schrijver zo steels komt. Uit strategie, bittere noodzaak of zijns ondanks.

Geen mens zal willen beweren dat *The man who mistook his wife for a hat* geen mooie en aansprekende titel is. Alleen, de vrouw van de man die zijn vrouw voor een hoed aanzag, moet niet denken dat zij de enige is die voor een hoed werd aangezien. Wat in dit boek van Oliver Sacks gepresenteerd wordt als een hilarische uitwas van een fatale neurologische ontwrichting kent de enkeling van kind af als zijn dagdagelijkse werkelijkheid. Het is met name deze werkelijkheid waarop steelsheid het doeltreffendste antwoord vormt.

Wat bracht Antoine de Saint-Exupéry bijvoorbeeld tot zijn *Vol de nuit* (zoek *vol* op in het woordenboek)? Dat wordt duidelijk na lezing van *Le Petit Prince*, een meesterwerkje waarin de sentimentaliteit die voortdurend de kop dreigt op te steken door een indrukwekkende steelsheid wordt verhoed. Na een korte opdracht aan Léon Werth, waaruit blijkt dat *Le Petit Prince* evenals veel andere steelse literatuur beschouwd kan worden als een verkapte liefdesbrief, vangt het eerste hoofdstuk met een jeugdherinnering van de verteller aan. Een jeugdherinnering die – het boek zelf vormt er het bewijs van – levensbepalend is geweest. Hij beschrijft daarin hoe hij als zesjarig jongetje eens een prachtige plaat aantrof in een jungleboek dat *Ware verhalen* (!) heette. Je zag daarop hoe een boa constrictor zich om een wild dier heen geslingerd had dat hij van plan was met huid en haar te verslinden. Dan staat er dit:

Ik heb toen veel nagedacht over avonturen in de rimboe en ik slaagde erin zelf met een kleurpotlood mijn eerste tekening te maken. Tekening nummer 1. Die was zo:

Ik liet mijn meesterwerk aan de grote mensen zien en vroeg hen of ze er bang voor waren. Zij antwoordden: 'Wie zou er nu bang zijn voor een hoed?'

Mijn tekening stelde geen hoed voor maar een boa constrictor, die bezig is een olifant te verteren. Toen heb ik het binnenste van de boa getekend, zodat de grote mensen het zouden begrijpen. Die moeten bij alles uitleg hebben. Mijn tekening nummer 2 was zo:

Toen hebben de grote mensen me aangeraden, mij niet meer met tekeningen van open of dichte boa's te bemoeien, maar liever aan aardrijkskunde, geschiedenis, rekenen en taal te doen. Zo kwam het, dat ik op zesjarige leeftijd een schitterende schildersloopbaan liet varen. Ik voelde me ontmoedigd, door de mislukking van mijn tekening nummer 1 en mijn tekening nummer 2. [...] Ik moest dus een vak kiezen en leerde vliegtuigen besturen.

Wie ziet hoe de verteller hier door het wrede ontmoedigingsbeleid der volwassenen op een haartje na verstikt en verslonden wordt, hoe met andere woorden de jungle uit het boek drastisch voortwoekert in zijn eigen leven, zal begrijpen dat de titel *Ware verhalen* hier een bizonder steelse wenk geeft. Die wenk biedt rechtstreeks uitzicht op de wereldbeschouwing van Exupéry.

Maar wat nu allereerst de aandacht trekt, is het woord *mislukking*, want dat verschaft inlichtingen over de intentie waarmee deze tekeningen werden gemaakt. En waaruit kan die intentie anders voortgesproten zijn dan uit een diep verlangen om begrepen te worden? En waaruit kan dat verlangen anders voortgesproten zijn dan uit een pijnlijk gemis? Toch lijkt de verteller te beseffen dat juist de mislukking de weg wijst naar geluk. Hoe mislukt tekening nummer 1 dan ook mag zijn, hij bewaart hem en voert hem later mee op al zijn vluchten over de wereld. Die wereld is er intussen niet beter op geworden en verslijt aangeboren steelsheid nog steeds voor aanstellerige duisterheid. Dus elke keer dat hij uit de lucht naar beneden komt gedaald om zijn tekening aan iemand te tonen krijgt hij opnieuw te horen: ''t Is een hoed.' Geen wonder als iemand er dan van lieverlee maar eens toe overgaat een echte hoed op te zetten:

Dan sprak ik maar niet meer over boa constrictors of oerwouden of over de sterren. Ik richtte me naar hem en sprak over bridge, golf, politiek en dassen.

Zo leeft hij voort in alle eenzaamheid 'zonder ooit met iemand echt te kunnen praten'. Tot motorpech hem op een keer dwingt te landen in de Sahara-woestijn: 'Het was voor mij een kwestie van leven of dood.' Dat blijkt geen loze pathetiek. Uitgerekend in deze woestenij van zand, mijlenver van de bewoonde wereld, stuit hij op de Kleine Prins. Een ontmoeting die aanvankelijk gekenmerkt wordt door een grote dosis secrecy maar die niettemin, nee juist daardóór, inslaat als een coup de foudre ('Ik sprong op, alsof ik door de bliksem getroffen was'), want deze prins is de eerste in zijn leven die tekening nummer 1 dadelijk doorziet. Niets verbazingwekkends voor iemand die zelf een roos koestert die 's nachts onder een stolp moet omdat ze maar vier dorentjes bezit om zich te verweren!

Tien jaar nadat ik Le Petit Prince in de woestijn had ontmoet, maakte ik een tekening. Omdat ik niet wou dat mij hetzelfde overkwam als het jongetje uit het boek voegde ik er meteen maar tekst en uitleg bij.

Dit is de steek van Napoleon zelf.
Nu zit hij eronder en ziet men hem niet.
Ook de Groten der aarde zijn graag geborgen
en zoeken een schuilplaats voor als het giet.

Maar toen overkwam me natuurlijk wél hetzelfde. Ik liet mijn meesterwerk aan de mensen zien.

Zij zeiden: 'Je tekening klopt niet, want regen is niet zwart maar helder en transparant.'

Ik: 'Hoe komt die hoed dan zo zwart?'

Zij: 'Omdat er een gore fascist onder zit, die door jou godbetert tot de Groten der aarde wordt gerekend!'

Ze waren niet eens in staat om de lengte van deze Grote der aarde even door te denken onder zijn hoed. Maar ik wist precies wat er gebeuren zou als ik de binnenkant van de hoed ook nog ging afbeelden. Dat deed ik dus niet. Ik raakte ontmoedigd en begon naar ander werk om te zien.

In een volmaakt q-lipogram heeft Maai Kwelder (zie Battus, *Q*) – ach wat staat dat puike hoedje haar toch om te stelen! – de zeven doelen van de hoed uiteengezet:

Zeven doelen dient de hoed. Hij beschermt je hoofd tegen de wind. Ja, pet of doekje doen dat ook, maar waarom geen hoed? Hij beschermt je tegen de kou. Ja, muts of oorwarmers doen dat ook, maar waarom geen hoed? Hij beschermt je tegen de zon. Ja, zonneklep en zakdoek doen dat ook, maar waarom geen hoed? Hij beschermt je haar tegen de regen. Ja, plastic kapje en tas doen dat ook, maar waarom geen hoed? Hij houdt je losse haar bij elkaar. Ja, diadeem en klem doen dat ook, maar waarom geen hoed? Je kunt met een hoed opvallen. Ja, een kortissima Kwant-rokje en een kwagga aan de lijn doen dat ook, maar waarom geen hoed?

Deze litanie klinkt als een klok. Eén ding heeft ze echter over het hoofd gezien: de mens heeft meer vijanden dan weer en wind alleen. Wie zijn hoedje al te schalks op zijn hoofd zet, wordt vroeg of laat verschalkt. Of, om me eens glashelder uit te drukken: naar wie zich al te goed verbergt, zal op den duur niet meer worden gezocht. Een kind weet al dat je beter geen kampioen-verstoppertjespelen kunt zijn. Ze laten je gewoon zitten waar je zit. Geen benijdenswaardige positie in een wereld die niet wemelt van de prinsen.

Ik zou willen eindigen met Michail Zosjtsjenko. Als er één schrijver het tragisch slachtoffer van zijn eigen eminente steelsheid is geworden, vooral van de schalkse kant ervan, dan hij wel.

Zijn rampzalige ineenstorting, totale psychische ontreddering en vervolgens zijn treurige en eenzame dood in 1958 worden altijd in verband gebracht met de smerigheid van het Russische regime. Heel begrijpelijk, hij zou de eerste niet zijn die aan dat rotsysteem te gronde ging. Wel wordt daarbij wat al te makkelijk uit het oog verloren dat het juk van een misdadige samenleving niet uitsluit dat men ook nog gebukt kan gaan onder de last van een hoogst persoonlijke problematiek, die daar op den duur misschien wel duchtig mee verstrengeld raakt maar er niet uit voortgekomen hoeft te zijn.

Om kort te gaan: hoe moet het voelen om van de ene op de andere dag als lachspiegel door het leven te gaan? Om, waar je ook je neus om de hoek van de deur steekt, daverende lachsalvo's op te wekken? Om mensen al aan het hikken te brengen enkel door het noemen van je naam? Om in elk gezelschap als nar op de troon te worden gezet? Om heel Rusland in een lachstuip aan je voeten te zien? Om aanbeden te worden als geestige profeet van een nieuwe bijbel? Om je werk in miljoenenoplagen over de toonbank te zien vliegen? Om zonder meer geïdentificeerd te worden met de tragikomische figuur uit je eigen verhalen? Om gekoesterd te worden als nationaal bezit? Hoe moet dat alles gevoeld zijn door een uiterst fijnzinnige, zwaar melancholieke en hypochondrische geest als Zosjtsjenko, wiens grootste zorg wel wat anders betrof dan het *How to star*? Als een gigantische mislukking en een gigantische ontmoediging!

Nietzsche schrijft: 'Iedere diepe geest heeft een masker nodig: sterker nog, om iedere diepe geest groeit voortdurend een masker heen, dank zij de voortdurend onjuiste, want *oppervlakkige* uitleg van ieder woord dat hij zegt, iedere stap die hij doet, ieder levensteken dat hij geeft.' En akkoord: zo'n masker, zo'n stolp, zo'n hoed is een uitkomst. Behalve als men eronder bezwijkt...

Het is in zekere zin Zosjtsjenko's ongeluk geweest dat hij met humoristisch werk is gestart, vermits er een ongeschreven en tevens onzinnige wet bestaat dat een schrijver die het serieus met zichzelf en de letteren voorheeft niet al te luchtig debuteert. Wie zich zonder zijn eigen diepgang nog terdege gevestigd te hebben op het gladde ijs van de humor begeeft (minder glad dan het ijs van de ernst) en zich schuilhoudt onder een al te schalkse hoed, loopt het risico voortijdig bij de grapjassen te worden ingedeeld. Kan een waarachtig diepzinnig schrijver eigenlijk wel stompzinnig voor de dag komen? Nee, dat kan niet, want die diepte *huist* niet *in* hem, maar hij *is* die diepte zelf en bijgevolg kan die diepte onmogelijk voor de duur van het schrijven worden afgelegd. Maar hij kan natuurlijk wel stompzinnig gelézen worden, en hoe dat uitpakt hebben we hierboven gezien.

Je zou je kunnen afvragen waarom iemand die zo doordrongen is van de verschrikkingen van het leven en maar al te goed weet wat lijden is, het vrijwillig riskeert om te licht te worden bevonden. Maar bewijst dat niet de integriteit en de kwaliteit van zijn schrijverschap? Hij had een gepaste afschuw van mensen die 'het lijden ophemelen' en 'met hun wonden pronken' en behalve dat een groot inzicht in de werking van de taal. Daarom is hij niet eerder met zijn leed voor de dag gekomen voor hij er een uiterst adequate vorm voor had gevonden. Toen hij die eenmaal had, heeft hij direct zijn leuke hoed in de kast gezet en heel zijn spectaculaire roem in de waagschaal gesteld. Hieraan danken wij *Sleutels tot het geluk* en *Voor zonsopgang*, waarin hij op ontroerende, deels essayistische deels poëtische wijze onderzoekt welke onvoorwaardelijke verbindingen in zijn leven verantwoordelijk zijn geweest voor zijn zwaarmoedigheid. Dit werk behoort tot het mooiste wat hij heeft nagelaten. Het is ook steels, maar nu niet meer louter in de schalkse zin. Hij werd dan ook terstond uitgekotst én door zijn publiek én door de staat die hem ervan beschuldigde de taal te verminken en *de werkelijkheid te verdraaien*. Alsof hij die werkelijkheid niet altijd al had verdraaid, alsof al zijn grappige verhalen niet vol dubbele bodems en ongrappige verwijzingen zitten! Als illustratie daarvan moge zijn verhaal *Dieven* dienen.

In *Dieven* vertelt de verteller hoe zijn koffer hem 's nachts in de trein ontstolen werd. Na de prachtige openingszinnen: 'Er lijkt, mensen, momenteel wel een dievenplaag gaande. Ze jatten om je heen in het wilde weg' en wat gekanker op dieven in het algemeen, komt hij met zijn waar gebeurde (!) verhaal op de proppen. Om de stijl en de grapjes tot hun recht te laten komen, zal ik er een flink stuk uit citeren (Uit: *Vertel mij wat kameraad*, vertaling C.J. Pouw):

En nou nog het mooiste: komt er 's avonds een burger bij me in de trein zitten.

'Doet u me,' zegt-ie, 'één plezier en wees hier een beetje voorzichtig met reizen. De dieven hier zijn zo gehaaid als de ziekte. Werpen zich boven op de passagiers.'

'Daar,' zeg ik, 'ben ik niet bang voor. Ik ga altijd met m'n oor op de koffer liggen. Hoor ik het,' zeg ik, 'vanzelf.'

Zegt-ie: 'Het gaat ook niet om uw oor. Hier,' zegt-ie, 'zijn ze zo gewiekst, – die trekken je kalm je laarzen van je lijf. Oor of geen oor.'

'Ik heb,' zeg ik, 'altijd dan nog van die echte Russische laarzen met zo'n hoge schacht, – die krijgen ze nooit uit.'

'Goed,' zegt-ie, 'loop ook naar de verdommenis! Ik heb u gewaarschuwd. U doet maar wat u niet laten kan.'

Daarop sluimerde ik in.

Opeens, vlak voor Zjmerinka, gééft er me iemand in het donker toch een ruk aan m'n been! Haast dat-ie 'm – ik zweer je – uit m'n lijf had getrokken! Ik schiet overend en gelijk dat ik die dief een dreun voor z'n bottenkast geef. Hij ervandoor. Ik uit het bovenrek achter hem aan.

Maar rennen, dat ging niet. Want m'n laars was half van mijn been gestroopt en m'n voet bengelde wat rond in die schacht. Ik een geschreeuw aanheffen. Gil die hele wagon bij mekaar.

'Wat is er loos?' werd er gevraagd.

'Mijn laarzen,' zeg ik, 'burgers! Haast dat m'n laarzen waren gebietst!'

Begon ik m'n laars weer omhoog te sjorren, zie ik ineens: is mijn koffer vertrokken!

Ik opnieuw een geschreeuw aanheffen. Fouilleer alle passagiers, – maar weg koffer!

Vervolgens stapt hij bij het eerstvolgende station naar de gendarmerie om aangifte te doen. En dan gebeurt er dit:

Ik zeg: 'Als jullie 'm grijpen, trek 'm zijn poten dan uit zijn donder!'
Zij lachen.
'Goed,' zeiden ze, 'doen we. Alleen even dat potlood weer graag op z'n plaats.'
En waarachtig! Hoe het kwam, weet ik echt niet. Alleen dat ik in ene bij hun daar een inktpotlood van tafel wegpak en in m'n zak, zeg maar stopte.
Zegt de politieman:
'Gendarmerie,' zegt-ie, 'of niet, – mooi dat de passagiers binnen de kortste keren al ons schrijfgerei achterover hadden gedrukt. Eén lamstraal is nog met de inktpot pleite gegaan. Met inkt en al.'
Ik verontschuldigde me voor het potlood en vertrok. 'Nou,' dacht ik, 'als we daar echt aan zouden beginnen, aan hand afhakken, dan sterft 't hier binnenkort van de invaliden. Dat is vechten tegen de bierkaai.'

Kijk, zo'n verhaal is nu koren op de molen van de dievenkoningin, die ook altijd zo bang is dat haar koffer wordt gepikt. En bewijzen dat potlood, die inktpot en zelfs 'al het schrijfgerei' niet dat de meeste dieven schrijvers zijn en is het dan erg gedurfd om te veronderstellen dat het omgekeerde misschien ook weleens het geval zou kunnen zijn?
Wat een zegen voor de werkelijkheid!

Flauberts distelvink

Omdat alle rechtgeaarde schrijvers vanzelf ornithologen zijn, wou ik eens stilstaan bij de distelvink uit *Madame Bovary*. Maar dan moeten we wel bij het begin beginnen. Dat begin is een liedje:

Tire lire let let let,
mussen zijn geen vinken.
Mietje heeft de kan gebroken,
waar moeten we nou uit drinken.

Welnu, die gebroken kan heeft voor geen enkele schrijver ooit een probleem gevormd. Als hij wat drinken wil pakt hij wel een glas. De crux zit hem in de tweede regel. Dat mussen geen vinken zouden zijn, voor hem is dat geen uitgemaakte zaak. Vinken kunnen immers ook mussen zijn?

Zoals bekend luidt de oervraag voor elke schrijver, of hij nu met een ganzeveer schrijft of niet: mag een mus in een boek onverantwoord, dat wil zeggen zonder enige consequentie voor de rest van het verhaal, van het dak vallen, ja of nee? W.F. Hermans heeft deze vraag voor het eerst met verve gesteld en nagenoeg ontkennend beantwoord. Van hem mag een boekmus alleen maar zinloos van het dak vallen 'als het de bedoeling van de auteur is geweest, te betogen, dát het in zijn wereld geen gevolg heeft als er mussen van daken vallen. Maar alleen dan.' Gelijk heeft-ie. Ik begrijp dan ook niet dat de Orde van de Dasspeld van Toela hier zo heftig tegen in het geweer is gekomen. Waarom dragen ze die dasspeld eigenlijk? Zijn ze bang dat hun dasje anders weg zal vliegen?

Hoewel ik het gloeiend met Hermans eens ben, zit er ook een *maar* aan het geheel. Hugo Brandt Corstius heeft ooit opgemerkt dat hij dacht dat mussen nu net met vleugeltjes waren uitgerust om níet te behoeven vallen. Zo is het. Dat betekent echter dat je bij een vallende mus, hoe klein hij ook is en hoe nietig zijn dakje, rustig van een *gebeurtenis* kunt spreken, een mini-gebeurtenis desnoods maar een gebeurtenis, en daar wringt hem de schrijversschoen. Want wordt daarmee niet andermaal de schijn gewekt dat het in de literatuur om gebeurtenissen zou gaan, lotgevallen, daadkracht, belevenissen etcetera ('Kind, jij hebt zo ontzettend veel in je leven meegemaakt, schrijf het toch in godsnaam eens allemaal voor ons op.')? En literatuur mag dan van alles zijn, het is beslist géén verzameling aan elkaar gelijmde gebeurtenissen die zich zo heerlijk laten navertellen, dat nu net niet. Niet dat er niks in een boek mag voorvallen, maar het hoeft niet per se en het gaat er gewoon niet om. Het gaat in de eerste plaats om een uniek wereldbeeld, de samenhang daarvan. Hoe die gestalte krijgt via de taal. Daarbij zijn de zogenaamde on-gebeurtenissen minstens zo belangrijk. Sterker: wat tussen twee gebeurtenissen heen en weer fladdert bepaalt meestal de gang van zaken, net als in het echte leven. En zelfs gefladderd hoeft er niet te worden. Een mus die rustig in een boom zit te koekeloeren (en ondertussen wel alles heeft gezien) mag ook. Of helemaal geen mus maar een distelvinkje in een kooi. Of zelfs geen vógel.

Ja, waarom heeft Hermans voor zijn voorbeeld eigenlijk een vogel uitgekozen? Ik denk omdat hij besefte dat vogels de dienst uitmaken. Vogels maken de dienst uit, dat is nu zo, dat was vroeger zo en dat zal altijd wel zo blijven. Zij zijn tenslotte de enige die de samenhang van de wereld een beetje kunnen overzien.

Ook de mens, voor zover hij tenminste niet uit de boerenkool gekropen kwam, heeft de wereld ooit een beetje kunnen overzien. Dat was toen hij als bundeltje te bengelen hing in de bek van vader Ooievaar. Maar dat duurde zo kort en de wieg waarin hij werd neergeploft voelde zo vreselijk zacht, dat hij het op hetzelfde moment weer vergeten was. Toch bestaat er een levendig heimwee naar die gelukzalige, vogelvrije, ja hemelse staat. Vandaar dat de literatuur, nostalgiek van huis uit, bij tijd en wijle trekken vertoont van een kakelbonte volière. Denk bijvoorbeeld aan de raaf van Poe, de papegaaien van Céline en Flaubert, de roodborst (die eigenlijk een Amerikaanse lijster is) van Emily Dickinson, de prieelvogel van Gerrit Krol, de pimpelmezen van Stefan Hertmans, de meeuwen van Tsjechov en Morgenstern, de regenwulpen plus ortolaan van Maarten 't Hart, de albatrossen van Coleridge en Baudelaire, de kauw van Kafka, het eendje van Andersen, de ekster van Kleine Olle, de kip van K.L. Poll en Gilliams' spreeuwen en nachtegalen. En dan is dit nog maar het topje van de literaire vogelberg, waarop ook Flauberts distelvink heeft plaatsgenomen. (Wie vannacht niet slapen kan weet wat hij behalve schaapjes nog meer kan tellen.) Over dit laatste vogeltje, dat ogenschijnlijk als een van de alleronbelangrijkste karakters zijn bescheiden deuntje meeblaast in *Madame Bovary*, wou ik het hebben.

Om de waarheid te zeggen heb ik altijd een haat/liefde-verhouding gehad met Madame Bovary. Sommigen vinden dat een bewijs voor de voortreffelijkheid van het boek, anderen voor de gebrekkigheid van mijn smaak. Ik wou uiteraard dat het omgekeerd was maar zo eenvoudig ligt het niet.

Toen ik *Bovary* voor het eerst las, was ik tweeëntwintig jaar. Ik kreeg het cadeau op Sinterklaasavond en begon er nog dezelfde nacht in te lezen onder het verorberen van een chocoladeletter. Wat een steengoed boek was dat. Fantastisch! Dat smaakte naar meer. Het las echt als een trein. In die tijd dacht ik nog dat romans een soort van smakelijke treinen waren, ellenlange goederentreinen barstensvol geladen met gebeurtenis. En al die gebeurtenissen schreeuwden erom om met huid en haar verslonden te worden. Ik las het boek dan ook in één ruk uit, op de wijze waarop ik ook Somerset Maugham of Guy de Maupassant of Simenon had gelezen: om het verhaal. Maar hoe gaat dat met verhalen? Afgelopen, uit! Daarom, hoezeer ik ook van *Bovary* genoten had, ik voelde geen enkele behoefte om het later nog eens ter hand te nemen.

Toen is er iets heel merkwaardigs gebeurd. Een jaar of tien later was *Madame Bovary*, zonder dat ik er dus ooit een letter van herlezen had, in mijn hoofd zomaar van een meesterwerk in een draak veranderd. Een ongehoorde metamorfose waar ik part noch deel aan had. Misschien kwam het doordat ik intussen had kennisgemaakt met de wondere taalwerelden van Kafka, Poe, Cortázar, Michaux, Gilliams, Schulz en Charms, om een paar van mijn favorieten te noemen. Hún boeken waren totaal anders. Daar raakte je van je leven niet op uitgekeken, helemaal nooit. Je kon er op elk moment weer in stappen, aan het eind, aan het begin, middenin, het maakte niet uit. Zodra je weer een paar regels las werd je opgetild en de lucht ingezogen. Voetjes van de vloer! En dat wil ik graag, zulke voetjes.

Van toen af ben ik *Bovary* tot de ontspanningslectuur gaan rekenen. Maar niet voor mijn gemoedsrust. In welk min of meer geletterd gezelschap ik ook kwam, altijd werd het boek de hemel in geprezen en wanneer ik dan met enige schroom mijn eigen visie onder woorden bracht, ontstond er onmiddellijk bonje. Van die bonje wou ik af. Dus wat deed ik? Ik zocht steun bij anderen. Die vond ik al gauw bij Maurice Gilliams. In de tijd dat deze bezig was aan *Elias of het gevecht met de nachtegalen* noteerde hij in zijn dagboek:

Aan *Elias* schrijvende moet ik er de pijn van gevoelen. Ik wil, buiten het verhaal van de feiten om, – het ergste vinden waar ik als mens aan denken kan. Om mij beter verstaanbaar te maken: dit vind ik niet bij Flaubert. Heel de psychologie van *Madame Bovary* draait toch maar uit op een mengeling van faits-divers, met meesterlijke hand geredigeerd.

Een mengeling van faits-divers, die zat! Glunderend las ik dezelfde passage aan enkele literaire vrienden voor. Het maakte geen indruk. Toen zat er niks anders op dan het boek maar weer eens over te lezen, kijken of ik me misschien had vergist.

Dat was een verrassende ervaring. Doordat ik het verhaal nog goed in mijn hoofd had, kon ik aan andere zaken aandacht schenken. Daardoor vielen me pas nu de talloos vele mussen op. Het boek stikte er zowat van. Echt een stortvloed, want al die mussen duvelden nog van daken ook. Stijlvol, dat wel, en het waren ook hele mooie mussen, maar waaróm ze het deden en of ze er pijn bij leden, je kreeg er geen notie van. Thans stond ik sterk. Dus weer ging ik de barricaden op.

'Herinneren jullie je misschien die paraplu die bespannen is met changeantzijde,' vroeg ik, 'of die metershoge taart die aan de onderkant op een soort tempel lijkt van blauw karton en in zijn eentje een hele bladzijde beslaat? Of dat dameszadel van hertsleer? Of die voordelige gordijnen met hun brede gele strepen? Of die breeuwershamers die zo dreunend tegen een scheepsromp slaan? Of dat eenzame distelvinkje boven de haard? Dat komt stuk voor stuk voor in *Madame Bovary*.' Verbazing alom. Niemand wist zich ook maar iets van genoemde zaken te herinneren. Hoe nu? Ze hadden het toch zo'n prachtig boek gevonden?

Ja maar, luidde het antwoord, wat ik daar zo triomfantelijk opsomde, dat waren slechts details. Daar ging het niet om. Dit boek ging over de liefde, de rest was bijzaak. Door dát te zeggen brachten ze me aan het twijfelen. Niet dat ik het nu plotseling wel met ze eens was. Integendeel, nog veel minder dan eerst! Maar ik was het met mezelf niet meer eens. Want goedbeschouwd: als al die dingen werkelijk bijzaak waren, waarom hadden ze dan zo'n indruk op me gemaakt? Waarom had ik ze veel scherper onthouden dan alle liefdesperikelen bij elkaar? Meer en meer begon me het onverhalige van het boek te interesseren. Misschien was de liefde zelf wel bijzaak. Misschien was dat de vetste vallende mus van allemaal.

Toen las ik in 1980 de bekende brief van Flaubert aan Louise Colet en brak mijn klomp. Dit schreef hij haar:

Wat me mooi lijkt, wat ik zou willen schrijven, dat is een boek over niets, een boek zonder banden met de buitenwereld dat door de innerlijke kracht van zijn stijl overeind zou blijven zoals de aarde blijft zweven zonder ondersteund te worden, een boek dat geen onderwerp heeft of tenminste, waarin het onderwerp bijna onzichtbaar is, als zoiets mogelijk is. De mooiste werken zijn die met de minste inhoud; hoe dichter de uitdrukking de gedachte benadert, hoe beter het woord eróp past en verdwijnt, des te mooier is het. Ik geloof dat daar de toekomst van de kunst ligt. Ik zie de kunst, naarmate zij groeit, steeds etherischer worden.

Een perfect pleidooi voor lichtheid! Bedenk dat deze brief geschreven werd in 1852, dat is vijf jaar vóór *Bovary*. Dan mag je toch aannemen dat Flaubert althans iets van deze verlangens in dat boek heeft trachten te realiseren. *Etherisch*, betekent dat in de meest letterlijke zin niet *hemels*? Voert dit boek je dan tóch de lucht in? Lagen Gilliams en Flaubert dan in feite vlak naast elkaar? Sindsdien noem ik het boek: *Bovary of het gevecht met de mussen*. Maar of die mussen daarmee vliegende nachtegalen zijn geworden... Ik ben er nog steeds niet uit. Je blijft je ondanks alles afvragen wat de zin van die overstelpende hoeveelheid zaken is.

Een van de weinigen die zich hiermee hebben beziggehouden, is Michaël Zeeman, die zich in een *Raster*-artikel over literaire slordigheid meeslepend heeft uitgelaten over de pet van Charles Bovary. Als Charles Bovary aan het begin van het boek voor het eerst op school komt, draagt hij een pet. Deze potsierlijke pet, die qua ingewikkeldheid niet onderdoet voor de hoge taart die vanonderen op een tempel lijkt, wordt als volgt beschreven:

De pet, ei-vormig en verstevigd met baleinen, begon met een drietal ronde worsten; vervolgens wisselden ruitjes van fluweel en konijnebont, gescheiden door rood lint, elkaar af; het geheel werd tenslotte gekroond door een soort zak, afgesloten met een kartonnen veelhoek en overtrokken met een ingewikkeld borduursel van soutache, waaraan op het uiteinde van een lang en te dun koord, bij wijze van kwast een klein kruisje van gouddraad hing.

Zeeman vraagt zich af: waarom zoveel aandacht voor een ding dat in het hele verdere boek geen rol meer speelt. Zijn antwoord komt er in het kort op neer dat zo'n pet tot de dingen behoort die er niet toe doen, en dat dingen die er niet toe doen er nu eenmaal ook moeten zijn. Ook in een boek, waar ze de rustpauzes vormen, de rustgevende riedeltjes in een muziekstuk. Een comfortabele opvatting die plausibel klinkt. Maar je blijft met bepaalde vragen zitten. Waarom moet zo'n riedeltje dan speciaal een pet zijn en waarom moet die pet uitgerekend voorzien zijn van konijnebont? Kun je zoiets afdoen met negentiende-eeuwse beschrijvingslust?

Ha, konijnebont! Dat herinnert me aan de dierenstoet in *Madame Bovary*. Zouden we dan toch nog bij de distelvink belanden?

Als er één verwaarloosde groep zogenaamd onbelangrijke romanpersonages binnen de Bovary-receptie bestaat dan wel die der dieren. Afgezien van alle mussen komen er ettelijke dieren in het boek voor: paard, kalkoen, kip, lam, hond, speenvarken, gewoon varken, kalf en nog veel meer. Het moet me van het hart dat het leeuwedeel van deze dieren niet handelend optreedt en lijkt te beantwoorden aan het utiliteitsbeginsel. Of ze worden opgegeten, óf ingespannen, óf opgezadeld, óf er wordt juist een zadel van gemaakt (het zadel van hertsleer), óf ze moeten de boel bewaken, óf er wordt een jas van gemaakt, óf ze worden als versiering gebruikt. Al met al, de dieren zorgen ervoor dat de mensen er lekker warmpjes bijzitten om zich op tijd, goed doorvoed en koket aan de liefde te kunnen wijden. Logisch dat de postkoets die bij al dat liefdesgereil en -gezeil zo'n belangrijke rol speelt De Zwaluw heet.

Slechts één diertje maakt de indruk zich aan al deze dienstbare functies te onttrekken: een gekooide distelvink die zich boven de haard in herberg De Gouden Leeuw bevindt. Wat doet dat vogeltje daar? Zingt het? Nee, het kijkt en als ik me niet vergis níet met uitgestoken oogjes. Waarnaar kijkt het? Naar Emma's opgetilde rok. En als een symbool van levensmoeheid, want dat is de distelvink, naar een opgetilde rok kijkt dan is het te laat. Dan weet je: wat voor erotiek er ook van komen gaat, de dood zal zich ertussen wringen. Hetgeen gebeurt. Vlak voordat Emma stuiptrekkend de geest geeft, wordt er door een blinde bedelaar buiten een liedje gezongen:

Het stormde hard die dag
en het korte rokje waaide op

Nee, mussen zijn geen vinken en vinken zeker geen mussen.

Ik ben met een liedje begonnen en ik zou ermee willen eindigen. Is het geheim van Flauberts distelvink daarmee opgelost? Nog niet. Maar zijn boek heeft tenminste vleugels gekregen.

En daarmee lijkt me dan tegemoet te zijn gekomen aan de stoute hoop die John Updike in 1969 uitsprak: 'Dat de roman, die nu misschien wat zwaarwichtig op stok zit in de boekwinkels, weer zal kunnen vliegen als er maar iemand langskomt die gewoon zegt: "Hij vliegt".'

Dubbelgeroofde veren

Als je toch eens Indiaan was, meteen op je hoede, en op het hollende paard, scheef in de lucht, altijd weer trilde over de trillende grond, tot je de sporen vergat, want er waren geen sporen, tot je de teugels wegsmeet, want er waren geen teugels, en nauwelijks het land voor je als glad gemaaide heide zag, al zonder paardenek en zonder paardehoofd.

– Franz Kafka

Als kind hadden wij de gewoonte om voor het slapengaan wat schaduwbeelden op de muur te maken. Daarbij gebruikten we een negentiende-eeuws Engels voorbeeldboek en het dierbaarst daaruit was mij de *Wild Indian*. Dit was de eerste Indiaan in mijn leven. Vraag me niet hoe het kwam maar als ik de Wilde Indiaan had gemaakt, sliep ik altijd als een roos.

Om zijn kop met veren op het behang te toveren moest je je handen zodanig tegen elkaar houden dat de knokkels van de linkerhand het profiel vormden en de vingers van de rechterhand de (iets te vlezige) verentooi. Het was eigenlijk doodeenvoudig, maar wat een effect, wat een diepe vervulling om vlak naast je warme bed, bij het schijnsel van een gemoedelijk schemerlampje, zo'n intens wild type uit je handen te zien komen! Het kon bijna niet anders of met zulke mogelijkheden in je vingers was je zelf ook een beetje wild. En met name wildheid, die bij uitstek onverwerfbare kwaliteit, werd door ons argeloos als het hoogst haalbare aangeslagen. Waren wilde eenden niet het allerlekkerst, wilde bloemen niet het allermooist, wilde paarden niet het allervurigst, wilde aardbeien niet het allergeurigst en wilde haren niet het allerleukst? *Wild Romance*, waar ben je gebleven?

De een heeft wilde haren, de ander wilde veren. Over de wildheid van onze Indiaan dachten we bijgevolg niet lang na. Ongetwijfeld school die in de tooi. Doordat de veren van het schaduwbeeld

WILD INDIAN.

H.? Burdill del

naadloos in de kop overgingen, heb ik zelfs een tijdje gedacht dat Indianenveren rechtstreeks uit de hoofdhuid groeiden. Een voorstelling van zaken die zo gek nog niet was, omdat hij de onlosmakelijkheid van een en ander treffend symboliseert. Wie *Indiaan* zegt, zegt tenslotte tevens *veer*, zoals wie *veer* zegt tevens *vogel* zegt.

Diep in zijn hart wil elke Indiaan een vogel zijn. Geen vogel zonder veren. Bij de meeste Indianenstammen wordt de veerloze man – voor de squaw, die grotendeels van de verendracht is uitgesloten, geldt dit niet – dan ook als onvolledig beschouwd. Zonder verentooi kan hij zelfs nauwelijks met goed fatsoen voor de dag komen. Dat vind ik ook zo sympathiek aan hun cultuur, dat de natuurlijke band tussen mens en dier niet wordt geschuwd maar gehonoreerd. Misschien wil iedereen in zijn hart wel een vogel zijn – anders was men niet zo tuk op pluimpjes of veren in de kont – maar de Indianen zijn de enigen die dat verlangen met inzet van hun hele wezen in praktijk hebben gebracht. Terwijl bij ons de veer, tenzij hij zit weggestopt in luxe beddegoed, alleen maar dient om nachtclub-naakt, jagershoed, helm, bloemenvaas of paardehoofdstel op te sieren, betekent hij voor de Indiaan een regelrechte bevestiging van zijn hoogstaande identiteit. Het is deze identiteit (die hem overigens bijna de kop heeft gekost) waaruit een hoeveelheid adembenemende kunst is voortgesproten met een minimum aan gewicht en een maximum aan zeggingskracht. Dank zij de verzamelwoede van de Duitse beeldende kunstenaar Horst Antes waren daar in 1995 tweehonderdvijftig specimina, alle afkomstig uit Zuid-Amerika, van te bewonderen in een Keuls museum. Goddank heeft hij er ook een dik fotoboek vol kleurenreprodukties van gemaakt.

Zelden heb ik zo'n indrukwekkende tentoonstelling gezien. Bij binnenkomst vielen het eerst twee vitrines met opgezette vogels op. Als portiers stonden ze daar. Je kon er met geen mogelijkheid omheen en was bijna geneigd ze je kaartje te tonen. Stijf, stoffig en wat wezenloos keken ze voor zich uit, de een nog bontgekleurder en breedgevederder dan de ander: harpij, ibis, reiger, eend, nandoe, groene ara, gele ara, rode amazone, blauwe amazone, ooievaar, lepelaar, kip, koningsgier, toekan en nog veel meer. 'Hoho, toeschouwer,' leken ze te willen zeggen, 'houd eventjes halt en kijk eerst eens naar ons, want onze soort heeft voor al dat prachtigs de veren aangeleverd.' Al te waar. Des te meer werd je verrast als je de zalen betrad. Wat daar aan magnifiek gepluimte uit het halfduister oplichtte, had nog maar zijdelings iets met vogels uit te staan. Als we dan toch geen echte vogels kunnen worden, moeten de Indianen hebben gedacht, dan kunnen we in elk geval proberen hun schoonheid te evenaren of te overtreffen. Wonder boven wonder is ze dat gelukt. Ze hebben zich de vogelveren dermate toegeëigend dat het van de weeromstuit Indianenveren zijn geworden. Nee, dat was geen pronken met andermans veren wat je daar zag, het was een herschepping van de eerste orde. En opnieuw kon ik me ternauwernood aan het idee onttrekken dat al die veren stuk voor stuk uit het Indianenlichaam zelf waren gegroeid. Maar het wás natuurlijk het lichaam niet, het was de geest.

Ondanks de trieste aanwezigheid der vogeldonoren verschafte al die uitbundige kleurigheid me toch in de eerste plaats een gevoel van grote feestelijkheid. Ik bedoel dan wel het soort feestelijkheid waar vuurwerk mee gepaard gaat, vervrolijkend en bedreigend tegelijk. 'Ahh!', roep je onwillekeurig uit zonder precies te weten of het nu van vreugde of ontsteltenis is. Ik wist waarachtig niet wat ik zag. Ik zag: uit hun krachten gegroeide slagroomtoeven, bloemachtige propellers, suikerspinnen, vurige plumeaus zo fijnzinnig dat je er nog geen stofje mee af zou durven nemen, kandelaars met gekleurde kaarsen, palmpasenstokken, kwallen met luchtige tentakels, rammelaars, een vis, een rok en voorts een aantal voorwerpen dat zich moeilijk thuis liet brengen. Raadpleging van het piepkleine leporelloboekje dat elke bezoeker ter informatie bij de ingang kreeg, leerde echter dat ik me op vis, rammelaar en rok na finaal had vergist. In werkelijkheid had ik hoofdtooien, liptooien, pijlen, bogen, oorstekers, neusstekers, halsbanden, diademen, rugstukken, borststukken en rituele matjes gezien. Een waar festijn van metamorfoses!

Vooral de rok wekte dadelijk mijn begeerte. In plaats van plooien bevatte hij ellenlange van donkerblauw naar donkerrood overlopende veren – nooit had ik zulke enorme, haast sinistere veren gezien – die slechts vanboven aan elkaar waren gezet en verder losjes naar beneden hingen. In teder contrast daarmee was de rokband afgezet met de kleinst denkbare zalmroze donsveertjes. De erotisch-magische uitstraling van het geheel was zo groot dat ik me koortsachtig afvroeg wat het effect zou zijn geweest met een man erin. Zou hij de lucht zijn in gevlogen?

Hoewel het fraaie Rautenstrauch-Joest-Museum niets had nagelaten om alles zo goed mogelijk voor het voetlicht te brengen, had ik het getoonde toch liever op een Indiaan dan in een vitrine gezien. Ook liever tegen een beweeglijke groene dan tegen een statische witte achtergrond. Kortom, ik kreeg een geweldige behoefte aan weer en wind. Veren mogen dan nog zo salonfähig lijken, het zijn en blijven wilde buiten-dingen, die horen te ruisen, te wiegelen en te deinen. In een afgesloten ruimte lukt dat niet. Waarschijnlijk had een verdekt opgesteld ventilatortje hier en daar geen kwaad gedaan. Daar stond tegenover dat je alleen maar naar Keulen hoefde te reizen om dit allemaal op je gemak te kunnen bekijken zonder

Vederhoed. Kaiapó, Brazilië

de wirwar van het Zuidamerikaanse oerwoud te hoeven trotseren. Ook vond ik het een groot voorrecht om zulke ingenieus vervaardigde, bijna heilige voorwerpen van dichtbij te mogen bestuderen. Maar daar dacht niet iedereen hetzelfde over.

Terwijl ik me met de neus tegen het glas nog aan de vederrok stond te vergapen, kwam er in mijn rug een jong koppel aangezet. Geroutineerde museumbezoekers, dat zag je zo. Ik ging opzij. Ze wisten de museale afstand tot de rok uitstekend te bewaren. Schattend deed de vrouw zelfs nog een paar stapjes extra achteruit. Daarna kneep ze haar ogen halfdicht om vooral niet door de 'details' te worden afgeleid en verzuchtte tevreden: 'Nét abstracte kunst.' 'Inderdaad,' zei de man, 'daarom juist.' Daarom juist? Mijn oren tuitten. Voor de zoveelste maal in mijn leven moest ik lijdelijk aanhoren hoe met een bepaald air een uiterst beperkte opvatting van beeldende kunst ten beste werd gegeven. Ik begreep heus wel wat er werd geïmpliceerd maar hier stonden toch geen vorm- en kleurstudies uitgestald?

Alsof de gebruikswaarde er niets toe deed!

Alsof dit geen rok was!

Alsof die rok niet bedoeld was om een gestalte te omvatten!

Alsof de gestalte in rok niet door het hele heelal omvat wilde worden!

Alsof niet alles om ons heen knetterde van de magie!

Alsof die magie van de functie los te koppelen was!

Alsof de functie van de schoonheid los te koppelen was!

O, kunstkenners!

In gedachten kwam mij het werk van hedendaagse vederkunstenaars als Rebecca Horn voor ogen. Zij hebben ijverig leentjebuur bij de Indianen gespeeld en hun keurige abstracte werk kan zo naar de Biennale van Venetië. Alleen, waar is de bezieling gebleven?

Misschien kan men zich beter afvragen waar de Indianenkunst haar bezieling vandaan haalt. Daarvoor keren we naar de vogels terug. Zoals reeds opgemerkt wil elke Indiaan een vogel zijn. Waarom wil hij dat?

Vedermuts. Karajá, Brazilië

Om te beginnen is een vogel een dier. Aangezien de Indiaan de
uitstekende opvatting huldigt dat mensen, dieren, bomen en stenen binnen het universum *gelijkberechtigd* naast elkaar leven, heeft
hij geen last van het vooroordeel dat de eigen soort iets bizonders,
laat staan iets beters zou zijn. Daarom is het niet onbegrijpelijk als
hij zich met een dier identificeert en daar zelfs geestelijke potentie
en bescherming aan ontleent.

Maar waarom moet dat dier speciaal een vogel wezen? Dat heeft
weer te maken met de wijze waarop er in hun cultuur over vogels
wordt gedacht. Ten eerste zien ze in de vogelmaatschappij, die zich
in het oerwoud wel op zijn allerkleurrijkst doet gelden, een afspie-
geling van hun eigen maatschappij. Precies als zijzelf leven vogels
in verschillende stamverbanden en hebben zij allerlei manieren om
hun huizen te bouwen, hun jongen groot te brengen, hun voedsel
te vergaren, etcetera. Verder belichamen vogels de vrijheid door-

dat ze in staat zijn zich van de aarde los te maken en in het onmetelijke zwerk te verdwijnen. Deze eigenschap brengt met zich mee dat ze zowel contact met deze als met gene zijde kunnen onderhouden. Volgens de sjamanen zijn ze dan ook dé aangewezen figuren om boodschappen en wensen naar beide kanten over te brengen (denk aan *Er komt een vogel gevlogen met een brief in zijn bek*), wat ze een benijdenswaardige positie bezorgt.

Van de vogel naar de veer is slechts één stap. De veren zijn de haren van de vogel. In de taal van de Braziliaanse Baikari-stam worden haar en veer zelfs met één woord aangeduid. En als, wat door vele natuurvolkeren wordt aangenomen, de mensenhaar drager van magische krachten is, zouden de magische krachten van de vogel dan niet in zijn veren huizen? En ligt het dan niet voor de hand dat ze jou deelachtig worden zodra je je die veren zult hebben aangemeten?

Nu stuiten we op een tamelijk heikel punt, want alvorens er van enig aanmeten sprake kan zijn, moeten de veren uiteraard aan de vogel worden ontroofd. Dat valt niet direct te rijmen met voornoemde gelijkberechtigdheid. Laten we het erop houden dat de Indiaan de stralende verleiding van die frank en vrij rondvliegende toverkracht op een gegeven moment niet meer heeft kunnen weerstaan. Dat het hem te machtig is geworden. Dat hij ook hogerop wou. In een verenpak zon en sterren tegemoet. Geheime boodschappen opvangen. Trouwens, de vogel ging toch grotendeels in hem over?

Vogels laten zich niet zomaar hun veren uitrukken. Daartoe moeten ze eerst worden aangeschoten. Meestal gebeurt dat met een stompe pijl, zodat ze ongeschonden en slechts verdoofd uit de boom vallen. Wanneer ze dan weer wakker worden zijn ze met uitzondering van de slagpennen al hun mooie veren kwijt. Weliswaar groeien die na zekere tijd weer aan, maar leuk is anders. Het kan evenwel nog wreder.

In *Tristes Tropiques* (een treurig boek waarin men kan lezen wat de vooruitgang de Indianen allemaal heeft aangedaan) doet Lévi-

Strauss verslag van zijn bezoek aan de stam der Bororo's. Bij binnenkomst in hun dorp viel hem meteen de erbarmelijke aanwezigheid van compleet blote dierlijke wezens op die nog het meest

Handschoen. Maué, Brazilië

weghadden van panklare wandelende braadkippen. Hun veel te grote, veel te kromme snavels zetten hem echter aan het denken. Het bleken kaalgeplukte papegaaien te zijn! Als dat de prijs is die men voor zijn wildheid moet betalen... Het kan echter nóg wreder. De Indianen verven hun veren niet. Desondanks hebben talloze ornithologen zich over de herkomst van bepaalde veren de kop gebroken, ofwel omdat ze een kleur hadden die in de natuur niet voorkwam, ofwel omdat de vorm niet paste bij de kleur. Wat bleek? De Indianen bedienen zich van een bizondere techniek om veren van de gewenste kleur uit een vogel te laten groeien. Hoe ze hem bedacht hebben mag God weten.

Eerst wordt een levende pad met een puntig voorwerp geprikt. Wanneer hij begint te bloeden wordt hij in een klem gezet. De wond wordt met rooie peper bestrooid. Van pijn wringt het beest zich in de gekste bochten. Onderwijl scheidt hij belangrijke sappen af. Deze sappen verbinden zich met het gif in het bloed. Daaraan wordt weer een bepaald plantenpoeder toegevoegd. Dan is het mengsel klaar. Ze pakken een papegaai bij zijn kladden, trekken hem een paar veren uit, smeren het zalfachtige goedje op de naakte plekken, en zie! Nadat hij dagen heeft liggen gillen en kronkelen van de pijn, groeien er plotseling, als waren het krokussen, een stel knalgele veren uit. En die komen goed van pas omdat de Indiaan een duidelijke voorkeur aan de dag legt voor de kleuren van de Belgische, zo men wil Duitse, vlag. *Tapirage* heet deze methode. Je moet er niet aan denken dat het op jezelf wordt toegepast. Dat er ook áltijd geleden moet worden voor iets moois.

Het is bizar om je te realiseren dat de Indianen op hun beurt ook weer van hun veren zijn beroofd (en van nog heel wat meer). Anders zouden zulke verzamelingen als van Horst Antes immers nooit tot stand zijn gekomen. Misschien dat er veel geld voor is neergelegd, maar dat maakt de zaak er niet veel eerlijker op. Het maakte dat ik, alle uitbundigheid ten spijt, af en toe overvallen werd door gevoelens van schaamte en zwaarmoedigheid.

Bevlogen lichtheid, dat was het geheim van de wilde Indiaan. Waarom moest dat nou met alle geweld vernietigd worden?

Vraag het de vogels.

Gilliams' nachtegalen

Een telefoonlijn die alleen de zang van de nachtegaal laat horen is een indrukwekkend succes in Duitsland. Zo'n 60.000 mensen draaien per dag het bewuste nummer. En dat is meer dan het totaal aantal telefoontjes voor sekslijnen.
– Het Laatste Nieuws, 13/14 mei 1995

'Hoe verschijnt een vogel in het leven van de mens? Als een min of meer vlezige bliksem.' Dit citaat had ik in een hoekje van mijn agenda neergekrabbeld maar stom genoeg zonder de maker erbij, en die heb ik niet meer kunnen achterhalen. Onder de schrijvers bevinden zich zoveel vogelgekken dat je je wezenloos zoekt. Maar goed, wat doet het er ook toe. Wat een uitspraak! Hoe verschijnt een vogel in het leven van de mens? Als een bliksem? Nee, als een vlezige, pardon min of meer vlezige bliksem. Wie het ook bedacht heeft, het kan alleen maar zijn bedacht door iemand in wiens leven de vogels duchtig zijn ingeslagen. Ik moest meteen aan Maurice Gilliams denken.

Wat is echter het wonderbaarlijke? In heel zijn boek *Elias of het gevecht met de nachtegalen* is niet één nachtegaal te vinden. Aap, duif, stier, paard, kat, mus, zwijn, papegaai, vlinder, houtworm, slak, kever, gans, kanarie, vlieg, vledermuis, kraai, muis, kikker, hond en zwaluw, ze komen er allemaal in voor. Maar nachtegalen, ho maar. Wat houdt dat vechten met nachtegalen dan in 's hemels-naam in? Als het mussen verboden wordt om vrijblijvend in boeken rond te spoken, mogen nachtegalen in een titel het dan ineens wel? Bij een boek dat *Gevecht met de engel* heet, verwacht je toch ook dat er minstens één keer met een engel zal worden geknokt?

Op het oog heel terechte vragen. Toch zou het geen kwaad kunnen ook nog een andere vraag te stellen, namelijk of iets niet uit een boek op zou kunnen ruisen zónder dat dat met zoveel woorden wordt gezegd, zintuiglijk.

Maar laat ik eerst iets meer over het boek zelf vertellen dat bij mij insloeg als een sierlijke, min of meer vlezige, zingende en tover-achtig oplichtende bliksem.

De eerste druk verscheen in 1936 bij de Nederlandsche Boek-handel in Antwerpen. Zeven jaar later, in 1943, verscheen opnieuw een eerste druk, nu bij Meulenhoff in Amsterdam en met circa honderd pagina's minder. Daarom zitten we thans met het merk-waardige fenomeen van een eerste eerste druk en een tweede eerste druk opgescheept. Omdat de tweede eerste druk, de dunnere ver-sie dus, door de schrijver werd geautoriseerd (nadat hij de eerste verworpen had), ga ik daar op deze plaats vanuit. Lees ze echter, in-dien mogelijk, alletwee.

Gilliams zelf karakteriseert het boek veeleer als 'melodische ver-schuivingen' dan als een verhaal. Dat is juist en het is een van de dingen die mij zo aan het boek bevallen, ware het niet dat met name het onverhalige ertoe zal hebben bijgedragen dat het nooit tot een groter publiek is doorgedrongen. Brede publieken willen nu eenmaal een verhaal op hun bord. Met een begin en een eind. Zodat ze weten hoe iets afloopt. Maar niet alleen hebben sommige verhalen geen begin, soms lopen ze zelfs niet af. Je kunt ze maar het beste als vogelgezang op je in laten werken, en nog eens, en nog eens, en weer. Een sonate draai je immers ook niet versneld af om zo vlug mogelijk het einde te vernemen?

Ondertussen wil dit niet zeggen dat *Elias of het gevecht met de nachtegalen* nergens over gaat.

De hoofdpersoon, Elias, is een jongen van ongeveer twaalf jaar, een 'introverte en dromerige zelfkoesteraar', die zich te midden van voornamelijk zonderlinge tantes, een oma, en zijn moeder staande tracht te houden op een oud landgoed. Op datzelfde land-goed bevindt zich af en toe ook zijn zestienjarige neef Aloysius. Deze Aloysius is het van wie hij volledig in de ban geraakt. De twee jongens zwerven in en om het grote huis, beleven het een en ander met de vreemde tantes, vieren Kerstmis, doen hun huiswerk en maken heimelijke nachtelijke uitstapjes. Meer gebeurt er eigenlijk niet. Dat het niettemin zo spannend is, heeft te maken met de dui-

Maurice Gilliams in 1913

delijk aanwezige maar bedwongen (homo-)erotiek, de ongelooflijke haast fatale kracht van de verbeelding (in alle opzichten het tegendeel van de verbeelding van Kees de Jongen), de verwarde eenzaamheid die daarvan het gevolg is, en de pijnlijke weemoed van de
vlagen nostalgie die uit dit alles opklinkt.

Terwijl hij aan dit boek bezig was, schreef Gilliams in zijn dagboek: 'Aan Elias schrijvende moet ik er de pijn van gevoelen. Ik wil
buiten het verhaal van de feiten om, het ergste vinden waar ik als
mens aan denken kan.' En ook: 'Er werd geen enkele gedachte in

hem geboren, die niet het merkteken der vergankelijkheid in zich droeg.' Via de verbeelding wil hij zijn verleden herbeleven. En doordat het zijn overtuiging is dat het verleden rijpt in het heden krijgt zijn nostalgie iets merkwaardig actueels. Pas als je je vandáág door struikgewas worstelt, beseffen dat de woeste en onnadenkende manier waarop je dat als kind deed nooit meer terug zal keren, dát gevoel. *Elias* is een tijdeloos klank- en lichtspel over het onherroepelijk vervlogene. Zowel klank als licht moeten daarbij letterlijk worden genomen. Over de klank had ik het al terloops, maar dat deze 'melodische verschuivingen' zo krachtig zijn dat ze nog dagen achtereen in je hoofd naklinken, zou iedereen zelf moeten ervaren.

Wat het licht betreft: ik kan geen boek noemen waarin zóveel lampen, van eenvoudige schemerlamp tot complete tuinilluminatie, worden aangestoken of uitgedaan. Lauw licht, karakterloos licht, haardlicht, licht met een gouden geest, licht als uitgegoten olie, kaarslicht, petroleumlicht, weifelend licht; al die lichten, zon en maan incluis, werken mee om het verleden in het heden glans te geven, *uit te lichten* zou je misschien beter kunnen zeggen. Omdat dat licht voornamelijk op dingen schijnt, wemelt dit boek tevens van de dingen, die op hun beurt ook weer voor de nodige nostalgie garant staan. Niet zozeer omdat het voorwerpen uit de oude doos zijn, maar omdat alle dingen nu eenmaal gedoemd zijn te verdwijnen, een onafwendbare waarheid, die de eenzame mijmeraar volgens Gilliams het besef verleent van zijn eigen aanstaande verdwijning. Goed beschouwd stikt Gilliams' oeuvre van de memento mori's, men moet daar uiteraard wel tegen kunnen.

Gelukkig wordt de lezer niet alleen op etherische lichtstralen of vleugels van gezang meegenomen. In de eerste plaats wordt hij namelijk vervoerd door zeer concrete, zeer simpele bootjes van papier.

Ach, die bootjes... steeds als ik aan *Elias* denk zie ik papieren bootjes traag langs een slingerende bosbeek gaan (om dan ineens de hoek om te zwenken). Als dit boek dan toch een lijn heeft, dan is het deze varende bootjesprocessie. Niet voor niets worden ze in het begin van het boek al te water gelaten en duiken ze op de onverwachtste plaatsen weer op. Laat ik dat prachtige begin maar eens citeren:

Wanneer Aloysius ons hart verontrust, hangen we in de werkelijkheid ondersteboven als betooverde apen. Hij is zestien en ruim vier jaar ouder dan ik. 's Avonds in bed plooien wij papieren bootjes, die we de volgende dag op de beek van het landgoed laten buiten drijven. Onder de dekens zit Aloysius, ik vermoed met een potlood, te prutsen. Zonder zich aan mij te laten zien, reikt hij me een voor een de cahierbladen aan, waarin ik regelmatig dezelfde vouwen zet. Ik begrijp natuurlijk de wetten niet van dit curieus spel en ik help hem blindelings in zijn verrichtingen.

Ik snap het niet, waarom hij me 's morgens wil helpen wasschen; hij doet het erg hardhandig en de zeep bijt mijn ogen toe; doch wat is hij voor zichzelf zuinig met water. In zijn handen staan brede schrammen gegrift en op zijn droge, korstige gefronste onderlip heeft de koorts een zwart randje achtergelaten.

'De bootjes!', zegt hij ijverig.

Wij laten de handdoek vallen en springen tegelijk naar het bed; van tusschen de lakens, aan het voeteneind, halen wij er vandaan. Een paar zijn onbruikbaar geworden, en één is niet meer te vinden in het overhoop gehaalde beddegoed. Aloysius verbergt ze als geheime documenten onder zijn blouse en we hollen de trap af, tot op de eerste verdieping, waar wij grootmoeder door een kier van de deur goedenmorgen zeggen.

Na het ontbijt zijn we spoedig in het park. Wij dringen door het kreupelhout en staan een poos te huiveren midden het bedauwde groen. Het is hier een winderige hoek. Nu en dan word ik de vingers van Aloysius gewaar en ik versta de intieme betekenis van zijn stevige handdruk. Wij sluipen luisterend tusschen de krakende takken. Is er iets? Het was maar een vluchtige wilde duif. Het is regenachtig en de lucht wordt grijs betrokken.

Als we 's middags van de beek huiswaarts keren hebben wij niets ongewoons gezien. De bootjes werden op het water gezet; één voor één zagen wij ze wegdobberen, achter de bocht waar een sterke strooming staat. Met een ruk waren ze uit ons gezicht verdwenen.

Het knappe van de eerste zin is dat de verteller je daarmee van meet af aan in zijn eigen betovering betrekt. En inderdaad, je hángt in de werkelijkheid ondersteboven als een betoverde aap, meer dan honderdvijftig pagina's lang. Knap is ook hoe al vanaf het eerste moment het heden aan het verleden participeert. Niet alleen doordat de verteller de tegenwoordige tijd gebruikt, maar ook doordat hij zijn eigen herbeleving innig met de beleving van Elias verstrengelt.

Als Elias van Aloysius de cahierbladen krijgt aangereikt waarin hij de vouwen voor de bootjes moet maken, merkt hij op dat hij 'natuurlijk' de wetten niet snapt van dit curieus spel. Een jongetje van twaalf zou zoiets niet zo gauw opmerken. Tegelijkertijd wordt hij er echter zeer raak mee getypeerd, zodat je moeilijk kunt zeggen dat een twaalfjarige hier te veel als gedistantieerde wijsneus wordt voorgesteld.

Bij de erotiek hetzelfde. Elias begrijpt niet, zegt hij, waarom Aloysius hem 's morgens wil helpen wassen. Wij bevroeden dan maar al te goed: de verteller begrijpt dat wel. Maar uitgesproken wordt het niet en daardoor blijft het mysterie intact.

Hoe geraffineerd is het trouwens niet om die bootjes-scène juist op bed een aanvang te laten nemen. En hoe schitterend zijn de sprongsgewijze overgangen.

'Als we 's middags van de beek huiswaarts keren,' zegt Elias ten slotte, 'hebben wij niets ongewoons gezien', en hij beschrijft dan de wegdobberende bootjes, hoe zij plotseling om de hoek verdwenen zijn. *Niets ongewoons*, dat kan wel wezen. Maar de beleving maakt het onvergetelijk. Het beeld van een wegdobberend, plotseling verdwijnend bootje keert voortdurend terug, zeven pagina's verder al: 'Zij vaart met groote snelheid naar de bocht, en gelijk men een blad van een boek omslaat: met een ruk is zij verdwenen.' En op de achtergrond speelt voortdurend de vraag: waar o waar zal mijn bootje aangekomen zijn. Ja, wáár, áls het tenminste aangekomen is. De gewone vragen blijken altijd de klemmendste te zijn.

Door middel van die bootjes worden verbeelding en nostalgie werkelijk op sublieme wijze aaneengesmeed. Het schrijnendst komt dat tot uiting als Aloysius geheel onverwacht naar kostschool vertrekt.

Elias blijft alleen achter en moet tot zijn ontsteltenis ervaren dat daarna alles ophoudt 'een intieme doezeling om zich heen te dragen'. Ook verbeelding is kennelijk aan vergankelijkheid onderhevig. Kan zomaar de hoek omgaan samen met degeen die hem willens nillens in gang heeft gezet. Hardnekkig tracht hij de poëzie der bootjes vast te houden en aan Aloysius schrijft hij dat hij elke dag, zelfs bij slecht weer, alleen naar de beek trekt om te zijner attentie een bootje te water te laten met in vette letters ALOYSIUS op de flank. Hij schrijft het wel, maar hij dóet het niet, een leugentje om bestwil dus.

Na drie maanden komt Aloysius weer thuis. Als Elias 's avonds boven komt, ligt hij al diep onder de dekens. Zonder papieren bootjes deze keer. 'Eigenlijk,' zegt Elias, 'had ik gehoopt hem wakker te vinden, met een uitroep van verheugenis op de lippen.' Hij kleedt zich uit 'als een veroordeelde', zonder gevoel in armen en benen, en blaast de kaars uit. Pas dan keert Aloysius zich bruusk naar hem toe met de zacht uitgesproken woorden: 'Elias, ik heb een brief van u bewaard. Ik draag hem hier, onder mijn nachtgoed, doch ik ken hem ook uit mijn hoofd.'

Die brief wordt derhalve bewaard op precies dezelfde plaats als eertijds de bootjes: op zijn borst.

Maar het is te laat. Elias raakt niet ontroerd en antwoordt bits dat hij zovéél brieven geschreven heeft en dat de ene brief niet van meer belang is dan de andere. Hierdoor roept hij het onheil over zichzelf af, want onmiddellijk wordt hij door Aloysius verpletterd met de opmerking dat hij nooit bootjes langs de beek had mogen versturen met zíjn naam erop. Wie niet aanwezig is, kan immers ook geen teken van leven geven? Wat zou degeen voor wie al die bootjes bestemd waren daar wel van denken? Daarmee is hun beider geheim voorgoed verleden tijd. Wat voor Elias puur een spel van de verbeelding was, bootjes laten afzakken naar een geheimzinnig duister niets, blijkt voor Aloysius domweg een handeling te zijn geweest met een duidelijk doel: levenstekens geven aan wie weet een meisje!

Elias is een levendig voorbeeld van iemand die ten prooi valt aan zijn eigen verbeeldingskracht. Eén hopeloos gevecht met de verbeelding, zo zou je zijn jeugd kunnen samenvatten. Maar wat heeft vechten met de verbeelding nu eigenlijk met vechten tegen nachtegalen te maken? Meer dan men denkt. Daarvoor pakken we even de eerste eerste druk erbij. Daar komen namelijk wel nachtegalen in voor, weliswaar slechts een enkele keer maar mét een hoofdletter.

Op de honderd pagina's extra van deze druk leren we zowel Elias als Aloysius ook in volwassen toestand kennen. Voor wie zoals ik de tweede eerste druk het eerst gelezen heeft en beiden dus alleen als kinderen kent, is dat een onthutsende ervaring.

Aloysius is, hoe kan het ook anders, gaan varen. En Elias is architect geworden, zij het van voornamelijk droomkastelen. Het loopt allemaal dramatisch af: aan het eind pleegt Elias zelfmoord. Vlak voor deze zelfmoord wordt hij door een vriend als volgt beschreven:

'Ik zou kunnen wegvliegen over de daken als een musch,' lachte hij met een knipoogje. Hij durfde niet meer zooveel naar buiten kijken; bijwijlen kwam er een drang in hem om werkelijk te beproeven of hij niet over de huizen weg kon wieken, om daar heel hoog boven de stad in groote kringen te blijven zweven in de zon. Zijn leven lang had hij met de Nachtegalen strijd geleverd, zijn onzalige droombeelden die hij bevechten ging zoals Don Quichotte de windmolens bestormde.

Ik denk niet dat ik hier nog wat aan toe hoef te voegen. Behalve een waarschuwing misschien: kijk uit voor het betoverende gezang van nachtegalen en ga niet met ze vechten, want die strijd is bij voorbaat verloren.

Zonder geluk valt niemand van het dak.

Mét geluk ook niet.

Pegasisch

De pikeur zou het op prijs stellen als ze er eens aan dacht dat je bij het paardrijden toch het allerbest in een echte rijbroek gekleed kunt gaan, zoëentje met flappen opzij.

Ze vraagt waarom, want het gaat ook goed in een gewone recht-toe-recht-aan broek van spijkerstof. Waar dienen die flappen dan eigenlijk voor?

De pikeur antwoordt dat je er een heel speciaal soort wind mee vangt.

Ga je daar harder door?

Nee, harder niet – de ware dressuur heeft trouwens evenals het normale leven niets met hardrijderij uit te staan – het is meer het gevoel. Kleine meisjes die dat hemelse gevoel nooit aan den lijve hebben ervaren, deden er verstandig aan hun mond niet zo makkelijk te roeren. Ook zou het geen kwaad kunnen eens wat boeken te raadplegen over de cavalerie. Paardrijden zonder achtergrondinformatie heeft voor niemand zin. En dit hier is geen club voor amateurs.

En de vrouwen die al een rijbroek van zichzelf dragen, in de vorm van vet, mogen die dan misschien zonder meer rondrijden?

Nu heeft de pikeur geen zin meer om iets uit te leggen. Soms raakt je geduld eenvoudig op. Daar komt bij dat al dat gevraag de les bederft, met name voor de andere dames. De paarden lopen er als haringen bij. De zweep moet er maar eens over.

Als de carrousel weer op volle toeren draait hoort ze boven het geknal van de zweep uit de rijbroeken suizen. Eindelijk begrijpt ze het: de rijbroek geeft het paard vleugeltjes en het paard geeft die vleugeltjes aan jou. Is het het idee of is het het gevoel? Wat maakt het uit. Als je maar de lucht in gaat.

VAN TEKST TOT VACHT

Vous trouverez ici une nouvelle représentation de l'u

Homme
Homme
Homme
Homme

de plus en plus
et que de
et plus
Madame

Laissez
vous
aller

ut terriblement

Guillaume Apollinaire

Als het woord vlees wordt, hinnikt het paard

Er zijn neger-wordingen, Indiaan-wordingen in het schrijven,
die niet bestaan uit een Indianentaaltje of koeterwaals. Er zijn
dier-wordingen in het schrijven, die niet bestaan uit het nadoen
van het dier, het díer 'uithangen', net zo min als de muziek van
Mozart vogels nabootst, hoewel zij doordrongen is van een vogel-
worden.

– Gilles Deleuze

Om de haverklap bereikt mij de vraag of ik iets over tekst en beeld
zou willen vertellen en wel in de hoedanigheid van dubbeltalent.
Dat zou ik graag willen doen. Alleen, ik ben geen dubbeltalent, ik
ben een triple-talent. Als u eens wist hoe goed ik paard kon rijden.
Met of zonder zadel, door de bossen, in de piste of langs het strand,
stapvoets, dravend of in galop, voor- of achteruit... Maar om de een
of andere reden schijnt dat niet te tellen. Waarschijnlijk omdat er
een dier bij betrokken is.

Toch is paardrijden een echte kunst, kijk maar in het woordenboek. Terwijl men tevergeefs naar woorden als *voetbal-*, *tennis-*, of
schaakkunst zal zoeken, staat *rijkunst* er gewoon in. Terecht, want
niet alleen is paardrijden een kunst, het is tevens de moeder van alle
andere kunsten. Wie nooit op een hobbelpaard over het tapijt
heeft geraced, nooit 'Huhu!' heeft gebruld al was het maar tegen
een bezemsteel, nooit geloofd heeft in hoefijzergeluk, nooit ge-
snakt heeft naar de hengstebron, nooit Jeanne d'Arc, Sinterklaas of
Napoleon heeft willen zijn, zal het in de kunsten niet ver schoppen.
Zo is het nu eenmaal. Vraag maar aan verwoede ruiters als Dante,
Goethe, Shakespeare, Louis Lehmann, Cervantes, Kleist, Laurel
en Hardy, Jünger, Picabia en Stevie Smith. Om met verve de kwast,
het potlood of de pen te voeren, moet je eerst het klappen van de
zweep hebben geleerd. Hoe zou je de wereld anders naar je hand
kunnen zetten? En wat is kunst maken anders dan het zetten van de
wereld naar je hand?

Om kort te gaan: ik kan het alleen over deze materie hebben van-

Laurel en Hardy

uit mijn amazonenhart. Mocht dat hart al doende de trekken van een paardehart gaan vertonen, dan is dat geen vergissing maar mooi meegenomen. Ik hoop dat ik duidelijk zal kunnen maken waarom.

Zodra ik het plan had opgevat om iets over tekst en beeld op papier te zetten, kreeg ik al spijt. Tekst en beeld, daar was zo ontstellend veel over beweerd, wat moest men daar in vredesnaam aan toevoegen. Ik kon moeilijk wéér met de pijp van Magritte en de pijp van Maigret komen aanzetten. Diezelfde avond zat ik al in mijn rijbroek brain te stormen achter een vel papier. Ideeën, concepten, schema's, kom maar op! Het papier bleef blanco. Dat duurde ongeveer een uur. Toen begon mijn hand ineens te beven en zag ik tot mijn stomme verbazing – het leek wel spiritisme – de kapitale zin TOONTJE HEEFT EEN PAARD GETEKEND onder mijn vingers vandaan draven. Een zin die een tekening bevat, hoe toepasselijk. Eerst moest ik erom glimlachen: die Toontje toch. Die kleine Toontje en dat grote paard. Daarna kreeg ik het land. Zelf had ik in mijn leven wel duizend paarden getekend en wie had dát van de daken geschreeuwd? Maar omdat de ervaring me inmiddels had geleerd dat je spontaan opkomende zinnen nooit uit de weg moet gaan, aangezien ze altijd een handreiking van de inspiratie zelf zijn, besloot ik het verschafte spoor maar direct te volgen. Daarbij waren twee vragen van belang: waar kwam die zin vandaan en waar bracht hij me naar toe. Als de eerste vraag eenmaal beantwoord is, dacht ik, beland ik vanzelf waar ik wezen moet. Terstond nam ik een forse duik in mijn geheugen. Het hielp; omringd door wijde kringen kwam er van alles bovendrijven.

Toontje heeft een paard getekend was de titel van een toneelstuk uit mijn jeugd. Had Fien de la Mar er niet de hoofdrol in gespeeld? Zelf had ik het stuk nooit gezien, maar ik herinnerde me nog goed dat mijn ouders er een knallende ruzie over maakten. Ik was vergeten waarom. Ik wist nog wel dat mijn moeder in tranen uitriep dat het nooit de bedoeling van een blijspel kon zijn dat het je naar beneden haalde. Het woord *blijspel* hoorde ik toen voor het eerst. Het leek me onbetrouwbaar. Ik wou dat toneelstuk ook weleens zien.

HET BLIJSPEL-SUCCES DER LAATSTE JAREN

TOONTJE HEEFT EEN PAARD GETEEKEND!

in drie bedrijven van LESLIE STORM.
Regie: BETS RANUCCI – BECKMAN.
Vert.: FERD. STERNEBERG. — Décor: WILLEM DEERING.

'Later,' zei mijn vader, 'als je ontgroeid bent aan de moederschoot.' Kennelijk bevroedde hij niet dat dat in mijn geval onmogelijk was.

Je vraagt je af wat er zo bizonder is aan het tekenen van een paard dat er een heel toneelstuk aan kan worden opgehangen. Als Toontje het bewuste paard nu eens niet getekend maar geschreven had (gesteld dat hij schrijven kon), zou dat dan ook een pakkende titel hebben opgeleverd? Hiermee bevinden we ons midden in de problematiek. Een paard schilderen mag namelijk wel en een paard schrijven mag niet! Men kan een gedicht schrijven, een brief of een boek, maar geen paard. Paarden laten zich slechts *be*schrijven, althans volgens de gebruikelijke taalregels. Volgens die regels is de zin *Toontje heeft een paard geschreven* zelfs ronduit ongrammaticaal (tenzij het paard meewerkend voorwerp is uiteraard). Daarom niet getreurd. Een schrijver die werkelijk wat wil, ontwerpt zijn eigen grammatica en binnen die grammatica mag het object bij een overgankelijk werkwoord natuurlijk naar believen worden ingevuld. Ook mogen subject en object rustig in elkaar overgaan, graag zelfs. Een paard *schrijven*, dat neerkomt op een paard *worden*, als men snapt waar ik heen wil. Maar laten we niet op de zaak vooruitlopen.

Toontje heeft dus een paard getekend. Mooi zo, maar wat weten wij dan nog. Is het een merrie of een hengst? Groot, klein, oud of jong? Draaft het of staat het stil (of allebei omdat het immers is 'vastgelegd')? Zit er iemand op? Heeft het een mooie kleur, een naam, een goed humeur, een glanzende vacht? En zou het in het diepst van zijn hart misschien dolgraag op Toontjes kleine schoot willen plaatsnemen? Wie zal het zeggen. Het is opmerkelijk onbestemd, dit paard van Toontje, probeer het maar eens uit te tekenen. Toontje zelf kan daar echter niks aan doen. Evenmin als het Potter mag worden aangewreven dat hij *De stier van Potter* heeft geschilderd, mag het Toontje worden aangewreven dat hij *Het paard van Toontje* heeft getekend.

Wie is Toontje eigenlijk? Ik vermoed een kind. En *Toontje heeft een paard getekend* lijkt me dan de trotse constatering van de ouders.

Het paard zelf interesseert hun geen biet, anders hadden ze het wel nader gespecificeerd. Nu roemen ze puur de prestatie. Een paard tekenen geldt tenslotte als iets vreselijk moeilijks en hun eigen zoon heeft dat toch maar even mooi voor elkaar gebracht. Eerst alleen maar drollen bakken en nu een heus paard, zoiets. Een reductie van de eerste orde. Bijna zo erg als wat de Kleine Hans overkwam, toen zijn paardenfascinatie door Freud tot de oerdaad van zijn ouders werd gereduceerd. Terwijl hij nota bene paard wou worden! Gek, ik merk dat ik haast medelijden met Toontje krijg. Kleine, kleine Toontje. Groot, groot paard. Ook begin ik steeds nieuwsgieriger naar het blijspel te worden. Wat voor draak dat mag zijn. Of juist helemaal geen draak?

Ik heb het Theaterinstituut maar eens gebeld. Inderdaad betreft het een toneelstuk dat in de jaren veertig en vijftig furore maakte. Alleen was het niet Fien de la Mar die er een belangrijke rol in speelde maar Fie Carelsen. Als ik zin had mocht ik de videoband onmiddellijk komen bekijken (kijkduur drieënnegentig minuten). Dat leek me een uitstekend idee. Ik besloot er evenwel mee te wachten tot het eind. Op die manier blijft de spanning erin en kunnen we ons in de tussentijd met andere paarden in woord en beeld bezighouden. Misschien dat dan tevens helder wordt waarom ik het schrijverschap uiteindelijk boven het teken- en schilderschap heb verkozen.

'Paarden zijn bijna hetzelfde als / mensen, maar lichaam en huis tegelijk,' heeft Rutger Kopland gedicht. Zo voel ik het ook. Evenals hij heb ik in mijn jeugd eindeloos veel paarden getekend. Kerstbomen en voor de rest hoofdzakelijk paarden, paarden en nog eens paarden. Waarom deed ik dat? Tot dusver heb ik me dat nooit afgevraagd. In elk geval níet om kunst te maken of om iets heel knaps te presteren. Laten we het erop houden dat sommige kinderen zich ergens aan vast willen klampen en dat mijn keus vanzelf op kerstbomen en paarden viel. Ik bewonderde paarden punt uit, en ik hoopte deze lieve, hoogverheven wezens al tekenend in mijn nabijheid te brengen. Ik tekende bovendien niet zomaar paarden, ik tekende mezelf er altijd bovenop. Zo werd ik zelf ook een beetje hoogverheven. Ruiter en paard zijn één. Stellig heb ik me al tekenend een ruiter gewaand. Maar dan wel een klein ruitertje op een heel klein paard, want in tegenstelling tot de schrijver kan de tekenaar nooit echt aan het formaat van zijn papier ontkomen en mijn schetsboek had niet het formaat van *De Nachtwacht*. Vandaar dat ik rond mijn dertiende met alle geweld paard wou leren rijden. Om het eens in het echt mee te maken, in het groot welteverstaan. Lichaam en huis tegelijk. Misschien heeft ook meegespeeld dat mijn moeder, die een zeer verdienstelijk amazone was, het ene paardeboek na het andere verslond, van *Flicka het veulen* tot *De hengst Maestoso Austria*, prachtboeken die ik allemaal verslonden heb. Dat vormt je ook.

Maar er moet meer in het geding zijn geweest. Hoe kwam het eerste paard bijvoorbeeld in mijn leven? Ik heb daar lang over nagedacht en ben toen uitgekomen bij mijn vaders knie. Het mag vreemd klinken, maar wanneer je zoals ik nooit door je moeder op schoot bent genomen – waar had ze met al die hippische activiteiten de tijd vandaan moeten halen – dan neemt de vaderlijke knie in je verbeelding alras Ros Beiaard-achtige proporties aan. Haarscherp herinner ik me nog de eerste keer. Ik zat op zijn linkerknie, die er lustig op los galoppeerde, terwijl hij 'Hop hop, paardje,' zong, 'rij maar naar de stal'. Tot mijn verbijstering keek hij míj daarbij aan. Was zijn knie nou het paard of was ik het? Of deed het er niet toe? O, knie en evenknie! Dat met niets vergelijkbare, wonderlijke ruitergevoel van rijjijofrijik. Het genot der wederzijdse wilsoplegging. Toen hij me later op zijn nek liet rijden, waardoor ik pas goed aan mijn kleinheid ontsteeg, is dat gevoel er nog veel sterker op geworden. Vaderlijke knie en vaderlijke nek, voor een meisje kan daar geen moederborst aan tippen.

Ik bezit een houtsnede van de Belgische kunstenaar Frans Masereel die dit triomfgevoel treffend weergeeft. Wie beweegt zich daar door het bos, een dubbelhoofdige man of een heel lang meisje met mannenbenen? Zijn kraag is haar rok. Paard en ruiter en de

Frans Masereel

ruiter draagt in dit geval de paardestaart. Een schitterende afbeel-
ding.

Maar nu in taal! Uitgaande van nagenoeg hetzelfde onderwerp
heeft Marieke Jonkman het volgende vers gemaakt:

De schouders met het rokje afgedekt,
het hoofd rechtop. Vlak voor het vertrek
treft mij van pappa paard de moedervlek.

Nu schommelt tussen hals en vaderlijke nek
dit kaal verleden met de zwarte zonnevlek.

Hij kan niet plagen. Urine geurt. Het boek blijft
plagen: wat is er met de intellectueel gebeurd?

Het verlaagde voorhoofd dat het heden wrijft
verleent de mond nog wil en waardigheid
Vortsik zeg ik voor de aardigheid.

Hoe dierbaar de houtsnede van Masereel mij ook is, je raakt erop
uitgekeken. En op dit intrigerende gedicht raak ik nooit uitgekeken. Het levert de ene verrassing na de andere op. Uiteraard ligt
dat in de eerste plaats aan het originele talent van Jonkman, die een
expert is in gedaanteverwisselingen, maar het ligt eveneens aan de
ongekende mogelijkheden van de taal. Wat hier bereikt wordt
middels tijdsprongen, geuren, gevoelens, raadsels en overdrachtelijkheden, laat zich met geen enkele kwast of tekenpen te voorschijn roepen. Je hoort dikwijls zeggen: woorden schieten te kort.
Zou dat met beelden ook niet het geval kunnen zijn?
Canetti meent van niet.

In een van zijn aforismen (zie *Vliegenpijn*) merkt hij naar aanleiding van een paardeschilderij van Munch op: 'Dit nu, wildheid en
slavernij in één moment kan niet (zonder bladzijden beschrijving
en dan nog niet zó) in de literatuur.' Ik wist direct op welk schilderij hij doelde en moet toegeven: hij heeft gelijk. Het is een van de
indringendste paardeschilderijen die ik ken. Toen ik het voor het
eerst in Oslo zag, was ik compleet ondersteboven. Overigens
kwam dat niet door genoemde dubbelzinnigheid maar door het
feit dat het doek meer dan manshoog is en het paard frontaal werd
afgebeeld. Het lijkt of het in volle vaart op je af komt gedenderd,
zodat je al bij voorbaat wordt meegesleurd. En ook al word je dan
niet echt meegesleurd – geschilderde paardebenen staan hoe dan
ook stil – de teweeggebrachte sensatie is al heel wat. Het neemt
niet weg dat ik de tweede keer nog maar nauwelijks werd meegesleurd en de derde keer in het geheel niet meer. Volgens mij ligt dat

aan het ontbreken van een spannende samenhang. Waar komt dit paard vandaan? Waar gaat het naar toe? Hoe is het zo geworden? Hoe verhoudt het zich tot zijn maker? etcetera.

Het momentane, indien meesterlijk weergegeven, mag nog zo meeslepend zijn, die meeslependheid is zelden van lange duur. Mijns inziens is de literatuur beter in staat duurzaamheid te garanderen. Men zal er alleen wat meer moeite voor moeten doen. Maar is het zo'n ramp om een paar bladzijden te moeten lezen alvorens zich een beeld te kunnen vormen? Beklijft iets waar je je voor hebt ingespannen niet veel meer? Neem de *coup de foudre* en de *liefde voor het leven*. De een slaat oogverblindend toe om vervolgens uit te doven. De ander wordt langzaam opgebouwd en blijft.

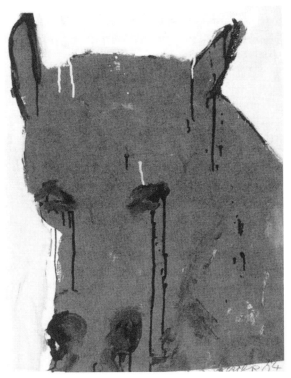

Jan Cremer *Blue Horse*

Een ander voorbeeld. Paarden staan bekend als geweldige huile-balken – geen wonder met zulke grote ogen – en dat heeft zijn neerslag gevonden in de literatuur. Oud-gymnasiasten zullen zich het paard Aëthon misschien nog herinneren dat achter de kist van zijn dode meester Pallas aanliep met kletsnatte wangen.

Aansluitend bij deze traditie heeft Jan Cremer vermoedelijk zijn *Blue Horse* geschilderd en men kan niet ontkennen dat hij daarmee een ontroerend kunstwerk heeft gemaakt. Maar waaróm laat dat paard zijn tranen eigenlijk lopen? Handelt het hier om druipende verf of handelt het om verdriet?

Zet daar nu eens het huilende paard van Majakovski tegenover. In zijn hartverscheurende gedicht *Behandel de paarden met zachtheid* (vertaling Marko Fondse) laat deze een oud maar monter trek-paard opdraven. Zijn entree wordt ingeluid met muzikaal hoefge-trappel. Dan, bij een spiegelgladde brug, dondert het ineens op zijn gat. Joelend loopt de massa te hoop om ervan te genieten. Alleen de ik-figuur geeft van een Nietzschiaanse bekommernis blijk en stapt erop af. Dan volgt deze passage:

Ik nader en zie –
traan op traan tappelings
rolt langs zijn snuit
schuil in zijn vacht...
En iets van gemeenschappelijk
dierlijk verdriet
welde klaterend uit me
en verruiste zacht.
'Paardje, niet doen nou.
Luister nou, paardje –
dacht u nou heus dat u minder als zullie daar waard bent?
Kindje toch,
zijn wij niet allen zo'n beetje paarden?
Elk naar zijn aard zijn we allemaal paard.'

Het aldus toegesproken paard springt met een ruk in zijn hoeven, gaat met wuivende staart aan de haal, stelt zich op stal en denkt: 'Ik ben een veulen en het loont te leven met sloven en al.' Prompt verandert de lezer, die eerst al in een paardje naar zijn aardje was veranderd, óók in een veulen. Welnu, het teweegbrengen van dergelijke metamorfoses, die bovendien nog met een catharsis gepaard gaan, geen beeldende kunstenaar doet hem dat na. Zulke mogelijkheden zitten er bij de beeldende kunst domweg niet in. Begrijp me goed, de beeldende kunst heeft vele mogelijkheden. Het gaat me hier echter niet om wat zij wél vermag, maar om wat zij níet vermag, en als je nu eenmaal graag een veulen bent...

Dit brengt me op Batailles boterpaard. In *De innerlijke ervaring* heeft Georges Bataille een boterpaard opgevoerd ter illustratie van het lyrisch potentieel. Hij zegt:

> Wanneer de boerendochter *de boter* zegt of de stalknecht *het paard*, kennen ze de boter, het paard. De kennis die zij ervan hebben put het idee van kennen in zekere zin zelfs uit, want zij kunnen naar believen boter maken, paarden aan de teugel voeren [...]. Maar de poëzie leidt daarentegen *van het bekende naar het onbekende*. Zíj kan wat de knecht of de dochter niet kunnen, een paard van boter introduceren.

Nadat ik dat gelezen had, heb ik me aan tafel gezet om een boterpaard te tekenen. Het lukte van geen kant. En het zou Toontje ook niet gelukt zijn. Toen probeerde ik het te schilderen. Dat lukte evenmin. Weliswaar had ik steun aan de kleur geel, maar het gekonterfeite paard had niets boterachtigs en had net zo goed van klei, cakedeeg of smeerkaas kunnen zijn. En dat het maar niet wou smelten! En dat het voor altijd zijn gele hoofd achternaliep, terwijl je met een geschreven boterpaard alle kanten uit kon! Daarom besloot ik het genoeglijke gezelschap van stalknecht en boerendochter te verrijken met de schilder en de tekenaar. Die hadden geen enkel bezwaar.

Maar Magritte dan? Die heeft ons toch getrakteerd op een wonderbaarlijke en zeer overtuigende pot paardejam? Zeker en gewis, maar deze in kleurpotlood uitgevoerde pot jam zou nooit zo'n scala aan bitterzoete associaties hebben opgewekt als het etiket niet de woorden *confiture de cheval* had bevat.

Magritte was in feite een schrijver – wie zijn brieven leest zal het beamen – en bij zijn schilderen heeft hij daar flink profijt van getrokken (en wij ook).

De opdrang der mentale paarden is niet meer te stuiten. Het lijkt me raadzaam om de deuren van de hersenstal maar eens wat minder wijd open te zetten en de aandacht te vestigen op de werkelijkheid. Wacht even, het paard van Stevie Smith wil er nog uit. Het staat te hinniken alsof het schaterlacht, hihi, hihi... Natuurlijk, de humor! Dat ik die over het hoofd heb gezien.

In het begin van haar *Novel on yellow paper* komt Stevie Smith te paard aangereden met het dringende verzoek aan de lezer: 'Well, please do not think that I have a lot of money.' Als captatio benevolentiae is dat bizonder grappig en gewaagd, omdat ze daarmee exact onder woorden brengt wat de meeste mensen dadelijk invalt als ze een paardrijdend wezen zien. Wanneer je dit soort humor als een essentieel bestanddeel van de kunst beschouwt, kom je – moet het nog toegelicht worden? – al tekenend of schilderend slecht te pas.

Wie nu zoetjesaan meent te weten waarom ik de beeldende kunst voor de literatuur verlaten heb, vergist zich. Al deze bevindingen hebben ongetwijfeld een rol gespeeld, maar de ware aanleiding – ik beken het ruiterlijk – was een paard van vlees en bloed. Laten we terugkeren naar 1956. Voor het eerst in mijn leven krijg ik paardrijles. Afgezien van mijn vaders knie heb ik alleen nog maar op vliegende Hollanders, autopetten en fietsen gereden. Het verschil met een warme paarderug is enorm. De sensatie is zelfs zo groot dat ik de gemankeerde moederschoot in no time vergeet. Mijn tekenkunst neemt evenredig met mijn rijkunst toe. Een opbloei van paardetekeningen is het gevolg. Tussen 1956 en 1959 maak ik er vijfhonderddrie. Dan, in de lente van 1959, gebeurt er iets ongerijmds. De meeste dingen die gebeuren zijn ongerijmd maar dit slaat alles.

De manegedirecteur heeft een fonkelnieuw paard aangeschaft, half Arabier, half Engelse volbloed, een ware schoonheid. Volgens de pikeur echter een kat in een zak. Hoewel het een ruin is, bokt en steigert hij dat het een aard heeft. Twee dames raakten al gekwetst en de rest zal volgen. Om zijn kuren wat meer aanzien te geven krijgt hij de naam Petit Artist aangemeten, kortweg Petit. Ik weet niet hoe het komt maar het botert dadelijk tussen mij en Petit. Omdat ze bij de manege in de gaten krijgen dat ik een kalmerende invloed op hem heb, mag ik hem zelfs tweemaal per week gratis berijden. Zonder over een *lot of money* te beschikken heb ik nu een lijfpaard. Ik borstel zijn vacht, poets zijn tuig, krab zijn hoeven schoon, draai vlechtjes in zijn manen en ben als het even kan om hem heen. Nooit problemen met Monpti. Maar dan.

Op een stralende lentedag – ik ben inmiddels zestien en een volleerd amazone – begeef ik me op zijn rug naar de Lage Vuursche om daar een appelpannekoek te eten. Deze pannekoek nu bleef ongebakken, want we zijn nooit ter plaatse aangekomen.

We waren nog maar halverwege of Petit hield met een ruk halt, aarzelde even en begon te bokken. Bij een auto geef je vol gas, bij een paard bijt je in het zand. Terwijl ik verbouwereerd op het mos zat, zag ik dat Petit zelf ook door de knieën ging en langzaam op me af kwam gekropen. De manoeuvres die hij maakte waren zo eigenaardig en de manier waarop hij me aankeek was zo speciaal dat ik maar één conclusie kon trekken: hij wil op schoot. Hoe dit afliep staat, uiteraard mutatis mutandis, te lezen in *Rachels rokje*.

Deze ervaring, die om diverse redenen diepe indruk op me had gemaakt, wou ik met alle geweld in beeld brengen en daarmee begonnen de problemen. Want hoe doe je dat? Hiermee vergeleken is het paard van Toontje kinderspel. Ik heb het nog niet eens over het immense paardelichaam en de ontoereikende schoot. De cruciale vraag is wat er overblijft van een complex voorval dat onttrokken wordt aan zijn samenhang. Niets immers? Wanneer ik de tijd en het talent had gehad om een tapisserie van Bayeux te maken (die overigens de fraaiste collectie paarden uit de hele kunstgeschiede-

nis bevat), ja, dan was het me misschien stapje voor stapje gelukt. Maar ik, die al moeite heb met één rooie draad, zag mezelf geen kilometers stof borduren. Ook de tapisserie van Bayeux kon het trouwens niet zonder woorden stellen. De zevenenvijftig Latijnse teksten in de bovenrand ondersteunen de samenhang en illustreren perfect wat niet in beeld kon worden gebracht, zoals:
– Hier wordt vlees gekookt
– Hier vraagt hertog Willem aan Vitalis of hij Harolds leger heeft gezien
– Hier spreekt koning Edward in zijn bed zijn trouwe vrienden toe
– En hier is hij dood.

Om een lang verhaal kort te maken: ik slaagde er op geen enkele wijze in het paard dat op schoot wou adequaat af te beelden. Hierdoor werd ik in eigen ogen ook een petit artist (een onbewuste poging tot paardwording!) en hield ik de paardentekenarij binnen de kortste keren voor gezien.

Het geval liet me echter niet los. Ofschoon ik vol overgave andere zaken begon te tekenen en te schilderen, bekroop me voortdurend het gevoel dat ik om mijn echec heen werkte. Zo schilderde ik mezelf menigmaal met mijn hond op schoot. Maar een hond is geen paard en op schoot zitten is niet hetzelfde als op schoot willen. Vervolgens wierp ik me op de piëta. Maar een dode zoon hangend op de schoot van zijn moeder is heel iets anders dan een levend paard dat snakt naar de schoot van zijn berijdster, en goedbeschouwd had ik met Maria weinig op. Het knagende gevoel tekort te zijn geschoten, zowel ten aanzien van Petit als van mijzelf, werd er met de dag heviger op en nam ten slotte obsessionele vormen aan.

Een ander had het vermoedelijk al lang over de abstracte boeg gegooid. Dat leek me niets. Abstractie grenst aan extractie en met het wegnemen van de concreetheid van iets trek je in enen het bloed eruit. Waarom zou ik me vrijwillig gaan toeleggen op structuren als het me om vacht, manen en een kloppend hart was te doen? Ik had het toch niet op de werkelijkheid gemúnt? Ik wou haar alleen maar *omzetten*. Lukte dat niet met beelden? Best! Als er schilderachtige onderwerpen bestaan, dan ook schrijfachtige. Ik zou het voortaan met woorden doen.

Ik kocht een set ballpoints, een bril en een pak papier en werd schrijfster. Niet dat schrijven nu onmiddellijk van een leien dakje ging. Integendeel. Vergeleken met schilderen was het hard labeur. Kon je onder het borstelen aan een schilderij nog eens een liedje zingen of aan vakantieplannen denken, tijdens het schrijven was dat uitgesloten. Daar kwam bij dat ik niet voornemens was *het paard dat op schoot wou* te beschrijven. *B*eschreven paarden waren er genoeg – de wereldliteratuur dreunde er bijkans van – het mijne zou *ge*schreven worden! De eerlijkheid gebiedt te zeggen dat ik er geen flauw idee van had hoe ik dat moest aanpakken. Want wat was dat in 's hemelsnaam, *een paard schrijven*? Het was niet: een tekst fabriceren in de vorm van een paard zoals Apollinaire dat had gedaan. Het was ook niet: het woord *paard* samen met een stel andere woorden in een landschapachtig geheel neerzetten op de wijze van Magritte. Wat was het dan wel?

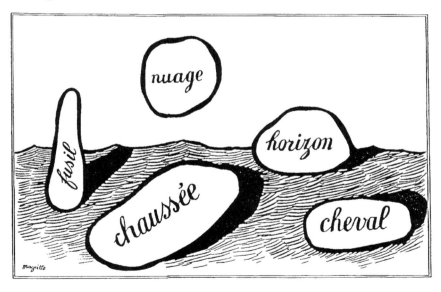

385

Zonder me te realiseren wat ik me op de hals haalde, ben ik maar gewoon begonnen. Gewoon begonnen? Was het maar waar! Toegegeven, om een behoorlijk paard te tekenen moet je op de hoogte zijn van de hele anatomie, terwijl je het woord *paard* zonder speciale voorkennis kunt neerschrijven. Maar op een woord valt niet te rijden en op schoot wil het ook al niet. Meer dan drie maanden ben ik met de eerste regels in de weer geweest en nog geen hoef, nog geen haartje stond er op papier.

Ik hoop dat men zich *De pest* van Camus nog herinnert en dat die herinnering verder reikt dan tot dokter Rieux en de rattenplaag. Ratten en doktoren zijn voorzeker interessant, het boek draait evenwel om een kleine ambtenaar. Deze kleine ambtenaar, die niet voor niets de naam Grand draagt, koestert naast zijn stadhuiswerk de hartstochtelijke wens een meesterwerk te schrijven. Omdat hem daarbij een bepaalde graad van perfectie voor ogen staat, raakt hij nooit verder dan de eerste zin, hetgeen hem smartelijke zorgen baart: 'Avonden, wekenlang over een woord... soms maar een gewoon voegwoord.' Wanneer dokter Rieux hem een keer thuis bezoekt, treft hij daar stapels dichtbeschreven vellen vol doorhalingen aan. 'Kijk er niet naar,' zegt Grand, 'het is mijn eerste zin. Daar heb ik moeite mee, erg veel moeite' – een understatement van het zuiverste water. Na enig aandringen weet Rieux hem zo ver te krijgen dat hij de zin in zijn immer onaffe staat aan hem voorleest. En dan volgt een zin, die ik in al zijn onvolkomenheid reken tot de aandoenlijkste zinnen die ik ken: 'Op een mooie ochtend van de maand Mei reed een elegante amazone op een prachtige vos door de bloeiende lanen van het Bois de Boulogne.'

Rieux zegt vriendelijk dat de zin zijn belangstelling wekt naar het vervolg. Grand is daar zeer gebelgd over en roept verontwaardigd uit: 'Dit is maar bij benadering geschreven. Als ik erin geslaagd ben het beeld dat in mijn verbeelding leeft, volkomen goed weer te geven, als mijn zin het ritme heeft van de draf, een-twee-drie, een-twee-drie, dan zal de rest gemakkelijker gaan.'

Wie Grands poging nader beschouwt zal hem gelijk geven. Deze zin met zijn opeenstapeling van beschrijvende adjectieven roept bizonder weinig op. Het is schilderen met woorden. Wat hij echter opmerkt over het nagestreefde paarderitme en het beeld dat in zijn verbeelding leeft, bewijst dat hij precies weet wat hij wil, dat hij erin gelooft, dat met andere woorden al dat monnikenwerk te midden van die vreselijke pestepidemie toch ergens goed voor is. Wat wil hij dan? *Een paard schrijven*, daar ben ik van overtuigd. Hij weet alleen niet hoe dat moet en blijft daardoor in de beschrijving steken. Het is triest om te zien hoe de Meimaand, de amazone en de lanen van het Bos constant van plaats wisselen, en hoe het ene na het andere adjectief – *prachtig, glanzend, weldoorvoed* – aan het paard wordt toegevoegd zonder dat het paard van zijn verbeelding daarmee ook maar in de verste verten wordt benaderd. Maar versagen doet hij nooit, zodat je je afvraagt waar hij de treurige moed vandaan haalt. Wat drijft deze kleine, dappere ambtenaar? Om dat te achterhalen dienen we ons te verdiepen in zijn achtergrond.

Grand was heel jong getrouwd met Jeanne, een arm meisje uit zijn buurt. Om te kunnen trouwen had hij zijn studie afgebroken en een baantje gezocht. Het huwelijk was nogal onalledaags tot stand gekomen. Op een avond toen ze samen voor een kerstetalage stonden, had zij zich plotseling tegen hem aan laten vallen met de woorden: 'Wat mooi.' Hij had daarop haar pols omklemd en op die manier besloten ze te trouwen. Een hartveroverende start, maar hoe gaat dat. Door zijn drukke baan kon hij zijn jonge vrouw niet voldoende laten voelen dat hij van haar hield en na een paar jaar was zij ervandoor. Grand had dit nooit kunnen verwerken. Keer op keer had hij haar proberen te schrijven maar hij vond er de woorden niet voor, omdat ze elkaar voorheen altijd *woordeloos* begrepen.

Woordeloos! Even woordeloos als het wederzijds begrip tussen paard en ruiter. Heeft dat er dan iets mee te maken? Het heeft er alles mee te maken. Zoals Kerstmis er natuurlijk ook alles mee te maken heeft. En ik vermoed dat Grand deze samenhang ten langen leste zelf heeft beseft. Onder aan zijn vijftig pagina's tellende manuscript dat louter versies van die ene eerste zin bevat, heeft hij namelijk de aanzet van een andere eerste zin geschreven: 'Mijn liefste

Jeanne, vandaag is het Kerstmis...' De brief die niet geschreven kon worden en het boek dat niet geschreven kon worden in elkaars verlengde. Je hoeft geen paard te zijn, dunkt me, om bij zoiets natte wangen te krijgen.

Waarom heb ik dit allemaal verteld? Omdat ik maar weinig roman-personages ken – en niet één schilderijpersonage! – waarmee ik me zo vereenzelvigd heb als met deze Grand. Het verschil tussen ons is alleen dat ik op het juiste moment een leermeester vond en hij niet. Anders had hij geweten dat hij een paard moest wórden. Dan was zijn boek gegarandeerd gelukt en draafde hij allang door de bloeiende lanen van het Bois de Boulogne met Jeanne op zijn rug. Een-twee-drie, een-twee-drie...

En dan volgt nu het geheim van de smid:

EEN PAARD SCHRIJVEN = EEN PAARD WORDEN

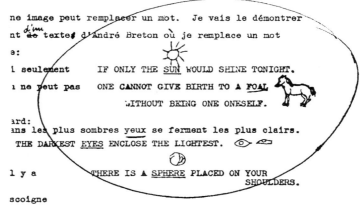

René Magritte

Als ik daar niet tijdig achter was gekomen was *het paard dat op schoot wou* net als het paard van Grand stukgelopen op de eerste zin en was bovendien *Rachels rokje* nooit geschreven. Wat een geluk dat er leermeesters bestaan! En wat een geluk dat de mijne Gilles

Deleuze heet. Ik weet dat de Franse filosofen een beetje in diskrediet zijn geraakt, maar Deleuze, die in 1995 zo'n tragisch einde aan zijn leven heeft gemaakt, valt niet te versmaden. Niet alleen heeft hij me warm gemaakt voor de plooi, maar ook heeft hij me overtuigd van het vitale belang van wordingen. *Wordingen?* Wat zijn dat nu weer voor rare dingen? Maar zo raar is een wording niet, niet raarder althans dan een gewone metamorfose. Het is alleen een metamorfose naar twee kanten. Volgens Deleuze kun je onmogelijk in iets veranderen zonder dat datgene tegelijkertijd in jou verandert. Met andere woorden: als je jezelf tot dier schrijft, wordt dat dier noodzakelijkerwijs jou (iets wat ik tijdens het schrijven aan *Rachels rokje* tot mijn voldoening heb ondervonden). Zo'n dierwording heeft niets te maken met het schrijven over je kat, je hond of een ander lievelingsdier. Het gaat om een huwelijk tussen twee verschillende rijken, een tegennatuurlijke participatie, een kortsluiting bijna, een dubbele vangst.

Maar wat heeft een schrijver aan zo'n dierwording, in welk opzicht wordt hij er wijzer van? Daarover kan ik Deleuze, die meent dat elk waarachtig schrijven *worden* is, het best zelf aan het woord laten. Inhakend op de uitspraak van Proust dat mooie boeken geschreven zijn in een soort vreemde taal, zegt hij:

> Dat is de definitie van stijl. Ook daar is het een kwestie van worden. Mensen denken altijd aan een meerderheidstoekomst (als ik later groot ben, als ik de macht heb...). Terwijl het probleem juist een minderheidsworden is: niet doen alsof, niet het kind, de gek, de vrouw, het dier, de stotteraar of de vreemdeling uithangen of imiteren, maar dat alles *worden*, om nieuwe krachten te ontdekken en nieuwe wapens.

Geslaagde vormen van dierwording vindt hij bijvoorbeeld de walvis-wording van kapitein Achab en de schildpad-wording van Lawrence in zijn gedichten: ontmoetingen, geen imitaties.

Dierwording komt dus neer op een minderheidsworden en de schrijver, die qualitate qua meestal toch al tot een minderheid behoort, verwerft daar alvast drie belangrijke dingen mee: nieuwe krachten, nieuwe wapens en een stijl. Uiteraard betekent dit tevens gevaar omdat hij de woorden van de gevestigde orde negeert, maar het verschaft ook vluchtlijnen. Jij verschaft het paard een vluchtlijn en het paard verschaft er een aan jou, en dan maar hopen dat je daarlangs samen ontsnapt. En als je niet ontsnappen kunt, wel, dan ligt er in elk geval een mooi boek.

Omdat de dierwording zich op het niveau van de stijl voltrekt, kom je er met het schuiven van woordjes niet. Hoe kom je er dan wél, zal men zich afvragen. Maar gelukkig geeft Deleuze geen schrijfcursussen. In feite zegt hij niet veel meer dan dat de schrijver zijn territorium moet overschrijden, moet trachten te schrijven 'zoals een rat een lijn trekt, of zoals hij zijn staart kromt, zoals een vogel een klank uitstoot, zoals een roofdier beweegt of zwaar slaapt'. Daarmee sluit hij aan bij Francis Ponge, die (niet toevallig) zelf een formidabel paard heeft geschreven (zie: *Pièces*, 1961). Tijdens een lezing in 1956 zei deze al dat de kunstenaar niet moet denken dat het makkelijk is om van het ene gebied naar het andere over te stappen: '[...] dan zeggen ze: "O, wat houd ik van paarden! O, wat zou ik graag in een appel binnengaan!" daar gaat het niet om. Het gaat erom een tekst te maken die op een appel lijkt, dat wil zeggen, die even werkelijk is als een appel. Maar in zijn eigen genre.'

Merkwaardig hoe appel en paard hier in één adem worden genoemd. Zou Ponge aan een appelschimmel, in het Frans *cheval pommelé*, hebben gedacht? Of zou hij misschien *Het aangezicht van het paard* van de Rus Zabolotsky hebben gekend? In dat gedicht komt deze veelzeggende passage voor (vertaling Hugo Truyens):

[...] En als nu een mens het zag
het betoverend gelaat van het paard
hij zou zijn krachteloze tong uitrukken
en ze offreren aan het paard. Het betoverende
paard is ze voorzeker waard, zijn spraak.

Wij zouden woorden horen.
Woorden als appels zo groot [...]

Woorden als appels, dat zou weleens hét recept voor de paardwording van de mens en de menswording van het paard kunnen zijn. Hoe een en ander echter tot stand kan worden gebracht, dat vertelt je niemand. En dat is maar goed ook. Geheimen van de smid mogen desnoods worden meegedeeld, ze mogen nooit en te nimmer worden uitgelegd of verklaard.

Maar nu *het paard dat op schoot wou*. Heeft dat nu op schoot plaatsgenomen, ja of nee? Het antwoord luidt: gedeeltelijk. De meeste schoten, zelfs schoten van taal, zijn nu eenmaal niet groot genoeg voor een paard. Ook niet als het paard toevallig Petit heet of de berijder Grand. Maar het heeft wel degelijk ten voeten uit plaatsgenomen in plooi tien van *Rachels rokje*, dat er als een vacht omheen is gemaakt. Wat me beeldend niet was gelukt, lukte me uiteindelijk met het meest ondierlijke medium, de taal, wel. Dat was het verbijsterende. Eigenlijk is *Rachels rokje* één grote dierwording. Toen het boek eindelijk was voltooid, riep ik dan ook spontaan uit: 'Het dier is af!' en niet: 'Het ding is af!' Met betrekking tot een tekening of schilderij was me dat nooit overkomen.

Tot slot het paard van Toontje. Ik heb het gezien. Niet waar, ik heb het helemaal niet gezien. Dat is juist het aardige van dit toneelstuk. Het heet *Toontje heeft een paard getekend*, terwijl je de hele Toontje en de hele paardetekening niet krijgt te zien. Er wordt slechts over gesproken. Taal-Toontje en taal-paard!
Het stuk vangt aan met deze dialoog:

– Heb jij dat ding gezien!
– Welk ding?
– Dat paard!
– Welk paard?
– Dat paard dat Toontje heeft getekend!

Een prikkelende dialoog tussen een boze vader en een argeloze moeder.
Bleef het maar zo prikkelend.

Toontje is een jongetje van acht dat op een van de muren van zijn ouderlijk huis een paard heeft getekend. Dat is nog tot daaraan toe. Het probleem is dat dit paard anatomisch te goed klopt. Een hengst, neem ik aan. En alweer dringen zich een paar fraaie regels van Rutger Kopland (meer dan eens in zijn gedichten paard geworden) op:

De hengst heeft er een als een brandslang, de merrie een kont als een kei.

Volgens Toontjes vader geeft de tekening aanstoot, volgens zijn moeder niet. Daaruit komen de gekste verwikkelingen voort, intriges, ruzies, huwelijksproblemen. Een *blijspel* heet zoiets. Zodra iets maar even de kant van Jan Klaassen en Katrijn opgaat, worden de mensen er blijkbaar vrolijk van. Het zij zo, al snap ik niet dat dit stuk jaren een kassucces was.

Ach, wat moet ik er nog meer van vertellen. Dat de schrijfster Leslie Storm heet? Dat paard worden niet haar fort is?

Laten we het erop houden dat ze een meesterlijke titel heeft bedacht. En het is de titel die mij bij dit stuk heeft geïnspireerd, niet de tekening.

Achter goede paarden komt veel stof.